꽃을 사는 여자들

꽃을 사는 여자들

Mujeres que compran flores

바네사 몽포르 장편소설

서경홍 옮김

북레시피

가장 착한 우리의 요정,
이사 보라스테로스를 위하여

꽃, 책 그리고 달을 마음껏 누릴 수 있다면
그 누가 행복하지 않을까?

오스카 와일드

마드리드의 유서 깊고 매력적인 공간으로
여러분을 초대합니다

글쓰기는 자기성찰을 위한 고독한 작업이라고 합니다. 때로는 비정상적인 활동이기도 하고 자기중심적입니다. 작가 역시 그러하기로 유명합니다. 이것은 사소한 일부이지만, 우리가 알다시피 사소한 것들이 어느 정도 합의된 현실을 만들어냅니다. 그리고 현실 또한 예외로 가득 차 있습니다. 글을 쓰는 사람들은 이렇게 사소한 데에 관심을 갖습니다. 이것이 바로 제가 저의 소설들, 특히 『꽃을 사는 여자들』에서 탐구하고자 하는 것입니다. 이 소설은 제가 세상의 많은 새로운 독자를 만날 수 있는 길을 열어주었고, 이제는 처음으로 한국의 독자들을 만나는 기회가 주어졌습니다. 저는 글쓰기를 교류와 적극적인 행위로 생각하는 작가들 중 한 사람이기 때문에 이에 대해 극도의 전율을 느끼고 있습니다.

번역가들과 함께 일하면서 터득한 것이 하나 있습니다. 의사소통이 아주 쉽다는 것이었습니다. 겉으로는 그렇게 보이지 않을지라도, 우리는 같은 언어를 말합니다. 매우 놀라운 일이죠. 지넷 윈터슨은 "힘든 삶은 거친 언어를 필요로 한다. 그리고 그것이 바로 시라는 것이다."라고 말합니다. 저는 이렇게 말하고 싶습니다. 그것은 문학이라고. 그것이 바로 제가 지금, 번역이라는 최소한의 불편함에도 불구하고, 우리는 서로를 완벽하게 이해한다고 확신하는 이유입니다.

저는 수년 동안 소설을 쓰면서 틈틈이 연극을 무대에 올리기도 했습니다. 기억하기로 저는 여섯 살 때부터 어떤 절실한 욕구에 의해 소설을 써왔습니다. 외동으로 자란 저에게 글쓰기란 세상을 이해하고 소통하는 유일한 방법이었습니다. 그것 말고는 세상을 이해할 방법이 없었습니다. 그때부터 글쓰기는 사회적 또는 개인적 과정을 이해하는 방법이 되었습니다. 그것을 스스로 직접 설명하고 그것에 동화되기 위해서 말이지요.

저는 자신의 내면을 들여다보는 그런 작가는 아닙니다. 내 인생이나 나 자신이 어떤 사람인지에 대해 쓸 만큼 충분히 관심을 가져본 적이 결코 없습니다. 그렇지만 작가는 문학의 다공성 多孔性이란 성질을 통해 독과 같은 것들을 항상 걸러낸다고 생각합니다. 저는 다른 사람들의 삶에 더 관심이 있는 것이 사실입니다. 저는 여러분에게 더 관심이 있습니다. 그리고 제가 탐구할 수 있는 다른 세상은 행운이나 대담함 덕분에 제게 발견을 의미합니다.

저에게 문학은 여행입니다. 사실 작가가 되지 않았더라면 여행가가 되었을지도 모르는 일입니다. 글을 쓰는 사람은 누구나 그들의 독자에게 내면의 여행을 위한 시간을 줍니다. 소설『뉴욕의 신화』를 완성했을 때 독자 한 분이 "처음으로 뉴욕으로 가는 여행비가 17유로밖에 들지 않았어요."라고 한 말을 떠올립니다. 그리고 이것은 『꽃을 사는 여자들』의 한국 독자들을 위한 정확한 표현일 수 있습니다. 다시 말하면 이 소설은 오래된 마드리드에 있는 이 작고 매력적인 곳으로 여러분을 안내하는 여행서이기도 합니다.

　지금까지 다섯 권의 소설과 열두 편의 희곡을 썼습니다. 간단히 말해서 저는 글쟁이입니다. 하지만 제 이력이 말하지 않는 다른 무엇이 있습니다. 저는 작가로서 생각을 하고, 작가처럼 여행을 하고, 꿈을 꾼다는 것이지요. 저는 잠들었을 때보다 깨어 있을 때 더 많은 꿈을 꾸며, 제 작품 속 등장인물들은 보이지 않는 저의 친구들입니다. 그래서인지 저는 아홉 살 때부터 연재 소설을 쓰기 시작하여 모든 이웃에게 나누어주곤 했습니다. 그때 저는 로알드 달의 작품들이며 『네버엔딩 스토리』, 『마담 보바리』를 밤새워 읽었습니다. 그 이후 릴케, 비슬라바 쉼보르스카, 훌리오 코르타사르, 로버트 그레이브스, 디킨스, 로르카 등 너무나 배울 것이 많은 친구들이 제게로 왔습니다. 얼마 후 카뮈의 「칼리굴라」를 처음 보았을 때, 저는 어머니께 어떻게 하면 그런 글을 쓸 수 있는지 묻기도 했습니다. 「햄릿」을 처음 보았을 때는 런던에서 희곡을 공부하고 있었으며, 셰익스피어의 땅에서 나의 첫 연출을 선보이리라 믿었습니다.

　저는 그다지 부지런한 사람은 아니지만 한국 독자에게 조금이라도 더 가까이 가기 위해 한국어를 공부할 것입니다. 제 인생에는 마드리드 - 바르셀로나 - 뉴욕이라는 세 가지 중요한 포인트가 있습니다. 글쓰기와 더불어 제가 이 세상에서 하고 싶은 것은 여행입니다. 꼭 책으로 쓰인 것만이 역사가 아니라 역사는 사람들과의 만남을 통해서도 이루어지는 것이라고 믿기 때문입니다. 우리는 넓은 세상에 살고 있지만 때때로 소설을 통해 현실을 훨씬 더 잘 이해할 수 있습니다. 이것이 제가 글을 쓰는 이유이기도 합니다. 성실하고 탐구적이며 흥미진진한 문학작품을 창작하는 일이 우리가 살고 있는 세상을 여과한다는 것이지요. 이 창조적인 일을 하는 동안 한 가지 깨달은 사실이 있습니다. 독자는 지구상에 걸어다니는 생물체 가운데 가장 놀라운 존재라는 것입니다. 독자는 종이에 불과한 것에 생명을 불어넣는 뛰어난 능력을 가지고 있기 때문입니다.

한국어로 번역된 저의 첫 번째 소설이 제가 이 아름다운 나라 한국으로 가는 첫 번째 여행이 될 것이라 믿으며 한국 독자들이 지금 『꽃을 사는 여자들』에 숨결을 불어넣는 가운데 어떤 삶을 살게 될지 매우 흥분되고 궁금합니다.

우리가 만날 수 있는 기회를 주신 출판사 북레시피에 감사드립니다.

바네사 몽포르

차
례

꽃을 사는 여자들

배우와 보헤미안이 모여 살고, 자녀 없는 부부, 회의 중간 베어무트(약초가 들어간 포도주)를 홀짝거리길 좋아하는 한심한 국회의원들이 사는 마드리드의 심장부에 작은 동네가 있다. 박물관과 극장, 갤러리가 있는 소우주 같은 이 동네에서는 날마다 시위가 벌어지고, 실내화를 신은 채 길거리로 나온 노인들은 남들이 듣거나 말거나 유명한 작가들의 시 한 구절을 읊어댄다. 이곳에는 오래전부터 살아온 토박이들이 있으며 신나게 자전거를 타고 가는 사람, 재즈 뮤지션, 그리고 세르반테스의 덧없는 유적을 성실하게 찾아 헤매는 고고학자들도 있다. 또한 이 동네에는 꽃을 사는 다섯 명의 여자들이 살고 있다.

그 여자들 가운데 자신을 위해 꽃을 산 사람은 아무도 없었다. 한 여자는 남모르는 사랑을 위해 꽃을 샀고, 또 한 여자는 그녀가 일하는 사무실을 위해 꽃을 샀으며, 세 번째 여자는 그림의 소재로 꽃을 샀다. 네 번째 여자는 고객을 위해 장식할 꽃을, 마지막 여자는 세상을 떠난 한 남자를 위해 꽃을 샀다.

그 마지막 여자가 바로 나다. 그리고 이것은 나의 이야기이다.

천사의 이름 올리비아

언제부터 그 동네가 생겼는지 사람들의 의견은 분분했다. 라 돌로레스 술집의 직원들은 그렇게 오래되지 않았다고 하고, 까사 알베르토 레스토랑의 직원들은 아주 오래전부터 있었다며 핏대를 올렸다. 그러나 자르뎅 델 앙헬('천사의 정원'이란 뜻이며 이 곳이 이 소설의 무대이다)은 주인이 여러 번 바뀌긴 했지만 적어도 200년 전부터 같은 이름으로 꽃집을 운영해오고 있었다는 말에는 동의했다. 그리고 그들은 올리비아가 꽃집을 그만두면 또 다른 천사가 그녀의 뒤를 잇게 될 것이 분명하다고 입을 모았다. 어쨌든 그 동네의 많은 사람은 올리비아가 항상 그 자리에 있을 것이라 생각했고 그녀의 꽃집을 둘러싼 철제 울타리와 꽃들은 여전할 것이라고 믿었다.

올리비아가 천사의 정원을 인수하기 전에 어떤 일을 했는지는 아무도 몰랐다. 어쩌면 그 사실을 아는 사람들은 그녀의 비밀과 사생활에 대해서 입을 열지 않았는지도 모른다. 꽃집이 그녀의 소유인지 아니면 세를 낸 것인지에 대해 말하는 사람도 없었다. 많은 사람은 그녀가 부유한 상속녀라고 생각했다. 유명한 사람의 애인이라거나, 다른 나라에서 활동하던 유명배우라고 말하는 사람도 있었다. 사실 다양한 언어를 구사하는 사람들에게 들을 수 있는 이상한 발음이 그녀의 입에서 새어 나왔다. 그녀의 S 발음은 보통사람들보다 훨씬 더 강했고 적지 않은 발음이 프랑스어 식이었다. 그런데도 그녀의 발음은 완벽했고 목소리는 그녀가 정원을 바라보는 시선처럼 평온했다.

나는 그 동네에 이사 온 지 딱 사흘이 지났을 때 그녀를 처음 만났다. 나는 천사의 정원을 알게 된 이후로 하루에도 몇 번씩 예쁘장한 철대문 앞을 오가면서 가게 안으로 들어갈까 말까 고민했다. 코딱지만 한 내 방은 나를 질식시킬 것만 같았다. 견딜 수 없을 만큼 더웠고 새로 칠한 페인트 냄새가 코를 찔렀다. 에어컨도 없었고 풀지 않은 이삿짐 박스를 테이블, 의자, 사다리로 사용했다. 동네를 산책하면서 마드리드 한복판의 작은 오아시스를 바라보며 나를 위안했고 하루에 필요한 양만큼의 숨을 쉬고 살았다.

어느 날 저녁, 나는 집에서 청소하던 옷차림 그대로 집을 나섰다. 낡은 청바지에 아주 오래된 티셔츠를 걸치고 로퍼를 신고 나갔다. 내가 평소 집에서 입던 차림새였다. 엘리베이터 안에 있는 거울 속의 나를 보니 적잖이 지쳐 있는 모습이었다. 가슴 아래로 갈비뼈가 드러나 보였다. 파마기 없는 검은 머리는 대충 땋아 내렸고, 화장기라곤 전혀 없는 창백한 민낯이었다. 눈은 먼지 때문에 충혈되었다.

광장을 향하여 터벅터벅 걸어갔을 때, 천사의 정원의 가게 문이 열려 있는 것을 보고 깜짝 놀랐다. 알록달록한 전등과 램프가 나무에 매달려 있었고 그 빛이 꽃집 주변을 둘러싼 작은 정원을 화려하게 비추었다. 귀뚜라미가 콘서트를 열기라도 할 듯 커다란 올리브나무에 둥지를 틀고 있었고 그 울음소리는 이 모든 것에 제집처럼 안락한 마을축제의 분위기를 불어넣어주었다.

올리브나무는 정말로 크고 오래된 것이었다. 그 나무는 정원 한가운데 있었고 큰 가지 끝에 그네가 밧줄에 매달려 있었다. 나는 약간 겁을 먹은 채 문을 지나서 노란빛의 돌이 깔린 길을 따라갔다. 그 돌길 끝에 오즈의 마법사가 나를 기다리고 있을 것 같은 신비한 희망 같은 것이 보였다. 축축한 흙냄새가 났다. 나는 올리브나무 그늘 아래 주물로 만든 작은 테이블을 발견했다. 그 위에는 펼쳐진 책과 와인 한 잔이 놓여 있었다. 그 뒤로 온실로 향하는 문이 열려 있었다.

그것이 내가 그녀를 맨 처음 본 광경이었다.

가게 안에서는 40년대의 재즈 노래가 꽃잎을 부드럽게 쓰다듬고 있었다. 천장에 매달아놓은 화분들이 흔들거리고, 스프링클러는 가는 물줄기를 내뿜고 있었다. 유리벽 뒤에는 고풍스러운 분수대가 벽돌 담장으로 둘러쳐져 있었고, 분수대의 기이한 사자석상의 입에서 연꽃으로 가득 찬 수반水盤 위로 물이 떨어져 내렸다. 온 곳에 꽃과 식물이 생명의 모습으로 싹트고 있었다. 높은 천장에는 입으로 불어서 만든 유리모빌이 매달려 흔들거렸다. 가지를 엮어 예술작품처럼 만든 화환을 어디에서나 볼 수 있었으며 말린 꽃잎과 솔방울, 나무판자에 쓴 상냥한 문구, 19세기부터 20세기 초 그 동네의 모습이 담긴 사진액자들이 벽을 장식하였고 액자들 사이에 오래된 모델 사진과 근처 박물관이나 극장의 포스터가 붙어 있었다. 실내 중앙의 금은사 세공으로 만든 테이블 위에 방명록이 펼쳐져 있었다. 펼쳐진 방명록에는 일본어로 쓴 이름이 선명한 하트로 둘러싸여 있었다. 그리고 그 옆에 또 다른 책이 한 권 있었는데 표지를 빨간 벨벳으로 감쌌고 표본노트란 제목이 각인되어 있었다.

나는 더 이상 버틸 수가 없었다.

지금까지 이 같은 곳을 한 번도 본 적이 없었다. 그러나 그냥 가만히 있을 수만은 없었다. 나는 그 자리에서 책갈피가 끼워져 있는 부분을 펼쳐 들었다.

거기에는 *상처*라는 제목 아래 잉크로 쓴 멋들어진 필치의 텍스트가 있었다.

"나는 항상 상처가 있는 사람을 좋아해요." 내 등 뒤에서 들려온 목소리였다. 나는 깜짝 놀라 책을 덮었다. "정확히 말하자면 나는 마흔이 넘도록 아무런 상처도 받지 않은 사람을 믿지 않아요."

나는 뭔가 잘못되었음을 느끼고 몸을 돌렸다. 그녀는 긴 탁자 뒤에 서 있었고 마치 무대에 등장하듯이 가게와 뒷방을 구분하려고 쳐놓은 화려한 구슬커튼을 두 손으로 가르면서 나타났다.

올리비아는 어떠한 시대에도 어울리는 자연미를 소유한 여자였고 억지스럽지 않은 우아함이 있었다. 그녀의 화장은 강렬한 빨간색의 립스틱이 전부였다. 몸에 걸친 소박한 옷이 오트 쿠튀르(고급 맞춤 여성복 또는 고급의상실)처럼 돋보였다. 진지한 여인들처럼 나이를 분간하기 어려웠다. 나는 그녀가 쉰에서 예순 사이일 거라고 생각했다. 컬러영화 속의 캐서린 헵번 같았다. 마르고 키가 컸으며 푸른 잎으로 어깨를 장식한 비단옷을 입고 야자나무 샌들을 신고 있었다. 느슨하게 땋은 그녀의 머리는 오렌지색이었고 그것이 채색된 조각상에서 뛰쳐나온 모습으로 보이게 했다.

"내가 보기에 당신이 나보다 어릴 것 같은데." 그녀가 말했다. "오해하지는 말아요. 그게 중요한 건 아니니까. 나는 그저 당신을 보고 그렇게 생각했을 뿐이에요."

"죄송해요." 내가 더듬거리며 말했다.

그녀는 조용히 하라는 의미로 급히 손가락을 입술에 대었다. 그러고는 나에게 가까이 다가와 터키블루색 눈동자로 나를 뚫어지게 바라보았다. 정원에 있던 귀뚜라미가 가게 안으로 들어와 있는 것 같았다. 귀뚜라미의 낭랑한 울음소리가 유리창에 울림을 주었다.

올리비아가 웃었다.

"전혀 아니에요. 삶이란 흔적을 남겨놓지 피해를 주는 것은 아니에요. 오히려 정반대죠." 그녀는 조용히 말을 이어가며 내 손을 잡았다. "당신이 예의 없는 사람이 아닌 게 오히려 다행입니다. 지난번 아르바이트생은 영국에서 온 아주 어린 교환학생이었어요." 그녀는 엄청나게 큰 빨간색 물뿌리개를 들고 가게 안을 다니며 꽃들에게 물을 주면서 나를 안내하였다. 그녀는 발자국을 뗄 때마다 귀뚜라미가 숨어 있는 곳을 찾아내기라도 할 듯 귀 기울이며 아주 조용히 말했다.

"내가 당신을 위해 생각해본 테스트는 아주 간단해요."

그녀는 이렇게 말하면서 오렌지색 머리 다발을 장난스럽게 만지작거렸다.

"테스트요?" 내가 놀라서 물어보았다.

그녀는 손가락을 입에 대며 나에게 다시 한 번 조용히 하라고 했다. 그녀의 표정이 갑자기 진지해졌다.

"테스트는 딱 하나의 질문뿐이에요. 그것으로 나는 당신이 이 일에 적합한지 알 수 있어요." 그녀는 잠시 말을 끊었다. "자, 이 가게에는 그 어떠한 말로도 표현할 수 없는 자기의 감정이나 소식을 전하려는 사람들이 와요. 존경, 고마움, 슬픔, 기쁨, 사랑, 관심…… 많은 사람이 탄생을 위해서, 또 다른 사람들은 장례식을 위해 꽃을 사지요. 어떤 사람들은 사무실을 장식하기 위해, 또 어떤 사람들은 집을 아름답게 꾸미기 위해 꽃을 삽니다. 화분에 심어진 꽃을 좋아하는 사람이 있는가 하면, 또 어떤 이들은 꽃을 건조시키기도 해요. 꽃을 오랫동안 보기 위해 활짝 피기 직전에 있는 꽃봉오리를 좋아하는 사람도 있고 활짝 핀 꽃을 좋아하는 사람도 있어요." 그녀의 시선이 길가를 향하고 있는 진열장에 맴돌았다. 가로등 불빛 속으로 사람들이 지나치고 있었다. "꽃은 한 송이씩, 아니면 다발로 팔리죠. 우리는 꽃을 에스파뇰 극장이나 산세바스티안 성당으로 배달도 해요. 엄마들은 그들의 어머니를 위해서 꽃을 사고, 바람피우는 남편은 아내에게 잘보이기 위해, 사랑에 빠진 사람은 애인을 위해, 할머니들은 발코니를 장식하기 위해 꽃을 사요."

그녀는 잠시 말을 멈추고 나를 상냥하게 바라보았다. "나는 누구나 자기에게 맞는 꽃이 있다고 생각해요. 그리고 그 어떠한 삶의 순간에 맞는 꽃도 있고요. 꽃을 사는 여자들이 있지만 또 전혀 사지 않는 여자들도 있어요. 아주 간단한 이치죠." 그녀가 웃었다.

나는 그녀를 물끄러미 바라보았다. 순간 왜 그런지 모르게 무조건 꽃을 사는 여자들 가운데 속하고 싶어졌다.

"그럼 꽃을 사는 여자들은 어떤 사람들인가요?"

그녀는 진지한 모습으로 나를 쳐다보면서 눈썹과 손을 치켜올리며 말했다. "이제 나에게 한 가지만 말해줘요. 이 많은 꽃 가운데 당신은 어떤 꽃을 고르겠어요?"

나는 시선을 돌릴 수가 없었다. 어린 시절 학교 다닐 때 칠판 앞으로 불려나갔을 때처럼 속이 쓰려왔다.

"아…… 그러니까…… 저는 한 번도 나를 위해 꽃을 사본 적이 없어요."

내가 머뭇머뭇 대답했다.

"음, 그렇다면 당신이 꽃을 선물받는다면 어떤 꽃이 좋아요?"

"꽃 선물을 받아본 적이 한 번도 없어요." 나는 당황하며 시선을 아래로 떨구었다. 그녀는 혀를 차면서 말했다. "여기에 당신 마음에 드는 꽃이 있나요? 아니면 전혀 없는 건가요."

내 눈엔 오로지 여러 가지 색깔의 물감이 나를 둘러싸고 있는 것처럼 보였고 내가 마치 눈앞에 희미하게 어른거리는 모네의 그림 속으로 들어온 느낌이 들었다. 아무런 말을 못 하던 내가 마침내 입을 열었다.

"어떤 꽃이 묘지에 가장 잘 어울릴까요?"

올리비아는 작지만 맑은 눈으로 나를 뚫어지라 쳐다보았다.

"나도 몰라요. 내가 돌아가신 분의 취향을 알 수 없으니까요."

그녀는 분위기를 전환시키려는 듯이 내 턱을 가볍게 찔렀다.

"그러니까 사실 당신과 같은 사람이 이 가게에서 일해본 적은 한 번도 없어요." 웃는 그녀의 모습이 만족스러워 보였다. "내일부터 출근할래요? 이 같은 살인적인 무더위에 당신도 당장 일을 시작해야만 할 거고, 나도 일손이 급히 필요해요. 그렇지 않으면 식물들이 말라죽거든요."

"저를 직원으로 고용하시는 건가요?"

"그럼요, 나는 벌써 그렇게 생각하고 있는걸요. 왜냐하면 당신이 이 일을 하고 싶어 하잖아요. 그리고 자세한 사항은 구인 광고에 있어요."

나는 고개를 옆으로 돌리면서 청바지 주머니에 손을 깊숙이 찔러 넣었다.

"내일 말씀드리면 안 될까요?"

그녀는 내 말을 이해하지 못한 듯 이맛살을 찌푸리면서 노란

마드리드의 에스파뇰 극장

비단수건으로 목에 흐르는 땀을 톡톡 닦아냈다.

"이봐요, 삶이란 절박한 기회와 같아요. 지금도 많이 늦었는데 내일이면 더 늦어요. 당신이 일을 원한다면 그걸 잘 알고 있어야 해요."

나에 대한 올리비아의 오해를 설명할 수 없었다. 아니, 나는 그것을 이미 알고 있었지만 말할 수가 없었다. 그것은 일 년간의 어려운 생활 끝에 내 삶 속에 무언가가 꿈틀거린 첫 번째 일이었다.

그녀는 빨간 물뿌리개에 남은 물을 화분 위로 뿌렸다. 귀뚜라미의 울음소리도 그쳤다. 올리비아는 화초 옆에 무릎을 꿇고 앉아 기다렸다. 대지가 움직이기 시작했고 귀뚜라미는 아무렇지도 않은 듯 숨은 곳에서 나와 올리비아의 손가락이 의자인 양 그 위로 기어 올라왔다.

"여기에 있었구나, 귀여운 가수." 올리비아는 정원으로 귀뚜라미를 데려가면서 이렇게 말하고는 고개를 돌려 내게 "문을 좀 닫아줘요."라고 말했다.

나는 그곳에서 꼼짝하지 않았다.

마침내 삶은 시작되고, 어떻게 살 것인가는 고민하지 마라.

내 친구 로레나가 최근에 충고한 말이다.

"그 일을 하겠어요."라고 말하며 나는 올리비아를 따라 정원으로 갔다.

"비록 꽃에 대해서 아는 게 하나도 없지만요⋯⋯."

그녀는 몸을 돌려 조심스럽게 실크원피스에 묻은 먼지를 털고 팔짱을 끼었다.

"그건 나도 이미 알고 있어요. 하지만 당신은 다른 능력이 있어요." 그녀는 손으로 이마를 쓸어내렸다. 날씨는 여전히 무더웠다. "나는 당신이 아주 진지하고 '아니오'라고 말하지 못한다는 것을 알고 있어요. 결정을 내리고 원하는 걸 말하는 것이 당신에게는 어렵다는 일이란 것도요. 그리고 당신이 이 동네에 이사 온 지 얼마 되지 않은 것도 알고 있어요. 나는 당신이 이곳을 지나치는 것을 몇 번 보았고 무언가를 찾고 있다는 것을 눈치챘어요. 아직 이삿짐을 풀지 않았다는 것도. 왜냐하면 당신은 여러 날 동안 똑같은 옷만 입고 다녔거든요." 그녀는 나를 머리부터 발끝까지 훑어보았다. "당신은 그 누구 앞에서도 자신감이 없어요. 자기 자신한테조차…… 당신은 혼자 살고 있지만 그것에 익숙하지 않아요. 그렇기 때문에 집 안에 머무는 시간이 적은 거예요. 당신의 휘청거리는 걸음걸이로 보아 혈압이 낮은 것도 알 수 있어요. 방금 당신이 결정한 일은 당신 삶의 변화를 의미하는 것이지요. 그리고 물론, 당신이 꽃에 대해서 아는 게 하나도 없다는 것도 알아요." 그녀는 미소를 지으며 가게 안으로 들어갔다. "내일 다시 와요. 그리고 무슨 일을 하게 될지는 두고 봅시다."

나는 고개를 끄덕이며 그러겠다고 대답했고 그녀는 눈을 찡긋하며 우리의 약속을 확인했다. 고용계약서 대신에 올리비아는 작은 제비꽃 화분을 주면서 물을 많이 주지 말라고 했다. 그 화분은 적어도 내가 천사의 정원에서 일하는 동안은 살려야 한다고 했다. "얼마나 오랫동안 일을 하게 될까요?"라고 내가 묻자 그녀는 웃으면서 이렇게 대답했다.

"내가 그걸 어떻게 알겠어요." 그리고 나뭇잎 무늬의 옷을 입은 그녀는 화초들 사이로 사라졌다.

잠시 후 나는 우에르타스 거리로 가서 나에게 일어난 일을 곰곰이 생각해보았다. 지금까지 살면서 이렇게 즉흥적인 행동을 한 적이 없는 나였다. 어떤 이유에서인지는 모르겠지만 즉흥성은 위험하고 직감은 쓸데없는 것이라고 굳게 믿고 있었다.

하지만 그 순간 나는 내 삶에 리허설 없는 공연이 시작되었다는 사실을 직감하였다. 차가운 물속으로 다이빙. 갑자기 당신이 여기에 없다는 생각이 떠올랐다. 그리고 내 인생을 바꾼 그해 여름이 끝나고 마침내 나는 확신하였다.

사람들은 무대 위로 올라가야만 한다. 분장하지 않고 대본도 없이. 나는 많은 사람 앞에 나서는 것에 대해 엄청난 두려움을 느꼈다. 그런 까닭에 결단을 내리지 못한 적이 많았고 나를 무대 구석에 있는 조역쯤으로 여겼다. 내 삶에서 다른 누군가에게 주역을 맡기는 것이 훨씬 쉬웠다. 남들의 시선을 피하기 위해 경우에 따라서는 대본도 바꾸었다. 남들의 비난을 피하기 위해서.

집에 돌아오자 방 안이 사우나 같았다. 어디에 제비꽃을 놓을까 생각해보았다. 햇빛, 그늘, 습도 아니면 온기가 필요할까? 몇 주를 못 버틸 것이란 생각이 들었다. 결국 나는 제비꽃 화분을 침대 창가에 놓기로 했다. 무더위와 화분과 같이 따라온 귀뚜라미의 날카로운 울음소리에 잠을 이루지 못했다.

도심의 오아시스

세 달 전의 나는 누구였는가?

이 물음에 대한 답은 정말 간단하다. 나는 지난 20년을 살아온 여자였다. 그 20년은 나의 스무 번째 생일 이후를 말한다. 내 생애의 절반.

나 자신에 대해 말한다는 것은 쉽지 않은 일이다. 그 때문에 나를 이야기의 주인공으로 삼아야 비로소 나에 대한 이야기를 할 수 있다. 나는 그것을 한번 해보기로 결심했다. 내 인생과 나의 이야기에 나 자신을 중심에 놓기로. 그래서 다시 한 번 묻는다.

세 달 전의 나는 누구였는가?

마흔 살의 한 여자가 백 년 만의 폭염 속에서 넋을 잃은 채 마드리드의 도심을 걷고 있었다. 그 여자는 여러 해 동안 화장기 없는 얼굴로 집밖을 나선 적이 없으나 그 이유가 허영심 때문이 아니라 솔직히 말하면 자신의 얼굴이 마음에 들지 않아서였다. 그리고 마지막으로 머리를 감은 적이 언제였는지도 기억이 잘 나지 않았다. 슈퍼마켓의 유제품은 계산대 옆에 진열되지 않았고, 과일과 야채는 자연 그대로가 아니라 잘 포장된 사탕처럼 껍질을 벗기거나 잘라서 플라스틱 용기에 담겨 있었다. 빠져나갈 수 없는 미로 같은 낯선 슈퍼마켓 안을 헤매고 돌아다녀야만 했다.

나는 예전 집에서 가져온 캐리어를 끌고 새로운 환경 속에 적응하기 위하여 낯선 슈퍼마켓으로 갔다.

슈퍼마켓, 세탁소, 약국, 스포츠클럽. 이것이 내 친구 로레나가 알려준 아주 기초적인 정보의 전부였다. 이 정보를 가지고 새로운 삶에 적응해야만 했다. 나는 한 번도 혼자 살아본 적이 없었다. 그리고 만일 그랬더라면 매우 힘들게 살았을 것이다. 오스카는 일 년 전부터 내 곁에 머물지 않았고, 그런 오스카로부터 벗어나야만 했다.

내 이름은 마리나이다. 내 친구 로레나가 말한 모든 사실 가운데 그 말이 가장 무겁게 다가왔다. 내가 한 번도 혼자 지내지 않았다는 그 말이. 나는 항상 그 누군가와 함께 지냈다. 항상 한 남자와 같이 있었다. 사실은 내가 이 이야기를 쓰려고 결심했을 때, 나는 차라리 이렇게 말하고 싶었다. 당신과 함께했더라면.

나는 셀카 사진을 찍어본 적이 없다. 항상 당신과 함께 있었다. 그렇지 않을 경우엔 당신이 나를 카메라에 담고 있었다. 비록 내가 사진 속에 혼자 있었을지라도 당신의 시선은 나를 응시하였다. 나는 그렇게 혼자가 아니었다. 내가 당신과 함께 있었던 것, 그것이 나였다.

그리고 이제 나의 삶은 갑자기 한없이 어려워졌다.

나는 이제 일상적인 일들에 대해서 고민한다. 지금까지 전혀 문제가 되지 않았던 일들이 마음속에서 심한 갈등을 일으킨다.

예를 들자면 밥을 먹기 위하여 무엇이 필요한가를 결정하는 문제들 말이다. 내가 진열대에 있는 유정란을 집어 들었을 때, 그것은 방목하는 닭들이 낳은 것임을 알았다. 이 하나만으로도 나는 불안해지고 묘한 생각이 들었다. 전에 내가 살던 곳에서 달걀은 닭들의 사육환경을 구분하지 않고 그냥 달걀일 뿐이었다. 나는 그 닭들과 연대감을 느꼈다. 나 또한 나의 가족 상황이 공개되지 않은 채 보였으면 좋았을 것을.

싱글?

독신?

외짝부모?

아니다. 나는 아직은 거기에 속하지 않는다. 그리고 지금 이 순간 분명한 것은 내가 그 어떠한 상황에서도 달걀을 하나만 삶을 수 없다는 것이다. 그것이 나를 너무 슬프게 한다. 그것이 나를 너무 지치게 한다. 지금까지 나는 항상 두 개의 달걀을 삶아왔기 때문이다. 절대로 하나만을 삶은 적이 없다. 그 어떠한 경우에도. 청경채도 그렇다. 우리 두 사람은 전에 청경채를 좋아하지 않았다. 우리는 청경채 요리법을 과달라하라(멕시코 중서부의 도시)에서 배웠다. 그렇다, 청경채도 하나만 요리한 적이 없다. 그렇게 나는 한 시간가량을 허비하면서 슈퍼마켓을 돌아다녔다. 그 슈퍼마켓은 내 친구 덕분에 알게 된 곳이었다. 끼니를 때울 만한 무언가를 찾아 헤맸지만 내 마음속 깊은 곳에 있는 기억들을 바꿔놓을 수 없었다.

그러나 한심하고 슬픈 이 일화가 내 이야기의 시작이 될 수는 없다. 다만 그 형식의 반쯤은 어느 정도 언급될 수 있을 것이다.

venderme, ha ha mucho
la los de lanza en astillero, adarga antigua, la
llaco galgo corredor

Don Quijote de la Mancha
Miguel de Cervantes

바리오 데스 라스 레트라스 거리

나는 시체보관소처럼 낮은 온도의 슈퍼마켓 안에서 결국 오한이 나 아무것도 사지도 못 한 채 나와버렸다. 밖에서 나를 맞은 것은 끔찍한 더위였다. 나는 좁은 인도 위에 서서 모라틴 거리 8번지라는 표지판을 보았다. 예전에 문학가들이 모여 살던 바리오 데스 라스 레트라스의 한가운데였다. 이제 여기가 내가 살 곳이었다.

보금자리?

엉뚱한 길로 빠지고 있다는 것도 모른 채 새 집을 찾는 중에 나는 델 프라도 거리를 따라 걸어갔다. 캐리어 바퀴가 울퉁불퉁한 포석鋪石에 부딪히며 나는 소리 때문에 창피했다. 나는 방향 감각이 매우 무뎠고 그곳이 처음이었다. 델 레온 거리를 지나 레르타스 거리에 이르러 카페 포폴라르트를 지나쳤다. 비스듬히 서 있는 간판은 그날 저녁의 재즈공연을 알리고 있었다. 하모니카를 연주하는 한 남자를 피해 지나갔다. 나중에 알게 된 사실이지만 그는 똑같은 두 박자의 곡을 고집스럽게 연주했다. 나는 길 위에 장식해놓은 유명한 작가들의 문구들을 밟고 지나 마침내 페레즈 갈도스(Benito Perez Galdos, 1843~1920. 발작, 디킨즈와 비교되는 스페인의 리얼리즘 소설가)의 문구 앞에 이르렀다. 정확히 말하면 그의 서명이 있는 곳이었다. 거기는 플라자 델 앙헬이었다.

그 광장은 도시 한가운데 있는 오아시스처럼 느껴졌다. 온실이 딸린 마법의 성 같은 꽃집, 오래된 철대문이 달린 조그만 시립공원이 있었다. 정원 구석구석에 한가하게 놓인 벤치, 돌로 만든 분수가 있었고 굵은 나뭇가지엔 그네가 매달려 있었다. 정원 한가운데는 그 동네의 모든 사람이 잘 알고 있는 오래된 올리브나무가 있었다. 옹이가 많은 나무의 몸통 옆에 서 있는 이젤에는 그리다 만 그림이 있었고 물감으로 더러워진 걸레 하나가 땅 위에 떨어져 있었다. 그리고 페르골라(덩굴식물을 키우기 위해 정자처럼 지은 구조물)의 하얀 차양 아래서 금발의 한 남자가 책을 읽고 있었다. 출입구 윗부분에 팽팽하게 펼쳐진 현수막에는 "꿈을 포기하지 말라"라는 글씨가 새겨져 있었다. 그날 아침에 내가 그 문 안을 들어서리라고는 예상하지 못했다. 그러나 축축하게 젖은 신선한 흙냄새가 나로 하여금 여러 달 만에 처음으로 심호흡을 할 수 있게 해주었다.

그리고 그것은 로레나가 가르쳐준 것과 달랐다. 자신을 인간으로서 재생시키기 위해서는 자신만의 오아시스가 필요하다는 사실을 알게 되었다. 갈망하던 평화를 활짝 펼칠 수 있는 그런 장소이자 우리를 행복하게 해주는 일들이 있는 곳, 우리가 숨어 들어갈 수 있는 은신처, 우리가 다시 성장할 수 있고 변하고 강해질 수 있기 위한 최적의 온도가 유지되는 온실과 같은 곳.

그곳은 꽃집이었으며, 그 집의 이름이 천사의 정원이었다.

파도의 알 수 없는 운명

당신은 바다에 대하여 모든 것을 알고 있었지만 바다에 관한 이 질문에 대해서는 대답할 수 없었다. "파도는 어디로 가나요?"라고 물었을 때 당신은 20년을 살면서 처음으로 아무 말도 하지 않았다. 그것은 무엇을 의미하는 것이었을까.

이제 나는 바람이 가져다주는 안식 속에 홀로 돛단배를 타고 바다 한가운데에서 지난 3개월 동안 일어났던 모든 일을 기록하는 여유를 갖는다. 다시 파도가 일고, 아니면 어두워질 때까지.

지중해는 세상에서 제일 심술궂은 바다이다. 옛 그리스 사람들은 바다에서는 언제 무슨 일이 일어날지 알 수 없다고 말했다. 당신도 그렇게 자주 말했다.

나는 5노트의 속력으로 항해했다. 갑자기 내 앞에 수성처럼 표면이 거친 바다가 펼쳐졌다. 내 뒤로는 산들이 석양빛에 빨갛게 물들고 있었다. 나의 이야기도 그 뒤에 남았다. 그 모든 이야기가, 주인공에 이르기까지.

그 주인공이 나이다.

올리비아는 꽃집에서 만난 그날부터 지난 3개월 동안 일어난 나의 모든 일을 글로 남겨놓아야 한다고 말했다. 하지만 나는 그 누구도 이 글을 읽지 않을 거란 생각으로 쓰고 있다. 그저 나를 위한 일일 뿐이다. 잘 쓰려고 하지 말고 있는 그대로 쓰면 된다고 그녀가 아주 편하게 말했다. 그 일이 나에게는 가장 힘들고 어려운 일이라는 걸 알고 있는 듯했다.

나는 단 한 번도 무슨 일이든 마음 편하게 해본 적이 없다. 그런 자유로움을 느껴본 적도 없다. 그 때문에 이 일을 시작한 것이다.

이 글은 내 인생의 항해일지가 될 것이다. 그것은 한 사람을 향한 항해이지만 나는 그 사람을 위해 그 무언가를 하는 것에 익숙하지 않다. 정확히 말하면 나를 향한 항해이다.

다시 배가 출렁거리기 시작했다. 물결은 선체에 철썩였고 나의 배 속에선 꼬르륵 소리가 났다. 당신이 한 말이 떠올랐다.

길 떠난 이는 항상 순풍을 맞는다는. 그러나 나는 그렇지 않았다. 나는 지금 역풍을 맞으며 항해하고 있다. 나는 하나의 목적지가 있었다. 하나의 미션.

이 이야기는 도대체 어떠한 이야기란 말인가? 바로 이런 이야기이다. 바다를 두려워하던 마리나란 여자가 모든 예언을 물리치고 일주일 동안 지중해를 항해한 이야기. 사소한 이야기가 아니다. 더구나 혼자서. 그녀가 거의 조종할 수 없는 배를 가지고서 말이다.

그녀는 삶에 지쳐 있었던 걸까?

사실은 전혀 그렇지 않았다. 그녀는 약속을 지키기 위해 그 일을 했다. 그녀가 3개월 전에 그 누군가를 만났기 때문이었다.

육지의 한가운데, 항구가 없는 한 도시에서. 넵튠이 보호하는 그곳에서. 그곳엔 바다의 신 넵튠이 지키고 있는 웅장한 분수가 있었다. 그녀는 여행하는 도중에, 그리고 글쓰기에 매달려 있는 동안 자신이 왜 여행하는가에 대한 올바른 이유를 깨달았다. 적어도 사람들은 나에게 그렇게 말했다. 가장 진정한 의미의 오디세이라고. 한 여자로서의 오디세이.

자유롭게. 두려움으로부터 자유롭게.

나는 다시 한 번 여행계획을 살펴보았다. 카르타헤나(스페인 남동부 무르시아 지방의 항구도시)에서 탕헤르(모로코 북부 지브롤터 해협 연안도시)까지 일주일 동안이었다. 나는 여행계획을 맞추기 위하여 매일 열두 시간씩 항해를 해야만 했다. 용기를 잃지 않기 위해 온 정신을 집중했다.

수학천재인 빅토리아는 평균시속 4노트를 유지하라고 조언해주었다. 백여 시간을 이 배 위에서 보내야 했다. 만일 계산이 잘못되었다면 연료도 바닥이 날 것이다. 식량도 물도 마찬가지였다. 나는 천사의 정원에서 3개월 동안 번 돈을 이 미친 짓에 다 쏟아부었다.

그때 내가 알고 있던 분명한 사실은 항해자격증이 없는 내가 그 여행을 하면 안 된다는 것뿐이었다. 하지만 나는 내 평생 운전면허증도 따본 적이 없었다.

그런 형편이었다.

나는 항상 남의 차를 얻어 타고 다녔다. 그것이 어떻게 결정을 내리고 방향을 어떻게 잡는지에 대한 것을 모두 잊어버린 이유인지도 모른다. 항상 당신이 방향을 결정했으니까. 그리고 나는 그저 당신의 뒤만 따라다녔으니까. 이제 당신은 더 이상 여기에 없고, 이 배에는 선장이 없으며 내가 선장도 아니다.

*피터 팬*은 선장도 없이 항해하고 있다는 걸 눈치챘을까?

아닐 거라고 생각했다. 느리긴 하지만 지금 배는 항해를 하고 있기 때문이었다. 나는 아직도 돛을 올릴 자신이 없었다. 바람이 적게 불 때는 돛을 올려봐야 별 소용이 없을 것이다. 그러나 더 솔직하게 말하면 나는 모터를 꺼버릴 자신이 없다. 나는 바다의 관대함을 믿었고 그것이 나의 첫 번째 항해를 쉽게 만들어줄 것이라 생각했다. 당신이 멀리 떠난 후 내가 무언가를 배웠을 때, 영원함도 몰락의 시기가 정해져 있었던 것이고 하나의 환상과 같은 시간임을 알게 되었다.

일 년 전 당신이 멀리 떠나버린 후, 모든 일은 천천히 진행되었지만 최근 3개월 동안 갑자기 빨라졌다. 집을 정리하고 시내 중심가로 이사했으며 *피터 팬*을 항구해서 데려오기로 결정했다. 약속을 지키기 위하여.

올리비아를 알게 된 지 겨우 석 달 만에? 그리고 다른 사람들은? 나는 여기에서 그렇게 앞뒤를 가리지 않고 최근 내 삶 앞에 등장한 그 사람 때문에 무모한 짓을 하는 것일까? 그것은 진실이 아닐 수도 있었다.

이런저런 생각을 하면서 배에 실은 생필품을 살펴보았다. 그린 빈 통조림 6개, 참치 통조림 12개, 파스타, 밀가루, 커피. 토스트식빵 4봉지, 초콜릿 6개, 인스턴트 수프 6개, 물과 연료. 그리고 불안한 나머지 물과 연료의 남은 양을 점검하였다.

나는 이 리스트를 반복하여 점검하는 것을 그만두었다. 미칠 것 같았다. 정신을 똑바로 차려야만 했다. 불안감도 억제해야 했다. 그렇지 않으면 출발도 하기 전에 쓰러질 것만 같았다.

"파도는 어디로 가는 거지?" 내가 그 어느 날 오후 당신에게 물었다. 당신이 마른기침을 하며 배의 키를 잡고 있을 때였다. 오스카, 무슨 안 좋은 일이라도 있어요? 안 좋은 일. 보통 때 같았으면 당신은 나에게 한바탕 연설이라도 늘어놓았어야 했다. 하지만 이번에는 아무 말도 하지 않았다. 정막을 깨기 위해 술 한 잔을 마셨다.

당신이 내 곁을 떠난 후 더 이상 당신의 잔소리는 듣지 않게 되었다. 당신이 이겼다. 그래, 나는 여행 중이다. 하지만 내가 우리들의 약속을 회피하고 있다는 사실을 당신에게 고백해야 한다. 당신은 믿지 않겠지만 나를 아프리카 해안으로 데려다줄 그 어떤 사람도 찾지 않았다.

나는 혼자이다. 내가 이 사실을 이미 말했었던가요?

당신은 내가 그것을 혼자 해낼 수 없다고 말했겠지요. 하지만 당신은 알고 있나요? 내가 난생처음으로 그렇지 않다고 생각하고 있다는 사실을.

그 처음을 위하여 나는 이미 *피터 팬*을 타고 대양 위로 나섰다. 비록 모든 것이, 바람과 바다, 그리고 당신에 대한 기억들이 나를 가로막고 있을지라도. 그렇다, 내가 항구를 떠날 때 이미 일은 벌어졌고, 도대체 왜 내가 내 인생에 갑자기 나타난 빨강머리 미친 여자의 말을 들었을까 곰곰이 생각했을지도 모른다. 마치 내가 어렸을 적부터 알고 지내던 당신인 것처럼. 어쩌면 당신이 알고 있는 마리나는 그 모험을 이루어낼 수 없겠지만, 올리비아가 알고 있는 마리나는 그것을 잘 해낼 수 있다. 그 사실을 나는 믿을 것이다.

그런 식으로 나는 다시 한 번 식량을 점검하고 당신과 함께 여러 해 항해를 하면서 배웠던 것을 살펴보았다. 그리고 지난여름 카산드라와 함께 연구하면서 수첩에 적어놓은 것을 체크했다. 간단한 일들이었다. 육지에서는 하찮은 일이었지만 바다에서는 생명과 연결되는 것이었다. 밧줄은 항상 시계방향으로 감아서 여며둔다. 구명튜브를 던져놓고 사다리를 내려놓기 전에는 절대로 바다에 뛰어들지 않는다.

어쨌든 나는 지금 여기에 있고 당신은 나를 보호해줄 수 없다. 나 홀로 당신의 배 위에 앉아 있다. 바다 한가운데 한밤중에. 등짝에 아름다운 제비꽃이 그려진 — 오로라가 이 꽃을 돛에도 그려주었다 — 윈드재킷을 날리면서 8월 말인데도 날씨가 어쩌자고 이렇게나 추운 거냐고 묻는 바보 같은 여자가 여기 있다. 그것은 어쩌면 나를 떨게 만들고 있는 삶에 대한 두려움 때문인지도 모른다.

그러나 그것은 또한 수수께끼 같은 운명이 아닌가? 나는 잠시 파도를 유심히 바라보았다. 수많은 파도가 생겨나서 곧바로 해안의 품속에 편안히 안긴다. 그러나 파도는 반대로 망망대해로 사라져간다. 내가 해안의 파도일 것이라고 생각하면서 막막한 대양으로 사라져가는 파도가 된다는 것이 두려웠다.

그러나 나는 여기에 홀로 있다. 처음으로. 더군다나 아무런 허락도 없이 말이다. 당신도 물론 항구관리소의 허락을 받지 않았었다. 나는 이 배는 물론 그 어떤 배의 선장이 아님을 잘 알고 있다.

나는 지독한 겁쟁이다. 그렇기 때문에 허락받지 않은 일을 한
번도 해본 적이 없다. 오스카, 당신도 아무런 허락 없이 그냥 떠
나고 말았다. 당신이 무언가를 허락해달라고 물어본 적이 있었
나요? 당신도 그냥 그렇게 사라져버릴 어떠한 권리가 없다. 당
신은 이것을 알지 못했나요? 당신은 떠나면서 모든 계획, 지도,
배의 키, 모터 그리고 방향까지 모두 가져가버렸다.

그렇다, 당신은 그럴 권리가 없었다. 그리고 어떠한 요구도
할 수 없다.

바람이 이제 남쪽에서 불어오는 것이 분명하다. 따뜻한 바람,
그 바람이 많은 기억을 일깨워준다. *피터 팬*은 파도 위를 가르
며 의기양양하게 나갔다. 당신이 항해를 할 때 턱을 거만하게
치켜세우고 있는 것과 똑같아 보였다.

어쩌면 이 배도 나와 당신이 함께 가고 있지 않음을 알고 있
는지도 모른다. 그리고 복수심에 불타는 이 배가 나를 방해할지
도 모른다. 우리 두 사람은 한 번도 제대로 소통해본 적이 없다.
나와 당신 사이를 이 배가 가로막았기 때문이었다. 그러나 이제
당신에게 이렇게 말한다. 나는 여기에 있어요. 그리고 내가 온
힘을 다해서 그 어리석은 약속을 지키려고 아프리카까지 항해
할 거예요. 아, 안 돼! 저 앞에 나를 향해 배 한 척이 오고 있었
다. 지브롤터 항로가 오로지 나만을 위해 있다고 생각하진 않는
다. 나는 이 해협을 너무나 싫어한다. 그리고 당신도 이것을 잘
알고 있었다.

이런 빌어먹을. 커터(돛대가 하나인 배의 일종)가 어망을 던지고

39

있었다. 만일 내가 조심하지 않았다면 내 배의 프로펠러에 어망이 감겼을 것이다. 천만다행이다. 앞으로 일주일 동안 어떻게, 언제, 어디에서 잠을 자야 하는가?

바람이 조금 잦아들었다. 그러나 바람이 다시 거세게 불면 내가 해야 할 일을 당신에게 물어봐야 한다. 온 힘을 다해서 밧줄을 잡아당겨 큰 돛을 펼치고 모터를 꺼야 하고 한 방울의 휘발유도 아껴야 한다. 당신은 바람이 불면 돛을 사용하라고 조언할 것이다. 그러나 나는 돛을 올릴 자신이 없다. 오로라가 돛에 그려놓은 제비꽃을 보는 것이 즐겁다 할지라도 말이다.

아, 그녀의 모든 것이 그립기만 하다!

나는 마드리드에 전화를 걸기 위해 무풍상태를 이용했다. 배에 있는 와이파이 신호가 매우 약했지만 스카이프 연결은 잘 되었다. 그들이 나를 알아보자 한꺼번에 난리를 쳤다. 카산드라와 빅토리아는 화면의 조종석을 서로 보겠다고 다투었다. 갈라는 머리를 단정하게 쓸어 올렸고, 오로라는 냅킨으로 눈가를 다독거렸다. 그들은 벌써 나를 위해 건배할 술잔을 준비해놓았다. 이미 약간 취해 있는 상태였다.

"내가 이 배를 항구에서부터 몰고 왔어요." 그들을 향해 내가 소리쳤다. 이 말 한마디에 그들은 큰 소리로 축하해주었다. 그들의 등 뒤에 있는 온실의 유리창과 천장에 매달려 있는 화분이 보였다. 그것을 보는 순간 갑자기 가슴이 뛰었다.

올리비아는 거기에 없었다. 내가 저지른 이 미친 짓을 그녀에게 고맙게 생각할지 아니면 나쁘게 생각할지 아직은 확신할 수 없다는 사실을 그녀도 잘 알고 있다. 어쩌면 그녀도 걱정을 많이 하고 있을 것이다. 나는 홀로 긴긴밤을 지새우기 위해 지난 몇 달 동안 나에게 많은 도움을 주었던 그녀의 조언을 떠올려보았다.

어느 날 욕실에서 엉엉 울고 있는 나를 발견한 그녀가 이렇게 말했다. "알다시피 그것은 아파치의 화살과 같은 거야. 화살에 네가 죽거나 그렇지 않으면 그것이 너를 더욱 강하게 만들 거야."

배가 잠시 멈추었을 때, 친구들의 환호성이 하늘 위를 나르는 혜성처럼 쉭쉭거렸다. 이 배를 조종하는 것이 나에게 어울리지 않는다는 생각이 들었지만 나는 곧바로 키를 잡았다.

속이 메스꺼웠다.

지난 20년 동안 나는 당신과 함께 항해를 했지만 내 위장은 아직도 파도에 적응되지 않았다. 약을 먹어야만 할 것 같았다. 사람들이 나를 약장사라고 여길 만큼 나는 많은 양의 멀미약을 가지고 있었다. 빅토리아가 나에게 멀미약 한 보따리를 싸주었다. 그녀의 말처럼 그녀는 나의 엄마였고 사람들도 그러려니 생각했다. 카산드라는 면역력을 강화시켜주는 에키나신과 비타민 C, 혈액을 맑게 해준다는 고양이발톱, 요도염에 좋다는 크렌베리-드라제, 경련을 막아주는 칼슘정제를 챙겨주었다. 하지만 바다가 미쳐 날뛰면 이 모든 것도 나에겐 아무 소용이 없었다.

앞으로 일주일 동안 나는 혼자이다. 오로지 망망대해만 있을 뿐이다.

그러나 피할 수 없는 일이었다. 우리가 누구인지 알아내는 일은 불가피한 일이다. 더구나 타인이란 존재도 없이. 우리는 정말 누구인가. 나는 이 말을 주문처럼 되풀이하였다. 그것은 올리비아의 또 다른 화두이기도 했다.

지금 나는 생각해본다. 내가 생각하고 있는 것을 당신은 아느냐고. 우리가 함께 있을 때 나는 내가 누구인지 알기 원했다.

그리고 당신. 당신은 누구였던가?

나와 당신은 어쩌면 한 번도 진정한 관계를 맺지 못했다고 생각한다.

앞으로 일주일 동안 그 답을 찾아야 한다.

왜 나는 이것을 해야만 하는지? 정말로 내가 누구인지를 말할 수 있다면 좋겠다는 생각 때문이다. 마리나, 당신을 알게 되어 정말 다행이에요. 어느 날 오후 나비가 꿀을 찾아 이리저리 날고 있을 때 올리비아가 나에게 이렇게 말했다.

이제 나는 3개월 전 시작되었던 고민의 끝에 있고, 그 고민은 바다로부터 멀리 떨어져 나와 나 자신인 그 여자로부터 멀어져 갔다. 그 여자는 이제 모험을 감행하고 모험 속에 자신의 운명을 걸었다. 그게 아니라면 적어도 삶의 방식을 바꾸려 한다.

이 말을 적고 있는 지금 처음으로 실감이 난다.

항구를 떠난 지 두 시간쯤 지난 것 같았다. 파도는 점점 거세지고 있다.

그러나 이 모든 것은 지나가리라. 그것을 당신이 나보다 더 잘 알고 있다. 바다는 결코 잔잔한 적이 없다. 삶이 그러하듯 바다는 항상 출렁거린다. 그리고 우리는 그 바다를 있는 그대로 받아들여야 한다. 항상 주의 깊게. 항상 움직이면서. 사귄 지 얼마 되지 않는 이 여자들에게 나의 계획을 말하던 그날, 올리비아는 이렇게 말했다.

염세주의자는 바람을 한탄하고
낙관주의자는 바람의 방향이 바뀌길 바라며
현실주의자는 돛을 하나 더 올린다.
돛을 하나 더 올리는 일. 나는 그렇게 할 것이다.
이것이 생존과 파멸의 갈림길이기 때문이다.

빈집의 고양이

죽어버리는 행위는, 고양이에겐 해선 안 되는 짓이다.
혼자 남은 고양이가 이 텅 빈 아파트에서 과연 무엇을 할 수
있으리.
벽을 타고 기어오르기.
가구들 사이에서 몸을 문지르기……

대학 시절 비스와바 쉼보르스카(Wisława Szymborska, 1923~2012.
폴란드의 시인. 1996 노벨문학상 수상)의 이 시를 읽고 얼마나 감동했던
가. 그 당시에는 이 시인이 누구인지 아는 사람이 거의 없었다.
그녀가 나중에 노벨문학상을 받게 되자 그녀의 이름이 사람들
입에 오르기 시작했다. 나는 이 시를 좋아했다. 당신은 그때 고
양이를 기르지 않았고 우리 집도 비어 있지 않았기 때문이었다.
내가 집에서 마지막 물건을 옮기던 그날, 갑자기 이 시가 떠올
랐다.
나는 또각거리는 구두굽 소리가 고양이를 신경 쓰이게 할까
봐 까치발로 집 안으로 들어갔다. 마룻바닥 위를 걸어다니는 고

양이 발소리가 들렸다. 그리고 곧이어 살찐 고양이가 복도 끝의 블라인드 틈새로 들어온 석양빛에 나타났다. 고양이는 뒷다리에 힘을 주고 하품을 하고 있었다. 고양이가 습관처럼 하는 모습을 보고 조금 안심이 되었다.

아무것도 변한 게 없는 듯하지만
틀림없이 뭔가가 달라졌다.
아무것도 이동한 게 없는 듯하지만
틀림없이 뭔가가 움직였다.
어둠이 찾아와도 이제는 아무도 불을 밝히지 않는다.

"안녕, 캡틴." 나는 쪼그리고 앉았다. "자, 이리 와. 이 뚱보야." 캡틴은 고양이 특유의 무관심한 표정으로 나를 바라보면서 검고 하얀 몸을 쭉 펴더니 벌러덩 옆으로 누웠다. 반가워하는 야옹 소리도 내지 않았다. 기분이 좋을 때면 종종 발 주변을 핥곤 했는데 그런 행동도 하지 않았다. 그래, 나도 사실 그런 것을 기대한 건 아니었다. 고양이는 빠끔히 나를 바라보았고 자기의 주인은 당신이었으며, 나는 그저 먹이가 밥그릇에 충분히 있는 한 관심 둘 필요가 없는 사람이었을 뿐이란 표정이었다.

나는 캡틴에게 다가갔다. 내가 거실에 들어섰을 때 고양이의 태도를 알 수 있었다. 고양이는 내 뒤를 따라오더니 방 한가운데 앉았다. 카펫이 항상 깔려 있던 자리였다. 그림으로 가득 찼던 벽은 이제 그림을 떼어낸 흔적만 남아 있었다. 당신의 서재는 전선이 어지럽게 흩어져 있었고 책장은 텅 비었다. 천장의

전구는 갓도 없는 알맹이 그대로였고 지독한 고양이 오줌 냄새
가 났다. 변하지 않고 남은 유일한 것은 난방기 옆의 고양이 집
이었다.

이곳에선 평소의 그 시각에
더 이상 뭔가가 시작되지 않는다.
이곳에선 지극히 당연한 일과처럼
더 이상 아무 일도 일어나지 않는다.
누군가가 분명히 여기 살았었는데,
어느 날 문득 흔적도 없이 사라져버리더니
고집스럽게도 더 이상 존재하지 않는다.

고양이는 나를 피곤한 듯 쳐다보았다. 그러곤 일어나서 기지
개를 켰다. 그것은 마치 이제는 깔려 있지 않은 카펫을 발톱으
로 긁어보고 싶다는 얘기 같았다. 고양이를 데리고 거실을 한
바퀴 돌면서 달래주었다. 그러자 고양이는 내가 귀 뒤를 쓰다듬
어도 가만히 있었다. 고양이는 내 다리 위로 살금살금 기어 올
라왔다. 고양이가 나에게 항상 시큰둥한 표정을 지었지만 사실
우리는 서로 잘 통하는 사이였다. "뚱보야, 좀 있으면 누군가 널
데리러 올 거야."라고 내가 속삭이듯 말하며 6kg이나 나가는 고
양이를 들어올렸다. 고양이 목에서 기분이 좋아 내는 그르렁 소
리가 느껴졌다. 갑자기 나는 시어머니와 잘 지냈더라면 하는 생
각이 들었다.

"내가 이 고양일 데려가고 싶구나. 내 아들의 새끼 같아

서……." 시어머니는 이렇게 말했었다. 그랬다. 우리들의 새끼가 아니라 그의 새끼라고 시어머니는 말했다. 나는 시어머니의 그 말에 토를 달 수 없었다. 그러나 이제는 이 고양이가 우리들의 지난 삶 가운데 유일하게 숨 쉬는 것이었기 때문에 나로부터 떼어놓고 싶지 않았다.

고양이를 바닥에 내려놓자 고양이는 나를 따라 주방으로 왔다. 먹이는 아직 충분히 남아 있었다. 나는 찬물이 나올 때까지 수도꼭지를 한참 틀어놓은 후에 고양이 밥그릇을 비우고 새 밥을 채워주었다. 밥그릇을 가져다놓자 고양이는 코를 박고 밥을 먹기 전에 나를 바라보았다. 고양이는 혀를 가볍게 놀리며 물을 할짝거렸다. 우리가 아침마다 행했던 일상. 가슴이 설레었다. "제발 돌아와주기를." 쉼보르스카 시의 마지막 구절을 떨리는 목소리로 읊조렸다. 갑자기 싫어진 구절이었다. "제발 돌아와주기를, 제발 나타나주기를. 고양이에게 이런 짓을 해서는 안 된다는 걸 이미 충분히 알았을 테니."

우리 둘은 주방 바닥에 앉아 서로를 쳐다보았다. 나는 우리 둘을 위해 혼자 울었다. 고양이는 사람처럼 울 수 없었기 때문이었다.

홀로 서는 날

"홀로서기!"

스마트폰 화면에 이 말이 대문자로 쓰여 있었다. 땀에 흠뻑 젖은 채 소파에서 깨어났을 때이다. 이 말은 항상 나에게 낯설게 다가왔었다.

"그 일이 너를 홀로 서게 할 거야."

전날 밤 내 소식을 들은 로레나가 한 말이었다. 나는 그녀에게 내가 하게 될 일을 대충 말했다.

로레나는 오스카가 죽은 후에도 내 곁에 남은 유일한 친구였다. 오직 그녀와 모든 것을 함께 나누었다. 그녀는 표현의 무게감을 주기 위해 대문자를 즐겨 쓰는 버릇이 있었다.

홀로서기. 대체 무슨 뜻인가? 누가 누구로부터 독립한단 말인가? 이를 닦으며 거울 속에 비친 내 모습을 보고 자문했다. 도대체 나는 누구인가? 독립적인 나란?

내가 하던 말 중에 부정적인 단어들이 많았다는 것을 깨달았다. 나는 토스트를 입에 문 채로 창가에 있는 제비꽃에 물을 주었다. 제비꽃은 자기에게 붙어사는 귀뚜라미가 싫지만은 않은 듯 보였다. 나는 인스턴트커피에 크림을 넣어 저었다. 그러면서 새로 산 침대를 여전히 사용하지 않고 등이 쑤시는 걸 알면서도 왜 소파에서 자는지를 곰곰이 생각해보았다. 나는 마흔 살이 된 지금에서야 처음으로 일자리를 얻었다. 그리고 그 일을 한다는 것이 지나간 나의 모든 일처럼 자신이 없었다. 새로운 삶의 방식을 택한 사실 때문에 갑자기 불안감이 밀려왔다.

예를 들자면 이런 거였다. 홀로서기와 자유의 차이는 무엇일까? 자유와 외로움의 차이는? 나는 이 말들의 의미를 알지 못했다. 엘리베이터 거울에 비친 이 여자의 모습이 홀로 선 여자의 모습인가? 아니면 자유로운, 그것도 아니라면 외로운 여자의 모습인가? 나는 대답을 뒤로 미루고 천사의 정원을 향하여 걸음을 옮겼다. 아침 9시였다.

나는 왜 그렇게 예민하였던가? 이제 그 물음에 대답하기란 어려운 일이 아니었다. 내가 꽃에 대해 아는 게 하나도 없어서 사람을 대하는 것이 항상 세련되지 못했기 때문이고, 지난 여러 해 동안 진지하게 받아들일 만한 일을 해본 적도 없었기 때문이었다. 나는 진지하게 일을 찾아본 적도 없었다. 솔직하게 말하자면 고고학자로서 일자리를 쉽게 찾을 수 없을 거라고 스스로 판단했다. 그 일은 많은 여행을 의미했고 오스카 당신은 마드리드에 있었기 때문이었다. 그리고 우리 둘 가운데 누가 더 확실한 장래성이 있고 더 많은 돈을 벌며, 승진의 기회와 안정성이 확고한지 따져서 방향을 정하는 것이 분명해 보였다.

안정성. 심오한 뜻을 지닌 말이며, 대문자로 쓰긴 했지만 갑자기 공허한 느낌을 주는 단어이다. 나는 결정을 잘 내리지 못했다. 특별한 이유 없이 그랬다. 그럴 때마다 당신은 나를 확신시키려고 노력했었다. 나를 박물관에 데려가거나 내게 워크숍 참가를 권유하면서 당신은 내 기분을 전환시켜주었다. 어쩌면 당신의 경력이 나보다 낮다고 생각했던 데 대한 마음의 부담감을 덜기 위한 것이었다.

우선순위. 그래, 좋다. 오늘에 대한 이해할 수 없는 말들은 충분히 많다.

길을 따라 걷고 있을 때 나는 갑자기 믿음에 대한 강요를 느꼈다. 마치 영화 〈인디아나 존스 – 최후의 성전〉에서처럼. "너는 믿어야만 해." 해리슨 포드가 마지막 발을 허공에 떼어놓기 전, 숀 코너리가 한 말이다. 지금의 내가 그랬다. 깊은 계곡을 맞닥뜨려 한 발을 허공에 내디디며 나의 발아래로, 나를 계곡의 저편으로 건네다줄 샛길이 생겨나길 바라고 있었다.

그러자 길 건너 저쪽으로 꽃집이 벌써 보였다.

열린 문을 통하여 나의 새 주인이 온실 안 카운터 옆에 난초처럼 서서 두 명의 여자 손님과 이야기 나누고 있는 것을 보았다. 나의 주인은 오늘 핑크빛 밀짚모자를 쓰고 하얀 리넨 원피스와 모자에 어울리는 60년대 식의 얄팍한 안경을 끼고 있었다.

밖에는 금발머리 소녀가 정원을 헤집고 다니며 꽃을 잡아당기고 있었지만 부모는 혼내지 않고 바라보고만 있었다.

"엄마, 내가 이걸 어떻게 설명해야 돼요? 나는 그를 위해 이걸 하고 있어요." 가게 안의 두 여자 가운데 젊은 여자가 말했다. "이건 그냥 꽃다발일 뿐이에요. 그가 나의 손을 잡던 날 가지고 왔던 것과 똑같은 꽃다발이라고요. 이게 단지 주민센터를 위한 것일지라도 나는 상관없어요."

가냘픈 몸매의 그녀는 짧은 반청바지에 흰 블라우스를 입고
있었다. 유명 브랜드의 백을 팔에 걸치고서 가게 안을 이리저리
한가롭게 오가는 모습이 마치 꽃들에 둘러싸인 패션쇼 무대를
걷는 것처럼 보였다.

"당신은 이런 말도 안 되는 소리를 들어본 적이 있나요?" 그
엄마는 올리비아에게 물으며 눈을 휘둥그레 떴다. 그녀는 나이
만 더 먹어 보였을 뿐 딸과 붕어빵이었다. 어깨엔 크기만 다른,
딸과 똑같은 명품 백을 메고 있었다. 꽃집 주인은 전지가위를
들고 마치 외과의사처럼 세심하게 분재를 다듬으며 두 여자가
하는 말을 미소를 머금은 채 주의 깊게 들었다.

그 엄마가 꽃집 주인에게 한 걸음 더 다가서며 말했다. "그렇
지 않은가요? 당신은 어떻게 생각하세요?"

올리비아는 안경테 너머로 그녀를 쳐다보았다.

"들국화 꽃다발은 누구에게나 무난해요. 꽃을 받는 사람이 알
레르기가 있어도 괜찮아요." 올리비아가 안경을 올려 쓰며 말했
다. "더구나 들국화의 꽃말은 '나는 당신을 항상 사랑합니다'예
요. 이 정도 꽃이라면 시작으로 괜찮은 거죠." 딸은 이마를 찌푸
리며 미소를 지었고, 엄마는 팔짱을 끼며 말했다.

"이 애가 법적 혼인을 해요. 더군다나 그 이유가 세금 때문이
에요." 어머니는 하나밖에 없는 귀한 딸이라는 표정을 지으며
딸을 향해 몸을 돌렸다. "겨우 꽃다발만 들고 결혼서약을 하는
건 말도 안 된다고 봐요."

"말도 안 된다고요? 엄마는 정말 그렇게 생각해요?" 그러자

이젠 딸도 의심스러운 모양이었다.

"지금은 그냥 낭만적인 세상은 아닌 거죠." 올리비아가 중얼거렸다.

올리비아는 내가 온 것을 보고 나를 향해 눈인사를 하였다. 나는 바지 주머니에 손을 찔러 넣었다. 어제와 똑같은 옷을 입은 것을 깨닫고 당혹스러웠다.

"안녕하세요. 이름이 뭐라고 했지요?"

"마리나예요." 나는 문가에서 대답했다.

"아, 그랬지요, 마리나. 이리 와서 나 좀 도와줄래요?"

그녀는 분재를 가리키면서 자기 옆에 있는 의자에 앉으라고 했다. 그녀가 나에게 전지가위를 건네주었고 나는 놀란 듯 그녀를 물끄러미 쳐다보았다.

"가지를 조심해서 잘라내요. 어디를 자르는지 내가 알려줄게요. 이건 맥베스 부인의 분재예요." 그러곤 그녀는 막 들어선 손님을 향해 몸을 돌렸다.

"안녕하세요, 어서오세요."

실례지만 누구의 분재라고요? 나는 혼자 속으로 중얼거렸다. 그리고 막 들어선 손님을 바라보았다. 뭔가 매우 급해 보이는 그녀는 다른 두 여자 뒤에 선 채 아주 큰 핑크색 장미꽃다발을 두 팔로 안고 있었다. 가게 앞에 놓인 커다란 꽃병에서 뽑아 온 꽃다발이었다. 그녀는 내 나이 또래였고 숱이 많은 갈색 머리를 말총머리처럼 질끈 묶고 있었다. 도톰한 입술은 무언가를 경멸하듯 주름이 많았다. 턱에 애교점이 있었고 둥근 눈이 매력적이었다. 가냘픈 몸매는 섹시했고 고상한 밝은 회색 바지를 입고 있었다.

"안녕하세요." 그녀가 시큰둥하게 대답했다.

뭔지는 몰랐지만 올리비아는 그녀가 나타난 것을 재밌어했다. 그녀는 한쪽 눈썹을 치켜올렸다.

"아마도 카산드라를 위한 거겠지요?"

"맞아요." 바지 차림의 그 여인이 대답하며 꽃다발을 카운터 위에 올려놓았다. "전처럼 같은 주소로 보내주세요."

올리비아는 고개를 끄덕이면서 내가 다음에 자를 가지를 손가락으로 가리켰다. 나는 가위를 대고 마치 가지에 고통을 가하기라도 하는 듯 눈을 질끈 감았다. 그리고 가위를 꾹 눌렀다.

"주소는요?" 올리비아가 이렇게 묻는 말을 들었다.

"항상 같은 주소라고 벌써 말했는데요." 여자 손님이 마뜩잖은 목소리로 대답했다.

올리비아는 그 여자가 중얼거리는 말을 메모지에 적으면서 웃었다.

"외무부, ○○과……."

"네, 맞아요. 바로 그……." 여자 손님이 퉁명스럽게 올리비아의 말을 잘랐다.

그러는 동안 다른 두 여자는 계속해서 수다를 떨었다.

"살 거야 말 거야? 이건 그냥 형식적인 거야." 엄마는 백에서 스프레이를 꺼내 뿌리더니 킁킁거리며 냄새를 맡았다.

"형식적인 거라고요, 뭘 위한 형식이죠, 엄마?"

"뭔가 어색하다고 생각하지 않니? 브루노는 여자들이 별거 아니라고 생각하잖아. 너도 멍청한 여자는 아니잖아. 그리고 너의 동료들 앞에서⋯⋯."

"뭐라고요?!"

"내 말은 네가 한 남자로부터 꽃다발을 받을 만한 여자가 아니란 거야."

딸은 화가 나서 손톱을 물어뜯었다.

핑크빛 밀짚모자를 쓴 여자는 그녀의 관심을 끄는 무언가가 정원에 나타나자 눈을 크게 떴다. 그녀는 손으로 얼굴을 가리고 땋은 머리를 불안하게 만지작거렸다.

"그래 좋아, 오늘은 카산드라를 위해 카드에 뭐라고 쓰지?" 올리비아는 내가 적응하기 어려운 시니컬한 굵은 목소리로 물었다. "*사랑과 진심 어린 소망을 담아서, 아니면 평범하게 영원한 너의 사랑?*"

회색 바지를 입은 여자는 이를 꽉 깨물었다.

올리비아는 꽃다발 속의 장미 가운데서 한 송이를 뽑았다.

"열세 송이는 절대로 안 돼. 열두 송이가 훨씬 나아." 그녀는 장미를 코에 대고 나를 보며 묘하게 웃었다. "진정한 뜻을 담은 것이지요. 핑크빛 장미로 만든 꽃다발보다 더 복잡한 꽃의 인사말은 없다는 사실 알고 있지요? 이 꽃은 오각형 별, 비너스의 오각형, 항해의 별과 비슷하죠. 영어, 프랑스어 그리고 독일어로는 로즈라고 해요. 로즈의 철자를 잘 섞어보면 에로스를 거꾸로 한 거랑 같아요. 섹스의 신 에로스. 그 사랑은 식탁을 장식할 때 말한 것에 대한 침묵을 요구해요. 그리고 남자는 여자에게 정열의 상징으로 이 꽃을 선물하지요."

올리비아는 꽃다발을 갈색 종이로 싸서 노끈으로 묶으며 파란 눈을 더욱 크게 떴다. "장미는 은밀한 사랑의 상징이에요. 장미의 꽃망울이 열리면 자기의 마음은 닫은 채 죽음을 기다리기 때문이죠. 핑크빛 장미보다 신비하고 의미 있는 꽃은 없어요."

누군가 순간정지 버튼을 누른 것만 같이 갑자기 조용해졌다. 손님들 모두 장미꽃다발에 넋을 잃었고 우리는 손님들을 놀란 듯 바라보았다. 어느덧 장미꽃다발은 신비스러운 자태를 한껏 뽐내고 있었다. 오피스룩 차림의 여자는 신용카드가 든 지갑을 카탈로그처럼 펼쳤다. 그리고 정원 안을 들여다보지 않으려 애쓰면서 신용카드 하나를 꺼내어 애원하듯 내밀었다.

"빨리 끝내면 좋겠어요. 서둘러야 하거든요."

나는 올리비아의 말을 건성건성 들으며 서툰 솜씨로 분재 나뭇가지 하나를 잘라냈다. 가지 잎에는 구멍이 송송 뚫려 있었다.

올리비아는 바닥에 떨어진 가지를 주워들어 내 얼굴 가까이 내보였다.

"마리나, 이건 괜찮은 거예요. 이 분재는 천 년이 넘었어요. 이 가지 하나가 자라기까지는 최소한 십 년이 걸려요. 극장에 보내야 하는 건데."

극장? 천 년? 나는 실수로 사람의 다리를 절단한 것처럼 깜짝 놀라서 가지를 쳐다보았다. 바지 차림의 여자는 가게 밖의 소녀를 곁눈질로 바라보고 있었다. 그 소녀는 부모와 함께 나무와 화분 사이를 걸어오고 있었다.

갑자기 그녀의 푸른 눈에 눈물이 그렁그렁했다. 그녀는 커다란 가방을 땅바닥에 내려놓고 겉옷을 벗어 어깨에 걸친 채 카운터에서 전단지 한 장을 집어 들어 부채질을 하였다. 그리고 젊은 신부에게 몸을 돌렸다.

"하나만 물어봐도 돼요? 당신의 약혼자는 당신에게 꽃을 선물할 만큼 뻔뻔한 성격의 소유자인가요?"

젊은 여자는 고개를 끄덕였고, 그녀의 엄마는 요란스럽게 부채질을 했다.

"그렇긴 해요. 그리고 당신은 내가 딸을 아무 남자에게나 매달리는 막되어먹은 여자로 키우지 않았다는 사실을 알게 될 거예요. 그런 건 우리 세대에 벌써 충분했어요." 그녀는 다시 한 번 코를 풀었다. "예를 들면 나나 당신의 아버지 세대 때 말이죠."

"엄마, 이제 그만해요." 딸이 집게손가락을 치켜세우면서 위협하듯 말했다.

"정말 솔직하게 얘기하자면……." 엄마는 또다시 말문을 열었고 딸은 엄마의 말을 무시하는 듯 보였다. "나는 네가 왜 결혼을 하려는지 도무지 이해할 수가 없어."

"그게 정말 중요한 문제죠. 내가 그와 결혼하려는 건 그가 나에게 청혼을 했기 때문이에요, 엄마."

"그러면 너는 그 사람이 벽에 머리를 박자고 해도 할 거니?"

"어머나, 당신은 은유의 달인이네요." 올리비아가 웃으며 말했다.

"내가 바라는 건 최소한 네가 재산을 분리해서 관리하는 거야. 결혼! 너는 이혼이란 게 고작 쓸데없는 종이 한 장에 불과하단 걸 알아? 나와 네 아빠를 좀 봐라."

바지 차림의 여자는 성의 없이 영수증에 서명을 한 후 가방을 챙기고 바닥에 떨어진 재킷을 집어 올렸다. 그녀는 재킷을 탈탈

털더니 가방을 둘러매고 날카로운 눈초리로 젊은 여자를 쳐다보았다.

"서로 잘 아는 사이는 아니지만 두 가지만 물어보고 싶군요. 결혼은 당신이 결정한 것인데 왜 그걸 가지고 다른 사람이 왈가왈부하는 거죠? 그리고 그렇게 고상한 당신 어머니가 왜 당신 아버지와 결혼을 한 거죠?" 그녀는 잽싼 동작으로 머리를 다시 땋아 내리고 하이힐을 또박거리며 가게에서 나갔다. 그녀가 떠난 자리엔 바닐라 향기가 남았고 나머지 두 사람은 눈을 휘둥그레 뜨고 있었다. 그녀는 개구쟁이 소녀의 부모와 함께 정원을 둘러보고 있었다. 개구쟁이 소녀는 그네를 발견하고는 신나게 타고 있었다. 그 남자는 오피스룩 차림의 여자를 곁눈질로 훔쳐보았다. 소녀의 엄마가 아이를 진정시키고 있는 동안 오피스룩 차림의 여자는 그 시선에 곤혹스러워했다. 잠시 딸로부터 시선을 떼고 고개를 들어 바라보았을 때 그녀는 아무 말도 못 한 채 올리브나무처럼 꼿꼿이 서 있었다. 그러는 사이 정원을 나가고 있는 여자를 물끄러미 바라보고 있는 남편을 보았다.

올리비아는 손에 든 가위를 내게 건네주었다.

"아, 저런⋯⋯." 그녀가 한숨을 쉬었다. "더 이상 필요하지 않은 것만 그냥 짧게 잘라 다듬을 수 있으면 좋을 텐데."

그때까지는 누군지도 몰랐던 카산드라가 아무 말도 않고 있다가 천사의 정원을 나간 것을 나중에서야 알았다.

카산드라는 슈퍼우먼으로 소문이 자자했다. 흠잡을 데 없는 얼굴, 추측하건대 한 번도 울어본 적이 없는 것 같은 눈, 차분한 표정과 합리적인 사고력을 가진 여자였다. 그녀는 외무부의 경비원에게 인사를 했다. 대수롭지 않은 듯 샤넬 백을 보안검색대 위에 올려놓고 출입문을 통과했다. 그러나 금속탐지기는 폭발 직전에 있는 그녀의 마음속 폭탄은 감지하지 못했다.

검색대 위의 가방을 다시 집어 들었을 때 그녀는 스마트폰이 진동하는 것을 알았다. 꽃집에서 천방지축 딸의 손에 이끌리며 정원에 심을 꽃이 국화가 좋겠냐, 아니면 튤립이 좋겠냐는 아내의 질문을 받던 그 남자가 보낸 메시지였다. 카산드라는 사무실로 가면서 이마에 흐른 땀을 고상하게 톡톡 닦아냈다. 그녀가 직원들에게 인사했으나 동료인 몬손과 베르메호는 아는 척도 안 했다. 두 사람은 카산드라에게 몸을 돌려 그녀 뒤에서 꼼짝 않고 서 있었다. 카산드라가 비서실에 도착하자 파울라는 카산드라의 재킷을 벗겨주고 아이스커피를 받아 들며 브뤼셀에서 열리는 회의 자료를 넘겨주었다. 그녀는 계획보다 이틀 빨리 출발하게 되었다.

카산드라는 평소보다 더 조용히 사무실 문을 닫은 후 깔끔하게 정돈된 책상 앞에 앉았다. 책상 위에는 세 가지 물건만 눈에 띄었다. 제임스 본드가 들고 다닐 만한 스테인리스 재질의 USB, 딸기맛 껌이 가득 든 스테인리스 깡통, 빨간 표지에 싸인 자넷 윈터슨(Jeannete Winterson. 영국의 여성작가)의 영어판 *몸 위에 쓰이다* 가 전부였다. 책 위에는 '믿을 만한'이라고 크게 쓰인 쪽지가 놓여 있었다.

카산드라는 가방에서 스마트폰을 꺼내어 메시지를 읽었다.

그녀는 메시지를 하나하나 읽고 처음부터 다시 읽었다. 짧은 문장들을 외우려 하는 듯했다. 그러면서 그녀는 쓴 약을 먹는 사람처럼 숨을 멈췄다. 무언가를 전달하려고 온 사람이 있다고 파울라가 말할 때까지 그녀는 메시지를 읽었다.

똑같은 보안검색, 똑같은 복도와 동료들의 한결같은 시선을 거쳐, 지나치게 큰 핑크빛 장미꽃다발이 천사의 정원에서 카산드라 벨레즈의 사무실로 배달되었다. 사람들이 말하길 일만을 위해 살고 어떠한 사생활도 누리지 않으며, 차가운 마음의 소유자이자 그 누구도 신뢰하지 않는다는 그 여자를 위한 꽃다발이었다.

그럭저럭 나는 꽃집에서 일을 해나가기 시작했다. 새로운 여주인의 일손을 돕기도 하면서.

"죄송해요, 이렇게 늦은 줄 몰랐어요." 내가 말했다. "지금이 몇 시인지 전혀 모르고 있었어요."

"걱정할 필요 없어요." 올리비아가 내 말문을 막으며 판매대 밑에서 왕골바구니를 꺼냈다. "장례식에 필요한 조화를 당신과 같이 만들려고 기다렸던 것뿐이에요. 이 백합꽃은 친구에게 보내려고요." 그녀는 이렇게 말하면서 아직 반쯤밖에 피지 않은 꽃을 골랐다. "저 밖의 말괄량이 소녀가 조용해지면 그때 시작해요."

그 어린아이는 아빠의 손을 뿌리치려 애쓰면서 위아래로 날뛰었다. 소녀의 아빠는 한 손으로 딸을 꼭 잡고 어찌할 바를 모르면서 다른 한 손으로 문자메시지를 보내고 있었다.

"분재 때문에 정말 죄송해요." 내가 말했다.

올리비아는 모자를 바르게 고쳐 쓰고 계산대에 있는 열쇠를 집었다. "당신이 맥베스 부인에게 미안하다고 하면 돼요." 그녀가 말했다. 그리고 뒷짐을 진 채 물었다. "당신은 말끝마다 항상 '죄송해요'라고 말하나요?"

우리가 나오기 전에 그녀는 나무 표지판을 문에 걸었다. 나는 그것을 자세히 살펴보기 위해 가까이 갔다. 그것은 꽃으로 글자를 형상화한 것이었다. 각각의 꽃들이 유화로 세심하게 그려져 있었다. 나는 거의 본능적으로 제비꽃을 찾았다. *겸손, 수줍음, 배려*라고 쓰여 있었다.

올리비아는 나를 서둘러 내보내고 문을 닫았다.

"많이 피곤해 보여요." 그렇게 말하고서 그녀는 재미있다는 듯 눈을 깜빡거리며 "귀뚜라미 때문에 잠을 못 잤나요?"라고 했다.

솔직히 말하면 어젯밤에 잠을 어떻게 잤는지 거의 생각이 나질 않았다. 불편한 소파 때문만은 아니었다. 어쨌든 편하게 잔 것은 아니었고, 매일 아침 나는 기진맥진해서 일어났다.

석 달 후 여행을 떠나기 전에 나는 '*잠을 잔다고 평온이 오지 않는다. 오히려 깨어 있어야 가능하다*'라고 적힌 나무 표지판을 천사의 정원에 남겨놓았다. 거친 파도에 흔들림이 평온을 가져다준다는 걸 미리 알았던 것일까?

젊은 여자와 바다

어렸을 때 『노인과 바다』를 읽었었다. 그리고 묘하게도 나는 그 책을 당신의 선실에서 방금 발견하였다. 선실에는 당신의 책들이 여러 권 있었다. 『오디세이』, 바리코(이탈리아의 현대소설가)의 『오케아노스 바다』, 『모비 딕』, 『보물섬』, 잭 런던(미국의 현대작가)의 『바다늑대』, 살가리(이탈리아의 현대작가)의 『검은 해적선』, 요셉 콘라드의 『태풍』, 비요른 라르손(스웨덴의 현대소설가)의 『롱 존 실버』, 그리고 당신이 가장 아끼던 『노인과 바다』. 만일 그 노인이 자신과 대화를 하지 못했더라면 노인은 물고기를 포기했거나 미쳐버렸을 것이라고 당신은 여러 번 말했다.

"마리, 뱃사람은 혼자서도 대화를 할 수 있어야 해." 당신이 이렇게 말하는 것을 나는 자주 들었고, 바다의 신 넵튠을 저주라도 할 듯이 배의 난간에 매달려 있는 당신을 보면서 나는 웃지 않으려고 입술을 깨물곤 하였다. 하지만 그 노인은 바다와 싸워 이겼고 지금 나는 바다와 싸우고 있는 것이 아니라 나 자신과, 변화 앞에 닥친 두려움과 싸우고 있는 것인지도 모른다. 만일 내가 오랜 시간이 흐른 뒤 갑자기 나 자신을 법정에 세운다면 파멸에 빠지게 될지 알 게 뭔가? 그런데 우습게도 나는 지금 주변 환경의 요소를 나의 동반자로 삼았다.

지금 막 나는 마자론 해협을 통과하여 푼타 델 케로를 지났다. 20마일을 항해하면서 갈매기 한 마리도 보지 못했다. 20마일을 항해하는 동안 물고기 한 마리, 그 흔한 해파리조차 못 보았다.

나는 지금 무엇을 느끼고 있는 걸까? 외로움? 자유? 홀로서기? 바다는 생기 없는 푸른색의 거대한 덩어리처럼 보였고 나의 배 *피터 팬*은 그 덩어리를 칼처럼 가르고 있었다. 이제 조금씩 바람이 불기 시작했다.

"마리, 로프를 바짝 당겨." 나는 혼자서 크게 소리쳤다. "로프를 팽팽하게 당겨야 해. 그렇지 않으면 돛이 펄럭이고 말 거야."

그러면서 나는 교관이 가르치듯이 크게 외쳤다. 당신은 나와 함께 배를 타고 갈 때면 나에게 항상 그런 식으로 말했다.

그랬다. 나는 한 번도 그것에 대꾸한 적이 없었다. 그저 로프를 당겨 돛을 하나 올렸을 뿐이었다.

가장 큰 돛. 돛이 바람에 조금 나부꼈다. 나는 돛을 어느 정도 팽팽하게 펼쳐 높이 세우는 데 성공하였다. 돛이 펼쳐졌음에도 불구하고 배의 모터를 끄지 않고 계속 켜놓았다. 솔직히 말하면 돛에 그려진 커다란 제비꽃을 보는 것이 두려웠다. 제비꽃의 꽃잎이 바람에 날려갈 것만 같이 느껴졌다.

갑자기 허무가 몰려왔다. 배도, 물고기도, 갈매기도 한 마리 없는 그러한 텅 빈 느낌.

내가 바다에 홀로 있다는 외로움을 이겨내기 위해 할 수 있는 일이란, 혼잣말을 하는 거 말고는 육지를 떠올리는 것뿐이었다. 마드리드. 거기서 처음에 올리비아와 카산드라를 만났던 일을 기억하는 것.

카산드라와 나는 긍정적인 면과 부정적인 면을 똑같이 지니고 있었다. 어쩌면 그 이유 때문에 우리가 공감할 수 있었는지도 모른다. 그 때문에 우리의 까칠한 성격이 냉정한 독립심을 키워주었다.

항해 중에 어떠한 결단을 내릴 때마다 나는 그녀를 생각했다. 그리고 오늘 결정적인 순간에 직면해 있다. 바람이 점점 거세지고 있기 때문이다. 배를 안정적으로 유지시키기 위해 나는 돛과 씨름해야만 한다. 풍속이 15노트를 넘어서면 로프를 바짝 당겨야 한다. 20노트가 넘으면 파도가 거칠게 일어 바닷물이 갑판 위로 솟구친다. 30노트부터는 돛대가 부러질 수도 있고 구명보트를 띄워야 한다. 구명보트에 공기를 넣어야만 할까? 하지만 어째서 풍속이 30노트까지 올라가야만 한단 말인가? 비록 바람이 잔잔하다 할지라도 파도는 심연으로부터 거칠게 솟구쳐 오를 것이다. 바다가 제멋대로 구는 한 나는 결단을 내려야 한다.

온몸이 햇볕에 까맣게 그을렸다. 얼굴, 팔, 등짝이 온통 새까맸다. 살갗이 지옥처럼 타오르는 듯했다. 그러나 나는 따가운 햇볕을 당해낼 재간이 없었다. 더군다나 돛을 올렸을 때는 운항에 방해가 되어 그늘막을 펼쳐놓을 수 없었다. 나는 선크림을 잔뜩 바르고 베두인족처럼 두건으로 얼굴을 감쌌다. 그것이 내가 해야 할 첫 번째 결정이었다. 10년 후에 피부암으로 죽는다 할지라도 항해를 하기 위해 돛을 올려야만 했다. *카르페 디엠.*

살면서 가장 중요한 결정은 혼자 내리는 거라고 카산드라가 항상 말했다. 그녀의 아버지는 어떠한 남자에게도 구속되지 말고 살라고 자신을 가르쳤다고 했다. 그런 그녀에 반해서 나는 보수적인 환경에서 자랐다. 나는 남녀공학이 있던 시절에 가톨릭 여학교를 다녔다. 그리고 주변 사람들 대부분이 말하길, 남자가 선장이라고 했다. 그런데도 부모님은 내가 대학을 가야 하고 첫 번째 월급은 집에 가져다줘야 된다고 말했다. 그리고 적어도 아이를 낳을 때까지는 직장생활을 해야 한다고 했다.

그러나 아이를 낳지도 못 하고 다른 남자가 갑자기 나와 당신의 삶에 끼어든다면 무슨 일이 일어날까? 그 누구도 나에게 그런 문제에 대해서 조언을 해준 적이 없었다.

그렇다고 치자. 나는 절대로 그런 것을 원칙으로 정하고 싶지 않았다. 그것은 내가 가정문제에 대해서 우유부단했기 때문이다. 사람들은 나를 그렇게 소심하게 길들여놓았다.

이제는 결단을 내려야 한다. 구명보트를 내려서 펌프질을 해야 할지 아니면 접은 채로 상자에 그대로 두어야 할지 아직도 잘 모르겠다. 바람을 넣은 구명보트가 뱃머리에 놓여 있으면 배를 조종하기가 어려운 것이 거슬린다. 하지만 구명보트가 필요할 경우엔 어쩐단 말인가?

매번 같은 걱정들……

이런 걱정 때문에 나는 선장이 필요했던가? 당신은 이 사실을 누구보다도 잘 알고 있었다. 삶에 대한 소극적인 태도 때문에 나는 한 번도 직장생활을 하지 못했고 해외여행은커녕 어떤 변화도 바라지 않았다. 변화를 시도했다 한들 실패하고 말았을 것이다. 그리고 지금 마흔 살인 나는 바다 위에서 무모한 여행을 하고 있다. 올리비아의 가게에 발을 들여놓기까지 난 사실 스스로 결정을 내리는 일에 전혀 강요를 받지 않았었다.

시간이 흐르면서 내가 결정을 내리지 못하면 다른 사람들이 그 일을 대신한다는 걸 알게 되었다. 그게 아니라면 사람들은 애초부터 자기 일을 다른 사람이 결정하게 하는 걸까.

그렇다면 누가 그 일에 책임을 진단 말인가? 나는 하소연할 자격이 있단 말인가? 당신이 이 세상에서 사라져버리고 나에게 아무것도 남겨놓지 않았다고 내가 당신에게 화를 낼 자격이라도 있단 말인가? 당신은 당신의 삶도 가져갔어야만 했다. 그건 당신의 것이었으니까. 당신의 삶.

몇 시간이 지났다. 바람은 다시 잠잠해졌다. 그러나 파도는 여전히 거칠었다. 빅토리아의 계산에 따르면 아퀼라스는 여기서 남쪽으로 4마일 떨어져 있다. 멀지 않은 거리인 셈이다. *피터 팬*은 큰 돛을 올리고 항해하고 있었다. 돛에 그려진 제비꽃이 떨어져 나가기라도 할 듯 돛이 심하게 펄럭거렸다.

결국 나는 고무보트에 펌프질을 하기로 결심했다. 그러나 고무보트를 어떻게 끄집어내야 할지 몰랐다. 게다가 선반 위에 있는 상자에서 물건을 꺼내려면 머리를 거꾸로 해야 하기 때문에 위장이 뒤집힐 것 같았다. 당신이 여기에 있었더라면, 배 안을 더럽히지 않으려면 밖에 나가서 토하라고 말했을 것이다. 배는 파도 위에서 요동쳤다. 파도가 지나가자 선미로 가서 토했다. 멀미약까지 다 토한 것 같았다. 나는 다시 멀미약을 먹고 드러누웠다. 식은땀이 났다. 육지를 밟고 싶었지만 그러려면 아직 많은 시간이 남아 있었다. 잠시 눈을 감았다.

얼마 후 어지럼증이 가시자 똑바로 설 수 있었다. 일주일간의 연료는 75리터였다. 매시간 모터를 가동할 때마다 반 리터의 연료가 소모되었다. 이런 식으로 계속 간다면 사흘 안에 연료가 바닥이 날 것이다. 어떻게 해서든지 연료를 아껴야 했다. 그러나 나는 모터를 끌 자신이 없었다. 모터가 나를 안전하게 보호하고 있다는 느낌을 주었기 때문이다. 항로를 유지하고 바람의 자비로움을 기대하지 않는 편이 훨씬 쉬웠다.

"이제 돛을 펼칠 때야." 나는 혼자서 크게 말한 후 허공을 향해 소리쳤다. "내가 해야 할 일, 나는 그것을 하고 말 거야. 그리고 거친 바람은 불지 않을 거야."

바다와 하늘의 경계가 희미해지기 시작했다. 밤을 안전하게 보낼 수 있는 정박지 이슬라 데 로스 테레로스가 배의 우현에 나타났다. 닻을 내릴 수 있게 될지는 나도 몰랐다. 잠이 들어 배가 떠밀려가지 않을까 걱정되었다. 운이 나쁘면 세상 끝까지 갈지도 모른다.

어쩌면 나는 베라 아니면 빌라리코스까지 계속 항해를 해야 할 것이다. 빌라리코스엔 작은 항구 두 개가 있다. 그러나 배로 꽉 차 있을 것이다. 이제 내 눈은 거의 감겨오기 시작한다. 여기에서 좀 쉬고 내일 아침 가루차까지 가는 편이 더 나을 것이다.

배의 좌현이 기울었다. 하늘과 바다, 그리고 나의 배는 어둠 속에서 하나가 되었다. 이제 당신은 무슨 말을 하고 싶은지요? "마리, 계속 항해를 해. 오늘 당신은 새벽 4시까지 보름달 빛 속에서 항해를 할 수 있어. 닻을 올리고 계속 힘을 내봐."

나는 웃고 말았을 것이다. 그러면서 입술을 찡그리고 당신이 나에게 마지막으로 한 말을 떠올렸을 것이다.

"마리, 하나만 약속해줘. 딱 한 가지만. 그거 말고 다른 건 다 중요하지 않아. 당신은 죽지 않고 계속 살아남을 거라고 약속해줘."

그 말이 당신이 나를 위해 생각한 전부였던가요? 내가 당신에게 그 빌어먹을 바이킹 무덤을 마련해주고 내가 그 속으로 뛰어들 거라고 생각했나요? 당신은 정말로 그렇게 될 거라고 믿었나요? 나는 갑자기 뛰쳐나가서 로프 근처에 있는 칼을 가져와야겠다는 충동을 느꼈다. 그러나 앞 돛이 활짝 펼쳐질 때까지 로프를 당기고 또 당긴다. 올림포스 산에서 당신이 나에게 기분 나쁘게 지시라도 내리는 듯이. 나는 항로변경을 이렇게 빨리 해본 적이 한 번도 없었다. 더구나 이것을 당신 없이 혼자서 감당한 적도 없었다.

그러자 외로움이 밀려왔다. 그 어느 때보다도 외로웠다.

외로움일까? 자유, 아니면 홀로서기일까?

어쩌면 홀로서기이다. 그래, 어쩌면.

나는 올리비아가 이 모습을 볼 수 있었더라면 했다. 그녀는 내가 이 여행을 해낼 수 있을 거라고 굳게 믿었다. 여행길에 오르는 것은 일단 성공했다. 그러나 모든 것이 더욱 어리석게만 보였고 내가 목적지에 절대로 도달할 수 없을 거란 불안감이 점점 커져만 갔다. 절대로 지브롤터 해협에 도달하지 못할 것이라는.

바다를 유심히 살펴보았다. 어느덧 그 광대함으로 나를 둘러싼 바다는 예측할 수 없는 일들로 가득 차 있었다. 나는 바다로 나온 지 이제 겨우 사흘째였고 이미 파국의 언저리에 닿아 있었다. 잠을 잘 수도, 기운도 나지 않았다.

나를 격려해주었던 친구들의 메시지가 많이 들어와 있기를 바라며 스마트폰을 켰다. 빅토리아는 항해좌표를 알고 싶어 했고, 갈라는 선풍기가 없는 선실에서 어떻게 버티고 있는지를 물었다. 오로라는 훌쩍거리며 음성메시지를 남겨놓았고, 카산드라는 우리가 친구가 되었을 때, 서로 주고받은 약속을 회상하였다.

올리비아로부터 온 소식은 없었다.

올리비아의 침묵은 무엇을 의미할까? 그녀의 비밀스러운 정원에 숨겨진 것과 똑같은 것일까?

"말을 해야 할 때와 침묵해야 할 때를 구분하는 것이 아주 중요해요." 올리비아가 화두처럼 꺼낸 말이었다.

오늘 밤 나는 악몽을 꾸었다. 당신의 뇌에 병이 생겼을 때 나를 엄습했던 묵시록 같은 혼돈의 꿈이었다.

꿈속에서 나는 밀물에 쓸려온 좁은 모래사장 길을 걷고 있었다. 나뭇조각, 의자, 동물의 시체가 떠밀려와 해초 사이에 쌓여 있었다. 새, 물고기, 게, 몇 마리의 양도 있었다. 동물 사체더미에서 나는 악취가 난파선 조각들과 섞여 구토를 일으켰다. 그러나 내가 배를 출발시키려고 할 때 가장 끔찍한 일이 일어났다. 모터의 시동을 걸자 쓰레기 섞인 오수가 아치처럼 뿜어 나왔다. 그 가운데 내 얼굴은 퉁퉁 부어올랐고 눈엔 생기라곤 없었다.

*피터 팬*은 타다 남은 통나무 사이를 뚫고 카론의 배(그리스 신화에 등장하는 카론은 스틱스 강, 아케론 강을 건네주던 뱃사공이다)처럼 바다를 향해 전진하였다. 그러자 갑자기 이 육신들 모두가 당신의 것이란 사실을 깨달았다. 다양했던 나이의 당신. 항상 죽어 있는. 나는 소리를 지르고 말았다. 나는 절망감에 빠진 채 죽어 있는 모든 것으로부터 빠져나오기 위하여 남쪽을 향해 항해했다. 거친 바람을 향하여, 그리고 바다를 향하여.

나는 지금 눈앞에 펼쳐지는 풍경을 만끽하고 있다. 고요한 바다를 비추고 있는 달을 바라보았다. 바다는 살아 있지도, 죽은 것 같지도 않았다. 나는 갑판 위에서 휘청거리다 뱃머리 난간에 앉았다. 발밑에 물거품이 이는 것을 느꼈다. 당신은 내가 바닷속에 발을 담그는 것을 좋아하지 않았다. "난간을 꼭 잡고 있어, 마리. 바람이 세게 불면 머리를 부딪힐지도 몰라." 맞는 말이다. 이번에는 당신의 말을 들으려 한다. 나는 와이어 줄을 손에 감고 머리를 무릎 사이로 수그렸다.

당신이 나에게 이렇게 하라고 일러준 것이 맞았다.

내가 기억할 수 없는 무수한 일들이 있다.

*피터 팬*은 당신이 미리 입력시켜놓은 자동항법장치에 따라 남서쪽으로 항로를 잡았다. 당신은 이 세상을 떠난 후에도 나에게 방향을 지시해주었다. "마리, 잘 들어." 당신의 말이 들린다. "장애물이 나타날 경우에만 항로를 바꾸면 돼." 당신의 목소리가 또렷이 들렸다.

스마트폰이 울렸다. 카산드라가 보낸 메시지였다. 그녀는 사진 한 장을 보냈고 그 사진은 오래되지 않은 과거의 한 장면을 떠올려주었다. 그때 우리 둘은 천사의 정원에서 와인을 마시고 반짝거리는 눈빛으로 입술을 깨물며 약속했다. 우리 모두가 서로를 알게 된 그날 저녁이었다. 다섯 명의 여자들. 그들에겐 한 가지 공통점이 있었고 그것이 그들을 뭉치게 한 유일한 이유였다.

백합으로 구애하다

"최근에 뭔가를 처음으로 해본 적이 언제였나요?"

올리비아가 선별한 백합을 나에게 한 아름 건네주며 물어본 말이었다. 그리고 그녀는 문을 닫은 후 문에 팻말을 걸었다. 거기엔 이렇게 쓰여 있었다.

"잠시 후 돌아오겠습니다. 어쩌면 못 올 수도 있습니다."

"뭔가를 처음 하는 것"은 그녀가 단조로움을 이겨내는 방법임을 나중에 알게 되었다.

이 질문에 답할 수 없을 때 그녀는 그걸 좋지 않은 징조로 여겼고, 작지만 새로운 일을 시도했다. 삶이란 항상 지루한 되풀이와 새로운 발견의 적절한 혼합이라고 그녀는 나에게 말했다. 그때 우리는 정원의 디딤돌을 하나둘씩 밟아가며 걷고 있었다. 우리가 막 나가려고 할 때 문가에 나이 든 여자가 나타났다. 그녀의 핸드백엔 뜨개바늘이 삐죽 나와 있었다.

"올리비아, 잠깐만…… 문 닫지 말아요."

우리는 그녀를 향해 몸을 돌렸다. 그 여자는 키가 작았고, 방금 다듬은 머리가 얼굴을 솜사탕처럼 감싸고 있었다. 연붉은 입술엔 지적인 미소가 감돌았다. 손가락에 쌍가락지 결혼반지를 끼고 있었으며 편안한 슬리퍼를 신고 있었다.

"셀리아, 또 집에서 나온 거예요?" 올리비아가 걱정스럽게 물었다.

"그저 몇 시간만. 약속할게요. 내가 가게를 잠깐만 볼 수 있게 해줘요." 그녀가 애원했다. "그렇지 않으면 오후 내내 손자를 돌봐줘야만 해요. 나는 더 이상 아이를 보고 싶지 않아요. 그래서 병원에 가야 한다고 핑계를 댔어요."

"병원에 간다고 하면 누가 데려다주지 않나요?"

"아뇨. 아무도 그런 건 생각하지 않아요." 셀리아는 눈썹을 치켜올리며 말했다. "이 젊은 여자는 누구죠? 이 가게에서 일하는 사람인가요?"

나는 상냥하게 인사를 했다. 그녀는 내 뺨에 소리가 날 정도로 뽀뽀를 했고 올리비아는 그녀에게 가게 열쇠를 주었다.

"우리가 올 때까지 여기에만 있어요. 화분에 물 주지 말고요. 지난번 당신이 음지식물들을 다 썩어 죽게 만들었어요."

"그러면 저 밖에 말라 보이는 것들은 어떻게 할까요?"

"거기에도 물을 주면 안 돼요." 올리비아가 힘을 주어 말했다.

평범치 않아 보이는 조그마한 여인은 어깨를 으쓱하더니 열쇠를 받아 들고 천국의 문이라도 들어가는 듯 그녀의 오아시스로 사라졌다.

올리비아는 그녀의 웃는 모습을 바라보고 있는 내 팔을 잡아당기며 길을 건너자고 했다.

"마리나, 이건 분명히 알고 있어야 해요." 올리비아가 말했다. "당신에게 일어나는 일은 이제 아주 특별한 상황이란 걸요."

나는 화가 나는 것을 참기 위해 입술을 꼭 다물고 마지못한 듯이 그녀 뒤를 따랐다. 도대체 이 여자를 어떻게 생각해야 한단 말인가? 그녀는 내가 지금 최근에 겪은 일을 전혀 알지 못했다. 나에 대해 아는 것이 하나도 없었다. 정말 아무것도.

"우리가 살면서 평온한 삶을 깨뜨리는 어려운 일을 겪게 되면, 그 일을 받아들일지, 당신이란 사람을 잘 설명할 수 있을지, 하는 문제에 맞닥뜨리게 돼요." 올리비아는 하얀 부채로 부채질을 하면서 말을 이어갔다. 그 부채는 그녀의 리넨 옷과 잘 어울렸다. 그녀의 귀걸이에 매달린 두 마리의 반짝거리는 나비는 그녀 뒤를 따라 날아오는 것처럼 보였다.

갑자기 올리비아가 경찰관에게 달려갔다. 그는 불법 주차된 자전거를 막 치우려던 참이었다.

"잠깐만요! 잠깐만, 경찰아저씨. 그 자전거 제 거예요." 올리비아가 소리쳤다. 흥분한 나머지 그녀의 핑크빛 밀짚모자가 머리에서 떨어졌다.

"아주머니, 자전거를 영사관 주차장에 세워놨어요. 여기 세우면 안 됩니다."

올리비아는 입술을 삐죽거리더니 애교 있는 목소리로 상냥하게 말했다.

"아, 죄송해요. 정말 몰랐어요. 저는 영사관이 이곳을 오후에만 사용하는 줄 알았어요. 아무도 여기에 차를 세워놓지 않길래."

"영사관 자동차에 누군가 흠집을 내어놓았다고 신고가 들어왔습니다. 그 일에 대해 혹시 아는 게 있으신지요?"

올리비아는 눈을 흘겨 뜨며 "저 같은 여자가 그런 일을 할 수 있다고 생각하는 건 아니겠죠? 잘못해서 자전거로 차에 부딪힐 순 있다고 생각해요. 보시다시피 제가 이제 젊지는 않거든요."

경찰관이 쓴웃음을 지었다.

올리비아는 지나칠 정도로 공손하게 사과를 하고 자동차의 흠집에 자기 책임이 있다면 변상을 하겠다고 말하며 경찰관에게 명함을 주었다. 경찰관은 큰 소리로 "엘레나 페레"라고 읽고서 말했다. "정말 고맙습니다, 페레 여사님. 좋은 하루 되십시오."

올리비아는 내가 들고 있던 백합을 경찰관에게 건네주며 말했다.

"고마워요, 아저씨. 좋은 하루 되길 바라요."

그리고 두 사람은 서로가 흐뭇하게 헤어졌다.

올리비아는 계속 나를 이끌고 갔다.

"페레 씨, 잠깐만요!" 경찰관이 부르는 소리가 들렸다. "자전거를 가지고 가셔야죠!"

"지금 열쇠를 가지고 있지 않아요. 열쇠를 가지고 올 테니 걱정하지 마세요."

우리가 모퉁이를 돌아 아토차 거리로 들어섰을 때, 나는 더 이상 참지 못하고 물었다. "당신 이름이 올리비아가 아니었던가요?"

그녀는 샌들이 벗어질 정도로 빨리 걸었다. "사실 그 명함은 내 것이 아니에요." 그녀가 키득거리며 웃었다. "복수는 달콤한 법."

엘레네 페레는 올리비아 친구에게 방을 빌려준 사람인데 보증금을 되돌려주지 않았었다.

"하지만 자전거 열쇠를 가져오는 게 낫지 않겠어요?"

"아뇨, 저 자전거도 내 것이 아니에요."

그녀의 뒤를 따르던 나는 어리둥절했다. 우리는 모뉴멘탈 극장 앞에 이르렀다. 그곳에선 오디션을 앞둔 음악가들이 옹기종기 모여 담배를 피우고 있었고 그들 사이엔 악기케이스들이 놓여 있었다. 34번지의 건물은 매우 위엄 있는 건물로, 그 건물은 과거의 고귀한 자부심을 품고 있는 옛 궁전이었다. 사람들의 발길로 반들거리는 넓은 계단을 오르면 일층이 시작된다. 벨소리가 찌르릉 울렸다. 금속문패엔 콜리브리라고 적혀 있었다.

금발의 여자가 문을 열어주었다. 그녀는 얇은 면소재의 옷을 입고 있었다. 몸매가 풍성했으며 산딸기색 피부는 부드럽고 투명했고 손가락은 루벤스가 그려놓은 것 같았다.

"잘 있었어요?" 올리비아는 그녀의 뺨에 키스했다.

"살을 좀 뺐나 봐요?"

금발 여자의 웃음은 호탕했고 그녀의 몸매처럼 넉넉했다.

"사람들이 나에게 겉치레 말을 얼마나 많이 하는지 당신도 잘 알잖아요." 그녀는 배를 안으로 집어넣었다. "사람은 절대로 만족할 만큼 날씬하거나 부자가 될 수 없어요."

"그거 바이런이 한 말 아닌가요?"

"아뇨. 하지만 바이런에게 어울릴 법한 말이죠. 이 말은 코코 샤넬이 했어요."

백만장자 패션의 여왕이 했던 이 말은 분명히 올리비아가 마드리드의 가장 중요한 쇼룸을 소유한 이 비너스에 대한 만트라 였다.

"이쪽은 마리나예요. 나를 도와주고 있죠." 올리비아가 밀짚 모자를 벗고 선풍기 앞에 얼굴을 대면서 나를 소개했다. "마리 나가 꽃에 대해서 아는 게 하나도 없어서 채용했어요. 마리나는 무슨 사정이 있는 것 같은데 얘기하길 꺼려해요. 그래서 우리가 마리나를 도와줘야만 하는데 언제 도와야 할지는 나도 잘 모르 겠어요. 최근에 이 동네로 이사를 왔지요."

"안녕하세요, 마리나." 금발의 비너스가 나에게 두 번의 손키 스를 보내면서 내 주변을 한 바퀴 돌았다. "이럴 수가 있나요. 군살이 전혀 없네요. 기차가 당신을 깔고 지나간 것처럼 보이네 요. 만나서 반가워요. 갈라라고 해요."

"만나서 반가워요." 아주 고상한 척하면서 나의 낡은 청바지 를 바라보며 대했던 그녀의 무례함에 나는 이렇게 얼버무렸다.

"내가 보기에 저 여자는 뭔가 해보고자 여기에 온 거 같은 데." 갈라가 올리비아에게 말했다. "한번 두고 봐야죠." 가게 안 의 휘황한 불빛 속에서 올리비아가 말했다.

나는 풍만한 비너스 같은 갈라의 뒤를 따라 높은 천장과 미 닫이문이 있는 방을 지나갔다. 발코니의 문을 통해서 햇빛이 환 하게 비쳤다. 방에는 고급소재로 만든 수백 벌의 옷들이 행어에 걸려 있었다. 방 끝에 있는 커다란 거울에 내 모습이 비쳤다. 화 려한 방 안에서 내 모습은 더욱 초라하게 보였다. 거울 옆에는 아주 모던한 터키색 소파가 있었고 올리비아는 거기에 앉았다.

나는 지나치면서 손가락 끝으로 마치 나비의 날개를 만지듯 조심스럽게 섬세한 천들을 느껴보았다. 갈라는 듬직한 몸을 날쌔게 움직여 방에서 나가더니 잠시 후 꽃병을 들고 와 백합을 꽂아 창가에 놓으며 감탄사를 늘어놓았다. 얼마나 아름다운 꽃인가 하며 좋아했다. 자기가 꼭 원했던 꽃이라고 말했다. 나는 그때까지만 해도 꽃에 대해 얘기하는 그녀의 말을 하나도 알아듣지 못했다. 그러나 갈라는 백합에 대해 아주 교태스럽게 말했다. 그녀는 소녀처럼 금발머리를 한쪽으로 치우치게 땋아 내렸고, 그 덕분에 그녀의 나이가 마흔이란 걸 짐작하기 어려웠다. 자줏빛에 가까운 눈동자는 하트처럼 생긴 인형 같은 얼굴에 두 개의 자수정이 박힌 듯 광채를 뿜어냈고, 입술은 언제고 키스를 할 준비가 되어 있는 듯했다. 개성이 강한 옷차림은 풍만한 육체, 굴곡 있는 몸매를 드러나게 했다. 가끔씩 어깨와 무릎, 가슴이 드러나 보였다.

그녀는 정말 아름다웠다. 그런데도 그녀는 자신의 몸에 조그만 변화가 생기는 걸 알고 젊은 시절이 지나감을 한탄하였다. 갈라는 스스로가 말했듯이 "이 일 저 일"을 했었다. 그리고 빅사이즈 모델 일을 하면서 콜리브리란 디자이너를 알게 되었고 한동안 그와 함께 회사를 운영했다. 그러나 회사가 어려움에 처하게 되자 그녀는 자기의 사업지분을 처분하고 월급쟁이로 활동하기를 원했다. 그때부터 그녀는 마드리드에서 콜리브리 브랜드의 유일한 지점을 운영하면서 연극배우, TV 방송 사회자, 파티와 이벤트행사를 위한 옷을 대여하고 있었다. 나는 올리비아가 그녀의 쇼룸을 신선한 꽃으로 장식해주고 그 대가로 옷을 받는다는 걸 나중에 알게 되었다. 오늘은 불가사리처럼 막 피어나기 전의 백합 한 다발을 주고 옷 한 벌을 받았다.

"이걸 한번 입어봐요." 갈라가 말하며 조각조각 맞추어진 옷을 나에게 건네었다.

"저는 옷값을 낼 수가 없어요." 내가 서둘러 말했다. "이제 막이사를 왔고 또……."

"아, 그건 걱정 말아요. 옷만 잘 맞으면 돼요. 그리고 누가 그옷을 어디서 샀냐고 물으면 그것만 잘 얘기해주면 돼요. 다음주에 다시 와서 다른 옷을 찾아봐요." 내가 마네킹이라도 되는양 그녀는 내 앞에 옷을 들고 서 있었다. "운 좋게도 당신은 몸이 아주 날씬하네요. 전에 팔지 못했던 가장 작은 사이즈의 옷도 맞겠어요. 나한테 맞추기 위해선 두 조각을 냈어야만 했는데. 아, 여기 이 연두색 옷이 가장 멋질 거 같은데."

갈라는 나를 구석으로 데려가 붉은 공단의 커튼을 걷고 마치마법사처럼 나를 그 뒤로 밀어 넣었다.

마치 껍질을 벗듯이 내가 땀에 찌든 옷을 벗고 있는 동안 두여자가 밖에서 수다 떠는 소리가 들렸다.

"이 사람이 당신의 멋진 변호사인가요?" 올리비아가 물었다.

"맞아요. 그런데 사진으로 보기에 아주 그렇게 멋져 보이진않아요." 웃음소리가 울려 퍼졌다.

"그런데 당신들은 벌써 한 달 전부터 동거하지 않았나요? 그렇게 계속 있는 게 지루하지 않아요?"

"그러게요. 뭐라고 말을 해야 할지. 유감스럽게도 그 남자가오셀로(불신으로 스스로 파멸한 셰익스피어의 작중 인물)로 변하기 시작했어요. 그게 가장 커다란 고민거리죠. 얼마 전에 그가 화가 났었는데, 내가 이 사진을 나의 전 남자친구에게 보냈기 때문이었죠."

잠시 침묵이 흐르고 선풍기 날개가 돌아가는 소리만 들렸다.

"그 사진 속의 당신이 반라가 아니었더라면 그가 그렇게 화를 내진 않았을 거예요." 올리비아가 말하는 소리가 들렸다.

"불쌍한 그 남자는 나를 그리워해요. 그를 위해 뭔가 좋은 일을 하고 싶었어요."

"오, 갈라. 당신은 정말 겁도 없군요. 정말 한 트럭의 남자가 당신의 사랑 때문에 눈이 멀었어요."

"사랑이라고요?" 다시 한바탕 웃음소리가 들렸다. "누가 여기서 사랑을 말하겠어요?"

나는 마침내 내 몸을 옷에 구겨 넣었다. 새 옷 냄새가 났다. 옷을 갈아입으며 다 벗겨져 지저분해진 페디큐어를 보고 깜짝 놀랐다. 나는 까치발로 탈의실을 걸어 나왔다.

두 여자가 나를 향해 몸을 돌렸다.

"세상에나!" 갈라가 놀란 듯 말했다. "녹색은 분명히 저 여자에게 맞지 않네요. 녹색을 입혀놓으니 하얀 피부와 검은 머리 때문에 좀비처럼 보여요."

그녀는 성큼성큼 방으로 들어가더니 여섯 벌의 옷과 굽 높은 샌들을 들고 나왔다.

나는 풀이 죽은 채 다시 탈의실로 들어갔다. 그리고 샌들을 신으려고 벽에 기대자 등 뒤의 벽이 움직였다. 벽에 문이 있었다. 그 문을 열었다. 문 뒤에는 작은 공간이 있었고 옷 대신 책이 작은 도서관처럼 쌓여 있었다. 창가의 책상 위에선 선풍기가 웅웅거리며 돌아갔다. 그리고 소파에서 한 남자가 잠을 자고 있었다. 그의 머리칼은 다 세웠다. 벌거벗은 채였다.

나는 황급히 문을 닫고 서둘러 옷을 갈아입었다. 오렌지색 꽃무늬가 있는 옷을 골라 입었고 갈라와 올리비아는 그 옷이 잘 어울린다고 말했다.

"신발도 한번 신어봐요." 갈라가 말했다. "원래 내 거였는데 어차피 작아서 안 맞아요. 당신에겐 아주 잘 어울리네요."

그녀는 나에게 그 옷을 그대로 입고 있으라고 말했고 내가 벗어놓은 옷을 크리스챤 디올 쇼핑백에 담아주었다.

"이제 할 일이 뭐죠?" 갈라가 올리비아에게 물었다.

나의 새로운 여사장님인 올리비아가 바구니에서 지갑을 꺼내어 동전을 세었다. "팁으로 받은 돈이 얼마나 되는지 한번 볼까…… 15유로 30센트! 우리 아주 부자네요. 우리가 어디로 가야 할지 알겠어요."

갈라는 문까지 배웅하면서 우리랑 함께 갈 수 없는 걸 아쉬워했다. 올리비아가 지금 나를 데리고 가는 곳을 그녀도 좋아하는 것이 분명했다. 루벤스가 그린 듯한 비너스는 문을 닫으며 다시 한 번 환하게 웃었다.

우리는 우에르타스 거리를 거쳐 델 레온 거리까지 걸어갔다. 거기에서 올리비아는 턱수염을 기른 남자와 인사를 나누었다. 그는 배송차량에 짐 싣는 것을 감독하고 있었다. 분명한 것은 그가 올리세스 메리다의 디자이너란 사실이었고 그의 아틀리에가 근처에 있었다. 갈라를 비롯한 스페인 여자들은 그의 옷을 입기를 갈망했다. 우리는 로페 데 베가 거리로 들어섰다. 그

길의 포석 때문에 나는 발이 삐지 않게 조심스럽게 걸어야만 했다. 굽이 높은 신발을 신고 걷고 있다는 사실을 내가 잊고 있었다는 걸 알았다. 나는 아주 오래전부터 어떤 신발을 신어야 할지 고민하지 않았다. 나는 날마다 같은 신발을 신고 다녔다. 우리는 로페 데 베가 거리를 따라 걸으며 여러 사람과 인사를 나누었다. 푹 꺼진 눈의 야채가게 아주머니, 고급식료품점을 운영하는 정이 많고 베네수엘라 억양의 말투를 쓰는 알레한드로와 아는 척을 했다. 올리비아에 따르면 알레한드로가 마드리드에서 최고의 훈제고기를 판다고 했다. 데 라스 트리니타리아스 언덕에 있는 오래된 수도원에서 오렌지빛 먼지구름 사이로 들려오는 목소리가 우리의 발걸음을 멈추게 하였다. 그러자 얼굴을 마스크로 가린 잿빛 머리의 한 남자가 나타났다.

"안녕하세요, 올리비아." 그가 말하면서 눈을 껌벅거렸다. "먼지를 조심해요."

"프란치스코, 잘돼가고 있나요? '수도원의 어느 한 곳에서 내가 그 이름을 기억하리라' 말해도 될까요?"

"내가 그걸 알고 있으면 얼마나 좋을까요. 우리는 저기 안에서 산더미같이 큰 뼈를 발견해 그걸 가지고 미카도 놀이라도 했을 거예요."

"이쪽은 우리의 새로운 직원 마리나예요."

그는 마스크를 벗고 내가 전에 본 듯한 매력적인 웃음을 지었다.

"만나서 반가워요." 나는 가벼운 기침을 하며 말했다.

"지금 이 사람은 *죄송해요*랑 *만나서 반가워요*란 말밖에 할

줄 몰라요."

올리비아가 비꼬듯이 말했다. "그래서 우리가 그녀의 말솜씨를 늘려줘야 해요."

나는 올리비아의 도발적인 말을 웃음으로 받아넘겼다.

"이 건물의 복원작업을 하나 봐요."

프란치스코는 지그시 눈을 감으며 눈가에 인자한 주름을 지었다. "정확히 말하면 우리의 역사를 복원하고 있는 거지요."

프란치스코 이바네즈는 사라진 명성의 냄새를 쫓아다니면서 고고학자들보다 더 어려운 일을 수행하였고 2년 전부터는 세르반테스의 유해를 찾는 일에 몰두하고 있었다. 그는 먼지가 수북이 쌓인 하얀 앞치마를 두르고 옷깃에 명찰을 달고 있었다. 헝클어진 회색 머리가 떡이 져 있었다. 키가 크고 마른 체구였으나 강단이 있어 보였다. 그는 등에 무거운 짐이라도 진 듯이 걸었다. 그리고 알레르기 때문에 가끔씩 재채기를 했다. 그는 고무장갑을 벗어 주머니에 넣으면서 앞치마로 결혼반지를 닦았다. 산책을 하는 동안 그는 세르반테스와 그의 영원한 라이벌 로페 데 베가(Lope de Vega, 1562~1635. 스페인의 극작가)가 한 길 건너에 살았다는 아이러니한 운명을 말해주었다. 그리고 그 길의 이름이 세월이 흐르면서 서로 뒤바뀌게 되었다고 했다. 두 사람이 모두 데 라스 트리니타리아스 수도원에 살았던 딸을 두고 있었으며, 똑같이 데 라스 레트라스 구역에 묻혔지만 두 사람의 시신이 모두 사라졌다고 했다.

"내가 그것에 관한 흥미로운 사실을 알고 있지요." 올리비아가 부채질을 하면서 말했다.

"당신이야말로 모든 것을 그냥 지나치는 법이 없잖아요." 프란치스코가 아첨에 가까운 칭찬을 하며 맞장구를 쳤다.

"중요한 것은 당신의 사람들에 해당한다는 거죠." 올리비아는 그의 눈에서 뭐라도 찾아내겠다는 듯이 그를 똑바로 쳐다보았다. "당신은 오랫동안 저의 가게에 오질 않았어요."

프란치스코가 수염을 쓸어내렸다. 그는 뭔가를 얘기하려는 듯했다. 그러곤 내가 없으면 안 된다는 듯이 나를 물끄러미 바라보았다. 그리고 그의 역사 이야기를 이어나갔다.

"마리나, 우리 마드리드 사람들이 세계문학의 거장인 다섯 사람의 유산을 도시 한 곳에서 잃고 말았다는 사실을 당신도 알고 있지요? 퀘베도, 칼데론, 세르반테스, 로페 데 베가, 그리고 공고라, 다섯 사람 모두를."

올리비아가 웃었다.

데 라스 트리니타리아스 수도원

"사람들이 그들 무덤 가운데 하나도 알고 있지 못한가요? 그어느 무덤도요?" 내가 깜짝 놀라며 물었다. 나는 새로 신은 신발 때문에 다시 한 번 휘청거렸다.

나는 프란치스코에게 내가 역사를 전공했으며 고고학이 나의열정이었다고, 나도 기꺼이 발굴에 나서고 싶다고 말하고 싶었다. 그러나 그런 모든 것을 말하려고 마음먹은 순간 프란치스코와 나는 올리비아가 들어가려고 하는 호텔 입구에서 헤어져야만 했다. 프란치스코의 옷차림이 호텔 안으로 들어가기엔 너무지저분했기 때문이었다.

그러나 우리는 독립기념 광장인 데 라 인데펜치아 광장까지프란치스코를 배웅해주었다. 독립이란 말이 하루 종일 나를 따라다녔다. 프란치스코는 더러운 옷차림 때문에 우리와 함께하지 못하고 손을 흔들어 인사를 대신했다. 그리고 그는 햇빛 속으로 사라졌다.

중요한 의미로 가득 찬 신앙의 광장 데 라 레알타드에 이르러우리의 목적지에 도착했을 때 나는 겁을 잔뜩 먹은 채 입구에멈춰 섰다. 올리비아가 설마 정말 이 호텔로 들어가려는 건 아니겠지? 그러나 올리비아는 여기를 자주 드나들기라도 한 듯이내 팔을 끌어당기며 넓은 호텔 로비로 들어갔다. 호텔의 정원에는 피아노 소리가 울려 퍼졌고 오아시스의 신선한 냄새가 났으며 흰색 왕골로 엮은 의자, 돌로 만든 난간, 장갑을 낀 급사들이보였다. 올리비아가 나를 살짝 밀쳤다.

"최근에 당신이 뭔가 새로운 일을 해본 적이 언제예요? 자,가요! 우리는 지금 15유로가 있어요. 이 돈이면 리츠 호텔에서 커피를 마시는 데 충분해요. 그리고 이렇게 우리를 위해 쓰려고 그 돈을 번 거예요."

그날 나는 그녀 뒤만 따라다녔다. 그리고 나는 그녀에 대해 많은 것을 알게 되었을 뿐 아니라 나 자신에 대한 몇 가지 사실도 깨달았다. 내가 끊임없이 무언가 죄송하다고 말하는 것이 그 중 하나였다. 나는 리즈 호텔 입구에서 다시 한 번 미안하다고 말하고 싶었다. 단지 내가 거기 있다는 이유 하나만으로 말이다. 나는 그곳의 커피 한 잔 값이 얼마인지 궁금하지 않았다. 다만 그곳은 나를 위한 곳이 아니라고 생각했다. 내가 있을 만한 곳이 못 된다는 생각. 그리고 이런 나의 생각을 그 누군가가 눈치채게 된다면…… 급사가 너무나 고급스럽고 아름다운 도자기 잔에 커피를 가져왔다. 도자기 잔은 내가 감히 한 모금의 커피도 마실 수 없을 정도로 우아하고 얇았다.

차츰 나는 올리비아의 호의와 그녀의 생각을 알게 되었다.

내 성격에 대한 그녀의 말참견이 가끔 거슬리긴 했지만 그녀가 어떠한 사람인지 알게 되었고, 더 좋게 말하자면 그녀가 살아온 삶을 좋아하게 되었다. 무언가를 관찰할 때의 날카로운 눈매, 오렌지색의 가는 머리칼, 말을 하다 깊은 생각을 할 때 보이는 여유, 그리고 무엇보다도 사람들에게 주는 그녀의 인상. 그녀는 정말 남달랐으며 비록 내가 그날 이 여자가 조금 미치지 않았나 하는 생각에 두려워했을지라도 그 사실을 인정해야만 했다. 그리고 그녀가 신용카드로 계산을 할 때 영수증에 엉뚱한 서명을 한다는 걸 알았을 때도 그랬다. 더군다나 그녀는 매번,

작고한 유명한 사람들의 이름으로 서명을 했다. 어떤 날은 마릴린 먼로, 또 어떤 날은 쥬디 갈란드, 아니면 오즈의 마법사로.

말할 것도 없이 올리비아는 규범과 전혀 어울리지 않았다.

"나는 독일 사람들처럼 생활하면 돈을 절약할 수 있다고 해서 일상의 리듬을 바꾸고 싶지는 않아요." 그녀는 리츠 호텔의 야외카페에서 이렇게 말했다. 어린아이를 데리고 온 프랑스 부부가 옆 테이블에 앉아 있었고 그들이 올리비아에게 시간을 물었다. 11시가 조금밖에 지나지 않았는데도 올리비아는 12시라고 대답했다. 올리비아는 그녀가 가꾸는 꽃처럼 햇빛을 따르기로 결정했었다. 여름엔 시계 없이 적응하기로. 그녀는 생체시계란 수면리듬처럼 바꿀 수 없는 거라고 생각했다. 우리가 빛과 어둠에 따라 사는 것을 그만두면 삶의 질은 떨어지고 언젠가는 아주 힘든 상황에 빠지게 될 것이라고 그녀는 말했다. 솔직히 고백하건대 처음에 규칙의 여왕, 정확함의 수호자, 규정과 기대한 것의 노예인 나에게 올리비아의 파격적인 생활습관은 괴로운 일이었다.

올리비아는 나에게 타고난 독심술사의 모습을 드러냈다. 그녀는 사람들을 꽃처럼 분류했다. 그녀가 가장 좋아하는 시간은 꽃집 앞을 지나가는 사람들의 삶과 습관을 상상할 때였다. 꽃집의 온실은 완벽한 관찰 장소였다. 화초 뒤에 앉아서 온실 유리벽을 통해 사람들을 관찰하기 안성맞춤이었다. 그녀가 식물들을 설명하고 분류하는 것과 똑같이 그녀 주변의 사람들을 구분했다. 더구나 여자들은 꽃과 아주 비슷한 게 많고, 꽃들의 종류가 다양한 것처럼 생활공간, 성장, 출세, 그리고 신드롬에 의해 따라 정해진다. "신드롬" 가운데 올리비아는 끊임없이 공통적으로 나타나는 증상을 결부시켜 종합적으로 판단하여 이해한다. 그것이 현상이며 그 현상이 상호작용을 하고 주어진 상황에 맞게 특징지어진다. 벌써 많은 예가 그녀의 꽃집에서 있었고 각각의 상황에 따라 분류해놓았다. "당신은 오늘 그들 가운데 한 사람을 알게 될 거예요." 그녀가 자신감 있게 말했다.

호텔에서 커피를 마시며 올리비아의 말을 귀담아듣고 있는 동안 나는 갈라의 서재에 대한 궁금증을 참을 수가 없었다. 올리비아는 갈라가 "갈라테아(갈라테아는 피그말리온이 조각해서 사랑하다가 아프로디테에게 청하여 생명을 얻은 조각상이다) 신드롬"의 분명한 예라고 말했다. 갈라는 여성으로서 세상의 모든 권리를 갖고 있다고 생각하는 여자라는 것이었다. 그런 여자는 시간을 극복하여 아름다운 모습을 지닐 수 있는 능력이 있다고 했다.

"그렇다고 해서 남자들의 마음을 사로잡는 것만 중요하다는 건 아니에요. 이보다 훨씬 중요한 건 자기 마음에 들어야 하는 거죠." 올리비아가 커피를 마시면서 말했다. 갈라는 자기 본래의 성격을 감추기 위해 매우 좋은 방법을 발견하였다. 그것은 바로 뻔뻔함이었다. 그녀는 신호등과도 수다를 떨어 빨간색으로 변하게 만들 수 있다고 올리비아가 우스갯소리를 했다. 그녀의 가면 뒤에는 무엇이 숨어 있을까? 나중에 알았지만 갈라는 그때 내가 생각한 것보다 훨씬 속이 깊은 여자였다.

갈라에게는 남자친구가 있었다. 그는 르노 자동차 회사에 다니는 프랑스인 매니저였으며 몇 달 동안 마드리드에 출장을 나온 중이었다. 갈라는 타지에 잠시 나온 남자를 좋아했다. 그는 몇 주 전 프랑스 대사관에서 열리는 파티에 필요한 의상을 사러 갈라의 가게로 갔었다. 갈라는 오늘 내게 그랬던 것처럼 그를 탈의실로 데려갔고, 그의 바지가 뭔가 빵빵하게 부풀어 오른 것을 보고는 그것이 그 남자의 거센 발기임을 알았다. 어쩔 수 없었다. 그녀의 사냥꾼 같은 본능을 무시하기엔 무리였다. 아무튼 그날 갈라는 그 프랑스 남자를 좁은 탈의실에서 진지하게 받아들였다. 갈라는 그를 아무 말 없이 바라보다가 얇은 천으로 된 옷을 벗어 바닥에 떨어뜨렸다. 그런 일이 바로 우리가 그녀의 쇼룸에 나타나기 직전에 또 일어났던 것이다.

그녀는 바이런과 낭만주의 작품을 즐겨 읽었다. 우리가 그녀의 가게를 나온 후 그녀는 두 가지 일을 함께 하면서 너무나 조용한 오전에 생기를 불어넣기로 했다. 그것은 섹스와 독서였다. 그녀는 최근에 퀘스타 데 모야뇨 서점에서 산 책을 꺼내어 선풍기 아래 누웠다. 새 애인을 독서대 삼아 책을 읽었다. 프랑스 남자가 잠에서 깨어났을 때 그녀는 독서에 집중이라도 하고 있는 듯이 책을 조금 더 읽었고, 그 남자는 그녀의 풍성한 몸에 키스를 퍼부었다.

프랑스 남자가 헌신적으로 갈라의 배꼽을 혀로 핥는 동안 숨을 멈추고 배에 힘을 준 갈라의 머릿속에 오후에 잡힌 약속이 스치고 지나갔다. 그녀는 어디고 혀로 핥고 껌딱지처럼 달라붙는 남자처럼 불쾌한 남자는 없다고 생각하였다. 갈라는 이 남자를 앞으로 어떻게 할까 생각하면서 그 프랑스 남자가 갈라의 귓속을 혀로 핥기라도 하면 폭발할 것 같다는 느낌이 들었다. 두 사람은 두 달 동안만 사귈 수 있고 서로에 대해서 아무것도 알지 말아야 했다. 갈라는 매일 그랬듯이 마드리드의 호스피탈에 있는 소아암병동에 책을 읽어주러 가는 일을 그에게 말하지 않을 것이다. 남자들이란 비극적인 순간에 친구가 되지 못한다. 그리고 남자들은 여자가 관심 있어 하거나 중요하다고 생각하는 모든 것을 자신들이 다 가지고 있다고 믿는 순간 거만해진다. 그것이 얼마 가지 못할지라도. 그녀는 프랑스 남자를 몸에서 떼어놓기 위해 "나는 당신 거야."라고 속삭이며 "나를 가져봐." 하고 말했다. "나를 가져, 전부 다." 그러자 프랑스 남자는 완전히 흥분하여 그녀의 몸을 덮쳤다. 갈라는 속으로 웃었다. 남자들이란…… 이미 예견된 뻔한 일이었다. 갈라는 그를 부드러운 두 다리로 감싸고는 폭풍처럼 돌진하는 키 작은 프랑스 남자가 무슨 환상을 품고 있을까 생각해보았다. 그의 몸매는 아주 훌륭했고 근육이 단단했다. 그러나 그런 것이 무조건 좋은 것만은 아니었다. 지난번 그녀의 애인은 패러글라이더였다. 그녀는 매주 그와 함께 절벽에서 패러글라이딩을 해야만 했다. 그래야 그와 함께 잠자리를 할 수 있었다. 그 남자와 같은 근육질은 본 적이 없었다.

이것이 바로 갈라테아 신드롬이 있는 갈라의 특징이었다. 그녀는 카멜레온 같았다. 그녀는 변신을 잘하였고 서로 갈등을 일으키지 않기 위하여 파트너에 따라 취미와 정치적 견해, 입맛을 바꾸었다. 그녀는 축구경기장에서 마구 소리치며 응원을 하다가 와인 바에서 얌전하게 술을 따랐고, 동화 속 왕자를 만나게 되면 결혼할 거라는 말을 끊임없이 내뱉곤 했다.

지금 이 남자도 분명히 동화 속 왕자는 아니었다. 그러나 그가 땀으로 목욕을 한 채 그녀 옆에 누워 쉬고 있는 사이 그녀는 이 남자를 조금만 다듬으면 애인으로서 나쁘지 않다고 생각했다. 그녀는 남자를 약간 옆으로 밀고 일어나려고 했다. 그러자 그가 그녀를 잡았고 그녀는 이제 충분하다는 몸짓을 했다. 갈라는 프랑스어를 못 했고, 그 남자 역시 스페인어를 몰랐다. 그리고 그녀는 바이런의 『돈 후안』을 손에 들고 자신이 선 곳에서 책을 펼쳤다.

그녀는 손가락으로 짚어가며 책을 읽는 동안 또 다른 돈 후안을 생각하고 있었다. 그녀는 확고한 이성애자임에도 불구하고 갑자기 젊은 여자가 그녀를 유혹하면 아주 재미있을 것 같다는 생각이 들었다.

어느 무더운 여름날 내가 올리비아와 함께 리츠 호텔의 가든 카페에 앉아 있을 때였다. 나는 아름다운 갈라가 그녀의 성경험을 자주 이야기하고 있다는 사실을 모르고 있었다. 그녀는 우리에게 자기 이야기를 거리낌 없이 아주 자연스럽게 늘어놓았다. 사람들이 여행을 다녀와서 이야기하듯 자세히 말했다. 쥐를 잡은 의기양양한 고양이처럼 자신의 경험담을 털어놓았다.

그날 오후, 갈라가 아스투리아 산골마을의 자녀가 많은 집안에서 태어났다는 사실을 알게 되었다. 그녀는 겨우겨우 먹고살다가 호강하며 살게 되었고 사랑에는 절대로 굴복하지 않으리라 다짐했었다고 한다. 그런데 갈라는 뼈아픈 이혼을 경험하게 되었고, 어느 날 시골생활을 그리워하며 천사의 정원에서 절망

감에 빠진 채 올리브나무를 부둥켜안고 있을 때 올리비아를 알
게 되었다. 그녀의 아버지는 그녀가 어렸을 때 나무는 삶의 원
동력을 지니고 있으며 사람들이 절망에 빠져 있을 때 힘을 나누
어준다고 가르쳐주었다. 그날처럼 갈라는 자신의 심장이 그렇
게 오랫동안 힘차게 뛰고 있는 것을 느껴본 적이 없었다. 그녀
는 꽃집의 방명록에 "나는 인간을 사랑한다. 자연은 더욱더"라
는 바이런의 시구절을 적어놓았다.

나는 올리비아의 이야기를 들으며 최면에 걸린 듯 티스푼으
로 커피를 젓고 있었다. 모든 것이 똑같은 것 주위를 돌고 있는
것처럼 보였다. 조심스럽게 시선을 옆 테이블에 앉은 손님들에
게 돌려보았다. 아이들에게 인사를 하고 있는 프랑스인 부부,
서로 옛날이야기를 주고받는 두 노인, 스마트폰의 문자메시지
를 연거푸 보내더니 우리를 보고 밝게 웃던 사리(인도의 전통의상)
입은 인도 여인이 보였다.

"뭐라고 이유를 설명할 수는 없지만 사람들이란 서로를 위한
존재라고 생각해요."라고 올리비아가 말했다. "사람처럼 인격의
다양성을 지닌 존재가 있나요?"

나는 고개를 끄덕였다. 그리고 내가 좋아하는 오렌지색 옷을
입고 리츠 호텔에서 커피를 마시고 있는 나를 올리비아가 바라
보고 있는 모습을 순간 머릿속에 그려보았다. 올리비아는 삐그
덕 소리가 나는 왕골의자에 몸을 깊숙이 기대었다. 나는 테이블
에 팔꿈치를 괴고 앉아 대답했다.

"우리는 왜 항상 다른 사람들을 위해 사랑할 만한 가치가 적
다고 생각하는 걸까요?"

우리 둘은 그것에 대해 곰곰이 생각했다.

올리비아가 방금 나에게 이야기해준, 자신의 남자들을 결코 "드러내지" 않는 갈라는 행복하지 않은가? 그녀는 사랑을 찾은 것일까? 아니면 그녀는 오로지 그저 그런 장소에서 사랑을 찾고 있는 것일까?

내가 갈라를 처음 만났을 때 경험했던 것처럼 지금 그녀를 생각해보면 얼마 후 알게 된 그녀와는 얼마나 달랐던가를 알 수 있었다. 발굴전문가인 프란치스코가 한 말은 모두 맞는 말이었다. 올리비아는 거의 모든 것에 대하여 자기만의 방식을 갖고 있었다.

금잔화의 슬픔

우리가 꽃집으로 돌아왔을 때 천사의 정원의 대문이 열려 있었다. 그러나 올리비아는 불안해하지 않는 눈치였다. 오히려 그녀는 아침에 시비가 붙었던 자전거가 서 있는 것을 보고 웃었다. 거기에서 멀지 않은 곳에 이젤이 보였고 이젤 뒤로 코를 풀어대며 훌쩍거리는 소리가 들렸다.

캔버스에 가려졌던 얼굴이 나타났다. 얼굴엔 물감이 잔뜩 묻어 있었다.

"셀리아는 어디 있어요?" 올리비아가 물었다.

"그녀는 벌써 갔어요. 그리고 그녀가 여기 있지 않다는 사실을 당신에게 분명히 알려줘야겠다는 생각이 드네요." 그 여자가 징징거리는 목소리로 대답했다.

올리비아는 밀짚모자를 벗고 부채를 내려놓으며 앉았다. 마치 재미있는 구경거리가 생긴 듯한 표정이었다. 그녀가 나의 팔을 붙들었을 때 나는 조용히 온실로 들어가려던 참이었다.

"오로라, 마리나를 소개할게요." 올리비아가 나에게 이젤 쪽으로 오라는 손짓을 했다. "마리나, 화가 오로라예요. 정말 훌륭한 수채화를 그리는데 그 그림을 여기에서 팔고 있어요. 사실 오로라는 꽃을 그림의 소재로 삼기 위해 우리 가게에 오게 됐어요. 그런데 이제는 그녀의 머릿속에 떠오른 것만 그리고 있지요."

그녀는 다시 한 번 캔버스 밖으로 고개를 내밀어 쳐다보았다. 그렇게 크지 않은 키였다. 남자처럼 짧게 자른 검은 머리가 그녀의 작고 가냘픈 얼굴에 잘 어울렸다. 햇빛을 가리기 위해 머리에 수건을 두르고 있었고, 뺨에 묻어 있는 물감얼룩 말고 화장기라곤 없었다. 그리고 마른 다리의 무릎 위까지 길게 내려오는 남자 셔츠를 걸치고 있었다.

인사를 하려고 다가가자, 그녀가 나에게 물었다. "이 동네에 사나요? 솔직히 말하면 이 앵무새들은 정말로 돌봐줘야겠다는 마음이 들게 만들어요. 이 새들은 벌써 북쪽으로 날아갔어야 하는데 아직도 여기에 있네요."

"그래요." 올리비아가 맞장구를 쳤다. "최근에 이상한 꿈을 꾸었어요. 정원에서 아주 날카로운 소리가 들려 내다보았더니 앵무새가 올리브나무에 잔뜩 앉아 있는 거였어요. 이 동네를 항상 순찰하는 그 잘생긴 경찰관이 말하길 앵무새를 잡으려고 길들인 매를 풀어놓겠다는 거예요."

머릿수건을 두른 오로라가 참지 못하고 이젤 앞으로 걸어 나오며 붓을 내려놓았다.

"앵무새를 잡는다고요?"

"오로라…… 이 새들이 급속도로 빨리 번식을 하고 나무를 다 차지한 채 전부 뜯어먹고 있어요."

"하지만…… 이 새들은 피난을 온 거라고요! 이주한 새들이

고요. 사람들이 그런 식으로 대한다면 이 새들은 오래지 않아 결국······."

"그래요." 올리비아가 한숨을 쉬었다.

"인간들은 너무 잔인해요. 당신들도 그렇다고 생각하지 않나요? 이 모든 게 우리 잘못이에요. 그리고 그런 것들이 잘못되어 가면 우리들에게 남는 것은 파멸밖에 없어요. 파멸이 계속될 뿐이죠. 아토차 역(스페인 국립 프라도 미술관, 국립 소피아 왕비 예술센터 등 미술관과 박물관이 밀집된 지역)에 있는 박제거북이랑 다를 바가 없죠. 그것에 대한 얘길 들어본 적 있어요?"

그녀는 나를 쳐다보면서 고개를 절레절레 흔들었다.

"어떤 멍청이가 거북이를 연못 속으로 몰아넣어야 한다는 아이디어를 냈고, 또 다른 멍청이는 그것을 실천에 옮겼지요. 그러자 캘리포니아 거북이가 연못에 가득 찼고 예상치 못한 크기로 자라났어요. 불쌍한 거북이들은 연못에서 살아남기 위해 서로를 잡아먹었어요. 지구 전체가 아마도 파멸하고 말 거예요. 그런 식으로 우리도 멸망하게 되겠죠."

커다란 그녀의 눈에 눈물방울이 그렁그렁했다. 눈이 얼마나 큰지 그녀 얼굴의 삼분의 일을 차지한 것 같았고 그 모습이 코믹 만화의 주인공처럼 보였다.

"그것 때문에 우는 거예요, 오로라?" 올리비아가 차분하게 웃으며 물었다.

"그것 때문이 아네요. 이 빌어먹을 알레르기 때문에. 그런데 어떤 식물이 알레르기를 일으키는지 도무지 알 수가 없어요."

그녀는 요란하게 소리를 내며 코를 풀었다. 그리고 옷소매의 깨끗한 한쪽으로 눈물을 닦아냈다. 올리비아가 일어나 그녀의 이마에 가볍게 키스한 후 바구니와 모자를 집어 들고 유유히 가게 안으로 들어갔다. 영문을 모른 채 나도 그녀 뒤를 따랐다.

세례식에 필요한 50개의 들국화 꽃바구니 만드는 일을 돕고 있는 동안 오로라는 계속 그림을 그렸다. 올리비아는 오로라가 어느 날 찾아와 가게에 있는 꽃을 그려도 되느냐고 물어봤다고 했다. 그 당시 오로라는 그만두었던 그림 공부를 다시 시작하기로 마음먹은 상태였다. 생계를 꾸려나가기 위해 낮에는 택시운전을 하고 오후에 대학 강의를 들을까 고민 중이었다. 사람들을 실망시키지 않기 위해서 그녀는 두 가지 일 모두 아무에게도 말하지 않았다.

오로라의 아버지는 공무원이었다. 아버지는 그녀의 예술적 재능을 지원해주는 것은 고사하고 인정하지도 않았다. 어려서부터 사람들은 그녀에게 예술을 하면 삶이 고달파질 것이라고 위협적으로 말했다. 사람들은 예술과 아름다운 일만으로는 살수 없다고도 했다. 그리고 그녀의 아름다움도 그렇게 도움이 못되고 여자가 너무 예쁘면 팔자가 사납다고 했다.

올리비아가 선풍기를 켜자 들국화가 더욱 생기 있게 보였다. 그녀는 비단 손수건으로 이마의 땀을 닦았다.

"사람들이 그랬대요. 그녀가 너무 예쁜 것이 저주라고." 올리비아가 말했다.

"그래서 그녀는 무슨 방법을 써서라도 자신을 숨기려고 했다는 거예요."

열세 살이 되던 해, 오로라는 짧은 치마를 입고 무심결에 다리를 벌린 채 벤치에 앉아 있었다. 그녀의 엄마가 허벅지를 철썩 때리며 말했다. "오로라, 너는 이제 애가 아니야! 똑바로 앉아! 그렇게 앉아 있는 게 뭘 말하는지 알아? '나는 창녀입니다'라고 말하는 거랑 똑같은 거야." 어린 오로라는 무릎을 가지런히 모았지만 어떻게 어린 여자아이를 두고 창녀 얘기가 나올 수 있는지 이해할 수 없었다. 친구들이 디스코텍에 가려고 할 때, 오로라는 저녁을 먹으러 집으로 왔다. 오로라는 머리를 항상 짧게 자르고 다녔다. 짧은 머리가 활동하기에도 좋고 염소의 수염처럼 성가시지도 않다는 엄마 때문이었다.

그런 식으로 그녀는 25년을 더 살았다. 그러면서도 그녀를 키워준 엄마와 추근대는 남자들의 편견으로부터 벗어나고자 애썼다. 덕목이라 할 수 있는 게 그녀에게는 자기 스스로에 대한 가치를 시험해보는 일이었다. 그것을 그녀는 무거운 맷돌처럼 짊어지고 다녔다.

그녀는 여행객에게 꽃 그림을 팔면서 생계를 유지하고 있다. 이제는 거울 앞에서 머리를 자신감 있게 짧게 자르기도 한다. 그녀는 얌전한 여대생처럼 살아왔었다. 자신의 순결을 뺏으려하는 남자에게 까칠하게 굴었다. 거의 40년 동안 그녀는 자신에게 돈이 되거나 명성을 가져다줄 만한 그림도 못 그렸고 사람들과 원만한 관계도 맺지 못하고 살았다. 오로라는 춥고 배고픈 예술생활과 공허한 삶을 버텨나가야만 하는 이유를 찾아야 했다. 그녀의 고달픈 삶은 오히려 삶을 위한 원동력이었다. 그러한 오로라를 올리비아는 "아름답게 아파하는 사람"이라 말했고 고통을 사랑으로 바꾸는 여자라고 했다.

남자들이 여자를 소유하려고만 했지 그 어느 남자도 그림 그리는 여자를 진지하게 받아들이지 않는다는 사실을 잘 알고 있었기 때문에 오로라는 이성의 접근을 그다지 달가워하지 않았다. 그녀가 가장 두려워하는 것은 예전에 그녀의 아버지가 말한 대로 자신이 이용당했다는 느낌을 받을 때였다. 그 때문에 그녀는 브루노 코텔로를 받아들이지 않았다. 그는 유럽에서 손꼽히는 갤러리를 운영하였다. 그가 오로라를 초대하여 피렌체에 간 적이 있었다. 그러나 오로라는 그녀에 대한 그의 관심이 예술적 재능이 아니라 성욕이란 것을 직감하였다.

올리비아는 눈동자를 굴렸다. "자 이제부터 내 얘길 잘 들어봐요. 2년 뒤에 그 코텔로란 남자가 예쁘장하게 생긴 남자를 데리고 내 가게를 찾아왔었어요. 코텔로는 그 남자에게 생일선물로 흰 장미 한 다발을 사주었지요. 가게 밖에서 이젤을 세워놓고 그림을 그리고 있던 오로라는 놀라서 입을 다물 줄을 모르더군요."

그 일을 겪고도 오로라는 아무것도 깨달은 게 없었다. 삶의 방식을 바꾸는 것 대신 오히려 더 고수했다. 그녀는 자신의 삶 자체를 거부하고 그것에 대해 스스로 더욱더 비참해했다. 그 때문에 그녀의 그림은 프라도와 티센 미술관이 아닌 천사의 정원에 걸려 있었다. 그녀는 지금 사귀고 있는 막시와 함께 살고 있다. 막시는 넉살 좋은 식객과 같은 인물이었다. 그 역시도 그래픽 디자이너로 활동하는 예술가이다. 처음에 그녀는 영화를 보기 위하여 거실을 그와 함께 사용했었다. 그러던 것이 나중에는 침대와 냉장고도 같이 쓰게 되었다.

그들의 관계가 구체적으로 어떤 것인지 올리비아는 도무지 이해할 수 없었다. 올리비아는 오로라가 했던 말을 기억하고 있다. 어느 날 막시가 찾아와 말도 안 되는 핑계를 대며 자기 집 문 앞에 서 있었다고 했다. "컴퓨터가 고장 났는데 지금 중요한 이메일을 보내야 해요. 혹시 당신 컴퓨터를 좀 쓸 수 없을까요?"

그때까지만 해도 그들은 친구 사이가 아니었다. 오로라는 조깅복을 입고 청소를 하면서 막시가 컴퓨터를 다 쓰기만을 기다리고 있었다. 그리고 그녀는 음식을 만들었다. 그가 "고장 난 컴퓨터" 때문에 그녀 옆에 다시 한 번 앉았을 때 그녀는 렌틸콩 요리를 같이 먹지 않겠느냐고 물어보았다. 그는 겸손하게 대답하였다. "아, 아닙니다. 부담드리고 싶지 않아요." 오로라는 이 남자가 아주 예의 바른 사람이라고 생각했다. 더구나 그녀는 인색하지 않은 여자였다. 결국 막시는 오로라와 함께 콩요리를 먹었고 온종일 그녀를 칭찬하였다. 오로라는 막시의 칭찬을 듣기 위해 일주일에 한 번 콩요리를 하였다.

막시는 어느 모로 보나 키 작고 별 볼 일 없는 남자였다. 누가 봐도 그런 막시가 넉살 좋은 빈대짓을 잘한다고는 전혀 생각할 수 없었다. 그러나 그는 목표를 반드시 이루고야 마는 불굴의 의지가 있었다. 오로라는 무릎에 노트북을 올려놓은 그와 소파에 같이 앉는 일이 처음엔 거슬렸다. 더군다나 노트북은 그녀 것이었다. 하지만 얼마 지나지 않아 그녀는 그 일에 익숙해졌다. 막시는 마치 가구의 일부분인 양 살림살이 목록에 속하게 되었다. 어느 날 갑자기 생겨나서 없어지지 않는 얼굴의 주근깨처럼 익숙해진 것이다. 막시는 날마다 조금씩 더 오래 머물렀다. 그는 아랑곳하지 않으며 오로라의 집을 사용했다. 냉장고에 있는 맥주를 꺼내어 마시고, 욕실의 샤워젤을 사용하고, 프린터 용지를 쓰고는 절대로 새로 사다놓지 않았다.

불필요한 고통을 당하던 오로라는 잘 살펴보니 막시에게 무언가 매력적인 것을 발견할 수 있었다. 막시가 집에 오자마자 화장실을 사용할 수 있느냐는, 더군다나 큰일을 보기 위해 물어보는 말조차도 싫지가 않았다. 그가 왜 이럴까? 하고 오로라는 한 날 이 이야기를 올리비아에게 들려주며 곰곰이 생각해보았다. 막시는 화장실이 없는 집에서 사는 것일까? 그녀는 막시의 이러한 습관에 대해 혐오감이 들었지만 그에게 아무 말도 하지 못했다. 그러면서 그녀는 그것에 점차로 익숙해져갔다. 그녀는 욕실에 놓을 방향제를 샀고 모든 일이 그럭저럭 지나갔다.

그러던 어느 날 저녁 막시가 자기 집으로 돌아가지 않았다.

그날 밤 두 사람은 잠을 이루지 못했다. 물론 그들이 동이 틀 때까지 섹스를 해서가 아니라 막시가 발기가 되지 않았기 때문이었다. 그는 확신이 서지 않는 아름다운 여자와 함께 있으면 주눅이 든다고 오로라에게 설명했다. 그 말을 들은 오로라는 남은 밤 동안 그를 흥분시키기에 충분할 만큼 감동했다.

그리고 막시는 이제 오로라 삶의 일부가 되었다.

그는 그녀의 집에서 그림을 그리고, 그녀의 집에서 잠자고, 그녀의 화장실을 드나들었다. 그러나 그는 살림에 돈을 보태지 않았다. 오로라가 요리한 음식을 먹고 그녀의 등 뒤에서 편안하게 잠을 잤다. 가끔 두 사람은 육체적 사랑을 나누긴 했지만 오로라는 그리 만족스럽지 않았다. 그리고 막시도 오로라에게 항상 섹스를 요구하지 않았다. 그런 막시를 오로라는 오히려 좋게 생각했다. 그는 오로라를 그저 다른 사람이라고 여겼고 성적으로 마구 이용하지 않았다. 그것이 오로라를 편하게 해주었다. 그 때문에 그가 오로라를 그 어떠한 의도에서 이용하고 있다는 느낌을 갖지 않게 해주었다.

그녀는 그가 집에 있는 것이 그냥 익숙해졌다. 어느 날 그녀는 올리비아에게 "이게 좋은 관계를 맺고 있는 것 아닐까요?"라고 물었다. 그는 오로라가 매우 필요했다. 이건 게 사랑이 아닐까? 자신의 새로운 위상을 올바르게 세우기 위해 막시는 어떠한 기회도 놓친 적이 없었다. 그가 술에 취해 향수 냄새를 풍기며 집에 돌아오면 렌틸콩 요리가 좀 싱겁다, 그녀가 음악을 너무 크게 듣는다, 그녀가 입은 옷이 왠지 마음에 안 든다고 잔소리를 했다.

막시는 실패에서 풀려나오는 독소처럼 오로라의 삶 속으로 조금씩 파고 들어왔다. 그리고 산전수전을 다 겪은 우리의 백설공주 오로라는 무기력한 잠 속에 빠지고 말아 정말 어떤 일이 벌어지고 있는지 제대로 볼 수 없었다. 그녀는 눈에 콩깍지가 씌어 막시를 돌보는 일에만 열중했다. 그녀는 그것 말고 다른 삶을 전혀 생각할 수 없었다.

"그 사람은 정말 옳지 않아요." 내가 말했다. 올리비아는 검은 앞치마를 두르고 있는 나를 돕고 있던 참이었다. 그 앞치마는 내가 입은 새 옷이 더럽혀지지 않게 올리비아가 건네준 것이었다.

"당신은 그녀가 옳지 않다고 생각하는군요. 그렇죠, 그 사람은 그녀를 말하는 거였죠? 그녀는 자기 자신에 대해 매우 옳지 않은 거죠."

올리비아는 셀로판 포장지를 잘라냈다. 나는 그녀 앞에서 왕골바구니를 받쳐 들고 있었다. 그녀는 능숙한 솜씨로 바구니를 셀로판 포장지로 감쌌다. 그러더니 갑자기 동작을 멈췄다.

나는 그녀의 시선을 따라 바라보았다. 흰 셔츠에 양복바지를 입은 남자가 정원으로 들어서고 있었다. 깨끗한 얼굴에 넓은 하관, 금발의 수염을 기른 남자는 잠이 덜 깬 듯 눈이 게슴츠레했다. 그가 올리비아에게 인사를 하고 밖에서 오로라와 몇 마디 주고받으며 덩굴이 우거진 통로 쪽 테이블 위에 가방을 놓은 뒤 책을 읽기 위해 정원 의자에 느긋하게 앉았을 때야 비로소 나는 그를 다시 알아보았다. 그는 그 후로도 3개월 동안 매주 한 번 여기를 찾아와 똑같은 행동을 했다. 그 사실을 나는 나중에 알게 되었다.

올리비아는 한참 생각하다가 다시 셀로판 포장지를 잘랐다.

"그녀는 코텔로에게 다시 한 번 전화를 해야 해요." 나는 끈을 들어올리며 말했다. "그녀의 그림은 정말이지 너무나 훌륭해요. 내가 살 능력만 있다면 내 집에 이 그림 몇 점을 걸어놓고 싶어요. 나도 이렇게 그림을 잘 그릴 수 있으면 좋겠어요."

나는 투명한 줄로 온실의 유리벽에 걸어놓은 수채화를 자세히 들여다보았다. 오로라의 판타지로 그려진, 생생하게 느껴지는 꽃들은 순간순간 꽃망울을 터트리고 향긋한 향기가 풍겨날 것만 같았다.

올리비아는 이 예술작품을 만든 예술가를 창문을 통해 바라보았다. 그녀가 붓을 물에 담갔다가 물병 가장자리에 물기를 털어내고 행복한 여유를 방해하는 알레르기의 콧물을 닦아내면서 똑같은 동작으로 성가신 파리를 쫓아내는 모습을 바라보고 있었다.

"마리나가 이걸 이해하기는 쉽지 않을 거예요." 올리비아가 허공을 바라보며 말했다. "하지만 갈라가 많은 남자를 만나듯 그녀에게도 슬픔과 고통이 필요한 건지 나 역시 가끔 생각해봐요. 어쨌든 오로라는 알레르기조차도 자기 자신을 불쌍히 여기기 위해 이용하는 것처럼 보여요. 꽃가루 알레르기가 있을 때 일부러 그림을 그리기 위해 정원을 찾아 나선다는 것이 조금 이상하지 않은가요?"

그녀는 눈썹을 치켜올렸고 우리는 웃고 말았다.

오로라의 불행한 삶이 하나의 의미를 부여한단 말인가?

올리비아는 꽃바구니를 흰색 리본으로 묶고 끝자락을 잘라낸 뒤 인두로 지져 마무리했다.

"아무튼 그렇게 보이는 게 사실이에요. 그녀는 자신의 문제를 비껴가기 위해서 정상이 아닌 막시와 시간 보내는 것을 분명히 좋아하고 있어요."

"하지만 그렇다고 달라지는 게 하나도 없잖아요."

"그렇죠." 올리비아가 대답하며 일어났다. "달라지는 거라곤 전혀 없는 셈이죠."

그녀는 손깍지를 끼고 기지개를 켰다. 그녀는 이날 오렌지빛 머리를 머리망으로 감싸고 있었다. 그녀의 흰색 셔츠는 무더위 때문에 구김이 많이 가 있었다. 그녀는 나이를 알 수 없는 히피 여자처럼 보였다. 전화벨이 울렸다. 올리비아는 시계를 보더니 화려한 구슬장막을 통해 뒷방으로 사라졌다.

그때 오로라가 꽃집으로 들어왔다. 그녀는 머리를 긁적였다. 가게 안을 잠시 어슬렁거리다 금잔화 한 다발을 달라고 말했다. "저는 항상 그림을 그리기 위한 새로운 꽃을 찾고 있어요." 그녀가 말하면서 커다랗고 달콤쌉쌀한 초콜릿 빛 눈으로 나를 빤히 바라보았다. 그 눈빛은 그녀의 창백한 얼굴과 대조를 이루었다. 헐렁하고 큰 셔츠가 그녀의 모습을 더욱 초라하게 보이게 했다. 나는 그녀에게 황금빛 금잔화를 골라주었다. 내가 아는 금잔화는 그것뿐이었다. 그 꽃을 〈몬순 웨딩〉(결혼문제를 다룬 인도 영화)이라는 영화 속에서 보았기 때문이었다.

"사람이 이 꽃을 먹을 수 있는 게 맞아요?" 나는 영화를 생각하면서 오로라에게 물었다.

그녀를 고개를 갸우뚱하더니 갑자기 웃었다.

"글쎄요. 만일 당신이 염소라면 그 꽃이 당신에게 맛있겠지요……"

나도 덩달아 웃었다. 나는 그녀를 위해 조심스럽게 몇 송이 꽃을 골랐다. 그 꽃들은 그녀 그림의 소재가 될 것이었다. 그러곤 어쭙잖은 솜씨지만 리본으로 꽃다발을 묶었다. 나는 꽃을 목졸라 죽이기라도 할 듯 리본을 너무 꽉 묶었다. 금잔화의 꽃말이 '슬픔'이라는 사실을 오로라는 알고 있었을까?

모과꽃의 유혹

날이 어두워졌다. 올리비아는 정원에 전등을 밝혔다. 정원은
다시 박쥐들의 차지가 된 것처럼 보였다. 오로라는 화구를 챙기
기 시작했고 나는 여전히 온실의 데이지꽃과 셀로판 포장지 더
미 속에서 자투리 꽃과 포장지를 쓸어 담았다. 달콤한 향기에
취하는 듯했다. 갑자기 금발의 루벤스 요정(루벤스 그림 속의 요정)
이 보였다. 그 요정은 넝쿨식물처럼 올리브나무를 감아 타고 있
었다. 거기에 갈라가 서 있었다. 그녀는 나무의 몸통에서 나온
모든 에너지를 빨아들인 듯 보였다.

문가에 있던 올리비아가 누군가와 이야기를 나누었다.

"그가 나에게 준 것이 아무것도 없어요?" 한 여자가 말했다.

가로등 불빛 속의 수많은 화초와 관목과 함께 내가 볼 수 있
는 것은 오직 길게 땋아 내린 머리뿐이었다. 땋은 머리가 고개
를 움직일 때마다 이리저리 흔들렀다.

"예, 오늘은 없어요, 빅토리아." 잠시 정적이 흘렀다. "당신들
은 오랫동안 그걸 원했었잖아요? 당신이 느끼는 걸 당신도 알
고요. 그리고 그 남자도 똑같이……."

"미치겠어요, 올리비아. 그냥 간단히 풀렸으면 좋겠는데."

"하지만 아직도 그렇지 않잖아요."

"그 사람 혼자 조용히 뭔가를 좀 더 분명히 할 수도 있는데."

"그게 여전히 되질 않아요."

"그게 아니라 내 얘기는…… 내가 더 분명한 태도를 보이고 상황을 곰곰이 따져봐야겠어요. 더군다나 내가 모든 일을 진행시켜야 하는 것만 해당하는 일이 아니잖아요. 그렇지 않아요?" 다른 여자가 거친 목소리로 거세게 항의했다.

"빅토리아." 올리비아가 조심스럽게 불렀다. "당신의 느낌을 엑셀파일로 작성해서 평가할 수 있다고 생각해요? 나를 보고 로맨틱하다고 해도 좋아요. 그러나 나는 사람의 감정은 합리화시킬 수 없다고 봐요. 너무 깊이 생각하면 감정이 무뎌지고, 감정만 앞세우면 판단이 흐려져요. 자, 이리 와요. 이리 들어와서 우리랑 같이 와인 한잔 마셔요. 다른 여자들도 저기에 와 있어요."

그러자 정적이 흘렀다. 정원의 풀밭 위에 돌아가고 있는 스프링클러의 단조로운 소리만 들릴 뿐이었다.

"좋아요. 하지만 한 잔만 마실래요. 안 그러면 파블로가 또 화낼 거예요."

"파블로가 화를 내도 어쩔 수 없어요."

두 여자는 팔짱을 끼고 정원으로 나갔다. 나는 다시 데이지꽃 뒤로 몸을 감추었다. 정원에서 활기찬 인사말과 웃음소리가 뒤섞여 들려왔다. 올리비아는 창고로 가서 와인 한 병과 잔을 양손 가득 들고 왔다. 내가 집으로 간다고 인사를 하자 올리비아는 나의 두 손을 꼭 잡고 앞치마를 벗더니 머리를 쓸어 올렸다.

"마리나, 이리 와서 나 좀 도와줘요. 당신에게 내 친구들을 소개시켜줄게요."

돌이켜보니 빅토리아보다 더 불안한 사람을 본 적이 없었다. 그녀는 잠시도 가만히 있질 못했으며 짧게 자른 앞머리를 쉬지 않고 입으로 불어 올렸다. 광대뼈가 불쑥 튀어나온 그녀의 용모는 까칠하면서 날카로워 보였다. 쭉 찢어진 입에 보잘것없는 가슴, 말랐으면서도 단단한 몸매였으며 비싸고 좋은 정장 차림은 마치 코르테 이글레스(스페인의 유명 백화점)의 쇼윈도에서 뛰쳐나온 마네킹처럼 보였다.

"오늘은 오래 있을 수 없어요. 스트레스가 심하거든요." 그녀는 가방을 의자에 던져놓고 스마트폰을 꺼내서 메시지를 확인한 뒤 앉았다. "아이들에게 굿나잇 키스를 보내준다고 약속했어요. 그렇게 하지 않으면 파블로가 신경질을 내요. 그리고 시어머니댁에 가서 크레마 카탈라나(카탈루냐 지방의 디저트)를 준비해야 해요. 음식을 제대로 하지 못한다고 저는 시어머니에게 항상 투덜거리죠." 그녀는 무슨 생각이라도 하듯 허공을 바라보았다. "오늘에서야 비로소 '샌드위치-여자들'이란 기사를 읽었어요. 정말 끔찍하더군요. 내가 생각하기에 이제는 아이들에게도 사료 먹이듯 밥을 차려주고 우리 부모님이나 시어머니에게도 건성건성 밥을 차려드리고 있어요. 애들은 너무 어리고 부모님은 너무 늙었고 모든 게 나한테 떨어진 셈이죠." 그녀가 한숨을 쉬었다. "아, 그리고 잠자리에 들기 전에 몇 통의 이메일을 쓰고 다음 날 발표할 자료를 살펴봐야 해요. 그런데 그 못된 중국 사람들, 그 사람들이 뭐라고 한 줄 아세요? 글쎄, 여자하고는 협상을 안 한다는 거예요!" 빅토리아는 짧게 자른 앞머리를 입으로 불어 올리며 스마트폰을 들여다봤다. "그리고 우리 사장이 이렇게 말하는 거 있죠. 이 사람이 우리 회사의 가장 뛰어난 직원입니다. 그러니까 당신들은 이 사람하고 협상해야만 합니다." 그녀는 어깨를 움찔하며 들어올렸다. "믿을 수가 없죠, 안 그래요? 하지만 이게 현실이에요. 당신들은 어떻게 생각해요? 그리고 잊어버리기 전에 우리 엄마한테 전화해야 해요. 엄마는 혈당 때문에 고생하고 계시죠. 나는 그저 '샌드위치-여자'일 뿐이에요. 내일 퇴근 후에는 학부모회의에 참석해야만 해요. 거기서 성 패트릭 데이에 아이들이 입을 의상에 대해서 논의를 할 거예요. 우리 애들이 영국인 학교에 다닌다고 얘길 했던가요? 내 인생의 가장 큰 실수였어요. 오로지 잼이나 만들고 하찮은 행사 때마다 온갖 케이크나 만드는 돈 많고, 예쁘고, 편한 엄마들뿐이죠."

그러더니 그녀는 급하게 문자를 보냈다.

"빅토리아, 당신 그렇게 계속하다간 병나겠어요." 갈라가 말했다. 그녀는 잡지를 건성건성 넘겨가며 보고 있었다.

루벤스의 요정은 샌들을 벗더니 백옥처럼 하얀 발을 오로라의 의자를 향해 뻗고 흔들었다.

"파블로가 당신을 도와줄 순 없나 보죠?" 택시운전을 하면서 그림을 그리는 오로라가 말하며 담배를 피워 물었다. "그냥 못 들은 걸로 해둬요." 그녀가 미소를 지었다. "내가 정말로 '도와주는 거'라고 말했던가요? 그건 아마도 이루어질 수 없는 소망이었을 거예요."

"이제 다들 그만둬요." 올리비아가 말하면서 일어났다. 그녀의 하얀 머리가 어깨 위로 흘러내렸다. "스트레스를 풀기 위해 빅토리아에겐 뭔가 그럴싸한 일이 필요해요. 가정이나 일과는 아무런 상관이 없는 그런 일 말이에요."

"*무언가*라고 하지 말고 차라리 *누군가*라고 말하지 그래요." 갈라가 미소를 지으며 끼어들었다.

갈라와 올리비아는 서로 무언가를 알고 있기나 한 듯이 눈길을 주고받았다.

"누군가라고요?" 오로라가 묻더니 담배 한 모금을 깊숙이 빨아들였다.

빅토리아가 머리를 쓸어 올렸다. "다시 그런 거 시작하지 않는 게 좋아요. 그건 그냥 빛 좋은 개살구일 뿐이고 전에도 다르지 않았어요. 더구나 이번 주에 나는 헬스클럽도 못 갔어요." 그녀는 짧은 앞머리를 입으로 불어 올리며 손톱 상태를 살펴보았다. "그 어떤 남자가 아이 딸린 여자에게 관심을 두겠어요?"

"아, 당신 말이죠." 갈라가 눈을 화등잔만큼 크게 뜨면서 말했다. "우리는 완벽한 것에 대해 말하는 게 아니에요. 하지만 사람들은 중력에 대항해서 어느 정도는 싸울 수가 있어요. 사람들은 '비키니 대작전(Operation Bikini. 영화제목)'과 '시에라 연애 대작전(Operation Lover. 영화제목)'을 어느 정도 구분할 수 있어요."

나무 사이에서 올리비아가 키득거리는 소리가 들렸다. 고무호수에서 나온 물이 땅바닥을 적셨고 물에 젖은 흙냄새가 허공에 퍼졌다.

"당신은 그걸 이해 못 해요. 나는 가족이 있거든요!"

그녀는 다시 스마트폰을 들여다보았다. 멀리서 들려오는 앰뷸런스의 사이렌 소리가 그녀의 말과 묘하게 어울렸다.

"그래요." 정원 뒤에서 올리비아의 목소리가 들렸다. "온갖 스트레스를 어느 정도 풀어줄 준비가 되어 있는 남자가 있다는 사실이 당신에게 활력을 불어넣어줄 수 있는데 당신은 그걸 받아들이지 않고 있어요."

"그에게 무슨 새로운 일이라도 생겼나요?" 갈라가 물으면서 와인잔을 흔들었다. "당신들, 진도는 나간 거예요?"

빅토리아는 갈라를 향해 몸을 돌리더니 무언가를 말할 기세였다. 그녀는 와인을 한 잔 따라 나에게 주었다.

"마리나, 조심해요. 이 사람들은 질이 아주 안 좋아요."

나는 웃지 않을 수 없었다. 오랜만에 들어본 가장 신선한 말이었다. 그러자 올리비아가 맨발로 와서 우리에게 고무호스로 물을 뿌렸다. 비명 섞인 웃음소리가 허공에 울려 퍼졌다.

빅토리아는 컴퓨터공학자였으며, 그녀가 한 말 가운데 한마디가 나로 하여금 그것을 추측하게 했었다.

"문제는 그거예요. 지금의 우리 여자들이 성능이 뒤떨어진 CPU가 돌리는 혁신적인 소프트웨어 같은 존재라는 거지요. 그러니 소프트웨어가 아무리 좋아도 컴퓨터가 나쁘면 아무 소용 없는 거와 같은 거예요."

그녀는 자기의 직업에 만족했고 승진을 코앞에 두고 있었다. 물론 그 일을 위해서는 외국에 가야만 했었다고 했다.

그녀는 말하는 동안 두 손을 특이한 방법으로 만지작거렸다.

그녀의 손은 노트북의 자판기를 두드리기에 적당할 만큼 작았다. 빅토리아는 회사가 있는 마드리드와 도쿄를 자주 왕래했다. 하울과 에두아르도라는 두 아이를 두고 있었는데 일곱 살과 네 살이었다. 두 아이는 아빠를 닮아 거의 모든 것에 알레르기가 있었고, 한 곳에 묶여 산다는 것이 그녀의 출세에 많은 방해가 될 거란 사실도 잘 알고 있었다.

"회사로부터 몇 달 동안 뉴욕에 가서 일해보지 않겠느냐는 제안을 받았지요." 모든 사람이 박수를 치며 그녀를 진심으로 축하해주었다. "하지만 안 갈 거예요. 축배를 들 어떠한 이유도 없어요."

"왜 그런 거예요?" 오로라가 담배 연기를 동그랗게 뿜어내며 물었다.

"파블로가 싫어했어요." 빅토리아가 대답했다.

"당신과 반대로 그는 얻는 게 하나도 없어서요?" 갈라가 화난 듯이 말했다.

"아뇨. 그는 오로지 아이들만 생각했어요." 빅토리아가 자신의 남편을 변호해주었다. "남편은 뉴욕이 아이들에게 좋지 않다고 생각해요. 어쩌면 그가 옳았는지도 몰라요. 하지만 짧은 기간일망정 뉴욕 생활이 아이들에게는 좋은 추억이 될 수도 있었을 텐데…… 아, 나도 뭐가 뭔지 잘 모르겠어요."

갈라가 담배를 세게 비벼 끄더니 참지 못하고 흥분했다. 올리비아는 의자 등받이에 깊숙이 기대앉았다.

"그때 당신도 이 동네를 떠나고 싶어 하지 않았잖아요." 갈라가 핀잔을 주었다. "내 기억이 맞는다면 파블로는 가족들을 세상과 동떨어진 변두리로 데리고 갈 사람이었어요."

"그는 정상체위의 광팬이었어요…… 그리고 빅토리아도 또 그걸 좋아했고." 올리비아가 빈정거렸다.

"이제 그만 좀 해요!" 빅토리아는 사람들을 째려보더니 화가 난 듯 손톱의 매니큐어를 긁어댔다. "파블로는 아주 좋은 아빠예요."

갈라가 보던 잡지를 덮었다. "당신의 아이들에게 아주 좋은 소식이군요. 하지만 우린 지금 당신에 대해 이야기하고 있는 중이에요."

"예, 그래요. 우리는 서로 다를 수 있어요." 빅토리아가 말했다. "그러나 한 가지 문제에 대해서는 같은 생각이에요. 우리 두 사람은 내가 충분히 일을 하지 않는다고 생각해요."

"어머나, 저런!" 오로라가 말했다. "왜 우리 여자들이 끝까지 모든 걸 책임져야 하는 거죠?"

"파블로가 그렇게 말한 건 아니에요. 하지만 그가 그런 생각을 하고 있다는 걸 잘 알아요." 빅토리아가 말했다. "내가 모든 걸 다 할 수는 없어요. 어렸을 때 엄마가 '넌 커서 뭘 하고 싶으니?' 하고 묻곤 했어요. 나는 '전부 다 하고 싶어요.'라고 대답했지요. 그리고 이제 그렇게 되고 말았어요."

올리비아는 물호스 끝을 나무화분에 올려놓고 허리춤에 손을 올렸다.

"맞아요. 그게 당신의 무모한 생각이었어. 가정과 직업을 다 갖는 거 말예요."

"남자들처럼 말이죠?" 갈라가 끼어들었다. "정말 이국적인 생각이네요."

빅토리아가 다시 스마트폰을 들여다보는 사이 다른 사람들 모두 웃었다.

올리비아는 빅토리아가 옴니포텐스 신드롬(Omnipotence-Syndrom. 자신을 전지전능한 사람이라고 믿는 증후군)의 전형적인 경우라고 생각했다. 그녀는 세상의 총지배인이 되기로 결심하고 모든 일에 책임감을 느꼈다. 그녀는 모든 것을 이뤄내고 싶어 했고 그런 계획을 한 치도 느슨하게 하지 않았다. 그녀는 최고의 엄마이어야 했고, 최고의 컴퓨터기술자, 최고의 친구, 최고의 딸, 최고의 며느리여야만 했다. 좋은 역할이 아니라, 최고의 역할만을 해야 했다. 그녀가 하는 일, 그녀의 존재는 모든 것이 완벽해야만 했다. 그렇게 해야 사장으로부터 아이들 때문에 일을 못한다는 소리를 듣지 않고 남편의 잔소리를 피할 수 있었다. 그러나 그 결과는 어떠했는가?

"아, 저런! 벌써 10시가 다 되었어요!" 그녀는 급하게 스마트폰을 두드려댔다. "곧 집에 갈 거라고 파블로에게 빨리 알려줘야 해요. 파블로는 벌써 화가 나 있을지도 몰라요. 그리고 내가 이 프레젠테이션을 윗사람에게 가져다주지 않으면 내일 아침 우리 사장님이 나를 잘라버릴 거예요."

"이제 한 번쯤 당신을 생각해봐요, 제발 좀." 올리비아가 조용히 말했다. 그러자 빅토리아가 잠시 동안 최면술에 걸린 듯이 보였다. "당신은 남편의 종이에요."

빅토리아를 좌절시키고 끝도 없이 밀려오는 일로 인해 불안한 그녀에게 도움이 되는 유일한 방법은 계속 움직이는 것뿐이었다. 그날 저녁 그녀는 샤워를 하고 TV를 보며 여유를 부리는 것 대신 집에서 실내화를 신고 아이들 방으로 건너가 아이들이 잠들 때까지 침대 옆에 머물러 있을 것이다. 그러고 나선 아이들의 책가방을 챙겨줄 터이고. 그런 다음 부엌으로 가서 버터와 빵, 세 종류의 햄을 냉장고에서 꺼내어 다음 날 쉬는 시간에 먹을 빵을 쌀 것이다. 아침이 되면 아침상을 차리고 세 종류의 시리얼을 준비할 것이다. 에두아르도를 위한 초코팝, 하울이 좋아하는 허니플레이크, 그리고 파블로를 위한 곡류시리얼…… 이어 저녁식사를 위한 볼로네제 스파게티를 만들고 충혈된 눈으로 침대에 누워 마지막 이메일을 체크한 뒤 프레젠테이션을 살필 것이다. 노트북을 끄고 나면 파블로는 정신없이 코를 골며 잘 것이다. 파블로는 아침에 일어나 식기세척기를 정리한 후 출근길에 아이들을 학교에 데려다줄 것이다. 그리고 저녁때 그녀가 집에 돌아오면 아이들은 스파게티를 맛있게 먹고 파블로는 그녀의 이마에 가볍게 키스를 하면서 전날 밤 뭐 하느라고 그리 늦게 잤냐고 물을 것이다.

그러나 빅토리아는 모든 것이 별 탈 없이 돌아가는 한 이런 생활에 만족하며 살겠노라 결심했었다.

"나는 파블로를 사랑해요." 그녀가 말했다. "우리에겐 공동의 과제가 있어요. 문제가 있다면 단지…… 그래요, 우리가 마치 부화를 위해 먹거리 찾는 사람으로 변했다는 사실 말고는……."

"아, 아주 멋진 표현이네요." 갈라가 단숨에 와인잔을 비우며 말했다.

"하지만 프란치스코하고는 아무것도 아니었고 또 별일이 일어나지도 않을 거잖아요." 빅토리아가 낮은 목소리로 말했다. "그러니까 당신들이 간절히 바라는 걸 이제 포기해요."

"왜 그게 안 된다는 거죠?" 갈라가 핀잔을 주었다. "당신은 소처럼 일하면서 가정을 꾸려나가고 있어요."

"그리고 당신은 남편이 소중할지 몰라도 남편은 당신을 절대로 호강시키고 있지 않아요." 올리비아가 말했다.

"심술궂게 굴지 말아요, 올리비아." 오로라가 말했다. "이제 진정 좀 하고요."

"물론 남편이 나를 호강시키진 않아요." 빅토리아가 남편을 옹호하고 나섰다. "그는 나와 다른 생체리듬을 갖고 있어요. 그리고 집에 돌아오면 나는 항상 파김치가 되어 있어요. 다리에 근육완화 크림을 바르고 누워서 잠을 청하지요." 그녀는 몸을 쭉 펴면서 스트레칭을 했다. 그러자 등에서 왕골의자처럼 뿌드득 하는 소리가 났다. "이 소리 들리죠? 제 몸은 완전히 뻣뻣하게 굳었어요."

"섹스를 안 해서 그래요." 올리비아가 자리에 앉으며 말했다. 그러자 우리는 배꼽을 잡고 웃었다. "당신 스스로에게 무언가를 해주고 싶다면 결혼생활이 섹스로 만족해야 해요. 그래야 심적으로나 육체적으로 봄날이 올 거예요. 피부도 윤기가 날 거고……."

"그건 조금 불쾌한 논리군요." 갈라가 끼어들었다.

"피부 얘기 말인가요?" 올리비아가 물었다. "참으로 유감스러운 일이죠."

"그래요. 결혼생활은 바람피우는 일로 생기를 얻어요." 갈라가 눈썹을 치켜올리며 말했다. "나는 종종 유부남들이랑 같이 잠을 자요. 그리고 그들이 나랑 만족스럽다고 느낄 때 그들과의 관계가 나쁘다고는 생각하지 않아요."

오로라는 마치 영화라도 보고 있는 듯이 다른 여자들을 빤히 쳐다보았다. "당신은 양심의 가책을 느끼지 않나요?" 그녀가 갈라에게 물었다.

"내가요?" 갈라가 웃었다. "내가 왜 양심의 가책을 느껴야 하죠? 미안하지만 나는 묶여 있는 몸이 아니라고요. 그 때문에 나는 어떠한 경우에도 끊지 못하는 관계를 맺지 않아요. 내가 중요시하는 것은 구속되지 않는 거예요. 그리고 유부남이 지속적인 관계를 요구하는 경우는 아주 드물어요." 그녀는 들고 있던 잡지로 부채질을 했다. "나는 좋은 것만 골라 먹어요. 내가 그들의 아내를 알지 못하는 한 모든 게 좋은 거지요."

"어머나 세상에. 그렇다면 여자들 사이의 연대감이란 뭐지요?" 오로라가 생기를 얻은 듯 물었다.

"내가 생각하기에 염색체의 결합은 아니라고 봐요." 빅토리아는 여전히 스마트폰을 두드리며 말했다. "우리 여자들은 좋은 친구가 될 수 있어요. 하지만 그것이 단순히 여자라는 이유 때문은 아니에요."

"맞아요." 갈라가 말했다. "하지만 다른 여자들의 수건을 사용하고 침대에서 뒹구는 것…… 그래요, 그런 건 나에게 전혀 문제가 되지 않아요. 그럴 때도 전혀 죄책감을 느끼지 않아요.

한번은 한 남자가 뭘 가져다줬는지 알아요? 내가 샤워를 하고 나왔더니 그가 옷장을 열어 자기 아내의 목욕가운을 꺼내주더군요."

"자기 아내의 목욕가운을요!" 빅토리아가 빈정거리듯 말했다. "그거야말로 있을 수 없는 일이에요."

빅토리아가 처음으로 천사의 정원에 나타났을 때, 그녀는 가게를 잠시 둘러보더니 아무것도 사지 않았다. 그러나 그녀는 나중에 다시 한 남자와 함께 출입문을 열고 들어섰다. 그가 프란치스코였다. 프란치스코는 세르반테스의 유물을 찾고 있는 매력적인 고고학자였다. 빅토리아는 고고학자들이 그녀의 회사에 찾아와서 사람의 유골을 찾는 프로그램 제작을 의뢰했을 때 프란치스코를 알게 되었다.

어느 날 빅토리아가 천사의 정원에서 그녀의 새 남자친구를 기다리고 있었을 때 그녀는 올리비아에게 안토니오 로페즈가 하이퍼 리얼리즘 기법으로 그린 꽃의 이름이 뭐냐고 물었다. 그녀는 바로 얼마 전 티센 박물관에서 열렸던 로페즈 전시회를 다녀왔었고, 그의 그림 앞에서 최면에 걸린 듯 그 꽃을 바라보았었다. 올리비아는 그 꽃이 모과꽃이라고 말했다. 빅토리아는 나무가 더 중요하다는 사실을 알지도 못하면서 모과꽃 한 다발을 샀다. 그 주에 다시 꽃집을 찾았을 때 그녀는 아무런 생각도 없이 모과나무 가지 몇 개를 들고 집으로 갔다. 그 가지에는 유혹의 꽃봉오리가 피어나고 있었다.

그때 올리비아는 꽃들의 꽃말을 하나씩 적어 문에 걸어놔야겠다는 생각을 했다. 남몰래 사랑에 빠진 두 사람은 슬그머니 와서 꽃말을 읽고 갔다. 그러면서 그들은 다른 꽃말이 쓰인 표지판을 기다렸다. 그렇게 꽃말 속의 대화는 시작되었다. 꽃을 통하여 그들은 서로를 믿게 되었고 말로는 표현할 수 없는 것을 서로 말할 수 있었다. 그리고 마침내 언어적 표현 대신 꽃을 선물하는 것이 좋겠다고 생각했다. 빅토리아는 팬지꽃이 마음에 들었다. 그녀는 여러 가지 색깔의 팬지꽃을 골랐다. *당신 자신을 생각하는 것처럼 나를 생각해줘요.* 프란치스코는 빨간 모란꽃으로 답했다. *당신이 맘에 들어요. 하지만 당신에게 그 말을 하기엔 너무 쑥스럽군요.* 그러자 이번에 빅토리아는 흰색 팬지꽃으로 응답했다. *당신을 존경해요.* 거기에 프란치스코는 백모란을 보냈다. *당신을 알게 되어 행복해요.* 그리고 빅토리아는 파란 팬지꽃으로 답했다. *당신의 사랑을 믿겠어요.* 그러자 곧바로 프란치스코는 커다란 해바라기꽃으로 감동을 전했다. 빅토리아는 노란 팬지꽃으로 *가득 찬 시적 욕망을* 담아서 프란치스코에게 보냈다. 그러자 프란치스코는 강렬한 성욕의 표현인 오렌지빛 팬지꽃으로 화답했다.

그렇게 그들의 사랑은 깊어갔다.

그러면서 빅토리아는 매번 꽃이 핀 모과나무 가지를 집으로 가져왔다. 그녀의 아이들이 꽃에 가까이 가면 심하게 재채기를 해도 아랑곳하지 않았다.

"빅토리아, 만일 나에게 물어본다면……." 갈라가 말했다. 그녀는 일어나 열린 문에 기대어 서서 꽃말이 적힌 판을 들여다보고 있었다. "당신은 이제 프란치스코에게 붉은 글라디올러스를 선물해도 돼요."

"아, 그 사랑의 글라디올러스 말이죠." 오로라가 한숨을 쉬었다. "내가 무조건 그 꽃을 그렸어야 하는데. 그 꽃의 꽃말은 뭐죠?"

"잠자리를 공개적으로 청한다는 뜻이지요." 올리비아가 사람들의 기분을 돋구어가며 설명했다. "빅토리아, 내 말을 잘 들어봐요. 섹스는 치유의 효과가 있어요. 섹스는 면역력을 강화해주고 세로토닌과 도파민의 분비로 행복감과 안정을 가져다줘요. 뿐만 아니라 뇌의 혈액순환을 원활하게 하고 심장을 뛰게 해줘요." 그녀는 왕골로 만든 의자에 섹시하면서도 편안한 자세로 앉았다. "날 잘 봐요. 나는 단 한 번도 섹스를 포기해본 적이 없어요. 그래서 이렇게 건강을 유지하고 있지요."

나는 그들이 나누는 대화를 말없이 듣기만 했다. 나의 생각은 내 삶과 서로 어긋나 있었다는 사실을 떨쳐버릴 수 없었다. 그리고 당신이 아프기 전에 우리가 가졌던 성적인 관계도 마찬가지였다. 나는 거기에 앉아 거나하게 취한 이 여자들이 나누는 이야기가 왜 나에게 그런 생각을 들게 하였는지 혼자 생각해보았다. 정원의 문이 조용히 삐그덕 소리를 내며 열렸고 나뭇잎이 살랑거리는 소리에 여전히 문이 열려 있음을 알 수 있었다.

난초의 유유자적

어둠 속에서 회색 바지 정장 차림을 입은 한 여자의 모습이 보였다. 나는 아침에 그녀를 꽃집에서 보았다. 그녀는 커다란 장미꽃다발을 든 채 마치 동상처럼 몸을 곧추세우고 정원 사이를 걸어오고 있었다. 눈썹화장은 지워졌고 손에 편지봉투를 들고 있었다.

올리비아가 깜짝 놀라 그녀에게 다가갔다.

"안녕하세요, 뭘 도와드릴까요?"

"청부살인업자 주소를 주면 제일 좋은데⋯⋯." 바지 정장 차림의 그 여자는 삐딱하게 웃었다. "한번 해본 말이고요, 사실은 당신에게 부탁할 일이 있어요." 그녀는 나를 향해 몸을 돌리면서 단호하게 말했다.

"이번엔 다른 사람에게 꽃을 보내고 싶어요."

"당신은 이제 더 이상 카산드라가 아닌 모양이군요?" 올리비아가 더욱 놀라 말했다.

그 여자는 쓴웃음을 짓더니 나를 빤히 쳐다보며 물었다. "혹시 오늘 아침 아이와 함께 여기에 와서 화초를 주문했던 젊은 부부의 주소를 알고 있나요?"

"네, 알고 있어요." 내가 머뭇거리며 대답했다. "그 사람들이 주문을 맡기고 갔지요. 정원에 필요한 과실수를 부탁한다고."

"정원에 필요한……." 그 여자는 입술을 꼭 깨물었다. "그렇 겠죠. 나도 그럴 거라고 생각했어요. 하지만 이제 나는 이 꽃을 그 여인에게 보내고 싶어요." 그녀가 서둘러 말했다. "그리고 이 번엔 이 편지와 함께요……."

그녀가 나에게 편지봉투를 내밀었다. 편지통투는 봉하지 않 은 채였다. 올리비아가 내 손에 들려 있는 편지봉투를 가져가 더니 그 안을 들여다보았다. 우리는 함께 엽서를 읽었다. *당신 남편이 이걸 우리 집에 빠뜨리고 갔어요.* 엽서에는 콘돔이 붙어 있었다.

그녀는 두 번째 편지봉투를 내밀었다. 이번엔 봉한 것이었다.

"그리고 이건 내가 그 남자에게 다시 꽃을 보내고 싶을 경우 를 대비해서 당신이 보관 좀 해주세요."

"아…… 카산드라, 정말이에요?" 올리비아가 물었다. 올리비 아는 편지봉투를 집어넣고 그 여자의 어깨에 팔을 올리며 말했 다. "우리랑 같이 와인 한잔 마시지 않을래요?"

카산드라가 그녀의 사무실로 꽃을 보낸 것이 처음이 아니었 다. 그녀는 가끔 자기 사무실로 꽃을 보냈고 그럴 때마다 열정 적이고 애교 있는, 그리고 그리움이 가득 찬 매력적인 카드를 항상 동봉했다. 그녀는 자기에게도 사생활이 있다는 것을 직장 동료들이 알아주길 바랐다. 더구나 그것은 직장생활의 요령이

기도 했다. 상사가 그녀의 비범한 능력과 관계없이 그녀에 대해 더 좋은 인상을 받게 될 거라는……

"나에게 완벽한 관계가 있었다면 그건 내 남편이에요. 행복한 가정이 제일 좋은 거지요." 카산드라는 우리를 번갈아가며 쳐다보았다. "그런데 남편과 대화는 끝났어요. 어쩌면 남편은 내가 어떤 강아지와 사는 것이 가장 좋은지 말했을지도 몰라요."

"세상에나 그럴 수가!" 오로라가 말했다.

"이런 나쁜 새끼!" 갈라가 거들었다.

새 한 마리가 올리브나무로 날아가 나뭇가지 주변에서 날갯짓을 했다. 산타아나 광장에서 아코디언 소리가 들려왔다. 아코디언의 멜로디가 카산드라를 진정시키는 것 같았다. 그녀는 잠시 눈을 감더니 의자에 깊이 기대어 앉았다. 카산드라는 일상생활 속에서 이런 여유를 가질 시간이 전혀 없었다. 그녀는 오로지 자신에게 주어진 일을 하기 위해 살아온 뛰어난 공학석사였다. 그녀는 서른다섯 살에 유럽연합 국회의원이 되었고 아버지의 모토에 따라 살았다. "나는 내 딸이 독립적이길 바라고 절대로 남편에게 의지하지 않는 직업을 갖길 원한다." 그러면서 다짐을 하듯 아버지는 묘비명에 이렇게 새겨달라고 말했다고 한다. "너를 한 번도 속이지 않은 유일한 남자, 너의 아버지."

카산드라는 남자들에 대한 감정이 이중적이었다. '남자란 별 거 아니다' 하는 생각을 하면서도 남자들에 대해 매력을 느꼈다. 그리고 자신의 욕구를 채워줄 남자를 결코 만날 수 없을 것이라고 확신했다.

"사람들은 그런 당신을 절대로 모를 거예요." 올리비아가 말했다.

"안타깝지만 그렇겠지요." 카산드라가 씁쓸하게 대꾸했다. "우리 아버진 특별한 사람이었고 더구나 엄마랑 결혼을 한 남자거든요."

카산드라의 엄마는 훌륭한 여자였다. 그녀는 카산드라가 얼마나 뛰어난지 항상 주지시켜준 아주 좋은 엄마였다. 엄마의 요구에 맞춘다는 것은 하나의 도전임이 분명했다. 그녀는 남성들의 속물적인 행동에 맞게 카산드라를 매력적인 사냥감으로 바꾸어놓았다. 남자가 기꺼이 정복하고 싶은 성공한 여자가 되는 것이 바로 그것이었다. 그러나 남자들은 정작 그런 여자와 함께 사는 것은 주저했다. 성공한 여자는 언제든 남자를 떠날 수 있는 능력이 있었기 때문이었다.

"나는 아버지의 모든 경고를 허공에 날려버리고 약해져버렸어요."

"당신은 아버지의 사랑을 받는 사람이었잖아요." 갈라가 넘겨짚어 말했다.

카산드라는 고개를 끄덕이다 다시 아니라고 흔들었다. "내가 흔해 빠진 유행가 가사 속의 신세가 되었다는 게 최악이에요. *아, 나는 이렇게 불행하게도 결혼생활에 허우적대고 나를 이해하고 진정한 사랑을 느낄 수 있는 다른 남자를 그리워하네.*"

"당신은 그 남자에게서 그런 소망을 채우려고 온갖 노력을 다했을 거라고 생각해요." 올리비아가 말했다.

카산드라가 놀라면서 올리비아를 바라보았다. "맞아요. 하지만 이제 나는 그저 우습다고만 느낄 뿐이에요." 그녀는 머리를 식히기 위해 와인잔을 이마에 대었다. "나는 우리가 함께하지 못했던 시간을 다음번 만남을 위해 쓰고 있어요."

그녀는 잠시 아무 말도 하지 않았다. 윗입술의 작은 점을 손가락으로 만지작거렸다.

"당신도 이미 눈치챘을 거예요. 그 남자는 오로지 섹스만 원한다는 것을……." 갈라가 의자를 뒤로 비스듬히 젖혀 앉았다.

카산드라는 막 땋았던 머리를 다시 풀어헤쳤다.

"그런데 당신 알고 있지 않았나요, 그가……." 오로라가 말을 이었다.

"아, 그 문제는 아주 복잡해요." 카산드라는 한숨을 쉬었다. "오늘 내가 그를 보았을 때, 무슨 일인가가 일어났어요. 그게 뭐냐 하면…… 하룻저녁에 말하기 너무 복잡한 거라서."

그러곤 그녀는 아무 말도 하지 않았다. 그녀는 와인 한 잔을 더 따라서 벌컥 마셨다.

"아주 짜증스러운 일이죠." 갈라가 덧붙였다. "다들 알고 있겠지만 사랑이란 일을 아주 복잡하게 만들어요. 내가 그 말을 항상 했잖아요."

"그게 단지 그것 때문이 아니라……." 카산드라가 말하자 갈라가 고개를 끄덕였다.

"문제는 많은 사람이 자기가 책임지지 못할 말을 입에 담는 것이에요." 오로라가 말했다.

사람들의 대화를 유심히 듣고 있던 빅토리아는 자신의 미래가 3D 영화 예고편에 펼쳐지기라도 하듯 손톱 매니큐어를 박박 긁더니 어둠 속을 물끄러미 바라보았다. 카산드라는 굳은 표정으로 어둠이 내린 정원 쪽으로 시선을 돌렸다. 그녀는 블라우스의 윗단추를 풀고 재킷을 의자의 팔걸이에 걸쳐놓았다. 그리고 귀걸이와 반지, 시계를 풀어서 바지 주머니에 넣었다. 마치 그런 모든 것이 갑자기 거추장스럽고 어두운 기억을 불러일으키는 듯했다.

"자신에게 그렇게 엄하게 굴지 말아요. 세상에 널린 게 남자라는 사실 잘 알잖아요." 올리비아가 말했다.

"두려워하면서도 은연중에 신성시하고 있는 당신 아버지와 닮은 남자를 찾고 있는 것은 아닐까요?"

카산드라가 고개를 들었다. "두려워한다고요? 내가 말인가요? 누구를? 전혀 그렇지 않아요. 청사에서 일하는 그들이 내 앞에서 얼마나 납작 엎드리는지 당신은 알아야 해요. 직장 동료들은 내가 나타나기만 하면 꼬리를 내리죠."

올리비아가 그녀를 딱하다는 듯 쳐다보았다. 카산드라가 분명히 슈퍼우먼 신드롬에 빠져 있다는 게 그녀의 생각이었다.

그녀는 이런 식의 슈퍼우먼은 자기 세대의 페미니스트에 의해 생겨났다고 여겼다. 그 세대의 페미니스트들은 자유를 위해 싸웠지만 그들 스스로는 그 자유를 체험하지 못했다. 그들의 구호는 '*사랑에 빠지지 마라. 결혼하지 마라. 아이를 함부로 낳지 마라*'였다.

와인을 네 병째 마실 때 우리들의 첫 번째 만남이 어땠는지 갈라가 물었다. 카산드라가 우리와 어떻게 만났는지 정확히 기억나지 않았다. 다만 길고 유독 심했던 더위가 끝나가고 있는 지금 나는 한 여인의 인생에 두 번의 사춘기가 있다고 말할 수 있을 뿐이었다. 그 사춘기란 "가면을 벗고 나오는 순간"이며 나는 열다섯 살과 마흔 살의 사춘기에 대해 세월이 흘러 많은 이야기를 할 수 있을 것이라고 생각했다.

갈라의 질문에 대답했던 첫 번째 사춘기는 오로라의 모든 기대에 어긋났었다.

"사실 그것이 나에겐 처음이나 마찬가지였어요. 제대로 겪어보질 못했었거든요." 오로라가 어색한 듯 말했다.

그 당시 사춘기에 시달리던 아름다운 소녀는 같은 학교를 다니던 아주 순진한 남자친구를 사귀고 있었다. 너무 얌전하기만 했던 그 아이를 그녀의 엄마도 좋아했으며 아버지 또한 좋은 남편감이라 생각하여 마음에 들어 했다. 신이 만든 작품과 같은 그 아이에 대한 생각은 일찌감치 결혼 이야기가 나올 정도로 공공연한 것이었다고 오로라는 수줍게 털어놓았다. 그 아이 또한 오로라의 처녀성을 존중하였다.

올리비아가 깔깔거리며 웃었다.

"아무튼 어느 날 오후인가 우리 둘만 집에 있었던 적이 있었어요. 거의 벌거벗은 채 서로가 좋아 어쩔 줄 몰라 했었죠. 그런데 그 남자애가 이런 말을 하지 않겠어요? '내가 너를 뒤에서 껴안으면 어떨까? 그래도 너는 여전히 처녀로 남을 텐데…….'" 이번에는 오로라 자신도 웃었다. "그때부터 나는 교회가 가르치는 도덕에 대해 조금씩 흔들리기 시작했어요."

조그만 손거울을 들여다보며 눈썹을 손질하고 있던 카산드라가 말을 이었다. "우리 엄마는 한 남자의 전리품이 되지 않으려거든 산부인과에 가서 처녀막 제거수술을 하라고 조언해줬어요." 그녀는 딸깍하며 손거울을 닫았다. "와인 한 잔 더 줘요."

우리는 모두 그 이야기에 빠져들었다.

"나의 아버지는 심각한 문제가 있었어요." 카산드라가 이야기를 계속했다. "나의 모든 직업적인 목적을 이룬 지금에 와서야 나는 아버지가 항상 얘기하던, 성공하면 할수록 더 많은 것을 이뤄야 한다는 사실을 깨닫게 되었어요. 나는 결코 아버지의 인정을 받지 못할 거예요. 우리 부모님이 그토록 원했던 홀로서기는 남자들에게 두려움을 가져다주었고 나와 같이 실습하던 사람들에게는 동정심을 유발시켰죠. 나의 비서가 최근 한 직원에게 나를 두고 뭐라고 말한 줄 아세요? '저 여자는 사는 게 사는 게 아냐.'라고 말하더군요." 그녀가 한숨을 깊이 내쉬었다. "*사는 게 사는 게 아니라니*, 이런 돌아버릴 일이 어디 있어요. 단지 금요일 밤 늦도록 컴퓨터 앞에 앉아 자판기를 두드리고 있다는 이유만으로!"

"하지만 당신은 아직도 정말 매력적이잖아요!" 갈라가 대꾸했다.

"당신 같은 여자라면 한 트럭의 남자들이 뒤를 졸졸 따라다녔을 텐데……."

나는 카산드라를 꼼꼼히 살펴보았다. 쭉 뻗은 다리. 볼륨 있는 몸매. 윤기가 자르르 흐르는 머리. 입술 바로 위의 점은 큰 입술을 더 섹시하게 만들었다. 게다가 옷차림 또한 유행에 신경을 써서 멋지게 보였다.

"당신의 프로필을 인터넷 데이트 플랫폼에 한번 올려봐요." 올리비아가 알약을 꺼내며 제안했다.

"데이트 플랫폼과 쿨한 것은 서로 모순되는 개념이에요." 갈라의 생각이었다.

"아, 쓸데없는 소리 말아요." 빅토리아가 말했다. "카산드라의 프로필 정도면 많은 사람에게 아주 좋은 인상을 줄 수 있어요."

카산드라가 깜짝 놀라면서 그녀를 쳐다보았다. "나 같은 프로필을 가진 사람들요? 대체 그게 무슨 말이죠?" 그런 것에 대해 나는 한 번도 필요하다고 생각한 적이 없었다. 그리고 나에겐 그런 것이 문제가 되지 않았다. 그녀는 한심스럽다는 듯이 한숨을 쉬었다. "나의 화려하고 멋진 이력을 몇 편의 포르노 필름과 맞바꾸었으면 어땠을까 하고 가끔 생각해보았어요."

카산드라가 이맛살을 찌푸렸다. "*카산드라, 당신 결혼 안 했어요? 아이도 없는데 어쩔 거예요? 당신도 이제 그런 것 좀 생각해봐야 돼요. 카산드라, 당신 혼자서 잘 지내고 있나요?*' 시도 때도 없이 이런 질문을 받는 게 얼마나 짜증나는 일인 줄 당신들은 알고 있나요?" 그녀는 숨을 깊이 들이마셨다. "마치 그런 일을 국회에서처럼 기계적으로 통과시킬 수 있기라도 하는 양 말예요. 내 비서에게 제발 자신을 위해 그런 일에 신경 쓰라고 부탁하고 싶어요."

나는 카산드라가 커다란 핸드백에서 알약이 든 작은 깡통을 꺼내는 것을 보았고 그 후에도 그녀가 자주 그러한 행동을 한다는 사실을 알게 되었다. 그녀는 하루에 세 번씩 면역력강화를 위해 종합비타민제를 복용했다. 우리의 슈퍼우먼은 무슨 수를 써서라도 자신의 주변을 통제해보려고 무던히 애를 쓰고 있었다. 보수적인 성향이 강한 남성중심주의적 세상의 한가운데서 자신과 상관없는 일에 다른 사람들이 이러쿵저러쿵 떠드는 것을 어떻게든 막아보려고 그녀는 사무실에 꽃배달을 시켰다.

"당신이 그 어떤 것에 대해 반드시 옳아야 한다고는 생각하지 않아요." 올리비아가 말했다. 그녀는 정원에 있는 물호스를 막 걷고 온 참이었다.

"나는 여전히 그렇다고 생각해요." 카산드라가 반박했다. "내가 경험해본 바로는 말이죠…… 그리고 나 역시 당신들과 똑같은 것에 대해 두려워하고 있어요. 세상은 한 여자에 대해, 그것이 아주 개인적인 결정이었다 할지라도 뭐든 해명을 요구하고 있어요. 당신이 아직 젊다면 사람들은 당신이 너무 일찍 결혼할 수도 있을 거라고 걱정들을 하지요. 왜냐하면 그게 문제일 거라고 생각하니까요. 사람들은 결혼을 하느냐 마느냐에 대해 알고 싶어 해요. 그러나 특정한 나이부터는 당신이 아이도 없고 남편도 없으면 무언가 당신과 맞지 않게 될 거라는 생각을 하지요."

카산드라가 팔을 올려 기지개를 켰다. 그녀는 일어나 온실 안을 천천히 걷다가 줄기가 길게 뻗은 푸른 수선화 앞에 멈춰 섰다. 그 꽃이 그녀를 선택한 것이지 그녀가 그 꽃에 다가선 것처럼 보이지 않았다. 그녀는 꽃을 마주 보고 선 채 꽃의 평온함을 흉내 내면서 활짝 핀 꽃잎을 들여다보았다.

멀리서 자동차가 급정거하는 소리가 들렸다. 고양이 두 마리가 서로 구역을 차지하려고 자리다툼을 하고 있었다. 쓰레기차는 덜컹거리며 쓰레기를 수거하고 있었고, 멀리 어디선가 유리창이 깨지는 소리가 들렸다.

나는 올리비아가 정원에 긴 물호스를 까는 일을 도와주면서

이 모든 것이 어떻게 해서든지 더 단순해질 수는 없는 것일까? 하는 생각을 해보았다.

여기에 우리가 있었다.

대학을 나오고 재능도 많으며, 자유로운 결정권이 있는 다섯 명의 여자였다.

그리고 바로 그것이 문제였다. 우리는 결정을 내려야만 했다.

그런데 무엇을 위해?

올리비아가 하품을 하자 다른 사람들로 따라 하품을 했다. 마드리드의 밤하늘 아래 정원의 축축한 땅에서 김이 피어오르고 있었다.

난초의 소박함

언제 아침이 밝았는지도 모를 정도로 우리는 대화에 빠져 있었다.

오로라는 갈라에게 막시의 무심함에 대해 얘기를 하면서 울었다. 오로라가 울기 시작하자 착한 갈라는 그녀를 껴안고 다독거리며 최근에 읽었던 책의 한 구절을 들려주었다. 올리비아는 자상한 미소를 지었다. 나중에 안 사실이지만 그녀는 화이트와인을 많이 마셨을 때 항상 그런 표정을 지었다. 나는 늘 그렇듯 마음의 문을 꼭 닫고 있었다. 빅토리아가 다시 한 번 스마트폰을 들여다보았다.

"어머나…… 벌써 2시네." 그녀가 깜짝 놀라며 소리쳤다. "세상에…… 아주 나쁜 아내이자 나쁜 엄마가 되고 말았어요."

"당신 자신에 관해 그런 끔찍한 말을 스스럼없이 해대는 것 좀 이제 그만둘 수 없나요?" 갈라가 말했다.

"맞는 말이에요. 아이들이 있다는 것에 기뻐해야죠." 올리비아의 표정이 부드러워졌다. "그것이 결국 제일 중요한 거예요."

빅토리아는 거만한 태도로 탁자에 기대어 앉았다. 그녀의 아이들에게 보고 배운 듯한 자세였다. "당신들이 옳아요. 하지만 내게 책임이 있어요. 정말 끔찍한 일이에요."

그녀는 죄책감을 풀어버리기라도 하려는 듯 손가락을 쥐었다 폈다 했다. "저녁에 너무 늦게 퇴근을 해서 아이들이 자고 있는 걸 보면 속이 짠해요. 내가 파트타임 근무를 하고 있지 않는 것도 마음에 걸리고요. 학교 축제 때 아이들에게 쿠키를 구워줄 시간조차 없는 것도 정말 괴로워요." 그녀는 스마트폰을 핸드백에 던져 넣고는 다신 꺼내지 않겠다는 듯 핸드백의 지퍼를 닫았다.

"고작 쿠키 때문에 죄책감을 느낀다고요?" 올리비아가 웃었다. "그렇다고 뭐 달라지는 게 있을까요?"

"쿠키를 굽는다? 학부모 모임 때 한센병에 걸린 사람처럼 서 있지 않는 게 차라리 도움이 될지도 몰라요. 예를 들자면……."

갑자기 무언가를 떠올린 듯 빅토리아는 가방을 열더니 검은색의 커다란 달력을 꺼냈다. 그러고는 그것을 보고 당황하였다.

"당신은 실수를 좀 해도 상관이 없어요." 오로라가 충혈된 눈을 비비며 조심스럽게 거들었다.

"벌써 새들이 지저귀네요." 갈라가 와인잔을 들며 말했다. "적어도 어느 정도까지는! 다른 모든 것은 다 잘하고 있잖아요."

그녀는 일어나 오로라에게 손수건을 건네주었다.

"페미니즘은 아주 교묘하게 우리를 함정 속에 빠뜨리고 있어요." 갈라테아가 말했다.

"대체 그게 무슨 말이죠?" 오로라가 물었다.

"빅토리아 좀 한번 봐요."

갈라는 빅토리아로부터 달력을 빼앗아 허공에 흔들어댔다.

새벽 2시였다. 그녀는 긴 하루일과를 마치고 친구들과 기분 좋게 와인을 마셨고 끊임없이 스마트폰을 들여다봐가며 거의 플래쉬 고든(알렉스 레이몬드의 공상 만화 주인공)이나 할 수 있을 만큼의 업무리스트를 작성했다. 그러면서 그녀는 완전히 파김치가 될 때까지 그 업무리스트에 쫓겼다. 갈라가 빅토리아에게 달력을 돌려주자 빅토리아는 스마트폰을 가방에 집어넣을 때보다 더 거칠게 달력을 가방에 던져 넣었다.

"당신은 일본식 우울증에 걸린 것 같아요."

카산드라가 이렇게 진단을 내렸다.

"뭐라고요?" 빅토리아가 깜짝 놀라 일어났다.

"그래요. 내가 아는 치료사가 그렇게 말하던데요. 우울증에 걸리면 침대를 떠나지 못하는 사람들이 있대요. 그리고 나나 당신 같은 사람들은 그저 자신의 삶에 대해 생각해보지 않기 위해 지쳐 쓰러질 때까지 일을 많이 한다더군요. 그러면서 덤으로 우리는 경제를 건설하고. 얼마나 유익한가요!"

"그러면 누가 당신한테 고마워하는 거죠?" 갈라가 물었다. "당신은 기회가 주어진다고 해도 당신을 위해서는 사탕 한 알 사지 않잖아요."

"당신은 지금 나를 정말 우울하게 만들고 있어요." 빅토리아가 짜증을 냈다.

그녀는 벌떡 일어서더니 나무와 덤불 사이를 이리저리 걸었다. 어둠 속에서 그녀가 우리에게 투덜거리는 소리가 들렸다. 그래도 할 수 없었다. 사실 우리가 옳았기 때문이었다. 그녀는 만족스러운 여자가 되기 위하여 모든 규칙을 따랐다. 그러나 현실은 그렇지 않았다. 그리고 그것은 적어도 파블로의 잘못이 아니라 그냥 그랬던 것이다. 집안에 문제가 생기면 아빠가 아닌 엄마가 해결해야만 했다. 그녀는 또한 업무에 있어서도 많은 일을 처리해야만 했다. 아빠의 한가한 시간은 오로지 자신의 것이었고 엄마의 여가시간은 가족 모두의 것이었다. 아빠는 자기의 서재가 있었지만 엄마는 거실에서 『버지니아 울프』라도 읽을라치면 아이들에게 조용히 해달고 부탁을 해야 했다.

"하고많은 것 중에 『버지니아 울프』를…… 당신은 아직도 감각이 살아 있네요." 갈라가 웃었다.

"내게 좋은 생각이 떠올랐어요." 올리비아가 말했다. "자 봐요. 다들 결혼해서 가족과 함께 사는데 우리들 가운데 몇 사람이나 자기만의 방을 가지고 있나요?"

와인을 홀짝거리면서 다들 곰곰이 생각해보았다.

"서재를 말하는 건가요?" 카산드라가 물었다. "나는 없어요. 지금까지 한 번도 다른 사람이랑 같이 살아본 적이 없으니까요."

"어떤 방이든지 상관없어요. 욕실이라도 괜찮아요. 아니면 헛간이라도. 내 말은 당신만이 차지할 수 있는 공간이 있느냐는 거예요."

우리는 서로 물끄러미 쳐다보았다. 올리비아는 뿌듯하다는 듯 고개를 끄덕였다. "자 봐요. 우리는 거기서부터 시작했어야만 해요. 적어도 내가 생각하기에는……."

그러자 갑자기 당신의 방이 내 눈앞에 아른거렸다. 당신이 책을 읽고 다른 일을 하거나 인터넷 서핑을 하기 위해 쓰던…… 당신은 당신만의 방이 있었지만 나는 그렇지 않았다. 사실 이상

한 일이었다. 나는 많은 시간을 집에서 보냈고 당신은 *피터 팬*을 당신만의 영토로 소유하고 있었기 때문이었다.

빅토리아는 2백 평방미터나 되는 커다란 집에 파블로가 자기만의 작업실을 가지고 있다고 말했다. 아이들은 아이들대로 방을 따로 가지고 있지만 정작 자신은 자기 혼자만을 위한 책장하나 제대로 없었다. 다른 여자들도 마찬가지였다. 갈라는 그녀가 결혼하기 직전의 이야기를 들려주었다. 그때의 남자친구는 그녀를 절대로 자기 집에서 만나려고 하지 않고 호텔 아니면 그녀의 집을 고집하였다. 오로라의 경우에는 최악이었다. 그녀의 남자친구 막스는 어물쩍 그녀의 집 전체를 점령하고 말았다.

"그건 정말 걱정스러운 일이에요. 우리는 정말 직장 내에서 자리를 지키기 위해 온갖 노력을 다했어요. 그런데 집에 와선 한 번도 나만 편히 쉴 공간을 가져보질 못했네요." 빅토리아가 심각하게 말했다.

"당신은 당신의 우선순위를 정해놓았잖아요." 올리비아가 말했다. "자유의 대가는 걱정 없는 마음이에요." 그녀가 미소를 지었다. "근본적으로 당신은 정말 현명한 결정을 내린 거예요. 당신은 당신을 떠나지 않는다는 사실을 잘 알고 있는 한 사람을 찾았잖아요."

"올리비아, 그렇게 대충 이야기할 수도 있겠지요." 빅토리아가 투덜거렸다.

"미안해요. 여기 와인 좀 더 마셔요."

하지만 올리비아는 계속 말을 이어나갔다. 그녀는 머리가 탁자에 닿지 않게 턱을 괴고 있었다.

"그런 건 이제 정말 따분한 이야기예요." 카산드라가 눈을 크게 뜨며 말했다.

"그러니까 내가 생각하기엔 우리가 이제 케케묵은 페미니즘에 대한 해결책을 제시해야 해요." 갈라가 말했다.

"아, 이렇게 답답할 수가……." 오로라가 핀잔을 주었다. "도대체 당신이 뭘 말하는지 모르겠어요. 페미니즘은 우리에게 앞으로도 계속 필요해요. 오히려 지금보다 더 많이요. 카산드라, 예를 들어 다른 사람들이 당신을 위한 길을 미리 다져놓지 않았더라면 당신은 지금 석사 학위를 따지도 못했을 거예요."

와인 한 병을 더 따던 그 슈퍼우먼은 그 말에 기분이 좋아진 듯해 보였다.

"좋아요. 그러면 이제 어디에서 한 남자를 구할까요? 그와 사귀면서 이 나라 저 나라를 함께 다닐 수 있는 남자를요?" 그녀는 호탕하게 웃었다. "물론 나도 사무실 근무를 했을지도 모르고 그 도시를 떠나지 않을 수도 있었을 거예요. 그러나 내가 해마다 최소한 네 번씩 대서양을 건널 때 대륙의 밀실공포증이 엄습해와요."

"당신이 남자가 아니란 사실이 정말 딱하군요." 갈라가 마음이 아프다는 듯 말했다. 빅토리아는 다시 손톱의 매니큐어를 긁어댔다. 오로라는 자신에게 무언가 문제가 생길 경우 늘 그렇듯 다시 훌쩍거리며 울었다. 갈라는 한숨을 내쉬면서 눈을 치켜뜨고 그녀를 안아주었다.

"문제는 오히려 당신의 남자친구예요. 당신은 곰팡이처럼 빌붙어 사는 인간을 집에서 키우고 있는 거나 마찬가지고요. 나

같으면 당장 쫓아내버리고 말겠어요."

"아, 제발 그 사람 좀 가만 내버려둬요. 그에게 지금 당장은 문제가 있지만, 그 문제를 차차 해결할 거예요." 오로라가 훌쩍거리더니 마침내 울음을 터뜨렸다.

"언제 그 백수를 내쫓을 거예요?" 올리비아가 물었다.

"그 남자를 내쫓지 않을 거예요. 내가 원하는 건 그가 조금은 책임감을 가지고 살았으면 하는 거예요." 그녀의 눈에 실망감이 가득 찼다. "왜 정상적인 관계를 유지하지 못하는 걸까요? 벌써 마흔이 되었는데…… 젊은 애들처럼 사는 것은 이제 그만 끝냈으면 좋겠어요. 아이라도 하나 낳으면 좋을 텐데……."

"막시랑?" 올리비아가 소리쳤다. 그녀는 오로라를 향해 몸을 굽히더니 킁킁거리며 냄새를 맡았다. "담배 피웠어요?"

"그거 잘 생각해봐야 돼요." 빅토리아가 말했다. "아이는 물릴 수가 없는 거니까요."

"냉동시키는 것이 차라리 나아요." 카산드라가 말했다. 우리는 이해할 수 없다는 듯 서로를 빤히 바라보았다. "그래요." 그녀가 계속 말을 이었다. "나는 많은 난자를 냉동시켰어요. 아마도 그걸로 농장 하나 정도는 지을 수 있을 거예요. 최소한 위험은 피할 수 있어요. 절망의 순간을 최고로 훌륭한 남자와 임신을 통해 극복할 수도 있고요." 그녀가 힘차게 머리를 끄덕이더니 핸드백에서 영수증 하나를 꺼내 뒷면에 웹사이트 주소를 적어 오로라에게 주었다. "내 충고를 잘 들어요. 냉동시키는 거예요."

오로라는 전등불 아래서 주소를 읽었다.

"세상에나……." 올리비아가 감동을 받은 듯 중얼거렸다.

"청어알처럼 난자를 냉동시킨다고?" 오로라가 말했다. "그게 좋다고 생각해요?"

"그렇지 않죠." 올리비아는 완전히 홀려 있는 듯했다. "하지만 원하기만 한다면 아빠 없는 엄마는 될 수 있겠네요."

오로라는 눈을 크게 뜨고 한 사람씩 번갈아가며 쳐다보았다.

"정말 미안하지만 나로서는 상상조차 할 수 없는 일이에요." 그녀는 카산드라에게 쪽지를 돌려주었다.

"아마도 신중하게 생각해보지 않아서 그럴 수도 있어요." 빅토리아가 말했다. "그리고 마음이 달라질 수도 있겠지요."

나중에 알게 된 사실이지만 오로라의 생각은 그 후에도 변함이 없었다. 그녀는 자신을 흠모하는 사람을 만나서 사귀게 되었는데 그 남자도 그녀처럼 상처받은 한 마리 동물과 같은 그런 사람이었다. 그는 고아였다. 오로라는 자신의 사랑으로 그를 치유하고 싶었다. 그녀와 함께 사는 삶은 다르다는 것을 그에게 보여주고 싶었다. 오로라는 한 남자에게 빠지면 그 남자를 항상 "사랑하는 자기"라고 불렀다. 그 남자가 자신을 어떻게 대하든 상관하지 않았다. 그러곤 이 좋지 않은 상황이 끝나기만 하면 자신의 삶이 언젠가는 더 좋아질 거라는 동화의 세계를 상상했다. 순진한 그 여자는 고통의 무덤 속에 머무르면서 언젠가는 자기의 남자가 좋아질 거라는 순간만 기다리고 있었다. 매일 아침 키스를 해주고 아침상을 침대까지 들고 와 잠을 깨워주는 자상한 아빠, 헌신적인 남자를 기대했고 그런 남자라면 영원히 행복할 것이라고 생각했다. 그렇게 끊임없이 영원히……

"당신들은 그 남자를 정말로 제대로 알지 못해요."

누군가 우물거리며 말했다. "그런 건 그렇게 중요하지 않아요." 다행히도 오로라가 그 말을 듣지 못했던 모양이었다.

"가끔은 그도 정말 매력적이에요. 너무 점잖은 사람이죠. 나에게 정말 좋은 편지를 써주기도 하고 나를 배려하는 친절한 남자예요."

"그건 별것 아닌 보상이라고 생각해요. 당신이 다른 부분에서 그에게 양보하는 걸 생각한다면 말이죠. 더군다나 당신이 만나는 사람들과의 관계나 은행계좌를 생각해봐요."

잠시 정적이 흘렀고 귀뚜라미 울음소리만 들릴 뿐이었다.

"사랑이란 정말 역겨운 것이에요." 카산드라가 등을 깊이 기대고 앉았다. "내 말을 들으라니까요. 난자를 냉동시키는 거예요. 지금이라도 당장…… 그러면 당신은 한 남자에게 구속되지 않을 거예요."

오로라가 요란스럽게 코를 풀자 갈라가 짜증스럽게 쳐다보았다.

"이봐요, 이제 그런 짓은 그만둬요. 그 누군가 때문에 울어야 하는 일은 옳지 않아요."

"난 울지 않아요." 오로라가 말했다. "알레르기 때문에 그런 거예요."

그러자 모든 사람이 깔깔거리며 웃었다.

"맞아요. 나도 알레르기가 있거든요." 카산드라가 대꾸했다. "사회적 압력에 대한 알레르기……."

"그건 절대 사랑이 아니에요." 올리비아가 말했다. "카산드라, 내가 생각하기에 당신은 당신이 진정으로 사랑에 빠질 수 있는 남자를 만나야 해요."

"내가요? 나는 한 번도 다른 남자가 나를 찝쩍거리게 놔둔 적이 없어요." 카산드라가 흥분하면서 대답했다.

"내 말은 진실한 사랑 말이에요." 꽃집 주인이 계속 말을 이었다. "그것은 어쩌면 항상 좋게 될 수 없지만 언제든지 해볼 만한 일이에요."

"진실한 사랑이라고요? 도대체 그 진실한 사랑이란 게 뭔데요, 올리비아?" 빅토리아는 올리비아를 회의적으로 바라보았다.

"그러니까 진실한 사랑이란…… 전혀 기대하지 않았을 때 오는 필연적인 것이지요." 그녀는 목을 쓰다듬었다. "당신은 그것을 계획하지 않았고 그것에 대해 아무것도 바꿀 수 없기 때문이죠. 그리고 사랑은 따지고 계산하며 기다린다고 오는 게 아니에요. 진정한 사랑은 당신을 깜짝 놀라게 하고 당신의 통제력을 빼앗아가요. 하지만 당신이 진정한 사랑을 받아들이고 자신을 믿는다면 아무런 두려움 없이 그 사랑을 향유할 수 있어요. 그렇게 되면 당신은 더욱더 생기 있게 살아갈 수 있어요."

빅토리아는 고개를 뒤로 젖히고 나무를 올려다보았다.

카산드라의 얼굴은 속내를 들여다볼 수 없는 표정으로 바뀌었다. "나는 차라리 한 남자가 죽을 때까지 나를 열렬히 사랑해주면 좋겠어요. 그렇게 되면 짜증스럽지 않고 그를 좋게 생각할 거예요. 그것이 나의 가장 이상적인 생각이라면 좋겠어요."

그녀는 손을 들어올리며 아이러니한 몸짓을 했다. "그런데 그렇게 하려면 내가 어떻게 해야 할지……." 그녀가 물었다. "남자를 찾기 위하여 얌전해져만 할까요? 아니면 차라리 혼자서 아이를 낳을까요? 그것도 아니라면 내 핸드백에 이름을 붙여 그것을 요람처럼 흔들어 재워야 하나요?"

"당신의 생각은 남자들을 불안하게 만들어요." 갈라가 촛농을 꾹꾹 눌러가면서 대꾸했다. "그리고 분명한 사실은 우리 모두가 젊어지지는 않을 거라는 거죠. 기회도 점점 줄어들 거고요."

빅토리아가 갑자기 생기를 띠더니 우리를 쳐다보았다. "저 여자가 그런 남자를 어떻게 상대해야 하지요? 그녀에게 당당히 맞설 수 있는 남자가 필요한 거예요."

"카산드라, 한 가지만 말해봐요." 이번에는 갈라가 말했다. "자기가 더 잘났다고 생각하면서 항상 간섭하고 당신이 필요하지 않으면 언제고 당신을 떠날 그런 남자하고 함께 살고 싶은 건가요?"

카산드라가 웃었다. "맞아요. 바로 그거예요." 그녀가 입으로 불어 촛불을 껐다.

갈라가 고개를 들어 카산드라를 쳐다보았다.

"파블로는 그런 걸 잘 못해요." 빅토리아가 속내를 드러내며 말했다. "내가 그 사람보다 돈을 많이 벌고 전 세계를 출장 다닌 덕에 더 독립적이에요."

"파블로가 뉴욕으로 이사를 안 가려고 하는 이유가 아마도 그렇기 때문이라고 생각하는 건가요?" 갈라는 심각한 눈빛을 하며 말했다. "내가 보기엔 당신이 우선 견적을 뽑아보고 파블로가 그걸 따르도록 해야 할 것 같아요." 빅토리아가 의자에서 불쾌하게 미끄러졌다. "그렇지 않아요. 나는 그런 문제라고 생각하지 않아요."

"내가 한마디 좀 해도 될까요?" 카산드라가 투덜거리듯 말했다. 그녀는 자리에서 일어나 정원을 왔다 갔다 했다. "나는 이제 당의정보다 설탕이 좋고 블랙커피보다 카페라테가 좋아요. 그리고 나를 달래기 위해 이 남자를 양아치라 욕하고 그의 아내에게 콘돔을 보내야 한다면 그렇게 할 거예요. 그것이 그를 두렵게 한다면 미안한 마음이 들지요. 그러나 내가 혼자 남게 된다면 그렇게 혼자 살 거예요."

그동안 피곤해서인지 듣고만 있었던 갈라가 넋을 잃은 듯이 쳐다보았다.

"그 남자의 아내에게 콘돔을 보낸다고요?" 그녀가 큰 소리로 말했다. "그게 바로 당신의 근본적인 문제예요. 당신이 그렇게 말하는 걸 들으면 그 남자는 곧바로 꼬리를 내릴 거예요."

"그렇지 않아요. 어쩌면 당신도 그와 똑같은 문제를 가지고 있을지 몰라요. 당신도 나처럼 아주 놀랍게도 어른이 되길 포기했거나, 한 배에 두 명의 선장은 있을 수 없다고 생각하는 남자들을 위해 내조를 잘하고 있기 때문이에요." 카산드라는 허리춤에 팔을 올리고 갈라를 바라보았다. "운전을 할 수 있는 여자 가운데 어떤 여자가 조수석에 앉아 있고 싶어 하겠어요?"

그 순간 나는 기면증과 같은 무기력감에서 깨어나 한마디를 하였다.

"나 같은 사람은요."

갑자기 정적이 흘렀다.

"저 여자 벙어리는 아니었군요." 카산드라가 어이없다는 듯이 눈썹을 치켜뜨며 말했다.

나는 꽃무늬 원피스를 툭툭 털면서 얼굴이 화끈해지는 것을 느꼈다.

"나는 조수석에 앉는 걸 더 좋아했어요." 내가 다시 말했다.

올리비아는 와인 한 잔을 따라서 나에게 내밀었다. "마리나, 이 순간이 어쩌면 당신의 이야기를 할 수 있는 좋은 기회인지도 몰라요." 그녀는 나를 바라보면서 내 이야기가 나오길 기다리기 라도 했다는 듯 왕골의자에 등을 기대고 편하게 앉았다.

나는 와인 한 모금을 마셨다. 다리를 다소곳이 모으고 치맛자 락을 판판하게 펴내렸다.

"솔직히 말하면 내 얘기는 당신들에 비하면 정말 재미없어 요." 나는 먼저 기어들어가는 목소리로 양해를 구했다. "일과 가 정을 일치시키기 위해 싸울 일은 없었어요. 여태껏 일도 가정도 꾸려보지 못했기 때문이죠. 그리고 나는 잘 알지 못하는 사람과 사귀어본 적도 없어요. 나를 두려워하는 남자들과 아웅다웅할 필요가 없었죠. 아무도 나를 무서워하지 않거든요. 나는 여태껏 사랑 때문에 괴로워해본 적이 한 번도 없어요. 그 이유는 내가 한 남자를 사귀게 되면 그 남자가 나를 좋아하는지 어쩌는지는 전혀 문제가 되지 않거든요. 그리고 내가 보기에 난 인기가 그 렇게 좋지 않았어요." 나는 입을 다물고 잠시 말을 끊었다가 곧 바로 다시 이었다. "나는 일찌감치 선장을 찾아냈고 그를 따르 기로 결심했었어요. 그런데 그는 이제 저세상으로 떠났죠. 나의 모든 것을 가지고 말이죠."

온 동네가 정적에 휩싸여 있었다. 귀뚜라미 울음소리마저 그 쳤고 멀리서 희미하게 들려오는 발소리와 밤꾀꼬리의 조용한 울음만 들릴 뿐이었다. 내 목소리가 입천장과 화초, 그리고 오래된 돌담에 들러붙은 느낌이었다.

내가 왜 이러고 있는지 알 수 없었다. 그러나 그 순간, 오아시스 같은 정원에서 최근에 알게 된 여자들에게 나의 은밀한 이야기, 당신에 관한 이야기를 털어놓고 있는 나를 발견했다. 나는 이곳에서 지금까지의 내가 아니라는 느낌이 들었다. 당신은 나의 보호수이자 은신처였다. 당신은 오랜 세월 동안 아무런 걱정할 필요가 없을 정도로 나를 보호해주었다. 이제 내가 신데렐라 같다는 생각이 들었다. 서투르고, 버림받고, 열정도 자신감도 없고 꿈마저 잃어버린. 나는 제비꽃처럼 초라하고 메말라 있었다. 다시는 사랑하거나 사랑받지 못할 거라는 두려움, 당신과 함께 크리스마스 파티를 할 수 없다는 두려움. 마흔 살이 되면 아이를 낳고 마드리드에 집을 장만하고, 바닷가에 별장을 마련하여 여름이면 당신이 아이들과 함께 *피터 팬*을 타고 요트여행 하는 걸 꿈꾸고…… 이러한 상실감을 극복할 수 있는 힘이 하나도 없다는 무기력감을 느꼈다. 지난 시절 나는 항상 당신과 함께 있었고, 당신이 죽기 전에 그 약속을 했기 때문이었다. 나를 마비시키는 그 약속을 이제 나는 저주한다. 내가 요트항해사가 되어 *피터 팬*을 몰고 당신이 가장 좋아하던 곳으로 가서 당신의 유골가루를 뿌려주기로 했던 그 약속을.

"하지만 마리나, 그건 대단한 이야기예요." 올리비아가 말했다. 그녀는 나를 똑바로 쳐다보면서 웃었다. "정말 특별한 이야기죠. 당신의 해방에 관한 이야기가 될 테니까요."

나는 놀라서 그녀를 바라보았다. "나의 해방이라고요? 하지만 내가 무엇으로부터 해방되어야 하는 건지……."

"당신 남편의 어리석은 생각을 실행에 옮기는 것을 아직 준비하고 있진 않은 것 같은데." 카산드라가 끼어들었다. "미안해요. 내가 너무 솔직하게 말해서. 그러나……."

"그것이 바로 나를 불안하게 만들어요." 내가 설명했다. "항해가 너무 무섭거든요. 배를 타는 것이 너무 자신이 없어요. 지금까지 내 인생도 제대로 조종하지 못했는데 어떻게 배의 키를 잡아야 할지 모르겠어요."

"그러면서 당신은 남편의 마지막 소원을 들어주지 못하고 있는 거지요." 오로라가 말했다.

그랬다. 바로 그것이었다. 나는 함정에 빠져 있는 듯한 느낌이었다. 견뎌낼 수 없는 중압감이 나를 짓누르는 것만 같았다.

"그게 아니라면……." 올리비아가 곰곰이 생각했다. "이 기회를 놓치지 말고 당신만을 위한 여행으로 활용하는 수밖에 없어요. 당신만의 조건 아래에서 당신만을 위한 여행으로. 우리가 당신의 항해를 도와줄 수 있을 거예요." 그녀가 계속 말을 이었다. "하지만 오롯이 당신 혼자서 항해하는 조건으로 말이죠."

귀뚜라미는 다시 울음을 그쳤고 세상은 계속 돌아가고 있었다.

그날 밤 일을 지금 다시 생각해보면 나의 모든 것이 그때 시작되었음을 알 수 있었다. 막막한 바다 위에서 끝나게 될 항해의 시작.

나는 너무도 오랜만에 심장이 세게 쿵쾅거림을 느꼈다. 두려움과 걱정 때문이기도 했지만 그것은 마주 선 삶에 대한 박동이었다. 그 순간 내가 그 모험을 감행할 상황이 아니었음을 나는 기억한다. 그러나 그날 밤 나는 삶을 위한 출구를 발견했다. 그 사실만큼은 분명했다.

우리가 헤어지기 전에 올리비아는 카산드라의 손을 잡고 온실로 데리고 갔다. 마법을 부릴 듯한 반짝이는 요정 같은 눈으로 그녀는 푸른 난초를 골랐다. 카산드라가 유심히 바라보던 꽃이었다. 그러면서 그녀는 그 꽃이 카산드라를 잘 감싸주고 보호해줄 거라고 말했다. 그것은 초대를 의미했고 카산드라의 삶 속에서 찾아볼 수 없었던 평화와 안식의 상징이었다. 그녀가 두 손으로 푸른 난초를 받아 들자 우리 둘은 함께 사진을 찍었다. 눈물을 흘린 탓에 뺨이 붉었고 눈은 빛났으며 입술을 꼭 깨물고 있었다. 그녀는 사진을 잘 보관했다가 내가 여행 중에 자유를 찾게 되면 보내주겠다고 말했다.

불안의 탄생

달도 뜨지 않은 밤은 나를 둘러싼 세상을 어둡게 만들었다. 해변도, 하늘의 별도 보이지 않았다. 수면 위를 비추는 *피터 팬*의 조명등만이 유일한 불빛이었다. 윈드재킷의 주머니를 뒤져 스마트폰을 찾아냈다. 스마트폰을 켜자 액정의 밝은 빛에 눈이 부셨다. 스마트폰 속의 카산드라와 내가 서로 닮아 보였다. 우리 둘의 사진을 다시 바라보면서 난초의 양쪽에 있는 또 다른 희미한 얼굴들이 누군지 궁금했다. 3개월 전, 그때 우리는 두 번째의 사춘기에 빠졌고 급성장을 했다.

길고도 이상야릇한 여름이 끝나가는 지금 나는 여자의 삶에 두 번의 사춘기가 있다고 말할 수 있게 되었다. 여자는 두 번째의 사춘기를 거치면 인형놀이에서 벗어나게 되고 모든 것을 바꾸어놓을 수 있게 된다. 마흔 아니면 쉰의 나이에 말이다. 나는 이제 웃고 있는 카산드라의 얼굴을 보며 우리 두 사람이 서로 사이좋게 지내면서 닮아가고 있음을 느낄 수 있었다. 그렇게 우리는 서로에게 연민을 느끼고 있었다. 행복한 삶이란 돈을 잘 버는 것이 아님을 알게 되었다. 오로라는 행복이란 하나의 환상이라고 여겼고, 갈라는 동화 속 왕자와 결부시켰다. 카산드라는 인생을 즐기는 것이 옳다고 생각했다. 그리고 나의 행복은 단 한 번도 내 것이 아니었고 항상 다른 사람의 것이었음도 알게 되었다.

나는 핸드폰을 다시 주머니에 넣고 항해에 집중했다. 나는 어둠 속 항해를 좋아하지 않았다. 밤은 고요했지만 너무 길었다. 나는 기분을 전환시키기 위해 계속 글을 쓸 것이다. 겨우 사흘째 항해 중이다. 하지만 벌써 일주일이 지난 것처럼 느껴졌다.

바다에서는 시간이 얼마나 느리게 가는지, 당신은 항상 말했었지요.

당신이 죽던 해, 당신은 당신의 요트 말고는 다른 생각을 전혀 하지 않았지요. 악천후에 돛을 올릴 힘조차 없었음에도 불구하고 당신은 요트를 타고 나가려 했어요. 바다가 유일한 구원이기라도 한 듯. 지금 나는 그것을 달리 보고 있어요. 당신은 더 이상 자신을 믿고 의지할 수 없었어요. 나와 함께 더 이상 산책도 할 수 없었어요. 당신은 너무 허약했고 너무 심한 고통이 당신을 아프게 했기 때문이었죠. 이제는 *피터 팬*이 당신을 대신하고 있어요. 이 마지막 항해를 하는 동안 내가 모든 일을 넘겨받았어요. 그러나 우리는 그것을 아주 다른 방식으로 하고 있어요. 종말이 얼마나 가까이 와 있는지를 서로 시인하지 않기 위해서이죠.

당신은 *피터 팬*이 당신의 다리를, 바람이 당신의 힘을 대신한다고 생각했어요. 당신이 살아온 인생은 시간이 아니라, 항해한 거리로 측정해야 옳을 거예요. 삶은 서서히 바다를 향해 나간다는 당신의 말은 맞는 말이었어요. 그렇게 생각해본다면 바다는 당신의 삶을 연장시킨 것이에요.

바람이 등 뒤에서 불어오자 나는 처음으로 큰 돛을 펼치기로 마음먹었다. 돛은 활짝 핀 하얀 꽃잎처럼 팽팽하게 펼쳐졌다. 그 장면이 갑자기 웅장한 모습으로 비쳤다. 나는 5노트의 속력으로 항해했다. 당신은 뭐라고 말을 할까? 생각보다 잘하는데…… 만일 그렇다면 나는 너무 기뻐서 미끄러져 넘어졌겠지.

다시 정신을 차렸을 때, 나는 깜짝 놀라고 말았다. 내가 혼자서 크게 소리치며 나의 작은 성공에 기뻐하고 있는 것을 발견했던 것이다. 내가 혼자서 처음으로 큰 돛을 펼친 것이 뿌듯했다. "자 이제 이 밧줄이 풀리게 놔두면 돼, 마리. 밧줄이 엉키지 않게 조심하고." 나는 혼자서 당신의 목소리를 따라하지 않으려 차분히 중얼거렸다.

*피터 팬*은 말할 수 없을 만큼 많은 것을 내게 가져다주었다.

내 인생에 오랜 기간 닻을 내리지 않게 한 것도 *피터 팬*이었고, 덕분에 해안에 도착하여 마른 땅을 밟을 수도 있었다.

어젯밤 *피터 팬*은 바람에 따라 돛의 방향을 정하는 것이 얼마나 중요한지 깨닫게 해주었다. 돛이 바람의 저항을 받지 않고 큰 힘을 발휘할 수 있게 하려면 역풍이 아닌 순풍이 불 때까지 기다려야만 한다. 그러나 그 순간을 기다리기까지는 쉬운 일이 아니다. 그리고 순풍은 쉽게 불지 않았다.

첫째 날 *피터 팬*은 모터를 끄고 역풍과 역류가 지나갈 때까지 기다리는 것이 훨씬 더 좋은 방법임을 알게 해주었다. 거센 파도와 바람이 지나가고 고요해질 때까지 파도에 몸을 맡기는 것이 최선이었고, 때로는 우회로나 지그재그로 항해하고 바람이 통하는 길을 최대한 이용하면서 주변을 잘 살피고 상황에 따라 대처하는 방법을 알게 되었다.

바람이 불지 않는데도 돛을 올리는 것은 쓸데없는 에너지 낭비라는 것도 *피터 팬*은 알게 해주었다. 그렇게 해봐야 얻는 것은 하나도 없고 배는 앞으로 나가지 않았다.

모든 돛을 올려야 할 순간은 오지 않았다. 그러나 나는 이번 항해를 하는 동안 그런 순간이 오길 기대했다.

뜬금없이 올리비아의 얼굴과 그녀가 한 말이 생각나 웃음이 나왔다.

날씨가 선선했다. 나는 긴바지로 갈아입어야겠다고 생각했다. 그때까지 샤워를 할 수 있다는 생각에 옷을 갈아입지 않고 있었다. 그러나 샤워할 겨를이 전혀 없었다. 정신을 차리지 못할 정도로 할 일이 많았다. 배 위에서 할 일은 해도 해도 끝이 없었다. 온몸이 끈적거리고 가려웠다. 내일은 어떻게 해서든지 샤워를 해야겠다고 마음먹었다. 배 위에서는 도시생활의 습관으로부터 벗어날 수 있다는 게 신기했다. 마드리드에서는 사흘 이상 샤워를 하지 않은 적이 없었기 때문이었다.

그 첫날 저녁의 촉촉하게 젖은 흙냄새가 다시 내 기억 속을 파고들었다. 이리저리 얽히게 된 한 무리의 여자들이 내 인생과 함께 굴러가게 될지 어찌 알 수 있었을까. 우리는 같은 나이 또래였지만 각자가 서로 너무 다르기도 했다. 마치 올리비아 가게의 다양한 꽃들처럼.

올리비아가 꽃만 구분할 줄 아는 게 아니라 우리들도 꿰뚫어 보고 있다는 것에 놀라지 않을 수 없었다. 더군다나 그 기준은 각자의 독립성이었다. 그녀는 두 가지 그룹으로 사람들을 분류하였고, 나와 카산드라는 극과 극이라고 했다. 그 첫 번째 그룹은 나처럼 동승자 신드롬(자기결정권이 없이 수동적, 의존적이면서 불안한 증상)에 시달리는 사람들이었다. 그리고 다른 그룹은 카산드라와 같은 완전히 독립적인 슈퍼우먼 그룹이었다. 역사적으로 살펴보면 우리 모두는 동승자였었다. 우리의 할머니들은 사실 어떠한 선택의 여지도 없었다. 나처럼 선택의 기회가 주어지자 오히려 문제가 심각해졌다. 그런데도 나는 시대착오적인 생각으로 꿈쩍도 하지 않았다.

동승자로서의 여자는 항상 "나는 남자보다 못하다. 나는 당신에게 매달린다. 그래서 당신이 나를 돌봐줘야만 한다."라는 메시지를 보낸다. 그렇지 않으면 "당신을 위해 나를 희생하겠어요. 당신에게 나의 모든 것을 바치겠어요."라는 태도를 보인다. 그런 여자들은 자신을 희생하고 스스럼없이 자신을 희생자로 표현한다. 근본적으로 자신을 맡긴 사람에게 커다란 한을 품고 있기 때문이다. 그리고 이것이 상대방을 지치게 만들고 결국은 파멸시킨다.

이에 반하여 슈퍼우먼은 정반대의 메시지를 보낸다. "나는 어떤 남자보다도 훨씬 낫다. 나는 완전히 독립적인 존재이며, 결코 여성적이지 않다. 내게는 아무것도, 어떠한 사람도 필요없다. 그리고 남자를 위한 꽃이나 달콤한 헛소리를 위해 쓸데없는 돈을 지불하지 않는다."

올리비아는 "남녀 모두 평등하다고 생각한다."라고 말하는 여자들이 많이 없는 것을 아쉬워했다. 다시 말해서 "나는 당신 없이도 잘 지낼 수 있고, 당신은 나를 보살필 필요가 없다. 그러나 당신과 함께 나의 인생을 보내는 것이 가장 좋다."라고 말할 수 있는 사람들이 많지 않다는 것이었다.

나는 여러 가지 생각을 하면서 일어났다. 그리고 선미에서 뱃머리 쪽으로 걸어갔다. 뱃머리 앞쪽의 물속에서 무언가 움직이고 있었지만 그것이 무엇인지 알 수 없었다. 부표처럼 보이기도 했다. 혹시 물고기 그물은 아닐까? 벌써 날이 어두워지고 말았다.

선장이 없는 동승자에게 공황상태의 주변으로 몰린다는 것은 특별한 일이 아니다, 하고 혼자 중얼거렸다.

부표와 참치잡이 그물에 걸릴 수도 있겠다는 두려운 생각이 들었다. 그런 장애물은 해도에 나타나 있지 않기 때문에 나를 불안하게 만들었다. 빅토리아의 프로그램에서 계산하지 못했던, 예측할 수 없는 상황 때문에 머리가 아팠다. 이런 돌발상황은 배를 전복시킬 수도 있었다. 이 상황에서 언제 어떻게 자야 할지 알 수가 없었다. 나는 사흘 동안 잠을 못 잔 상태였다. 그렇게 오랫동안 잠을 자지 못한 것도 처음 있는 일이었다.

얼굴은 화끈거렸고 눈두덩이 부었으며 발목엔 멍이 들었다. 인터넷이라도 연결되었더라면 사람이 얼마 동안 잠을 안 자고 버틸 수 있는지 검색이라도 해보고 싶었다. 내가 일주일 내내 잠을 못 잔다면 무슨 일이 일어날 것인가? 언젠가 20년 동안 잠을 안 잔 한 남자에 관한 신문기사를 읽은 적이 있었다. 그리고도 죽지 않았다고 했다. 내가 만일 일주일 동안 잠을 안 자고 버티면 다시는 잠을 잘 수 없게 되지는 않을까?

동승자 신드롬…… 그때 내가 앓았던 이상한 병이었다. 지금 나는 그것에 대해 많은 것을 생각해야 하면서도 그것을 시인하고 싶지도 않다. 그러나 그 병은 항상 나를 따라다녔다. 나는 여전히 누군가의 지시를 기다리고 있다. 아직도 당신의 목소리가 나의 머릿속에서 울리지 않으면 불안해진다. 그러면서 당신이 무슨 말을 할 것인지 상상해본다. 중요한 것은 이 배 위에서, 아니면 살면서 내가 내린 결정에 대한 책임을 스스로 지지 않은 것이다. 그렇지, 마리나?

좋아, 그 질책을 받아들이겠어. 그렇다고 그것이 나에겐 아무런 도움이 되지 않아. 눈곱만치도.

오스카, 전혀 도움이 되지 않아요. 전혀 도움이 되지 않기 때문에 동승자가 키를 넘겨받은 거예요. 그렇다고 당신에게 잘못이 있다는 건 아니에요. 그러나 당신은 마치 알코올 중독자의 코앞에 술병을 들이대고 있는 것과 마찬가지예요.

당신은 내가 홀로서기를 해야 한다고 항상 말했지요. 당신이 원했던 건 내가 나만의 인생과 목표를 추구하는 것이었어요. 그러나 나는 어느 날 갑자기 그 말이 맞지 않는다는 것을 알게 되었어요. 당신은 당신을 결코 떠나지 않고 당신에게만 매달리는 그런 여자를 원했던 거예요.

어쩌면 당신은 운이 좋았는지도 몰라요. 그 이유는 나를 바라보면 알게 될 테니까요. 당신이 없는 지금까지도 당신의 지시를 기다리고 있는 나를…….

처음 얼마 동안 시간은 별똥별처럼 빨리 지나갔다. 해안가에는 몇 개의 불빛만 가물거릴 뿐이었다. 갑자기 지구가 저절로 꺼져버릴 것 같다는 생각이 들었다. 항구는 수평선 위에 있는 검은 점에 불과했고, 등대 불빛만이 나를 위로해주었다. 배는 거의 정지해 있는 것 같았다. 배의 우현 쪽으로 모하카르가 보였다. 하얀 집들이 길게 늘어선 모습으로 그곳이 모하카르임을 쉽게 알 수 있었다. 우리가 시에스타(스페인, 이탈리아, 그리스 등 지중해 연안 국가의 낮잠 자는 시간) 동안에 그 도시의 텅 빈 거리를 돌아다녔던 기억을 떠올렸다. 빨간색 부겐베리아 꽃이 하얀 벽에 걸려 있었고 여행자들은 스탠드카페에서 모히또를 마시고 있었다.

아주 여러 해 전 우리가 그 근처의 바다에 배를 정박시켜놓고서 피크닉을 하러 보트를 타고 해안으로 갔던 일이 생각났다. 아직 여름이 오기 전이라 해변에 아무도 없었다. 우리는 모래밭 위에서 사랑을 나누었고 오후의 햇살 아래 잠을 잤다. 그때의 일이 정말이었을까? 지금 와 생각하니 꿈만 같았다. 그곳은 우리들만을 위한 낙원처럼 느껴졌었다.

그날 나는 *피터 팬*의 갑판에 앉아 밤을 지새웠다. 수평선을 물끄러미 바라보며 내가 다시 알아볼 수 있는 그 무언가를 찾아보려 애썼다. 당신에겐 이상하게 보일 수도 있겠지. 나는 선실에 있는 유골함을 꺼내와 조타실의 키 앞에 놓았다. 당신이 나와 함께 있는 것 같아 마음이 평온해졌다. 그리고 항해지도를 들여다보았다. 산호세까지 남동쪽으로 해안을 따라가면 된다고 빅토리아가 가르쳐주었다.

갑자기 두 개의 푸른빛이 보였다. 그 불빛은 해안을 향해 번쩍거렸다.

배인가?

당신은 뭐라고 생각해요?

저 배들도 나처럼 죽은 사람의 유골을 싣고 있을까?

아니면 아직 귀항을 못 한 고깃배일까? 아마도 어선인 것 같았다. 2마일을 더 가자 배를 정박시킬 수 있는 포구가 나타났다. 모로 게보베스가 멀지 않은 곳이었다.

바다는 고요했다. 돌고래 한 마리가 물 위로 뛰어오르면, 혹은 내 배를 따라오기라도 하면, 나는 이제 어떻게 할까. 전에 우리는 그런 일을 경험한 적이 있었다.

두 시간이 흘렀다. 파도의 물방울이 나의 항해일지 위로 흩뿌려졌다. 바다는 모든 것을 집어삼키고 있었다. 심지어 이성까지도. 그 때문에 내게 일어났던 일과 그것이 꿈인지 생시인지 알 수 없는 것들을 분명히 남겨놓기 위해 계속 기록을 하고 있는 것이다.

나는 어느 순간 갑자기 돌고래가 나타나길 간절히 바랐다. 돌고래의 반짝이는 등이 수면으로 떠올라 물결치듯 움직이는 모습을 볼 수 있을 거라고 생각했다. 그것이 환상처럼 보일 때 나의 이성이 마비된 게 아닐까 두려웠다. 우리가 전에 그랬듯이 나는 모터를 끄고 잔잔한 은빛 바다에 돌고래들이 나타나길 조용히 기다렸다. 그때 무언가가 나타났다. 내 눈으로 보고 있으면서도 믿기질 않았다. 웃음이 저절로 나왔다. 물고기 모양의 커다란 고무풍선이 수면 위에 둥둥 떠다니고 있었던 것이다. 아마도 해변에서 놀던 어린아이가 잃어버린 것인 모양이었다. 그것을 보자 행복했던 어린 시절이 떠올랐다.

아침 7시. 배가 심하게 흔들리는 바람에 잠에서 깨어났다. 반시간 정도 잠깐 눈을 붙인 것 같았다. 당신의 유골함이 이리저리 갑판 위를 구르고 있었다. 나는 유골함을 다시 선실의 당신 침대 위에 올려놓았다.

마침내 해안선이 보였다. 언덕 위의 온실들을 분명하게 볼 수 있었다. 저 안에는 무엇이 자라고 있을까? 아보카도 아니면 아스파라거스? 설마 그럴 리는 없겠지만 커피 향기도 나는 것 같았다. 그러자 커피 향기 말고는 나를 위로해줄 만한 것은 아무것도 없으리란 생각이 들었다. 내게 커피 향기란 아침이 왔다는 의미였다.

또 하루가 지나갔다는 것.

목적지에 한 걸음 더 가까워졌다는 것. 바람은 계속 등 뒤에서 불어왔다. 바람이 계속 이렇게 불어준다면 스핀에이커(돛의 일종)를 올릴 수 있을 것 같았다. 나는 수면을 자세히 살펴보았다. 파도의 굴곡이 조용히 굽이치면서 높게 일렁거렸다. 배의 뒤쪽은 광활한 바다였다. 이런 것이 내게 얼마나 많은 두려움을 주고 있으며 지금 내가 파도에 쫓기고 있다는 것을 당신은 잘 알 것이다. 나는 자동항법장치를 점검하였다. 자동항법장치는 항로를 3마일 변경하였다. *피터 팬*, 이제 어떻게 해야 하니? 나를 속이려고 하는 거야? 나를 죽일 셈이니? 도대체 왜 이러는 건데?

나도 모르게 이토록 크게 부르짖고 있었다.

지금까지 한 번도 제대로 소리쳐 울부짖어본 적이 없었다. 그러나 여기엔 나의 외침을 들어줄 사람이 아무도 없었다. 내가 소리를 지르거나 선실 문을 발로 차도 상관할 사람 하나 없었다. 이미 새끼발가락이 부러진 것 같은 느낌이 들었다. 그러나 나는 외침을 그만둘 수 없었다.

*피터 팬*이 높은 파도에 부딪쳐 롤러코스터처럼 요동쳤고 나는 비로소 정신이 들었다. 바닥에 넘어질 정도로 심하게 파도가 쳤다. 그러고 나자 자동항법장치가 항로를 다시 잡았다. 뱃머리는 다시 대양을 향하고 있었다.

오후가 되자 바다는 다시 거칠어졌다. 핸드폰 배터리가 방전되었다는 것이 나를 더 불안하게 했다. 그리고 이제 핸드폰을 충전할 방법이 없었다. 모든 충전기를 다 꽂아보았지만 소용없었다. 최악이었다. 이 사태가 무엇을 의미하는지 더 이상 생각하지 않는 게 나을 듯했다. 이젠 외부와 완전히 차단된 것이다. 석양을 보려고 갑판 위로 올라갔다. 태양은 수면 위에 반짝이는 줄무늬를 그려놓았다. 벌써 몇 시간 전부터 해안선이 보이지 않았다. 빅토리아의 계산과 당신의 지도대로라면 나는 지금 말라가 만을 지나고 있었다. 그러나 내 눈에는 바다 말고는 아무것도 보이지 않았다. 당신은 망원경을 도대체 어디에 감추어두었나요?

나는 배의 난간 너머를 바라보았다. 바다는 마치 단단한 덩어리 같았다. 나는 멀리 떨어져 있지도 않고, 아무런 위험도 없는 듯 와인 한 잔을 마시고 싶었다. 올리비아의 지혜 가운데 하나가 머릿속에 떠올랐다.

다섯 여자의 인생을 동시에 180도 바꾼다는 것이 가능할까?

나는 가능하다고 생각했다.

이제 나는 그렇다는 것을 알았다.

여자들은 서로 영향을 잘 받는다. 적어도 갈라만은 그렇게 보였다. 어쨌거나 우리 모두는 고집이 셌다. 그리고 우리는 모두 우리의 인생, 꿈과 소망을 삼켜버리는 소용돌이 속에 빠져 있었고, 그 소용돌이는 더욱 거세게 돌았다. 그러나 그 소용돌이는 오히려 우리를 크게 바꾸어놓았다.

누가 이 소용돌이에서 벗어날 것인가?

우리는 살면서 부족한 것이라곤 하나도 없었다. 우리들만의 오즈의 마법사도 있었고 빗자루를 든 마녀도 있었다. 우리들 가운데 누가 도로시(오즈의 마법사 주인공)였으며 누가 도로시의 동반자였던가?

고개를 들어 하늘을 보았다. 수평선에는 태양이 섬세한 선들을 그려놓고 있었다. 그 선들은 누군가 백묵으로 그려놓은 것을 손으로 지우듯 사라지고 있었다. 검은 점 하나가 천천히 가까이 다가오더니 마침내 하얗게 변했다. 갈매기였다. 갈매기는 남쪽에서 날아왔고 매우 지쳐 보였다. 그리고 다시 멀리 날아가 작은 수륙양용 비행기처럼 물 위에 앉았다. 나는 모터를 끄고 배의 추진력에 몸을 맡겼다.

살아 있는 나의 존재를 확인해줄 수 있는 생물체가 필요했다.

갈매기는 고요히 수면 위를 미끄러지듯 날았다. 부리를 벌리고 있는 것이 목이 마르거나 지쳐 있는 듯했다.

갈매기야, 너도 배가 고프니?

나는 갈매기와 시선이 마주치길 기다렸다. 그리고 마침내 갈매기가 나를 쳐다보았다. 내가 여러 날 만에 맞이한 첫 번째 생명이었다. 나는 선실로 내려가 빵 한쪽을 가지고 왔다. 그러나 갈매기는 해안 쪽으로 날아가버렸다. 아, 안 돼!

"야! 대체 어디로 날아가는 거야! 거기로 가면 죽는다고!"

바다가 나의 외침을 삼켜버렸다. 바다는 모든 것을 삼켰다.

갑자기 어떤 생각이 떠올랐고 그 생각이 너무 생생해서 숨이 막힐 것 같았다. 여기에서 절대로 빠져나가지 못할 거란 두려움이 들었다. 이 배와 함께 침몰하여 절대로 탕헤르에 당도하지 못하거나 육지를 밟지 못할 것 같았다.

옛 그리스 사람들은 이렇게 말했다. 지중해는 가장 사악한 바다라고.

폭풍우가 몰아치면 어쩐단 말인가? 암초에 부딪혀 산산조각이 나 끝장나고 말 것인가? 위급한 상황이 오면 도움이라도 요청할 수 있을까? 무전기는 고장 나 있었다. 무전기뿐 아니라 배 안의 전자장비는 모두 고장 난 것 같았다.

주변을 둘러보았지만 바다만 보였다. 바다와 흰색에 가까운 하늘뿐이었다. 어떠한 생명체도, 아무것도 없었다.

친구들에게 보내는 소식을 갈매기에게 전달이라도 하고 싶었던 것이었을까? 갈매기가 비둘기처럼 편지라도 전할 수 있단 말인가? 내가 이상해지고 있다는 생각이 들었다.

수평선에 분필로 그어놓은 듯한 금들이 아까보다 희미해졌다.

나는 다시 한 번 갈매기를 향해 소리쳤다. 그러나 이번엔 마음속으로만 말했다. "거기로 가면 죽는다고, 이 멍청한 갈매기야."

갑자기 목이 잠겼다. 6월에 그랬던 것처럼 목구멍이 꺼끌거렸다. 바보 같은 갈매기는 방향을 바꾸어 나만 홀로 남겨두고 날아가버렸다. 그때처럼 갈매기도 가버린 것이었다.

상실감.

홀로 남겨짐.

나의 작은 집에 있는 과거의 궤짝을 열었을 때처럼.

나는 항상 작은 소파에서 쪼그려 누운 채 잠을 잤다. 침대가 있어도 한 번도 사용하지 않았다. 나는 내가 소유했던 모든 물건이 이제 새로운 곳으로 가야 한다는 사실을 알고 있었다. 그 물건들은 과거로부터 벗어나 내 삶 속의 당신처럼 새로운 장소를 찾아야 했던 것이다.

멜랑콜리란 우리와 같은 어른들이 빠져나갈 수 없는 그런 아픔이다.

우리는 그 사실을 알아야만 했다.

살림도구의 모반

2주가 지나서야 나는 집안의 살림도구를 정리하기 시작했다. 하지만 시간이 만만치 않게 걸렸다. 세탁기에서는 물이 샜고, 와이파이가 연결되어 있지 않았다. 더군다나 냉장고도 고장 나 버렸다. 마드리드 한복판에서 옛날 시골 할머니처럼 사는 꼴이 되어버리고 말았다. 결국 나는 그 할머니들이 사용하던 삶의 지혜를 터득하게 되었다. 세면기에서 빨랫비누로 빨래를 하고 저장 식료품을 샀다. 변기의 물이 제대로 내려가지 않으면 양동이에 물을 받아다 변기에 부었다.

오로라는 나에게 화사한 그림 몇 장을 빌려주면서 벽에 비스듬히 세워놓은 그림들이 벽에 제대로 걸릴 날을 기다렸었다. 그리고 주택관리인이 와서 에어컨을 고쳐주었다. 덕분에 조금 더 편안히 잘 수 있었지만 나는 여전히 소파 위에서 잤다.

나는 천사의 정원에서 시간을 보내며 안정을 찾았다. 그날 밤 나의 이야기를 털어놓은 이후로 완벽주의자를 자처하던 빅토리아와 카산드라가 서로 가깝게 지냈다. 갈라는 자기 가게에 있는 견본용 옷 몇 벌을 나에게 가져다주었고 뜨개질을 시작했다. 그것은 현대를 살아가는 인간이 긴장을 풀기 위한 마지막 외침이었으며 프랑스 르노 자동차회사에서 매니저로 일하는 그녀의 새 남자친구를 위한 재밌는 취미이기도 했다. 올리비아는 항상 뒷방에서 전화를 했고 그네를 탄 채로 생각에 빠져 많은 시간을 보냈다. 나무판을 두꺼운 밧줄로 묶어 나뭇가지에 걸어놓은 그 그네를 그녀는 "생각의 그네"라고 불렀다.

어느 날 올리비아는 집안의 살림도구를 제대로 손보고 짐을 정리하기 전까지는 천사의 정원에 출근하지 말라고 화를 내듯 말했다. "자기의 불안감에 주눅 들지 말아요." 그녀는 나를 진지하게 바라보며 말했다. 물론 그녀의 말이 옳았다. 나는 새로 이사한 집에서 절대로 편하게 지내고 싶지 않았다. 솔직히 말하면 새로운 집으로 이사를 하고 싶지 않았다. 그리고 새로운 삶도 원하지 않았다. 나는 어떤 변화도 싫었던 것이다.

나는 이제 나의 과거를 간직한 채 새로운 자리를 찾고 있는 신발, 치마, 속옷들이 담긴 이삿짐 박스 앞에 앉아 있다. 나의 개인용품들을 인부들이 보는 앞에서 정리했다. 배관공이 호스를 들고 왔고 전기기술자는 전화선을 새롭게 깔았으며 시설공은 고장 난 변기를 고쳤다.

그렇게 심란한 상황에서 아버지가 전화를 했다. 그리고 아버지가 항상 하는 "내 딸 어떻게 지내?"라는 말은 다시 멜랑콜리를 불러일으키기에 충분했고 나를 의기소침하게 만들었다.

"네, 아빠. 아주 잘 지내고 있어요."

"마드리드는 굉장히 덥지?"

부모들이 다른 도시에 살고 있는 자식들에게 처음 물어보는

말 가운데 하나가 지리학적인 정보에 해당한다는 사실에 나는
적잖이 놀랐다.

"네, 아스팔트가 녹아버릴 정도로 더워요."

"우리 딸은 어떻게 살고 있어?" 아버지는 부모들 특유의 걱정
어린 목소리로 나의 안부를 물었다.

*아빠, 나는 남편을 잃은 마흔 살의 여자이고 여전히 외로워
요. 나는 항상 슬프고, 혼자이고 두렵기만 해요.*

"아무 걱정 하지 마세요, 아빠. 아무 일 없이 잘 지내고 있으
니까요. 이제 새로 이사 온 집에 적응하고 있어요. 지금 막 인부
들이 와서 공사하고 있는 중이에요." 나는 자랑스럽게 말했다.

전화기 저쪽에서 안도의 한숨 소리가 들려왔다. 그러자 아버
지는 엄마가 부탁한 한 보따리의 잔소리를 늘어놓았다. 거리를
다닐 때 소매치기를 조심해야 하고, 이중 잠금장치를 달아야 하
며, 햇빛 아래 오래 있을 땐 팩(화장품 회사명)에서 만든 자외선차
단 크림이 좋고, 이웃집 여자로부터 마드리드에서 일사병 때문
에 사람이 죽었다는 뉴스를 들었다고도 했다. 또 달걀은 아주
신선한 것만 먹어야 살모넬라균에 감염되지 않으며, 아프리카
에서 온 모기에 물리지 않도록 조심해야 한다고 했다. 고인 물
가에 가지 않은 게 좋고, 레티로 공원에 가지 말고, 왜냐면······.

아버지의 쓸데없는 말을 흘려들으며 나는 조심스럽게 브래지
어를 펼치면서 생각해보았다. 왜 엄마는 이런 모든 얘기를 나에
게 직접 말하지 않는 걸까?

나도 물론 그 이유를 알고 있다. 엄마는 나의 슬픔을 이겨내
지 못했기 때문이었다. 엄마에게 그 슬픔은 너무 큰 것이었다.

당신의 딸이 고통 속에 괴로워하는 것, 엄마는 그 고통을 감당하지 못했다. "이건 네가 겪은 일 중에 최악의 것이야." 나의 고통을 엄마가 나보다 더 괴로워했다. 그래서 아버지는 내 문제를 엄마에게 숨기기에 급급했다. 돈 문제뿐 아니라 나의 사생활 문제까지도. 동승자 가운데서도 특별했던 나의 엄마는 아버지에게 많은 부분을 넘겨주었고 그런 덕에 엄마는 우리가 겪었던 모든 어려움 가운데 반쯤은 겪지 않고 지나쳤다.

아버지가 당신의 죽음마저도 말하지 않았더라면 좋았을 것을…… 그러면 당신이 크리스마스에 오지 않은 것도 눈치채지 못했을 텐데. 당신의 장례식 때 엄마는 나보다 더 슬프게 울었다. 그런데도 병원에 있던 당신을 한 번도 찾아가지 않았다. 내가 당신의 죽음 옆에 있을 때도 마찬가지였다. 그것은 엄마에게 너무 큰 일이었다.

우리와 같은 사람이 왜 동승자일 수밖에 없는지 조금씩 알게 되었다. 우리는 소심한 여자들에 의해 길러졌다. 그들은 뻔뻔하지 못하고 겁 많은 여자들이었으며, 끝없는 걱정거리를 안고 살았다. 그리고 그들의 걱정은 탯줄을 끊는 순간 그들의 딸들에게 대물림되었다. 예민하고, 쉽게 상처받고, 내성적이며, 꿋꿋하지 못하고, 결단력이 없으며, 회의주의적인…… 우리는 그랬다. 나의 엄마가 그랬으며 나도 마찬가지였다.

그리고 아버지가 우리 모두를 지나칠 만큼 보호했다.

"우리 딸, 필요한 거 뭐 없어?" 지금 아버지가 묻고 있다.

오스카. 내가 필요한 건 오스카예요. 아버지를 대신할 수 있는 그 사람.

"없어요, 아빠. 정말로 저는 잘 지내고 있어요. 그리고 새로운 직장에서 정말 좋은 사람들을 사귀었고요."

"월급은 제대로 받고 있는 거지?"

"인생에 돈이 전부는 아니잖아요."

"그래도, 이 녀석아. 너는 지금 혼자 살고 있잖아."

무슨 말을 하랴.

"그런데 그 유골함은 어떻게 했냐?"

"엄마가 알고 싶대요?"

아빠는 대답하지 않았다. 그렇다는 뜻이었다.

한동안 나는 요트여행을 떠나보면 어떻겠냐는 올리비아의 제안을 생각해보았다. 그녀가 그 말을 할 때는 다시 생각할 필요도 없이 부질없는 짓이라고 여겼었다. 그러나 나는 엄마의 히스테리와 아버지를 바다와 연관시켜 미워하는 것을 생각하게 되었다.

"어떻게 해야 할지 아직 모르겠어요."

"그러면 지금 유골함은 어디에 있는 거냐?"

"여기, 우리 집에 있어요."

깊은 한숨 소리가 들려왔다.

"내가 끼어들고 싶진 않다만 네 엄마는 그것 때문에 걱정이 이만저만이 아니다. 거의 매일 그것에 대해 물어보고 있어. 너도 엄마를 잘 알잖니. 네 남편이 땅속에 묻히지 않은 것을 엄마는 아주 좋지 않게 생각하고 있어. 엄마에게 네가 유골함을 집에 보관하고 있단 말을 못 하겠구나. 그러니까 제발 내가 엄마에게 뭐라고 좀 말할 수 있도록 해줬으면 좋겠다."

나는 크게 웃을 뻔했다. 희극과 비극은 거의 비슷하다. 나는 그 사실을 까맣게 잊고 있었다. 유골함 속에 있는 당신이 나의 옷가지, 책, 서류, 신발과 함께 이삿짐 박스 안에 있다는 사실을.

불쌍한 우리 아버지. 아버지는 내가 바다 가까이 가는 것을 한사코 반대했다. 그것은 아마도 뱃사람의 아이로 태어난 운명 탓이었으리라. 그 때문에 아버지 자신도 뱃사람이 되기 싫어했고 그가 태어난 바닷가 고향을 떠나 바다로부터 멀리 떨어진 마드리드 근처에 가정을 꾸렸다. 그러나 나는 아버지가 항상 바다를 그리워한 사실을 알고 있다. 더구나 아버지는 내 이름을 마리나라고 지었다. 아버지가 내 이름을 그렇게 짓지 않았더라면 당신은 나에게 관심을 갖지 않았을 테고 내가 당신을 잃는 일도 없었을 것이다. 나의 가족에게 바다는 하나의 저주였다.

나는 예쁜 편이 아니었다. 고향 사람들은 내가 크면 훨씬 예뻐질 거라고 내 앞에서 아버지에게 끊임없이 말했다. 미운 오리 새끼가 아름다운 백조가 될 거라고 했다. "어릴 때는 별로 예쁘지 않았는데 지금은 정말 예뻐졌네." 틀리지 않는 말이었다. 그때 당신은 마드리드에서 온 부잣집 아들이었다. 파티를 즐기는 당신의 부모가 마르벨라의 부자들과 즐거운 시간을 보내는 동안 알리칸테에 있던 당신은 당신 할머니의 별장에서 여름을 보내러 왔다. 그해 여름 나는 마드리드의 임대아파트에서 사는 가난한 트럭운전사 루에다스의 딸이었다. 턱이 넓고 부드러운 시선을 가졌던 아버지는 당신의 아버지와 같은 사람에 대해서 감탄하였다. "여우 같은 사람이야." 아버지가 당신의 아버지를 이렇게 말했다. "그 사람은 이제 성공했지. 앞으로도 얼마나 더 잘나갈지 잘 봐라. 그런데 그 아들은 뱃사람이 되겠다고 말하더구나." 그러면서 아버지는 이마를 찌푸렸다. "벌써 여러 해 동안을 런던에서 살았던 그 아들이 바다에 대해 뭘 알겠어."

아버지는 내가 바다 가까이 가는 것을 원하지 않았고 우리가 *피터 팬*을 타고 항해를 떠나는 것을 걱정하였다. 아버지는 할머니가 임신했을 당시, 멀리 바다로 나간 할아버지를 그리워하며 밤마다 홀로 흐느끼는 것을 보았었다. 아버지와 엄마는 아이를 많이 낳지 않았다. 내가 막 태어났을 때 아버지는 나의 검은 머리를 보고 푸른 바다를 떠올렸고, 그 때문에 내 이름을 마리나라고 지었다. 아버지는 절대로 바다 근처에 가지 않았지만 그렇다고 가족의 저주로부터 벗어날 수 있었던 건 아니었다. 아버지가 국도를 따라 먼 길을 떠나면 엄마는 매일 밤 울었다. 아버지가 집에 돌아올 때도 울었다.

"아버지, 저는 잘 지내고 있다고 엄마한테 전해주세요. 아무런 걱정도 하지 마시라고. 그리고 유골함은 알무네다의 묘지에 묻었다고 말해주세요."

"아, 그래. 잘됐구나. 나도 이제 마음이 놓인다."

당신도 엄마가 안심하리라 생각하겠지.

"저도 그래요."

전화를 끊고 아직도 정리하지 못한 채 복도에 세워둔 세 개의 이삿짐 박스를 망설이듯 쳐다보았다. 그리고 어느 박스 속에 당신이 있는지 생각해보았다. 갑자기 공기가 탁해졌고 호흡이 힘들었다. 나는 항상 근심 걱정을 끌어안고 사는 엄마를 생각했다. 그런 엄마 때문에 나는 거짓말을 많이 했다. 그것이 이제는 납덩어리처럼 내 가슴을 무겁게 눌렀다. 등 뒤에서 갑자기 거친 목소리가 들려왔다.

"아주머니, 냉장고 다 고쳤어요."

나는 몸을 돌렸다. 젊은 수리기사였다. 매부리코에 피어싱을 한 그는 푸른색 작업복을 입고 있었다. 내 눈에 그는 천사처럼 보였고 그의 손에 들려 있는 공구가 천국의 문을 여는 열쇠 같았다. 통조림과 분유, 간이식당의 패스트푸드, 그리고 다정한 연인들과 가족들 사이에 끼어 해결했던 비스트로에서의 혼밥이여 안녕. 시원한 물, 사각얼음, 신선한 과일과 야채, 버터를 바른 갓 구운 빵으로 아침식사를 하고, 퇴근 후 집에 돌아와 TV를 보며 저녁을 먹을 수 있게 되었다. 나는 다시 21세기로 돌아온 것이다. 나는 젊은 수리기사 앞으로 다가가 기쁜 나머지 그를 끌어안았다. 그 남자는 막대기처럼 뻣뻣하게 서 있었다. 내가 그의 품에서 떨어지자 그는 나에게 계산서를 내밀며 서명을 부탁했고 서명이 끝나자 잽싸게 집을 떠났다.

나는 주방으로 가서 냉장고 문을 열었다. 서늘한 기운이 나의 몸을 감쌌다. 냉장고는 오늘 아침 엄마가 내게서 빼앗아갔던 것을 되돌려주었다. 신선한 공기가 바로 그것이었다.

누에고치의 변신

다음 날 아침, 나는 들뜬 마음으로 천사의 정원로 갔다. 어제 있었던 일을 올리비아에게 말하고 싶은 마음이 굴뚝같았다. 어쩌면 올리비아에게 칭찬을 받고 싶어 했는지도 모른다.

나는 프라도 거리를 따라 걸어가면서 매일 아침 내 손에 전단지를 쥐여주는 사이엔톨로지(사이비종교의 일종) 여신도를 피해갔다. 그녀는 마법의 손에 늙어버린 금발의 꼭두각시 같았다. 목소리도 날카로웠다. 사람을 경악시키는 사악한 요정처럼 보였다. 왜 이 여자는 자신의 믿음과 생각을 나에게 전하려는 것일까? 사이비종교는 주변에 사는 사람들을 신자로 만들기 위해 애를 쓴다는 말을 들은 적이 있다.

나는 머리를 흔들며 계속 걸었다.

그녀가 나의 행복을 크게 만들 수 있는 방법을 제안했다면 나는 쉽게 그녀에게 걸려들었을 텐데.

그날 아침 나는 작은 에펠탑 무늬가 새겨진 플레어스커트를 입었다. 갈라가 준 것이었다. 그 치마 덕분에 걸음걸이가 가뿐해진 듯했다. 브라운 베어 빵집 주인도 나를 그렇게 보았을까?

나는 초코 패스트리 빵을 사기 위해 빵집으로 들어갔다. 진열대 뒤쪽의 주인아저씨는 이맛살을 찌푸리고 있었고 그 표정이 마치 마흔 살이 넘은 여자가 저런 치마를 입고 아이들이 좋아하는 달콤한 빵을 간식으로 사가다니 하고 비웃기라도 하는 것 같아 조심스러웠다.

빵을 사들고 밖으로 나와 엄마 손을 잡고 가는 아이에게 주었다. 아이는 정신없이 봉투에 든 빵을 꺼냈다. 그러자 엄마가 아이를 매정하게 잡아당겼다. 빵을 준 내가 민망했다.

"엄마가 낯선 사람한테서 먹을 걸 받으면 안 된다고 몇 번이나 말했니! 더군다나 몸에도 안 좋은 단것을!" 아이는 당황한 눈빛으로 나를 쳐다보았다. 나는 어색하게 웃으며 패스트리 빵을 다시 받았다.

그해 여름의 마드리드는 나에게 새로운 도시로 다가왔다. 내가 전혀 알지 못하던 도시였다. 그때까지만 해도 나는 여름을 항상 시골이나 바닷가에서 보냈다. 자동차가 거의 다니지 않는 도로는 묵시록의 태양 아래서 달구어져 있었다. 사람들은 다른 어느 곳보다 날씬하고 아름다웠고 피부도 검게 타지 않았다. 내가 어렸을 때 즐겨 읽던 책 속의 주인공 무민(핀란드의 작가 토베 얀손의 책과 만화의 캐릭터)을 떠오르게 했다. 그 책에서 가장 나이 어린 무민은 다른 가족들이 겨울잠을 자고 있는데 너무 일찍 깨어난다. 무민은 여태껏 한 번도 보지 못했던 생명체가 살고 있는 아주 새로운 세상을 경험하게 된다. 나의 느낌이 그것과 비슷했다.

끔찍한 무더위를 견뎌낼 수 있는 사람은 대체 누구일까? 일을 포기하지 않는 슈퍼우먼들, 아니면 휴가를 가지 않은 오로라

같은 여자가 그럴 수 있을지 모른다. 어려운 일을 겪으면서 진이 빠진 갈라와 같은 사람, 수도원을 발굴하는 고고학자, 도로 포장 공사를 하는 인부. 그 가운데는 뭐라고 단정 짓기 어려운 올리비아와 같은 사람도 있다.

올리비아는 오로지 여름에만 나타나는 사람이란 생각이 갑자기 들었다. 내가 대학 시절 가끔 들르곤 했던 칵테일 바 오이포리아의 입구 앞에서 그 생각이 떠올랐다. 오이포리아는 문이 닫혀 있었고 입구 앞에는 두 장의 담요가 깔려 있었는데 '저는 노숙자이고 아이도 둘씩이나 있습니다. 먹을 것 좀 사게 도와주세요.'라고 쓰인 종이박스 쪼가리가 놓여 있었다.

나는 동전 몇 개를 담요 위에 던져놓았다.

꽃집에 도착하니 셀리아가 와 있었다. 그녀는 페르골라 아래 앉아서 뜨개질을 하고 있었다. 헐렁한 블라우스와 통이 넓은 연두색 리넨 바지를 입은 올리비아는 가게 안에서 안경 너머로 미라처럼 보이는 한 여인을 물끄러미 바라보고 있었다. 햇빛에 주름이 많이 생긴 거친 피부였고 눈은 죽은 생선눈깔 같았으며, 질푸른 색의 옷 때문에 시체보관소의 직원처럼 보이는 여자였다.

"아시겠지만 당신이 모든 서류를 가져왔을 거라고 생각해요, 아줌마……."

"올리비아. 나를 올리비아라고 불러줘요."

미라 같은 여자는 경박스럽게 회색 파일집을 넘기고 있었다. 올리비아는 허리춤에 손을 얹고 그녀를 넌지시 바라보았다. 그리고 몸집을 더 크게 보이려고 하는 동물처럼 몸을 쭉 펴면서 스트레칭을 했다.

"나의 고객이 땅을 팔려고 내놨대요. 아주 잘한 결정이죠." 미라 같은 여자가 뜬금없이 말하면서 물고기 눈 같은 동그란 눈으로 멍하니 올리비아를 바라보았다.

"확실해요."

"여기 바리오 데 라스 레트라스 중심가의 부동산 경기가 다시 없이 좋은 상황이란 걸 아셔야 해요."

"내가 그걸 얼마나 빠삭하게 알고 있는지 당신은 잘 모를 거예요."

올리비아가 대꾸하면서 두 손으로 카운터를 짚고 섰다. "이 온실은 벌써 300년 전부터 있었어요."

"그럴 수도 있겠죠. 경제 위기가 지난 지금은 소유자가 빚을 갚아야만 해요."

"제발 그런 일이 없기를……."

올리비아는 미라 같은 여자와의 대화를 즐기는 것 같아 보였다. "그리고 내가 여기에 관심을 가지고 오면 당신도 좀 삐딱하게 굴지 않았으면 좋겠어요."

"그렇다면 당신도……."

"그건 무슨 얘기지요?"

"당신이 흥미로운 얘기를 많이 가지고 우리 집에 온다면 나도 당신을 반긴다는 말이에요." 올리비아는 물고기 눈을 한 여자에게 하얀 꽃 한 다발을 건네주었다.

그녀는 눈을 한번 깜박이더니 놀란 듯 꽃다발을 받아 들었다.

"내 태도에 놀랐나요? 예전에 사람들이 나한테 이렇게 말했어요. 이 땅은 팔리지도 않고 건물을 지을 수도 없을 거라고. 자,

이제 아셨죠?"

미라 같은 여자가 얇은 입술을 깨물며 말했다. "그렇다면야 할 수 없죠."

그러자 올리비아가 무심코 말했다.

"자, 이제 그만 가주세요. 화초들을 소독해야 돼요. 실내공기가 갑자기 탁해졌거든요."

미라 같은 여자는 빗자루를 든 마녀처럼 뻣뻣하게 걸어갔다.

"고양이를 키우고 있다면 조심하세요." 올리비아가 비꼬듯 말했다. "그리고 그 꽃은 당신이 수면용 차로 마시기엔 적당하지 않아요."

미라 같은 여자가 독성이 있는 협죽도 가지를 손에 들고 있는 것을 보고 나는 웃음을 참을 수가 없었다. 그러다 문득 올리비아의 이마에 근심스러운 주름살이 지는 것을 보고 웃음을 그쳤다.

"여기서 지금 들은 말을 누구한테도 하지 말아요. 알았죠?" 올리비아가 나에게 말했다. 그러곤 구슬로 엮은 커튼 뒤로 사라졌다.

나는 과일나무를 사러 온 동성애 부부 손님을 모시느라 거의 한 시간을 보냈다. 그들은 마드리드의 겨울을 버티고 화분 속에서도 살 수 있는 과일나무를 원했다. 나는 그들이 묻는 말이 결국 같은 말이란 것을 알게 되었다. 식물이 햇빛이 필요한지 아니면 그늘이 필요한지, 물을 얼마나 줘야 하는지…… 나는 올리비아가 화분들을 어디에 세워놓았는가를 보고 그들의 질문에 대답했다. 화분에 물받이가 있으면 그 식물은 물이 많이 필요한 것이고, 페르골라 밑에 세워뒀으면 햇빛을 싫어하는 식물이란 것을 알 수 있었다. 시간이 지나면서 나는 식물에 대한 지식을 그렇게 습득해나갔다.

그런데 이번 질문은 내가 전혀 알지 못하던 것이었다.

"레몬나무는 풍수원리에 따라 테라스 입구에 놓는 게 좋을까요, 아니면 가능한 한 침실에서 멀리 떨어져 있는 곳이 좋을까요?"

나는 작은 레몬나무를 주의를 기울여가며 살펴보았다. 그리고 두 남자에게 말했다. 레몬나무를 테라스 입구에 둬도 상관이 없을 거 같다고. 그렇게 나는 처음으로 나무를 팔았다.

가게로 다시 돌아오자 올리비아가 와 있었다. 올리비아는 난초를 멍하니 바라보고 있었다. 나는 그녀에게 다가갔다. 난초 잎에 콩깍지 같은 것이 붙어 있었다. 메스꺼운 느낌이 들었다.

"스프레이 살충제를 가져올까요?" 내가 올리비아에게 물었다.

그녀는 나를, 나쁜 짓이라도 저지른 사람처럼 쳐다보았다.

"당신 미쳤어요? 이건 누에라고요! 이제 막 탈바꿈을 할 거예요. 당신은 자연의 신비를 망치려고 했어요."

갑자기 내가 멍청하단 생각이 들었다. 나는 조심스럽게 가까이 다가가서 싱싱한 녹색 빛을 띠고 있는 난초를 살펴보았다.

올리비아는 안경을 쓰고 난초를 아주 조심스럽게 들어올렸다. 그녀는 화분을 이리저리 돌려가면서 난초 안에서 일어나고 있는 자연의 신비를 살펴보았다. 그리고 나를 바라보았다.

"여기 이 안에서 무슨 일이 일어나고 있는지 알아요?" 나는 고개를 저었다. 그녀는 눈알을 굴려가며 말했다.

"애벌레가 효소를 내뿜기 시작하고 있어요. 그 효소는 일종의 단백질 덩어리인데 애벌레 몸의 조직을 만들어내지요. 그리고 몇 개의 기관을 완벽하게 만들어요. 눈, 몸체, 날개……." 그녀는 잠시 말을 끊었다. "몇 주 지나면 이게 나비가 될 거예요. 신기하지 않은가요? 기어다니던 애벌레가 자신을 가둬놓았던 고치를 남겨놓고 나비가 되어 날아간다는 게……." 그녀는 난초를 계산대 위에 놓고 손을 들어올렸다. "내가 지금 한 말을 이해하겠어요?"

나는 신경이 예민해지면 하던 습관대로 턱을 만지작거렸다.

"그러니까…… 나도 탈바꿈을 해야 한다는 말인가요?"

올리비아는 원목으로 된 계산대에 몸을 기댄 채 흐뭇한 표정을 짓고 있었다.

"아 참, 마리나. 인생을 180도 바꾸게 되는 기회의 순간이 온다는 것을 살면서 많이 느꼈어요. 탈바꿈을 할 수 있는 유일한 기회 말예요. 인생의 커다란 터닝포인트인 거죠. 다만 많은 사람이 그 기회를 잘 이용하지만 어떤 사람들은 또 그렇지도 못해요."

"당신 말은 내가 그렇지 못하다는 건가요?"

그녀는 안경테 너머로 나를 쳐다보았다. 그리고 내 뺨을 쓰다듬었다.

"그건 모두 당신에게 달려 있어요."

그녀는 다시 애벌레를 향해 몸을 돌렸다. 나도 애벌레를 바라보았다. 털이 무성한 작은 애벌레가 더 이상 역겨워 보이지 않았다. 오히려 애벌레의 모습과 빛깔이 아름다워 보였다.

"내가 당신에게도 단백질이 풍부한 죽을 만들어줘야겠어요."

올리비아는 재미있다는 듯 나를 쳐다보았다. "음…… 아주 맛있겠다는 생각은 안 드는데. 그렇지 않나요? 하지만 설령 그렇다고 하더라도, 그것이 값어치 없는 일이 될 거라고 생각하는 건 아니죠? 얼마나 신나는 일인가만 생각하세요." 그녀는 자신의 높은 코를 살짝 잡아당겼다. "마리나, 그거 알아요? 내가 전에는 항상 걱정을 끌어안고 살았다는 거 말예요. 탈바꿈의 기회를 갖기도 전에 죽은 사람들은 자신들의 가능성을 모르고 세상을 떠난 거죠. 우리가 생의 마지막 날 '당신을 알게 되어 너무 행복했어요'라고 말할 수 있다면 얼마나 좋을까요? 한번 생각해보세요."

나는 그녀의 몸동작, 이제 막 태어난 나비의 날개처럼 나풀거리는 그녀의 섬세한 손짓을 넋을 잃은 채 바라보았다. 그리고 나는 그녀의 말들을 기억하게 되리란 사실과 그녀가 어려운 순간 나를 도와줄 거란 사실을 알게 되었다.

"그러면 내가 들어갈 고치는 배를 말하는 건가요?"

"아뇨, 그렇지 않아요." 그녀가 의미심장하게 웃었다. "그것은 당신이 고치로부터 나와 당신의 날개를 활짝 펼친 다음에야 비로소 올 거예요. 당신은 여기에 있는 이 누에보다 훨씬 일찍 이 가게에 왔다는 걸 알아야 해요."

나는 다시 턱을 만지작거렸고 그 순간 변신이 시작된 것처럼 무릎이 후들거렸다. 나는 동병상련의 마음으로 누에를 바라보았다.

올리비아는 내게로 다가와서 어깨를 잡았다.

"마리나, 한 가지만은 절대로 잊어선 안 돼요. 우리 여자들이 변신 능력이 있고, 우리의 생존본능과 회복력이 얼마나 강한지 알게 되면 우린 결코 패배하지 않는다는 사실 말예요."

나는 그 이유를 정확히 모르면서도 그녀의 말을 믿었다. 그녀에 대해 아는 것이 별로 없었지만 그녀를 항상 믿었다. 사실은 그녀에 대해 아는 게 전혀 없었다. 그녀가 어디서 왔는지, 부모님은 살아 계신지, 자녀는 있는지 아니면 병을 앓고 있는지도 전혀 몰랐다. 오렌지빛 머릿결을 가졌으며 나이를 알 수 없는 꽃 같은 이 여자는 내 눈앞에 난데없이 펼쳐진 유일한 현실처럼 비쳤다. 야생화처럼 특별한 자연의 현상이었다. 나는 너무 궁금해서 더 이상 질문을 참을 수 없었다.

"당신에게도 그런 일이 있었나요?" 그녀는 아무런 말도 하지 않았다.

나는 다시 한 번 물었다. "당신도 예전에 그런 변신을 겪어본 적이 있어요?"

그때 누군가 온실의 유리창을 똑똑 두드렸다.

셀리아였다. "노예가 된 할머니"가 손을 흔들며 가겠다는 인사를 하면서 시간이 너무 늦었다며 손으로 손목시계를 가리키고 있었다. 올리비아도 손을 흔들어주었고 작고 인자한 눈으로 나를 보았다.

"내가 살아온 과정이 궁금한 건가요?" 그녀는 목을 쭉 빼밀더니 손수건을 꺼내어 땀을 닦았다. "마리나, 당신도 틀림없이 나는 과연 어떤 여자가 될 것인가라는 문제에 부닥칠 순간이 올 거예요. 내가 살아온 길은 너무나 험난했어요. 아무한테도 알리지 않고 그 누구도 말릴 수 없는 내 인생을 바꾸겠다는 결정을 내렸다고 한번 생각해봐요. 그것은 자기 자신만이 책임질 수 있는 문제인 거죠. 그것도 아주 큰 값을 치러야 하는…… 그러나 그만큼의 대가는 오기 마련이에요." 그녀는 깊은 생각에 빠진 듯 잠시 말을 멈추었다.

"모든 것은 그 나름대로의 값을 치러야 하는 법이에요. 그래야만 대가가 오는 법이죠. 마리나, 나는 결코 모범적인 인물이 못 돼요. 그 누구에게도. 그리고 그러고 싶지도 않고요."

그녀는 몸을 돌렸다. 그리고 나는 이제 그녀와 대화가 끝났음을 알았다. 그러한 그녀의 태도는 더 이상 대화를 나누고 싶지 않다는 의미였다. 그녀는 두 손으로 난초를 들고 볕이 별로 들지 않고 무례한 손님들의 손이 타지 않는 가게의 한구석으로 갔다. 그녀는 누에가 있는 그 화분을 유리 공예품처럼 아주 조심스럽게 테이블 위에 놓았다.

그 후에 나는 작은 애벌레뿐 아니라 나에게도 탈바꿈의 과정이 일어나고 있음을 알게 되었다. 외무부 건물로부터 얼마 떨어지지 않은 곳에서 카산드라 벨레즈는 그녀의 책상 위에 놓인 눈부시게 푸른 난초 꽃에 물을 주고 있었다. 그녀의 비서 파울라가, 누가 그 꽃을 선물했냐고 물었다.

"이건 선물이 아니에요." 카산드라는 자랑스럽게 대답했다. "나를 위해 산 거예요."

그녀는 올리비아가 한 말을 잘 기억하고 있었다.

진실한 사랑은 뜻하지 않게 찾아오며 피할 수 없는 것이다. 그 사랑은 너무도 강렬하기 때문에 물리칠 수 없다. 그 사랑은

두려울 때 더 강렬하다. 그러나 그 사랑이 당신을 끌어안는 걸 허락한다면, 당신이 그 사랑을 두려워하지 않고 누리려 마음먹는다면, 당신을 생생하게 살아 숨 쉬게 할 수 있는 것은 그것 말고는 없다.

그녀는 파울라에게 전화를 걸어 모든 오전 일정을 취소해달라고 부탁했다. 지금까지 일에만 전념해왔기에 그녀의 이런 행동은 주변 사람들을 놀라게 했다. 아마도 그들은 담배를 한 대 피우며 그녀의 행동에 대해 수군덕거렸을 것이다. 그런 생각에 카산드라는 마음이 복잡했다. 그녀는 숨을 크게 한번 들이쉬고 복도를 또박또박 걸어 나갔다. 자신이 보살피던 남자친구로부터 어떤 소식이 오든지 간에 아무런 관심이 없었다. 그 남자친구는 천사의 정원에서 뜻하지 않은 만남 이후로 그녀를 어떻게 해서든지 만나려 했다. 하지만 그녀는 그 만남에 대해 어떠한 필요성도 느끼지 못했다. 그 대신에 그녀는 데 코르테스 광장 한가운데 있는 빌라 레알 호텔의 카페에서 한 여인을 만났다. 그 광장은 사람을 만나기에 너무 북적대는 곳이었다. 카산드라는 그 여인이 자신의 운명을 손에 쥐고 있는 것도 모르고 있었다.

같은 곳, 같은 시간에 근심 걱정에 싸인 오로라는 낡은 오렌지빛 사리와 다 떨어진 에스판도릴로스(코코넛 껍질을 엮어 만든 신발) 차림으로 힘찬 붓질을 하며 그림을 그리고 있었다. 화폭 위에 꽃은 보이지 않았다. 적어도 그때까지는. 오로라의 캔버스 위에 처음으로 사람의 모습이 그려지고 있음을 예감할 수 있었다. 막시는 거실로 들어와 그림을 흘낏 보고는 오로라에게 왜 항상 일관성이 없느냐고 물었다. 그는 비아냥거림이 숨어 있는 소위 익살스럽고 공격적인 방식이 궁금했다. 오로라의 모습이 이상하게 보였지만 왜 그런지는 정확하게 알 수 없었다. 아마도 가발처럼 보이는 그녀의 긴 머리 때문인지도 모른다고 생각했다. 긴 머리 때문에 그녀는 머리가 너무 커 보이기도 했다. 그렇다고 이런 불필요한 생각을 내색하고자 입을 삐죽거리진 않았다. 그는 콘플레이크를 담은 그릇을 들고 소파에 편하게 앉아서 TV의 아침 프로를 보았다. 콘플레이크를 다 먹자마자 그는 다시 꾸벅꾸벅 졸기 시작했다. 그리고 오로라는 처음으로 그의 말을 무시해버렸다. 그녀의 귀에는 카산드라가 한 말이 들려왔다.

냉정해야 돼. 내 말을 잘 들어. 냉정해야 된다고.

오로라는 목덜미를 손으로 조심스럽게 쓸어내렸다.

오로라는 소파에서 코를 골며 자고 있는 막시를 유심히 살펴보았다. 꼬질꼬질한 셔츠 차림에 불룩한 배 위로 올려놓은 콘플레이크 그릇이 숨을 쉴 때마다 위아래로 움직였고 담배꽁초로 가득 찬 재떨이는 소파의 팔걸이에 놓여 있었다. 그녀는 눈살을 찌푸리면서 열심히 그리고 있던 그림에 집중했고 금잔화 꽃다발에서 꽃 한 송이를 뽑아내어 입에 물었다.

갈라는 그날 아침 옷가게의 발코니에서 그녀의 엄마와 전화로 수다를 떨고 있었다. 그녀는 산세바스티안 영화제의 시사회에 입고 갈 옷을 주문했던 영화배우 클라라 올메도를 기다리던 중이었다. 두 모녀는 한동안 전화를 하지 못했다. 풍만한 몸매를 지닌 갈라의 엄마는 그녀가 사는 동네를 거의 떠나본 적이 없었다. 그러나 그녀 역시 딸만큼이나 성에 대해서는 개방적이었고 자기 남편의 실망스러운 잠자리에 관한 얘기를 거리낌 없이 했다.

창가엔 커다란 백합이 활짝 핀 채 햇빛을 받고 있었다. 마치 갈라의 모습과 같아 보였다. 그녀는 엄마에게 프랑스 남자와 사귀는 일을 얘기하면서 엄마가 걱정할 일이 생길지도 모르겠다고 말했다. 갈라는 그 프랑스 남자를 보는 일이 갑자기 짜증스러웠다. 그러면서도 그녀는 그를 빨리 보내기 위해 잠자리를 같이했다.

갈라는 부끄러워할 줄 모르는 카산드라가 자기에게 내뱉은 말을 머릿속에서 떨쳐내버릴 수 없었다.

내가 보기에 당신은 나와 똑같은 문제를 가지고 있어요. 당신도 나와 다를 바 없이 아주 놀랍게도 철딱서니 없는 이 시대 남자들을 열심히 내조하고 있으니까요.

"엄마," 그녀는 백합 한 송이를 꺾어 귀 뒤에 꽂은 채 말했다. "엄마는 아빠를 정말 사랑했나요?"

엄마가 어이없다는 듯이 말했다.

"엄마는 네 아빠랑 도망까지 갔었어." 엄마가 말하면서 키득거렸다. "그럼, 아빠를 많이 사랑했지."

갈라는 부모님의 사랑 얘기에 대해 항상 감동했었다. 아버지는 이미 돌아가시고 안 계시지만 두 분은 오랫동안 함께 살았다. 그들의 사랑은 살아 있는 기념비와 같았으며 갈라가 그들처럼 사랑한다는 것은 거의 불가능했다.

"그런데 왜 아빠를 사랑했어요?"

엄마는 잠시 아무 말도 하지 않았다. 웃음을 참고 있는 것 같기도 했다.

"그냥. 그 사람이었으니까."

마드리드 남쪽의 공단지역에 있는 사무실에서 빅토리아는 빨간 글라디올러스의 꽃말을 인터넷에서 검색하고 있었다. 파블로와 아이들은 밤새 구토를 해서 이날 집에 있었다. 파블로는 여름에 유행하는 장염에 걸린 것이라고 전화기에 대고 투덜거렸다. 의사가 방금 다녀갔다고 그는 힘없는 목소리로 말했다. 그러고는 전화를 끊으면서 '당신은 운이 좋은 거야'라고 말하더니 당신 같은 능력 있는 여자에게는 바이러스가 감히 접근 못할 거라고 비꼬았다.

빅토리아는 남편의 푸념을 어느 정도 심각하게 생각했다. 그러나 지난 밤 천사의 정원에서 들었던 말이 그녀의 머릿속을 떠나지 않았다. 그녀가 뼈저리게 느낀 한마디 말.

당신을 위해 일을 하세요.

모니터 화면의 꽃들이 화려하게 빛났다. 그녀는 스마트폰으로 찍은, 유일한 프란치스코의 사진을 보았다. 그녀는 지금 망설이고 있는 중이었다. 그의 제안을 받아들일까? 아니면…….

우리가 함께 천사의 정원에서 밤을 지새운 후 우리 모두가 주체할 수 없는 무언가를 얻게 되었다는 사실은 훨씬 나중에서야 알게 되었다. 녹슬어 움직이지 않고 있던 톱니바퀴가 다시 돌아가고 있는 느낌이었다.

무릎을 꿇고 앉아 선풍기 바람 앞에서 빌리 홀리데이의 노래를 들으며 난초의 잎 위에 흔들거리고 있는 꽃집의 새로운 식구 누에고치를 주의 깊게 바라보는 가운데 그날 밤 내 머릿속에 떠올렸던 생각을 지워버릴 수가 없었다. 내가 더 이상 조수석에 앉아 남은 인생을 보내지 않기 위해서는 나의 개인적인 미션을 수행하는 여행을 해야겠다고 그날 밤 마음먹었다.

　나는 천천히 일어나 점점 말라가고 있는 허리춤에 앞치마를 둘렀다. 전지가위와 장갑, 화분용 철사를 주머니에 넣고 하루 일을 시작했다.

분석에 의한 마비

뇌는 성장하고 노화하지만 마음은 심장이 멈출 때까지 항상 아이와 같다. 그 때문에 사람들은 마음이 움직이는 대로 다시 새롭게 사랑에 빠진다. 누군가 당신을 마음 아프게 하면 그것은 트라우마로 남고 잊히거나 아니면 각인되는데 그 일을 극복하기 위한 합리화는 뇌가 하는 것이다.

마음은 아무런 이유 없이 괴로워할 뿐이다. 우리가 사랑에 빠지지 않으면, 이성이 우리를 제어하고 공격한다. 그러면 마음은 다른 매개변수에 따라 움직인다. 느낌에 따라서. 뉴런이 뇌의 세포 단위이듯 느낌이란 마음의 세포 단위이다. 그렇기 때문에 마음이 느낌에 따라 움직일 때면 그 반응의 연결고리를 끊기란 거의 불가능하다. 이성은 장애물을 세워놓는다. 수많은 장애물을. 당신에게 어떤 그림이 마음에 드는지, 또는 당신이 어떤 노래를 좋아하는지에 대해 다른 누군가가 크게 영향을 미칠 수 없듯이 우리는 마음이 요구하는 것을 이성으로 통제할 수 없다.

올리비아의 말에 따르면 프란치스코와 빅토리아는 이성의 분석에 의한 마음의 마비상태이다. 그들은 서로를 바라보는 순간,

또는 서로를 생각하는 순간, 자신들의 가슴에 타오르는 불꽃을 꺼버리려는 이성적인 머리를 지닌 사람들이다. 그 매력적인 고고학자가 먼지를 뒤집어쓴 채 꽃집에 들어선 그날 점심때처럼.

"안녕하세요?" 그는 선율 있는 목소리로 우리에게 인사말을 건넸다. "참, 마리나. 잘 지내고 있나요? 이젠 이 정원의 모든 비밀을 다 발견했어요?"

그는 가까이 다가와 내 손에 키스를 했다.

"여기에 작고 귀한 동거인이 있다는 사실을 최근에 알았어요. 더군다나 그 녀석은 모습이 변하기까지 해요."

그가 크게 웃었다. "시작치고는 나쁘지 않군요."

계산대 뒤에 있던 올리비아가 앞으로 나왔다. "이봐요, 프란치스코. 당신이 날 위해 뭔가를 가지고 있는 건가요? 그렇다면 내가 당신에게 보답을 할게요. 오늘 오전은 정말 따분했어요."

그는 서류가방에서 검은 가죽으로 만든 지도를 꺼내어 올리비아에게 건넸다. 그녀는 프란치스코를 쳐다보지도 않은 채 지도를 받았다. 그 모습이 스파이가 서로 비밀서류를 주고받는 것처럼 보였다.

"정말 고마워요. 당신이 최고예요. 이거 완벽한 거죠?"

그가 고개를 끄덕였다. "그런데 당신이 약속한 것이 무엇인지 정말 모르겠어요." 그는 걱정스럽게 말했다.

"정의지요." 그녀가 말하면서 웃었다. 그러고는 가게 뒤쪽에 있는 방으로 사라졌다.

"정의……." 프란치스코가 중얼거렸다. "맙소사! 걱정거리만 늘게 생겼군."

올리비아가 선홍색의 글라디올러스를 들고 다시 나타났다. 글라디올러스에 조그만 카드가 붙어 있었다.

"당신을 위한 거예요." 그녀가 말했다. "내가 보답을 할 거라고 이미 말했었지요."

그녀는 오스카상이라도 수여하듯 프란치스코에게 꽃을 정중히 건네주었다.

한 사람의 얼굴 표정이 그렇게 변하는 것을 처음 보았다. 프란치스코의 얼굴에서는 말 그대로 광채가 비쳤다. 나는 그 꽃이 무엇을 의미하는지 알기 위해 꽃말표식을 볼 필요도 없었다. 프란치스코도 마찬가지였을 거라고 생각했다.

등골이 오싹해지는 것을 느꼈다. 이렇게 분명한 의사표시를 한다는 것은 올리비아의 방식이었고 빅토리아는 감히 생각지도 못할 것이란 생각이 들었다. 그러나 그 고고학자에게 이것은 분명한 승리처럼 보였다. 그 때문에 그의 표정이 갑자기 어두워지고 침울하게 보이자 나는 놀라지 않을 수 없었다.

"무슨 일 있었어요?" 올리비아가 물었다.

그는 고개를 떨구었다. "당신도 잘 아는 일이에요. 무슨 일이 일어났는지 당신도 알고 있잖아요." 그의 목소리가 조용해졌다. "여기서 한 걸음 더 나아가기 전에 내가 느끼고 있는 것, 내가 나의 아내에 대해서 느끼고 있는 것을 먼저 알아야만 해요."

"아직도 심사숙고할 게 있단 말이죠?"

그는 고개를 저었다. "당신은 잘 이해하지 못해요. 그녀는 아주 약한 여자예요. 지금은 적당한 때가 아니에요."

그는 글라디올러스를 계산대 위에 놓았다. 그리고 머리를 쓸어 올리더니 옷의 먼지를 털어냈다.

"당신이 멀리 떨어져 있다 해도 그녀가 항상 약한 것은 아니
잖아요? 내가 당신을 알게 된 후로는 적어도 그랬어요. 그리고
당신도 그때부터 헤어지려고 했고요. 적당한 때란 절대로 오지
않는 법이에요."

"아내가 너무 슬퍼 보여서요."

"그렇겠지요. 당신이 더 이상은 자기 곁에 있는 사람이 아니
란 걸 알았을 테니까요. 그런데 그녀는 여전히 당신의 그림자하
고만 같이 살고 있어요."

"아직도 우리가 서로 사랑하고 있는지 잘 모르겠어요. 내가
결정을 내리기 전에…….'"

그는 주머니에 손을 넣고 물끄러미 구두를 내려다보았다. 그
때 갑자기 길 건너편에 꽃집을 향해 다가오고 있는 갈라의 모습
이 보였다. 그런데 그녀는 고고학자와 글라디올러스를 발견하
고서 발길을 멈추더니 나에게 창문을 통해 신호를 보냈다. 돌아
가겠다는 몸짓과 함께 엄지와 새끼손가락으로 나중에 전화하겠
다는 표시를 했다.

"프란치스코," 올리비아가 가녀린 손을 프란치스코의 가슴에
대며 말했다. "문제는 사랑을 하고 마느냐가 아니라 좋은 사랑
인지, 아니면 슬픈 사랑인지예요. 그리고 우리가 사랑받고 싶어
하는 것처럼 우리를 사랑해줄 사람을 찾는 것이 중요해요."

그는 거의 애절한 표정으로 올리비아를 바라보았다. 자기를
돌봐달라고 하는 표정이었다. "비록 아무 일도 일어나진 않았지
만 나는 지금 죄책감에 가슴이 찢어질 것만 같아요."

올리비아는 그의 손에 글라디올러스를 쥐여주고 엄마처럼 포근히 안았다.

"남자들은 불안을 왜 항상 죄책감이라고 말하는 거죠?" 올리비아는 그를 정원으로 데리고 갔다. "자 봐요, 프란치스코. 어쩌면 내가 착각했을 수도 있어요. 사랑한다는 것은 결코 쉬운 일이 아니에요. 만일 그런 일이 일어나면 그것은 기적이죠. 사실 당신은 이 사랑을 즐길 의무가 있어요. 내가 당신에게 비밀 한 가지를 알려줄게요. 불안감이 사랑을 굴복시킬 수 없어요. 당신이 결정을 내려야만 해요."

"뭘 말이죠?"

"그러니까 당신이 이 붉은 글라디올러스에게 어떤 대답을 해줄 수 있는지요."

그는 생각에 잠긴 듯 손가락으로 꽃을 쓰다듬었다. 그 꽃을 빅토리아의 뺨, 빅토리아의 입으로 생각하는 것 같았다. 나는 그를 물끄러미 바라보면서 언젠가 그 누군가 나를 이렇게 생각해주었으면 좋겠다고 생각했다. 당신이 그 언젠가 나를 이렇게 생각해주었더라면.

"그녀를 만나면," 그는 조용히 속마음을 털어놓았다. "난 온 세상을 다 가진 듯한 느낌이 들어요. 그녀와 함께 커피만 마셔도 그동안 내가 결혼생활을 하면서 느꼈던 것 이상의 그 무언가를 느끼고요. 그녀는 자신이 읽었던 책처럼 내 마음을 읽어요." 그는 목에 가래가 낀 듯 헛기침을 했다. "예전에는 그 누구에게도 나의 두려움에 대해 얘기해본 적이 없어요. 하지만 그 두려움은 일부일 뿐이에요. 난 지금까지 한 번도 남에게 고민을 털어놓지 않았고, 상처받은 적이 없는 사람처럼 행동했어요. 이렇게 다섯 시간 동안 커피를 마시며 그 시간이 영원히 계속되었으면 좋겠다고 생각해본 적도 없어요."

올리비아는 그의 손을 잡았다. "그런데 왜 그녀를 실망시키려는 거예요?"

프란치스코는 한 걸음 뒤로 물러섰다. "그게 무슨 말이죠……?"

"그녀의 마지막 메시지에 대답하지 않고 있잖아요. 당신은 적당한 순간 당신의 아내에 대해서 그녀에게 말하지 않았어요. 그녀에 대한 감정과 그녀와 함께 지내고 싶은 마음을 억누르고 있기 때문이죠. 이제는 그녀가 예전과 달리 흔들리고 있어요."

프란치스코는 근심스러운 표정으로 꽃을 살펴보았다. 나는 간간이 야생화 화분을 정리하고 있었다. 올리비아는 프란치스코의 팔을 놓아주지 않았다. 그는 마치 동상처럼 굳어버린 것 같았다.

"프란치스코, 잘 생각해봐요. 어쩌면 당신은 살기 위해 노력해야 하고 그다음에 당신이 겪은 모든 일을 돌이켜 생각해봐야 해요. 그런데 이것은 순서가 뒤바뀔 수 없어요." 그녀는 정원을 가리켰다. "모든 것은 때가 있는 법이에요. 이 꽃들도 마찬가지죠. 오늘은 활짝 피었지만 내일이 되면 시들기 마련이죠."

"내 말은……" 프란치스코가 더듬거리며 말했다. "누군가 나를 선택했다는 사실이 너무 익숙하지 않아요."

두 사람은 말이 없었다. 그들이 다시 가게 안으로 오기까지 아무 말도 하지 않았다. 올리비아는 계산대로 가서 엽서 한 장을 가져왔다. 플라자 델 앙헬 위, 마차 앞에 서 있는 젊은 연인의 그림엽서였다. 프란치스코는 볼펜을 꺼내어 엽서를 썼다. 그리고 올리비아가 준 봉투에 엽서를 넣어 봉했다.

"이 꽃들 중에서 어떤 꽃을 고를래요?" 올리비아가 물었다.

그는 가게를 빙 둘러보았다. 꽃병에 꽂힌 꽃도 둘러보았으나 그가 원하는 꽃을 찾지 못했다.

"튤립 몇 송이 주실래요?"

올리비아가 만족스럽게 웃었다. "무슨 색깔로요?"

"당연히 빨간색이죠."

올리비아의 웃음소리가 점점 더 커졌다. 프란치스코는 엽서를 올리비아에게 전해주었다. 그러나 더 중요한 메시지는 꽃에 담겨 있음을 그도 알고 있었다.

그러는 사이 내가 그들 사이에 끼어들었다. 프란치스코가 내린 결정에 대한 기쁨을 내색하지 않으면서, 나는 그에게 꽃은 셀로판지로 포장할지 물어보았다. 두 사람은 그때까지 나의 존재를 잊고 있었다는 듯이 나를 바라보았다. 그리고 올리비아는 내가 그 자리에 없는 듯 내 앞을 지나갔다. 나는 당황했다. 그런데 그때 금발의 턱수염을 기른 이상한 남자가 창문 밖을 지나가면서 올리비아에게 고개를 까딱하는 것이 보였다. 올리비아도 그에게 답례를 하고 넋 잃은 눈빛으로 그를 바라보았다. 올리비아는 친구들에게 가져다줄 것이 있다며 프란치스코에게 양해를 구했다. 그녀는 생필품으로 가득 찬 바구니와 계산대 뒤쪽의 구석에서 약봉지를 가져왔다. 그러고는 가게 문을 나서기 전에 내가 고고학을 전공했으며 이 동네의 발굴 작업에 관심을 가지고 있다고 프란치스코에게 말했다.

프란치스코는 반갑게 나를 쳐다보았고 동료를 알게 되어 기쁘다는 표정을 지었다. 그의 태도에 나는 얼굴이 빨개지며 박물관에서 몇 번 실습을 했을 뿐이지 발굴 작업에는 참여해본 적이 없다고 말했다.

"전혀 안 해봤다고요?" 그가 눈을 찡긋하며 내 말을 끊었다.

"네, 전혀." 나는 이렇게 대답하면서 턱을 긁적거렸다. "지금은 여기에서 올리비아와 일을 하고 있어요."

그는 으스대듯 웃었다. "저에게 커피 한잔 주시면 당신이 정말로 어디에서 일을 하고 있는지 알려드릴게요."

나는 에스프레소 머신이 있는 뒷방으로 서둘러 가서 잠시 후 작고 빨간 커피잔에 담긴 두 잔의 커피를 들고 나왔다.

우리는 페르골라 아래에 있는 의자에 앉았다. 그곳은 올리비아가 즐겨 앉아 책을 읽던 곳이었다. 아직 오전 11시가 되기 전이었다. 그런데도 그늘 밑이 아니면 견뎌내기 힘들 정도로 더웠다. 작은 분수에서 뿜어내는 물이 더위를 조금 식혀주었다. 프란치스코는 손목시계를 풀고 스마트폰을 조용히 내려놓았다. 그러한 그의 행동은 자신이 지금 매우 진지하다는 것을 보여주는 듯했다. 그는 지금의 천사의 정원이 옛날엔 산세바스티안 교회의 묘지였었다고 말해주었다. 그 때문에 이곳이 부동산 투기의 광풍을 벗어났으며 그것은 하나의 기적에 가깝다고 했다. 16세기, 이 지역에 연극계 사람들이 몰려들었을 때 연극배우들이 이곳에 많이 묻힌 연유로 이곳은 "배우들의 무덤"이라고 불렸다. 그 무덤은 카달소(Jose Cadalso, 1741~1782. 스페인의 작가)의 잔혹한 사랑 이야기를 그린 소설의 소재가 되었다. 그 소설에서 절망에 빠진 주인공 남자는 사랑했던 여인의 무덤을 파헤친다.

나는 21세기의 태양 아래서 화려한 빛을 발하고 있는 정원을 바라보며 음산한 밤의 낭만주의자 카달소의 모습을 떠올려보았다. 그리고 분수가 아닌 육중한 묘비를, 경쾌한 페르골라 대신 담쟁이넝쿨을, 대리석으로 치장된 가족묘를, 나무에 달린 알록달록한 전등 대신 횃불을 떠올렸다.

고고학자 프란치스코는 커피에 각설탕 한 조각을 넣고 고개를 들어 교회 담장을 쳐다보았다. 거기엔 재스민과 담쟁이넝쿨이 자라고 있었다.

"이 교회에서 세르반테스의 라이벌이 세례를 받았어요. 로페데 베가가 바로 그이지요. 그는 교회 안에 묻혔어요."

나는 얼굴을 찡그리며 말했다. "그의 시체가 행방불명이라고 하지 않았나요?"

그는 고개를 끄덕이고 커피 한 모금을 마셨다. "세월이 흘러 그의 후손들이 묘지관리를 위한 비용을 지불하지 못하게 되자 무덤을 교회 밖 묘지로 옮기게 되었어요." 그는 손가락으로 우리가 앉아 있는 땅바닥을 가리켰다. "그 후 백 년 뒤에 카를 3세가 묘지의 모든 무덤을 도시 밖으로 이장했을 때 세르반테스와 마찬가지로 그의 무덤도 사라졌어요." 그는 생각에 잠긴 듯 잠시 말을 멈추었다. "19세기 마르틴 가문이 이 땅을 정원으로 가꾸기 위해 임대한 후 온실을 지었어요. 그 후로 꽃집이 생긴 거죠."

나는 그의 이야기에 점점 빠져들면서 미라 같은 여자가 찾아와 "잘 생각해보면 꽃이 자라기엔 아주 좋은 장소이죠."라고 했던 말을 곰곰이 생각해보았다.

내 생각은 그를 호탕하게 웃게 만들었다. 그는 의자의 등받이에 깊숙이 기대고 앉아 눈을 감고 정원의 신선한 공기를 깊이 들이마셨다.

나는 한동안 그를 자세히 살펴보았다. 그는 정말 인물이 좋았다. 나는 그의 근육질이 없는 마른 체격과, 잘 드러나지는 않지만 그만이 지니고 있는 독특한 지식과 표현 방법이 좋았다. 그는 차분하면서도 신중하게 말했다. 그의 벌꿀색 눈동자는 강렬하면서 변화무쌍했다. 빅토리아가 부러웠다. 그것도 아주 많이. 나는 그녀가 프란치스코와 사귀는 것을 왜 망설이는지 이해할 수 없었다. 올리비아가 한 말이 맞는 것 같았다.

나는 신고 있는 샌들을 내려다보았다. 그것이 갑자기 달리 보였다.

"로페 데 베가가 천사의 정원에 묻혔나요?" 내가 물었다.

"그렇다면 여기에서 그를 찾아봤어요?"

프란치스코는 고개를 저었다. 여기에 아직도 유해가 남아 있다고 생각할 수 없다는 뜻이었다.

그렇다면 나는 예전의 묘지였던 곳을 오아시스로 생각했단 말인가? 나는 혼자 생각해보았다. 우리가 그 유명했던 인물의 잃어버린 유해에 대해 이야기를 하고 있는 동안 인생은 종종 퀘베도(Francisco de Quevedo, 1580~1645. 스페인의 소설가)의 악한 소설처럼 아이러니하다는 생각이 들었다.

프란치스코는 커피를 다 마시고 나서 심장이 두근거리고 눈앞이 몽롱한 나를 남겨두고 가버렸다. 그랬다. 심장은 항상 아이의 그것과 같았고 내 심장은 지금 막 번개를 맞고 오랜 잠에서 다시 깨어났다. 내 발밑에 대문호, 권력자 그리고 유명한 모반꾼들이 누워 있었다. 어쩌면 그들의 사지가 아직도 이 동네의 모든 사람이 알고 있는 올리브나무에 닿아 있을지도 몰랐다. 그 올리브나무는 조용히 천사의 정원 역사, 데스 바리오 데 라스 레트라스의 역사, 그리고 이제 내 이야기의 주인공 역할을 맡고 있었다. 그때 나는 나무들도 그들만의 고유한 의미를 지니고 있다는 사실을 몰랐다. 그 올리브나무는 평화를 위해 서 있었다.

미친 여자

나는 그날 오후 내내 이런저런 생각을 하며 보냈다. 나 자신이 마치 살아 있는 선풍기처럼 느껴졌다. 나의 생각이 기분 좋은 소름이 끼칠 정도의 바람을 불러일으켰고 그 바람에 이마에 들러붙은 머릿결이 날리면서 생각도 가뿐해졌다. 고민이 있는 사람은 누구나 올리브나무 아래서 곰곰이 생각하면 문제가 풀리겠구나 하는 생각도 했다. 그뿐만 아니라 그 오래된 나무는 그날따라 손님들이 찾아오지 않게 하고 나무 그늘 안에서 조용히 생각에 잠길 여유를 갖게 해준 것만 같았다. 7시경에 올리비아가 전화를 했다. 중요한 일을 처리할 것이 있어서 오늘은 가게에 나오지 않는다며, 빅토리아가 가게에 오면 그 말을 전해달라는 부탁이었다.

빅토리아가 가게에 들렀다. 그리고 그녀가 오기 전에 전혀 기대하지 않았던 이상한 손님이 왔었다.

내가 눈을 감고 생각에 빠져 있을 무렵 누군가의 이상한 목소리가 나를 깨웠다.

"맥베스 부인의 분재를 찾으러 왔는데요."

나는 눈을 떴다. 내 앞에는 검은 수염의 남자가 활짝 웃고 서 있었다. 그는 청바지에 프린트가 된 티셔츠를 입고 있었다.

내가 처음 출근하던 날 실수로 백 년이 넘은 그 분재의 가지를 잘라냈던 생각에 갑자기 식은땀이 흘렀다.

그 분재의 주인은 연극연출가 호세 마르트레트였다. 그는 이 근처의 우에르타스 거리에 라 펜션 데 라스 풀가스 극장을 운영하고 있었다. 그는 자기가 각색하여 연출하는 레이디 맥베스에 맥빅이란 이름을 붙였으며 1막에 분재를 들고 나온다고 했다.

시간은 8시 반이 넘었고 마르트레트는 분재를 가지고 가게 문을 나서 길을 따라 내려갔다. 그러자 출입구 쪽의 목련나무 뒤에서 빅토리아와 카산드라의 목소리가 들려왔다. 낮 동안의 열기가 아스팔트 위에서 올라왔다. 나는 호스로 정원에 물을 뿌렸다.

"이건 정말 자존심 상하는 얘기야!" 카산드라가 손에 잡지를 들고 화난 듯이 말했다. "왜 이 잡지들은 '어떻게 남편을 지루하지 않게 할 것인가', '남편과의 의사소통 방법' 같은 기사를 써야만 하는 거죠? 남성잡지에서 이런 류의 기사를 읽어본 적이 있어요. '어떻게 여자친구를 당신의 뜻에 따르게 만들 것인가', '여자친구에게 최고의 오르가슴을 느끼게 하는 법', '부인이 펄쩍 뛰지 않게 바람피운 사실을 고백하는 법'. 이런 게 대부분이잖아요." 빅토리아는 대답 대신에 키득거리며 웃었고, 카산드라는 말을 그치지 않았다. "왜 우리 여자들은 불행하고 병들고 완전히 삐뚤어진 인간에게 저항하지 못하고 오히려 완벽한 남편으로 만들려는 생각을 할까요?"

"내가 그 이유를 말해줄게요." 빅토리아가 빙긋이 웃으며 말했다. "그건 우리가 플로렌스 나이팅게일 신드롬을 가지고 있기 때문이에요. 기독교의 윤리를 지킨다고 생각하는 거죠. 우리보다 불행한 사람을 도와줘야 한다는 충동, 관대함, 동정, 공감 그런 걸 말해요."

거기에 나는 희생이란 말도 생각했다.

카산드라는 말을 끝내고 뺨에 두 번의 작별키스를 해주었다. "마리나, 우리 예쁜 아줌마. 오늘따라 정말 예쁘게 보이네요."

그녀는 내가 입은 에펠탑 무늬 치마를 보고 호들갑을 떨었다. 나는 레깅스 스타일의 청바지와 스틸레토(하이힐의 일종), 그리고 짙은 녹색의 실크블라우스 차림의 그녀도 멋져 보인다고 생각했다. 그녀가 의무적으로 입어야 하는 바지 정장 차림을 하지 않은 것도 좋아 보였다. 어쨌거나 그녀는 매우 흥분한 듯했다.

그에 반하여 빅토리아는 재미있어 했다. 그녀는 한시도 손에서 놓지 않는 노트북을 가슴에 꼭 안고 있었으며 상당히 낡은 리넨 원피스를 입고 있었다. 그 모습이 커다란 마대자루에 작은 몸이 들어가 있는 것 같았다. 그녀는 자신의 소지품을 페르골라 밑에 있는 테이블 위에 올려놓았다.

"우리는 당신과 함께 술 한잔 마실까 했어요. 그리고 이것도 전해주고 싶었고요." 카산드라가 심각한 표정으로 책 한 권을 내밀었다.

"*초보자를 위한 요트항해?*" 나는 책 제목을 보고 놀랐다.

"그래요. 우리 이거 함께 읽어봐요. 몇 년 전에 이 책을 샀지요. 그때 읽었던 것을 다시 일깨운다면 아마 기분 좋은 일이 될 거예요. 또 누가 알아요, 나의 동경심이 되살아날지…….”

나는 숨을 깊이 들이마셨다. 이 모든 일이 올리비아가 꾸민 일처럼 보였다. 나는 말 그대로 한 걸음 뒤로 주춤했다. “정말 고마워요. 진심으로요. 그런데 그날 밤 내가 한 얘기는 술김에 말했던 것뿐인데…… 그러니까 그냥 한번 해본 소리라고요. 정말로 내가 해낼 수 없는 일을 그냥…….”

나는 주절주절 변명을 했다.

두 사람은 아무런 대꾸도 없이 잠시 내 얘기를 귀담아들었다. 그리고 카산드라가 천천히, 그러면서도 단호하게 고개를 가로저었다.

“마리나, 당신은 아직 한 번도 시도해보지 않았잖아요.” 그녀는 내 어깨 위에 손을 얹고 강경한 어조로 말했다. “자, 한번 해봐요. 여름 동안 함께 배우고 그리고 가을에 어떨지 다시 한 번 생각해보자고요.” 그녀는 나를 보고 웃었다. “더군다나 나도 무언가 방향전환이 급히 필요해요.”

나는 그녀가 직장생활을 잘하고 있는 이유를 이해할 수 있었다. 그녀는 내가 대답도 하기 전에 나를 꼼짝 못 하게 만들었다. 그녀의 말은 나를 편하게 만들었다. 그녀의 말에 가타부타 토를 달 필요도 없었고 그저 마음이 편안해졌다. 결정을 내릴 필요조차 없다고 나는 생각했다.

“자 어때요, 마리나?” 빅토리아가 들뜬 듯이 말했다. “우리 나가요. 나만의 자유 시간을 즐겨야겠어요. 파블로가 애들하고 시부모님과 함께 일주일 동안 바다로 떠났거든요. 이제 한번 신나게 놀아보는 거예요.”

카산드라는 눈썹을 위로 치켜올리면서 나를 보았다. "다른 말로 하자면 빅토리아가 일주일간의 집행유예를 받은 거지."

빅토리아와 카산드라는 하이파이브를 했다.

"집행유예?" 나는 깜짝 놀라 말하며 계산대 위에서 빅토리아를 기다리고 있는 튤립 꽃다발을 생각했다.

"그런데 왜 집행유예인 거죠?" 이번엔 빅토리아가 물었다.

"아, 저 여자가 갑자기 집에 돌아가면 모든 자유는 즉시 사라지기 때문이에요. 그러니까 당신은 모든 순간을 아껴 써야 해요."

나는 빅토리아에게 물건을 전할 적당한 순간이라고 결정 내렸다. "누군가가 당신을 위해 마련한 물건을 내가 가지고 있어요." 나는 이렇게 말하면서 이 말이 얼마나 비장한지를 느꼈다. 나는 계산대 뒤로 허리를 굽혀 장엄하도록 붉게 빛나는 튤립을 꺼냈다. 오늘 오후에 도착한 꽃이었다. 빅토리아는 꽃에 가시가 돋쳐 있기라도 한 듯 자세히 살펴보았다. 튤립은 매끈하고 날씬했으며 유화물감으로 그려놓은 듯 색깔도 화려했다. 나는 꽃송이 사이에 프란치스코가 쓴 엽서를 끼워두었었다.

카산드라가 편지봉투 안을 들여다보며 엽서를 꺼내려 했다.

"손대지 마!" 빅토리아가 십대 소녀처럼 날카로운 목소리로 외쳤다.

"그렇다면 한번 열어봐요. 당신은 꽃다발을 받은 게 아니라 세금고지서를 받은 것처럼 뻣뻣하게 서 있네요." 카산드라는 알파벳순으로 이름이 적혀 있는 칠판으로 갔다. "빨간 튤립이라, 어디 보자…… 어머나! 정말 멋지군요."

빅토리아는 그 튤립의 꽃말을 알아낸 것 같았다. 그것은 숨김 없으며 유리알처럼 투명한 사랑의 고백이었다.

그녀는 짧게 자른 이마 위의 머리를 쓸어 올렸다. 그리고 조심스럽게 편지봉투를 열어 엽서 위에 적힌 두 줄의 글을 읽었다. 그녀는 되풀이해서 읽고 또 읽었다.

"좋은 건가요?" 카산드라가 물었다.

빅토리아는 고개만 끄덕였다.

"뭐라고 썼는데요?" 그녀가 다시 캐물었다.

"인용구절을 적어놨어요." 빅토리아는 헛기침을 한 후 떨리는 목소리로 엽서를 읽었다. "*당신을 사랑할 수 있게 해주오. 내 곁에 있어주오. 당신은 이제 나의 모든 것이오. 만일 그렇게 되지 않으면 내 인생이 끝날 거요. 이제 당신의 무관심과 나의 욕망은 충분하오. 당신의 나는 죽을 때까지 당신의 기사가 되겠소.*"

카산드라와 나는 무슨 말인지 모르겠다는 표정으로 서로 바라보았다.

"그가 하고 싶은 말이 뭐라는 거죠?" 내가 물었다.

"내가 해석을 해줄게요." 카산드라가 말했다. "그가 한 말인즉슨 사랑 때문에 애간장이 녹아 당신 없이는 더 이상 살 수 없다는 뜻이에요."

"그보다 애절한 말은 없겠네요." 빅토리아가 키득거렸다.

"그러니까…… 당신은 나의 모든 것이란 말에서 분명히 드러나잖아요." 카산드라는 머리를 풀었다 다시 묶었다. "그러면 이제 뭘 해야 되나요?"

빅토리아는 활짝 웃으며 진홍빛의 튤립 꽃다발 속으로 머리를 묻었다. 꽃다발이 그녀만의 고유한 오아시스 같아 보였고 그 꽃 사이에서 그녀의 목소리가 흘러나오는 듯했다. "내가 이것을 알고 있었더라면……."

우리는 가벼운 마음으로 천사의 정원에서 나왔다. 카산드라는 고민할 필요도, 결정을 내릴 필요도 없다고 말했다. "소박하면서도 특별한 바텐더가 있는 술집엘 가고 싶어요." 우리는 메디나셀리 거리를 건너 산타 마리아로 가다가 도스 가르데니아스란 조그만 술집으로 들어갔다. 노란색 불빛의 조명과 짙은 갈색 공단으로 만든 쿠션이 놓인 오래된 소파, 그리고 골동품 같은 스탠드로 꾸며진 곳이었다. 빅토리아는 이곳을 좋아했다. 그 근방에서 가장 맛있는 진토닉을 마실 수 있었고 세계 각국의 사람들이 많이 찾아오기 때문이었다. 그 손님들이 사용하는 언어 가운데는 그녀가 한 번도 들어보지 못한 말도 있었다.

우리는 마실 것을 들고 18세기에 만든 등받이가 편한 의자에 앉아 갈라에게 소식을 전했다. 그녀는 빅토리아와 프란치스코 사이에서 벌어지고 있는 일에 매우 많은 호기심을 보이고 있었다. 그러나 그녀는 유감스럽지만 그곳에 올 수 없다고 답을 보내왔다. 마르트레트가 그녀에게 주문한, 맥빅을 위한 의상을 완성해야만 한다고 했다. 가련한 그 여자에게 우리는 전화하지 않았다. 우리는 그녀가 지칠 대로 지쳐 있다는 것을 알고 있었다. 카산드라가 말하기를 오로라가 그녀에게 난자냉동에 대한 이야기를 물었다고 했다.

어쨌거나 오로라는 난자냉동에 드는 비용이 얼마나 비싼지 알고 낙심했고 엄마가 도와줄 수 있을까 하는 마음에 그 얘길 할까 말까 고민했다.

"그 일이 어떻게 됐는지 그럼 알고 있어요?" 내가 궁금한 듯 물어보았다.

카산드라는 고개를 저으며 말했다.

"엄마 말고 그런 소망을 더 잘 이해할 수 있는 사람은 없어요." 빅토리아가 대답했다.

서너 명의 남자가 술집으로 들어와서 우리 옆자리에 앉으려 했으나 카산드라가 고집스럽게 소파 위에 있는 가방을 치우지 않자 그들은 다른 자리로 갔다.

"나도 그렇게 생각해요." 카산드라가 빅토리아의 말에 동의했다. "보수적인 부모라 할지라도 자신들이 할아버지, 할머니가 될 수 있는 가능성에 대해선 좋아할 거예요. 더군다나 그런 희망을 포기하고 있었던 사람이라면." 그녀는 혀를 차면서 다리를 꼬았다.

"하지만," 나는 곰곰이 생각해보았다. "단지 경제적인 문제 때문에 그녀가 이런 가능성을 이루지 못한다면 정말 끔찍한 일이에요."

"그러게요. 아기를 갖는다는 게 이젠 사치스러운 일이 돼버린 거죠." 빅토리아가 단호하게 말하며 칵테일 한 모금을 마셨다.

루이 암스트롱이 부른 「장밋빛 인생」이 흘러나왔다. 우리는 잠시 생각에 잠겨 아무 말도 하지 않았다. 빅토리아가 일어나 나를 호기심 어린 눈으로 바라보았다.

"그런데 당신은요? 올리비아의 가게에서 일은 할 만한가요? 올리비아는 정말 진국이지 않아요?"

"맞아요." 내가 웃으면서 대답했다. "오히려 그녀가 나를 많이 도와주고 있어요."

"천사의 정원에서 일하기 전부터 그녀를 알고 지냈었나요?" 빅토리아가 물었다.

나는 고개를 저었다. "아뇨. 전엔 전혀 몰랐어요. 그리고 사실은 지금도 그녀에 대해 아는 게 없어요."

"아, 그렇군요. 사실 그게 그녀의 아주 특별한 매력이기도 해요." 빅토리아가 진지하게 말했다. "뛰어난 사람들은 뭔가 그들만의 숨겨진 면이 있죠."

"사실 처음에 나는 그녀를 미친 사람이라고 생각했었어요." 카산드라가 말하면서 몸을 숙였다. "하지만 꽃을 사서 자기 자신에게 배달시키는 나를 보고 그녀도 나에 대해 똑같이 생각했을 거예요."

나는 웃지 않을 수 없었다. 올리비아가 나를 알게 되었을 때 그녀도 분명히 나를 지극히 심한 우울증 환자라고 판단했을 것이다. 튤립을 자세히 들여다보는 빅토리아의 모습이 혼돈스럽게 보였다. 우리의 시선을 알아차린 그녀는 술을 한 모금 마시더니 다시 연거푸 잔을 비웠다.

"내가 뭘 해야 할지 이미 알고 있어요. 그리고 어떻게 해서든지……" 그녀는 어깨를 움찔했다.

카산드라는 딸기 데킬라 칵테일을 빨대를 이용해 요란스럽게 마셨다.

"그걸 어떻게 할 건데요?" 내가 물었다.

"내 머릿속에 있는 거지같은 소프트웨어를 지워버리는 거예요."빅토리아가 말했다.

우리는 놀라서 그녀를 쳐다보았다.

"하지만 침착하게 생각해봐요…… 그 소프트웨어를 지워버리기 전에 당신의 문제가 뭔지 좀 말해봐요."카산드라가 말했다."그 남자를 어떻게 생각해요?"

빅토리아는 술잔에 맺힌 물기를 닦아냈다.

"그를 생각하는 것을 멈출 수가 없어요."

"그렇다면 그와 잠자리를 같이하지 말아요."카산드라가 충고를 했다.

나는 반쯤 남은 칵테일 잔을 흔들며 놀란 눈으로 카산드라를 쳐다보았다. 빅토리아도 놀란 표정이었다.

"하지만 전에는 아주 반대로 말했잖아요."나는 이렇게 말하면서 냅킨으로 치마에 떨어진 물기를 닦았다.

"맞아요. 하지만 지금은 아주 다른 상황이에요. 빅토리아는 정말 진지하게 그와 사랑에 빠질 수도 있어요. 그런데 그는 유부남이고요."카산드라가 다리를 쭉 뻗었다 오므리면서 구두굽을 달그락거렸다. "당신에게 필요한 건 모험심이에요. 이제 알겠어요? 그리고 당신은 그 남자에게서 특별한 끌림을 느끼고 있는 거예요. 그런데 당신들 둘 사이에 밀당이 사라져버리게 되면 뭔가 다른 것으로 넘어가버려요. 만일 당신이 내 말을 듣기만 한다면……."

"예?"빅토리아가 긴장한 눈빛으로 그녀를 바라보았다.

"뭔가 불길한 예감이 드는데요."

나는 치마를 비벼대면서 그들에게 말하고 싶었다. 저항할 수 없는 욕망과 그 어떤 나쁜 점도 찾을 수 없는 사랑을 겪었다고. 그렇지만 그것은 안정과는 무관하고 오히려 깊은 코마상태에 빠지게 했다고. 나는 빅토리아가 그녀에게 찾아온 행운을 놓치지 않았으면 좋겠다고 말하고 싶었다. 그러나 차마 그 말을 하지 못하고 칵테일만 한 모금 홀짝 마셨다.

"그게 바로 문제인 거죠." 빅토리아가 말했다. "내가 그와 함께 뭔가를 시작하면 그것이 그저 모험으로 끝나지 않게 될까봐 겁나요. 두 사람 모두가."

"하지만 당신이 그것을 해보기 전에는 어떻게 될지 알 수 없는 거잖아요." 내가 말했다.

"마리나, 그게 그렇게 간단하지 않아요. 우리는 둘 다 가정이 있는 사람이잖아요." 그녀는 다시 빨간 튤립을 바라보았다. "그리고 반대로…… 아, 그냥 단순하게 살면 좋을 텐데."

프란치스코가 빅토리아에 대해 말하던 표정을 떠올리자 나는 빅토리아가 부러웠다. 남은 마르가리타 칵테일을 마시면서 마음이 변하기 전에 내 생각을 말해야겠다고 작정했다.

"자 봐요, 빅토리아." 내가 말을 꺼내자 나의 새로운 친구들은 놀라서 나를 바라보았다. 내가 스스로 입을 연다는 것에 대해 그들이 아직 익숙하지 않은 눈치였다. "우리는 자신들을 희생시키는 법을 배웠어요. 맞는 말이지요. 당신이 말하는 기독교의 도덕에 대해 저도 백 퍼센트 동감해요. 그리고 당신이 무슨 말을 하는지도 잘 알고 있어요. 하지만 당신이 오로지 당신만을 위해서 뭔가를 해야만 한다는 것은 아니잖아요." 나는 튤립을 가리켰다. "모든 일을, 당신에게 생기를 주는 그 꽃을 바라보듯

해봐요."

카산드라가 맞는 말이라는 듯 고개를 힘차게 끄덕였다. "그럼요! 절대적으로 동감해요. 자신에게 선물을 해본 적이 마지막으로 언제였던가요?" 카산드라가 따지듯 물었다.

빅토리아는 잠시 말이 없었다. 나 역시도 그 질문에 대해 생각해보았다. 아무런 생각이 떠오르지 않았다. 그것은 정말이지 심각한 일이었다. 나는 마르가리타 한 잔을 더 시켰다.

"그래요, 맞는 말이에요." 빅토리아가 머뭇거리며 말했다. "항상 나는 뒷전이었죠."

"이제 당신이 다른 것을 한번 해보려면 어떻게 할래요?" 내가 물었다.

빅토리아는 허리춤에 손을 얹고 고개를 끄덕였다. "그래요, 그와 함께 하룻밤을 지내봐야겠어요."

"당신은 그를 뜨겁게 좋아하고 있어요. 그에게 그 말을 하는 거예요." 카산드라가 대놓고 이렇게 말했다.

"정말 나를 좋아하는 남자와 한 침대에 누워 있으면 느낌이 어떨까요. 내가 좋아하는 것, 슬퍼하는 것, 그리고 재미있어 하는 모든 것을 있는 그대로 받아들여주는 그런 남자와요. 그리고 그것이 오로지 하룻밤뿐이라면."

그녀의 눈이 반짝거리고 목소리도 생기가 돌았다. 카산드라는 웃었다. 나는 술잔을 들어 한 모금 더 마셨다.

빅토리아는 핸드백에서 진동음이 들리자 카산드라가 막기도 전에 스마트폰을 꺼내들었다. 그리고 그녀의 얼굴에는 몇 시간 전 내가 프란치스코에게서 보았던 것과 똑같은 근심이 어렸다.

나는 그녀가 바닷가에서 찍은 사진을 받았을 것이라고 예감했다. 해변에 서 있는 두 아이의 환한 모습. 그녀는 숨을 깊이 들이쉬고 문자를 찍어 보냈다. 그리고 그녀는 파블로에게 부부 테라피를 받아보자고 제안했다는 이야길 하였다. 하지만 파블로는 별 관심을 보이지 않았다고 했다. 그는 빅토리아에게 문제가 있다는 사실을 인정하지 않거나 빅토리아가 너무 억척스럽게 일만 하기 때문에 생기는 피곤함 탓으로 돌렸다.

"나는 자주 나 자신에 대해 절망하고, 또 한편으로는 전혀 문제가 없는데 문제라고 생각하고 있지는 않나 의심하기도 해요. 그리고 그에게 다른 여자가 생겼나 하는 생각도 있어요. 나에게 손도 대지 않을 만큼 최소한의 접촉도 없이 한 달이 지났으니까요. 이건 좀 이상한 징조이지 않아요?"

"한 달 동안이나?" 카산드라가 소리치자 손님들이 우리를 쳐다보았다. 그녀는 목소리를 낮추어 말했다. "그거 알아요? 남자가 섹스를 안 한다는 것은 이상한 징조가 아니라 뭔가 신체에 복합적인 문제가 생긴 거예요. 그 원인이 무엇이든 간에요. 당신은 뭔가를 바꿔야만 해요. 빨리 할수록 좋아요."

"하지만 나는 그걸 그냥 할 수 없어요." 빅토리아가 한숨을 쉬었다. "그리고 왜 내가 죄의식을 가져야 하는지도 모르겠어요."

나는 크게 웃음을 터뜨렸다가 취기가 돌고 있음을 깨달았다.

"그래요, 그건 분명한 사실이에요." 나는 술기운 때문인지 자신 있게 말했다. "당신은 당연히 죄책감을 느끼겠지요. 당신만을 위해 무언가를 하고 싶은 게 이번이 처음이니까요."

빅토리아는 술잔에 맺힌 물방울에 그림을 그렸다.

"내가 파블로에 대해서 느끼고 있는 것을 곰곰이 생각하면 모든 것이 심란해요."

"빅토리아," 내가 말했다. "내가 당신에게 용기를 북돋아주기엔 적당한 사람이 아닐지도 몰라요. 나도 전혀 바람을 피워본 적이 없었거든요. 또 그런 것을 생각해본 적도 없고요. 하지만……."

"나도 당신에게 그런 일에 용기를 내라고 하고 싶지는 않아요." 카산드라가 내 말을 잘랐다. "유부남들은 정말 짜증이 나요. 그들이 원칙을 지켜야 한다고 말할 때 정말 그렇죠."

그녀는 술잔을 들어 한 모금 마셨다.

"그러나 나는 알고 있어요." 나는 다시 말을 이어갔다. "사람들은 감정을 합리화시킬 수 없어요. 감정이란 있는 그대로 생겼다가 사라지는 거예요." 갑자기 내 목소리가 나답지 않다는 생각이 들었다. "감정을 이성적인 사고로 바꾸려 한다면 사람들은 더 이상 감정을 느낄 수 없다는 말인가요? 감정이란 예상할 수도, 조절할 수 없는 것인데……."

갑자기 카산드라가 벌떡 일어났다.

"그 몸에서 나와!" 그녀가 나에게 말했다. "당신 안에 올리비아가 들어가 있는 거 아닌가요?"

그러더니 그녀는 술집에 앉아 있는 두 남자를 재판관 같은 눈초리로 바라보았다. 그들은 우리의 노골적인 대화를 엿듣고 있었다. 우리는 소파가 휘청거리고 카산드라의 술잔이 바닥에 떨어질 정도로 배를 잡고 웃었다. 그러다가 다시 차분해졌다. 카산드라는 아무렇지도 않다는 듯이 바텐더 쪽으로 가서 깨진 유리컵 조각을 자기가 치우겠다고 말했다. 맵시 있는 스틸레토 구두에 터질 정도로 달라붙은 청바지를 입은 그녀가 유리조각을 쓸어 담기 위해 풍만한 엉덩이를 굽히면서 왜 자기와 같은 사람들은 자신의 감정을 제대로 표출하지 않는지 모르겠다고 혼자 중얼거렸다. 그녀는 어떠한 감정도 갖지 않은 사람이란 걸 보여주는 듯했다. 그러면서 그녀는 레몬 조각 하나를 의자 밑으로 밀어 넣었다. 그녀는 감정을 억누르는 데 탁월했고 자제력 또한 매우 뛰어나게 훌륭했다. 그리고 그에 걸맞게 너무 외로웠다. 그 외로움이 많은 경험을 하지 못하게 했고, 때문에 결국 사는 게 쉽지 않았다.

빅토리아는 그녀의 말을 귀담아들으면서 확신을 갖지 못했다. 어떠한 감정도 느끼지 못한다는 건 있을 수 없다는 게 그녀의 생각이었다. 그리고 사람들이 그러한 감정을 밀어내지 못할 때 그 안에 갇히고 만다는 것이었다.

"내 말이 바로 그거예요." 카산드라가 말하면서 손빗자루로 빅토리아를 가리켰다. "사람들은 그래서 압력밥솥처럼 돼버린다니까요. 당신이 그 뚜껑을 열려고 결정한 순간 모든 것이 당신 속에서 부글부글 끓어오르고 당신은 주위 사람들이 비명을 지르며 달아날 정도로 감정을 쏟아붓게 될 거예요. 그리고 당신들의 사랑, 그것은 바로 내 인생사와 같아요."

그녀는 서빙을 하는 사람에게 손빗자루와 쓰레받기를 돌려주었다. 바텐더 주변에 앉아 있는 남자들이 그녀를 호기심 어린 눈으로 바라보았다. 그러니까 말하자면 밥솥뚜껑을 차라리 일찍 닫아버리든지 아니면 감정을 쏟아내라는 것이었다. 그녀는 머리를 다시 묶고 핸드백에서 핸드크림을 꺼내어 손에 바르고는 우리에게 건넸다. 우리는 고개를 흔들었다. 카산드라가 빅토리아의 어깨에 손을 얹었다.

"잘 봐요. 사랑은 쓸모없는 허섭스레기 같은 거라고 말하는 편이 당신에겐 훨씬 쉬울 거 같네요. 왜냐면 나에게 사랑은 정말 지긋지긋했거든요. 그러나 그것은 나만의 이기적인 생각일지도 몰라요. 당신은 당신 삶에 중대한 기회를 앞에 두고 있으니까요. 그리고 당신도 방금 이렇게 말했잖아요. 당신과 파블로 사이에 남은 정이 하나도 없다고."

빅토리아는 손사래를 치면서 그렇게 말한 것이 아니라고 부정했다. 그녀에게 부부애란 공동 프로젝트와 같은 것이었다. 카산드라는 눈썹을 치켜떴다. 부부애는 욕정이란 것이 포함될 필요가 없단 말인가? 나는 계몽의 희생자라는 말에 어떻게 눈을 뜨게 되었는가를 느꼈다. 그리고 그것은 미친 생각이라고 간신히 말했다. 부부애란 욕정이면서 동시에 프로젝트라고. 카산드라는 그 말에, 두 가지 면을 상실하게 되면 부부애는 아무런 쓸모가 없는 것이라고 덧붙였다. 빅토리아는 그것은 너무 심한 판단이라고 생각했다. 그렇다고 치자. 이번엔 다시 카산드라가 특정한 유형의 여자에게 부부애란 정욕이 없으면 아무런 의미도 없다고 받아쳤다. 그리고 빅토리아가 그녀의 결혼생활을 위해 싸우는 것은 분명히 존경할 만한 일이라고 했다.

"당신이 그 말을 듣지 않는다 할지라도," 카산드라가 결론을 지었다. "당신과 파블로 사이에 부족한 것을 채워야만 해요."

빅토리아가 일어나서 갔으면 좋겠다고 나는 잠시 생각했다.

마이클 부블레의 노래가 스피커에서 흘러나왔다. 「당신은 나의 유일한 사람」이란 노래였다. 술집 주인이 이제 마감시간이 다 되었다고 알려주었다. 빅토리아는 가만히 앉아 튤립 꽃잎을 만지작거렸다. 그녀에 대한 연민이 들었다.

"내가 생각하기에 카산드라의 말은 당신이 새롭게 태어날 수 있는 기회라는 거예요." 나는 눈을 크게 뜨고 조용히 말했다. 그러자 두 사람은 무슨 말인지 모르겠다는 듯이 나를 바라보았다. "그러니까 당신이 180도 바뀔 수 있고 당신이 정말 누구인지 알 수 있는 기회가 될 수 있다는 거죠."

빅토리아는 짧게 자른 머리를 흩뜨렸다. 그녀가 짜증이 나면 하는 행동이었다.

"잠깐 멈춰봐요. 내 말은 당신더러 아주 과격하게 변하라는 게 아니었어요."

"맞아요, 마리나. 우리는 지금 그녀가 프란치스코와 함께 잠자리를 해야 할지 아니면 말아야 할지 알고자 했을 뿐이에요. 이걸 가지고 과대평가할 필요는 없어요."

"과대평가라고요?" 내가 물었다.

이 말에 그녀는 웃고 말았다. 그리고 나도 결국 동의했다.

"게다가……." 카산드라가 의기양양하게 말했다.

"아마 프란치스코는 빅토리아의 스프링보드에 불과할지도 몰라요."

"나의 스프링보드라고?" 빅토리아가 물었다.

"맞아요, 스프링보드. 당신을 결혼생활에서 벗어나게 만드는 스프링보드 말이에요. 그리고 결혼생활이 잘 맞는다고 할지라도 스프링보드는 한번 써볼 만한 거예요."

"당신이야말로 정말 낭만적이군요." 내가 한마디 덧붙였다.

"나는 사실 뭔가 속은 기분이에요." 빅토리아가 웃으면서 나의 말에 동조했다. "스프링보드가 의미하는 것이 매우 암시적인 거라……."

"나에게 스프링보드를 한번 줘봐요. 그러면 세상을 바꿔놓을 테니까……." 카산드라가 술잔을 들어올리며 말했다.

우리는 건배를 했다. 한 번, 두 번, 그리고 여러 번을. 우리는 그 술집에 앉아 술집 주인이 우리 주변을 청소하고 마지막 손님이 나갈 때까지 수다를 떨었다. 그날 밤 빅토리아는 약간 취한 듯하면서도 조금씩 생기를 찾았고 무거운 책임감으로부터 벗어난 듯했다. 마치 사랑에 빠진 십대 소녀처럼 우리 앞에 앉은 그녀는 이제 어떡하면 좋겠냐고 물었다. 그녀는 내가 프란치스코에 대해 어떻게 생각하고 있는지, 그가 올리비아에게 무슨 말을 했고, 꽃을 어떻게 골랐는지 알고 싶어 했다. 나는 빨간 글라디올러스에 얽힌 이야기를 꺼내지 않았다. 거기에는 올리비아도 관여되어 있다고 나는 확신하고 있었다.

"그거 알아요, 빅토리아? 내가 당신을 부러워한다는 사실을……." 카산드라가 말을 꺼냈다. 그녀의 목소리가 살짝 떨리고 있었다. "나는 오랫동안 관계를 유지하며 산다는 게 뭔지 잘 모르겠어요. 그리고 사랑받는 느낌이 어떤지, 자기를 사랑하는 게 뭔지도 잘 모르겠고요. 당신은 그런 걸 다 해봤잖아요."

"그리고 자식들은 또 뭔지!" 나도 모르게 이렇게 말하고 말았다. "나는 자식이 뭔지 전혀 모르겠어요. 그리고 앞으로도 알 수 없을 것 같아 걱정이에요."

"난자를 냉동시키는 거예요!" 술집 주인이 우리를 이상하게 쳐다볼 정도로 카산드라의 목소리가 컸다. "그런데 그게 맞아요, 빅토리아. 당신은 모든 것을 다 '해냈어요'. 내 사무실에 있는 그 바보들이 말하는 것처럼 말예요." 그녀는 목소리를 낮추었다. "그러니까 당신은 이제 조금 즐겨도 되는 거라고요."

"아, 아이를 낳은 일이 너무 과대평가되었어요." 빅토리아가 중얼거리면서 눈을 찡끗했다.

"그건 당신이 이미 아이를 낳았기 때문에 그런 말을 하는 거예요." 내가 그녀의 말을 받아쳤다.

"정말 솔직히 말하면……." 카산드라가 한숨을 쉬었다. "내가 미워하는 것이 무엇인지도 모를 정도로 사람들이 싫어졌어요."

"그만큼 감당하기 힘들어졌다는 거예요." 빅토리아가 말했다.

두 사람은 재채기를 심하게 하면서 어쩔 줄 몰라 했다. 나는 그런 두 사람을 이해할 수 없었다. 그러나 갑자기 내 안에 알 수 없는 울화가 치밀어 오르는 것을 느꼈다. 그것은 분노와 같은 감정이었다. 나는 급히 일어나 화장실로 갔다.

잠시 생각해보니 나를 분노하게 만든 것이 무엇인지 알게 되었다. 그 순간에도 나는 거기서 일어났던 일과 당신을 연관시키고 있었던 것이다. 오스카 당신을. 정말로 나는 아이를 갖고 싶지 않았던 것일까? 당신이 나보다 나이가 많은 건 분명한 사실이었다. 그리고 당신은 혼자 늙는 것을 걱정할 필요가 없었다. 당신은 처음부터 내가 당신을 끝까지 따르고 임종의 순간까지 당신의 떨리는 손을 잡아주리라고 생각했었으니까. 뜻하지 않게 너무 일찍 벌어진 일이긴 했지만 모든 일이 당신 생각대로 되었다. 나는 이제 여기 우에르타스 거리에 있는 한 술집에 앉아 못된 간병인에게 모든 것을 다 뺏기고 거의 시력을 잃은 상태로 양로원에서 생을 마치게 될 것을 생각해본다. 더구나 그걸 위해서 지금부터라도 당장 저축을 해야 하는…… 자식도 가족도 없고 나를 기억하고 내 손을 잡아주고 내가 떠나는 마지막 여행길에 따뜻한 무언가를 전해줄 남자도 없는 것이다.

내 등 뒤에서 카산드라와 빅토리아가 웃고 떠드는 소리가 들렸다. 아이는 대부분 뜻하지 않게 생기는 것이라고 빅토리아가 확고하게 말했다. 구겨진 고가의 리넨 옷을 입고 앉아 아이들에 대해 이야기하고 있는 그녀를 물끄러미 쳐다보았다. 나는 그런 그녀가 부러웠다. 원하든 원치 않든 아이는 먼 앞날의 행복과 완벽함에 대한 투자와 같은 것이다. 사람에 따라서 아이를 갖고 싶어 하기도, 그렇지 않기도 하지만 인간이란 마지막 숨을 거둘 때 자식들을 그리워하는 것이 인지상정이다. 늙으면 모두가 자녀가 그립기 마련이다. 그런데 나는 어떠한가? 인생이 황혼기를 맞으면 나 역시도 가족들과 자녀를 그리워할까?

갑자기 머리가 어지럽고 아팠다. 때가 오면 너무 늦거나 손조차 댈 수 없는 일들이 있었기 때문이었다.

"빅토리아!" 내가 빅토리아 앞으로 다가서며 말했다. "우리는 모두 그런 일들이 허무하게 지나가버린 것을 두려워해요. 그리고 변화를 무서워하고요. 많은 일이 속절없이 사라지고 말지요. 인간은 죽기 마련이고요. 나를 잘 봐요. 나는 사실 아주 갑작스럽게 모든 것을 바꿔야만 했어요." 내 목소리가 잠겼다. "당신은 언제든 결정을 내릴 수 있어요. 그러나 나는 그럴 수 없었지요. 나는 항상 내 인생의 결정을 남에게 맡겼어요. 이제 가련한 중년의 위기를 맞은 내 모습을 잘 보세요. 아무런 계획도 없이 어떻게 계속 살아가야 하는지를. 그것도 혼자서, 아무것도 없이…….”

빅토리아는 반짝이는 검은 눈동자로 나를 바라보면서 내 손을 꼭 잡아주었고 카산드라는 내 등을 두드렸다.

“마리나, 미안해요.” 빅토리아가 말했다. “당신이 힘든 일을 헤치고 나온 지 얼마 되지 않았다는 사실을 잊고 있었어요.”

나는 숨을 깊이 들이마시고 그녀의 손을 꼭 잡았다가 가방을 집어 들기 위해 손을 놓았다.

“올리비아가 항상 그렇게 말하던 것처럼…….” 나는 목이 막히는 것을 억지로 참아가며 말을 계속 이어갔다. “우리를 행복으로부터 멀어지게 하는 그 모든 것은 변화에 대한 두려움인 거죠. 우리는 이제 결단을 내려야만 해요. 왜냐하면…….”

빅토리아와 카산드라는 좋은 생각이라도 떠오른 듯이 나를 향해 건배를 했다.

“인생이란 항상 절박한 일에 대한 도전이니까.”

우리는 깔깔거리며 웃었고 건배 덕분에 한 잔을 더 시켰으며 술집 주인은 마지못해 우리에게 술을 가져다주었다.

그 후에 카산드라는 결국 자기 남자친구의 아내에게 콘돔을 보내지 않았다는 사실을 우리에게 알려주었다. 처음의 화가 가라앉은 후 그녀는 아무렇지도 않아 보였다. 그녀는 그와의 관계를 정리하고 싶어 했다. 그리고 즉시 실행에 옮겼다.

“내가 얼마나 복잡한 일에 꼬여 있었는지 나중에 이야기해줄게요." 그녀는 잠시 말을 멈추었다. "다들 아마 상상조차 할 수 없는 일일 거예요."

그 말은 사실이었다. 카산드라가 겪은 일은 아주 많은 곡절이 있었다. 우리는 그때 그 일을 한 번도 눈치채지 못했고 결국 그 일은 그녀를 변화시켰다. 빅토리아는 카산드라에게 말하길 예전부터 그 남자와의 관계를 끊겠다고 했지만 지금까지도 못 하고 있지 않으냐고 했다. 카산드라는 이번에는 꼭 그렇게 할 것이라고 대답했다. 올리비아가 말했던 "바람둥이"가 자신의 남자친구라고 딱 잘라 말했다. 처음엔 사랑을 애걸복걸하다가 어느 정도 시간이 지나면 빠져나갈 궁리만 하는 사람이라는 것이었다.

"처음에 그는 자신이 당신을 얼마나 사랑하는지 이해시키려고 노력해요. 그러면서 당신이 마음을 열어주길 기다리죠. 그러나 당신이 그를 받아들이는 순간 그는 도망갈 궁리를 하는 거예요." 그녀는 숱이 많은 머리를 꼬아 내렸다. "그리고 나면 당신은 모든 것을 잃고 마는 거예요. 당신이 불리한 입장에 빠져 있기 때문이죠."

올리비아의 말에 의하면 이런 것이 가장 잔인하면서도 효과적인 낚시법이라고 했다. 카산드라는 이 모든 것을 그녀의 조언자와 함께 곰곰이 생각해보았지만 또다시 걸려들고 말았다. 그녀가 사랑에 매달리면 매달릴수록 자존감은 떨어졌고 사랑의 그물망은 더욱 좁혀져 그 안에서 옴짝달싹할 수 없었다. 남자친구의 위세는 카산드라를 심란하게 만들고 불안하게 했다.

"무언가를 끊어낸다는 것은 다른 무언가를 가장 강력하게 연결시키는 것이에요." 올리비아가 말했다. 그 무언가가 모든 사람을 혼란스럽게 만들었다. 카산드라가 집으로 돌아올 때마다 그녀의 남자친구는 기어 다가와 항상 가장 사랑스러운 말로 현혹시켰다. 그러나 그녀가 그에게 가까이 다가서면 그는 뒤로 물러나 자기 아내 얘기를 꺼내기 시작했다. 그러면서 자기 아내가 여전히 좋은 여자이기 때문에 죄책감을 느낀다고 말했다.

우리는 카산드라의 이야기를 들으면서 그녀의 하소연을 들어주는 게 그녀를 위해 할 수 있는 유일한 일이라는 걸 알게 되었다. 그리고 그와의 사랑을 끝내야 카산드라가 남자의 구속으로부터 벗어날 수 있음도 알았다. 결국 그에 대한 환멸은 아주 안 좋은 결과로 끝날 것이 틀림없었다.

나는 그때만 해도 어떻게 카산드라 같은 여자가 그런 식으로 한 남자에게 묶여 사는지 도무지 이해할 수 없었다. 변덕스러운 그런 남자를 왜 만나는지도 알 수 없었다. 그리고 내가 생각한 것보다 그녀가 그 남자에게 매달릴 수밖에 없는 이유가 매우 복잡하다는 것도 잘 알지 못했다. 내가 생각하기에 그녀에게는 지적인 매력은 물론 블라우스와 청바지만 입었는데도 풍겨 나오는 우아함, 여러 개의 외국어에 능통한 언어능력 말고 다른 것은 그다지 중요하지 않았다. 그리고 내가 천사의 정원에 첫 출근을 하던 날 만났던 그 별 볼 일 없고 무능력해 보이는 남자를 아무리 생각해봐도 이해할 수 없었다.

"그거 알아요? 나는 항상 강해지기 위해서 많이 먹고 있어요." 카산드라가 한숨을 쉬면서 칵테일 잔에 있던 딸기를 빨대로 들어올렸다. "가끔은 이런 생각을 해봤어요. 나란 인간은 오로지 남들을 즐겁게 해주는 존재구나 하는…… 엄마, 형제들, 그리고 직장 동료들 말이죠. '안녕하세요, 저는 카산드라예요. 걱정하지 말아요. 당신에게 부담드리지 않을게요. 당신의 문제를 저에게 말씀해보세요. 당신을 위해 그 문제를 한번 조정해보겠어요.' 내가 마치 간병인 같다니까요!" 그녀는 헛웃음을 지었다. "자신들의 자의식을 키우려고 모든 사람이 나에게 와요. 그들 나름대로 목적을 달성했을지라도 사람들은 그것에 대해 고마워하지 않아요. 절대로 그렇지 않아요. 오히려 그들은 나를 좋아한다고는 말하지만 그게 쉽지 않은 일이라고 해요. 그리고 나에게 '성실하게' 대하고 싶다고 말하지요. 왜냐하면 내가 파워우먼이라서 그렇대요."

"맞아요, 그건 정말 불공평한 일이에요." 빅토리아가 술잔에 물을 따르며 말했다. 카산드라가 뜨뜻미지근한 남자와의 관계를 어떻게 끝맺을지 결정을 내리고, 빅토리아는 어떻게 하면 그녀의 가족들 몰래 프란치스코를 계속 만날 수 있을까 생각한 끝에 그날 밤의 이야기가 끝이 났다.

카산드라는 빅토리아에게 자기 집에서 자고 가라고 말했다. 빅토리아는 이미 외박이 익숙한 듯했다. 두 사람은 팔짱을 끼고 술집을 나갔고 비틀거리는 모습을 보이지 않기 위해 매우 조심스럽게 걸어서 파세오 델 프라도에 있는, 식물원이 보이는 카산드라의 고급 아파트를 향해 갔다.

나는 정원의 대문을 잠그는 일을 까먹는 바람에 다시 천사의 정원으로 돌아왔다. 집으로 발길을 옮기기 전에 나는 이제는 정원으로 바뀐 예전의 공동묘지 자리를 다시 한 번 바라보았고 꿈에 잠긴 듯 미소를 지었다.

나는 올리비아가 이곳의 땅속에 파묻힌 죽은 사람들과 같은 말없는 증인이라는 사실을 점차 알게 되었다. 올리비아는 정원의 꽃과 같은 존재였다.

넷째 날

<h1 style="text-align:right">유령의 고집</h1>

언제나 그렇듯 해는 동쪽에서 떠올랐다. 해는 바다 위에 빨간 양탄자를 펼쳐놓았고 *피터 팬*은 스타 영화배우처럼 그 위를 미끄러져갔다. 바다가 다시 고요해져서 내 마음도 평온해졌다. 그러나 카보 데 가타까지 가려면 역풍을 맞아가며 온 힘을 다해 항해해야 한다는 사실도 분명해졌다. 갑岬 부근에서는 항상 조심해야 한다고 당신은 말했었다. 갑은 훨씬 많은 조류의 영향이 있고 바다가 갑자기 어떻게 바뀔지 모르기 때문이라고. 나는 항해일지를 기록하고 아침식사를 준비하기 위해 남은 시간을 활용했다.

나는 빅토리아가 준 컴퓨터를 살펴보았다. 컴퓨터에 따르면 카보 데 가타까지 가는 뱃길에 해안은 남동쪽으로 있었다. 내가 가장 좋아하는 항해루트 가운데 하나였다. 그곳은 조그만 만灣들이 이어져 있으며 돌고래가 많이 살고 있었다. 거기에서 알메리아 만은 10마일 정도 떨어져 있었다. 아무런 문제도 없었다. 계속 앞으로 가면 되었다.

지난밤엔 몇 시간에 지나지 않았지만 잠을 잘 잔 편이었다.

그런데도 일어나기가 쉽지 않았다. 우리가 나누었던 첫 번째 대화가 꿈속에 나타났었다. 그것은 그렇게 많은 일의 시작이기도 했다. 우리가 그때 자기 자신들을 위해 3개월 뒤에 변화할 수 있다는 것을 예감했었더라면…….

나는 아침의 여명 속에서 내 다리를 살펴보았다. 다리는 여전히 삐쩍 말라 있었다. 그러나 무릎은 전처럼 더 이상 볼록하지 않았다. 무릎 근처의 피부에 깊은 주름살이 패어 있었다. 갈라는 그게 나이 탓이라고 말한 적이 있었다. 그녀는 팔꿈치와 무릎을 보고 한눈에 여자의 나이를 맞추는 재주가 있었다. 오른쪽 허벅지 위에 푸른 멍이 든 것을 발견했다. 배를 타다 보면 여기저기 부딪히는 일이 아주 흔했다. 사실은 사는 것도 그랬다. 끊임없이 어딘가에 부딪히는…….

그래, 그 대화가 나의 살을 베는 듯했다. 그것이 나로 하여금 그 일을 다시 생각하게 만들었다. 우리들의 관계를 다시 한 번 생각해보는 것. 무엇보다도 내가 그 관계에 대해서 지금까지 한 번도 생각해보지 않았다는 사실을 깨닫는 것. 그것이 어떠했는지는 간단했다. 당신이 아프기 시작한 이후로 내가 내 몸을 제대로 돌보지 않고 살았다는 사실이 갑자기 떠올랐다. 그러나 그것은 우리가 알고 있는 착한 갈라처럼, 나 자신이 "갈라테아-신드롬"을 나의 노년 시절에 발휘하고 싶은 마음은 아니었다. 하지만 내가 나이 들었다는 사실은 분명했고 숱이 무성했던 검은 머리는 어느덧 하얗게 세기 시작했다.

"그렇지 않아. 아직도 검기만 한걸." 내 등 뒤에서 이렇게 말하는 당신의 목소리가 들린다. "검푸른 색이야. 당신의 아버지가 자주 말했던 것처럼 밤바다 색깔……."

나는 잠을 더 자야만 했다. 머릿속에 울리는 당신의 목소리를 들었다. 아주 또렷하고 분명히. 당신이 무슨 말을 했는데, 당신이 살아 있을 때 나에게 한 번도 하지 않은 말이었다. 이상한 일이었다. 나의 머리가 분명히 당신과 다르게 생각하고 있는 것이 분명했다. 내가 듣고 싶은 말이 무엇이었는지 스스로 고백해야만 했다. 그때도 당신은 정말로 항상 다정했었다. 당신이 무언가 그런 식으로 말을 할 수 있다는 사실이 아주 있을 수 없는 일은 아니었다. 당신은 항상 자신의 나이 들어감을 인정하지 않으려 했다. 내가 늙어가는 것에 대해서도 마찬가지였다.

하지만 당신은 이제 내가 그렇지 않다고, 그것이 틀렸다고 말할 수 있게 해주어야 한다. 나는 거울 속의 나를 보았다. 흰머리가 많이 눈에 띄었다. 근심이 머리를 세게 한다고 사람들은 말한다.

"하지만 마리, 그건 말이야, 바다가 어느 날 갑자기 노랗게 변한다고 말하는 거나 똑같아. 당신은 아직도 아름답기만 해. 당신은 아직도 너무 귀엽고……."

미칠 것만 같았다. 당신이 나의 어깨에 손을 얹는 것이 느껴졌다. 아마도 바람결을 착각한 것 같았다. 그러나 바람은 불지 않았다.

더군다나 당신은 내가 아무것도 아닌 존재라는 것에 놀랄 필요도 없다. 나는 뛰어나게 예쁘지도 않다. 한때는 그랬는지도 모르지만. 아무리 하찮은 일이라도 나와 관련된 일이라면 당신은 항상 유달리 생각했으니까.

"그런데 당신을 방해한 건 아니지?"

나는 몸을 돌렸다. 그러나 당신은 거기에 없었다.

빌어먹을, 내가 무슨 말을 하고 있는 거지. 당신이 여기 없는 건 당연한 사실이잖아.

햇볕이 따가웠다. 혹시 일사병이라도 걸린 걸까? 머리가 어지러웠다. 그런데도 나는 당신의 말에 대답하지 않을 수 없었다.

"왜 당신은 항상 나에 관한 일이라면 무조건 좋아하는 거예요? 나는 별로 대수롭게 생각하지 않는데도. 나의 감성, 창의성…… 나에게 유일하게 부족한 것은 자기 결단력이라고 당신은 항상 말했어요. 내가 그 사실을 진지하게 받아들였다면 직장생활을 정말 잘했을 거예요. 내가 거기에만 매달렸더라면, 더 공부를 많이 했을지도 몰라요. 당신은 내가 훌륭한 요트항해사가 되었으면 좋겠다고 말하기도 했어요. 항해사 기질을 타고났다면서. 그래서 내가 무조건 항해술을 배워야만 한다고. 그거 알아요? 당신은 당신이 좋아하는 일을 항상 나에게도 잘한다고 했어요."

주변을 둘러보았다. *피터 팬*의 흰색 갑판은 항상 그렇듯이 텅 비어 있었다. 오늘은 돛을 하나도 올리지 않았다. 나는 당신의 목소리를 들으며 바다 한가운데 있었다.

"그런데 마리, 당신이 이런 일을 잘하는 것 맞잖아?"

주변을 둘러보았다. 선박 난간을 따라서 걸어보았다. 어디에 대고 말을 해야 할지 몰랐다.

"정말요? 당신에게 항상 매달려 산 거 말고 내가 잘한 게 뭔가요?"

"당신의 슬픔도 당신의 일부야. 그리고 당신은 바다와 완전히 똑같아." 당신의 목소리가 들려왔다. "하루가 맑으면 그다음 날은 흐릴 수도 있는 거지. 나는 그걸 바꿔보려고 하지 않았어. 내가 바다를 바꿔보지 않으려고 했던 것처럼 말이야." 나는 발에 걸려 넘어질 뻔한 밧줄을 발로 걷어차버렸다.

"내가 무슨 생각을 하고 있는지 알아요? 당신은 항상 나를 바꿔보려고 노력했어요. 그런데 그게 잘 안 되니까 당신의 생각대로 나를 만들어놓은 거죠. 어쩌면 빅토리아와 파블로 같은 사이로 말예요. 그렇게 당신은 나와 긴 세월을 지내왔던 거예요. 사실대로 말하면 그래요."

기분이 이상했다. 그리고 당신의 목소리는 정말로 내 마음속에 있는 것이 아니었다. 그 목소리는 밖에서 들려오는 것 같았다. 우리가 지금까지 한 번도 말하지 않은 것에 대해 이야기하기 위해 이 환청 상태를 이용해야 할지도 몰랐다. 그렇게 하지 말란 법도 없지 않은가? 헤밍웨이의 『노인과 바다』에서 노인은 유령과 이야기하려고 하진 않았다. 만약에 그렇게 했더라면 그 소설은 더 흥미로웠을 것이라고 생각했다.

갑자기 뱃머리에서 무언가가 움직였다. 그리고 당신이 나타났다. 당신이 또렷하게 보였다.

그것은 영화 속에 나오는 유령이 아니라 예전의 당신 모습이었다. 흰색의 윈드재킷, 파란 바다 색깔의 머플러 그리고 며칠 동안 면도하지 않은 모습 그대로였다. 반바지를 입고 나처럼 아침이슬에 젖은 갑판에서 미끄러지지 않기 위해 당신은 맨발로, 그리고 무거운 발걸음으로 내 앞을 지나쳐 선미 쪽으로 가서 작은 탁자 앞에 앉았다. 아침식사를 기다리는 것 같았다. 당신은 지쳐 보이지도, 아파 보이지도 않았다. 바람결에 당신의 머리칼이 날렸다.

그곳에 앉아 있는 당신에게 말을 걸었다.

"당신은 절대로 아이를 원하지 않았어요."

"우리는 아이가 필요 없었어."

"당신에겐 그랬을지도 모르지요."

당신은 확고부동한 의미의 미소를 지으며 나를 바라보았다. 내가 기억하고자 했던 당신의 얼굴이 바로 그 모습이었을까?

"나는 당신과 함께 살고 싶었을 뿐이야." 당신이 말했다. "그것 말고는 아무것도 필요 없었어. 내 꿈은 당신과 함께 늙는 것이었어."

나는 천천히 당신에게 다가가 당신을 마주 보고 테이블 앞에 앉았다. 이글거리는 태양빛에 눈이 부셨다.

"그런데 지금은요?" 나는 테이블에 팔을 꿰고 물었다. "왜 당신은 나를 떠난 건가요? 지금 나에게 남은 것은 이 배와 당신의 유령뿐이에요. 살아 있는 당신의 모습은 아무것도 없어요."

"당신이 그럴 거라고는 생각하지 못했어."

"아니죠. 우리는 한 번도 그것에 대해 이야기를 나눠본 적이 없었어요."

나는 고개를 돌렸고 불어오는 바람에 눈물이 날렸다.

두 시간이 지났고 당신은 여전히 거기에 있었다. 바람이 불기 시작하자 나는 돛을 올렸다. 배 속에서 꼬르륵거리는 소리가 났다. 오늘 처음으로 멀미약을 먹지 않았다. 견딜 만했다. 돛을 느슨하게 펼쳐야 할 것 같았다. 당신은 곁눈질로 나를 살펴보고 있었다. 돛이 팽팽해질수록 바람을 더 많이 받아 배가 옆으로 기울었다. 나는 더 이상 모험은 하고 싶지 않았다. 바람이 더 거세지면 배는 더 많이 기울 것이다.

나는 당신이 있건 말건 상관하지 않았다. 당신은 여전히 키 앞에 앉아서 바다를 바라보고 있었다. 내가 당신을 쳐다보지 않는 동안 당신도 나를 신경 쓰지 않았다. 당신은 내가 말을 걸 때만 반응한다는 것을 나는 알고 있었다. 결국 나는 당신이 다시 사라질 때까지 당신을 계속 무시하리라고 마음먹었다. 나는 배가 전복하지 않도록 모든 신경을 다 집중해야만 했다. 어쩌면 이런 환영이 멀미약의 부작용인지도 몰랐다. 아니면 외로움 때문인지도. 스마트폰은 여전히 배터리가 떨어진 상태였다. 그저께부터 바깥세상과 연락이 끊어진 것이다. 현실세계, 내 마음의 돛을 내리고 싶은 그 어딘가와 단절된 것이다.

나는 빅토리아가 컴퓨터에 저장해놓은 해도상의 항로를 제대로 잡기 위해 집중했다. 산호세에서 항로를 바꾸면 바람이 나를 도와주기를 바랐다. 망망대해의 파도를 살펴보았지만 *피터 팬*이 지름길로 항해하기엔 회의적이었다. 해안의 풍경이 역광 때문에 흐릿하게 보였고 바다는 하얀 포말을 뿜어내고 있었다. 하늘을 올려다보았다. 기가 막히게 맑은 하늘이었다. 만灣 쪽에 떠 있는 하얀 띠구름은 아프리카 쪽으로 사라지고 있었다. 저곳이 유럽과 아프리카를 잇는 유일한 해협이라고 생각했다.

다시 한 시간이 흘렀고 당신은 여전히 거기에 있었다. 혈당이 너무 떨어져서일까? 어제 오후부터 아무것도 먹지 않았다. 산들을 살펴보기 위해 일어나는데 갑자기 산들이 잔뜩 쌓인 쿠키더미처럼 보였다. 산 한가운데 커다란 암벽이 바다 쪽으로 돌출되어 있었다. "만곡이 어떤 영향을 미치는지 마리 당신은 잘 모를 거야." 키를 잡고 있는 당신이 말했다.

그래, 당신은 항상 그렇게 말했지. 그리고 당신이 지금 그 얘길 왜 하는지 나는 안다. 내가 돛을 내렸기 때문이지. 그런데 내가 원하는 대로 작동을 하지 않으면 어떻게 하지? 어쩌면 돛을 다시 올려야만 할 것이다. 그러한 것들이 나에게 아무 소용없는 짓처럼 보였다. 그리고 지금 나는 힘이 남아 있지도 않았다. 그것은 그저 단순한 요령에 불과했다. 하지만 당신 말이 옳다. 나는 아침을 먹기 위해서 잠시 이 무풍상태를 이용해야 한다. 정신이 맑아지도록 홍차 한 잔을 마시고 에너지보충을 위해 에너지바와 시들시들한 사과 한 개를 먹었다.

찻잔을 들고 다시 갑판으로 올라왔을 때 당신은 나를 딱하다는 듯이 쳐다보고 있었다.

"당신은 그저 빈손으로 왔다 빈손으로 갈 거라고 내가 당신에게 얼마나 자주 얘기했던가요?"

나는 입을 찡그리며 웃음을 지었고 찻잔과 비스킷 봉지를 바닥에 내려놓고 마지막 두 계단을 마저 올라갔다.

"당신은 나에게 지겹도록 잔소리를 했어요." 그 잔소리가 듣기 싫었지만 당신의 훈계가 아직도 부족하다는 사실을 알고 나역시 깜짝 놀랐다.

어느덧 카보 데 가타가 눈앞에 선명히 나타나기 시작했다. 암벽 위에 하얀 등대가 보였다. 만을 따라 바다의 색깔도 바뀌어 있었다. 그 색깔의 띠가 파란색 바다를 구분하는 보이지 않는 골라인 같았다.

30분이 지나자 경계선이 분명한 곳까지 도달했다. 나는 찻잔을 개수대에 놓고 코카콜라로 갑판을 닦았다. 언젠가 한 선원이 알려준 미끄러짐을 방지하는 수단이었다. 나는 신발을 신고 당신의 잔소리를 듣지 않기 위하여 신발끈을 이중으로 묶었다. 그러나 내가 다시 갑판 위로 올라왔을 때 당신은 이미 사라지고 없었다.

해류의 경계선이 내 앞에 뚜렷하게 나타났고 그것은 수평선 위로 끝없는 계단처럼 이어져 있었다.

*피터 팬*은 거침없이 물결을 타고 넘으며 앞으로 전진했다.

"바다는 당신과 똑같이 항상 나에게 불려요."

그러나 당신은 대꾸하지 않았다. 모습을 드러내지도 않았다.

바람이 우현 쪽에서 불어왔다. 항법장치에 달린 나침반의 빨간 바늘이 떨면서 30도에 멈추었다. 큰 돛을 펼치기 위해선 이 순간을 이용해야만 했다.

그리고 나를 믿었다.

나는 돛을 팽팽하게 당겼다. 그러면서도 엔진을 끌 용기가 나지 않았다. 나는 안전벨트에 몸을 묶고 배가 기울 때까지 난간에 기대어 버티었다. 배는 부드럽게 앞을 향해 나갔다. 나는 처음으로 모든 돛을 펼치고 미끄러지듯 순항을 했다. 바다는 나에게 상쾌한 물방울을 선사했다.

"봐요, 내가 요트항해를 하고 있어요!"

기쁨에 넘친 나의 목소리에 당신이 다시 응답했다. 누군가의 흐느낌이 뚜렷이 들렸고 그 소리에 머리가 어지러웠다. 혹시 내가 울고 있었던 것일까?

나 스스로 결정을 내리라고 당신이 배 위에서 강요했던 상황이 다시 의미심장하게 다가왔다. 당신이 죽기 한 달 전 일이었다. 그때 내가 얼마나 화를 내며 날뛰었는지 지금도 생생히 기억하고 있다. "지금 나더러 어쩌라는 거예요?" 나는 여객선을 눈앞에 두고 어쩔 줄 몰라 하며 말했다. 여객선은 막 우리를 향해 오고 있는 중이었다. "마리, 당신이 옳다고 판단한 것을 해. 이제 선장은 당신이야." 당신은 알아들을 수 없을 정도로 힘없이 말했다.

"뭐라고요? 누가 그런 결정을 내린 거죠? 내가 뭘 해야 할지 정말 모르겠어요. 나는 선장이 아니라고요!" 화가 치밀 대로 치밀어 올랐다. 당신이 내 곁을 떠난다는 사실을 잘 알고 있었기 때문이었다. 당신이 지배했던 세계를 나에게 떠넘기면서 나보고 다 알아서 하라는 식이었다. 나에겐 사형선고나 다름없는 배의 키를 넘겨받으라고 하고 있었다. 당신 마음대로 평화의 세계로 가버린 것이다. 그러나 나는 당신에게 그런 자유를 보장해주는 것이 마땅치 않았다. *피터 팬*의 뱃머리가 거의 닿을 듯 페리 여객선이 점점 가까이 접근하고 있을 때 배의 후미에서 엄청난 파도가 일어나며 위험할 만큼 좌우로 흔들렸다. 그때 나는 당신을 옆으로 밀쳐내고 처음으로 키를 잡고 온 힘을 다해 *피터 팬*

이 거의 180도 선회할 정도로 키를 돌렸다.

"무얼 해야 할지 당신도 몰랐던 거죠, 그렇죠?" 당신은 쓸쓸한 웃음으로 대답을 대신했다.

나는 조심스럽게 모터를 껐다. 당신은 이제 평안하게 가야겠다는 손짓을 했다. 나는 당신이 모터를 끌 것을 알고 있었다. 당신은 닻을 내리려고 했다. 당신을 어두운 미지의 바다에 넘겨주려 했던 것이다. 바람도 없고, 돌고래도, 아무것도 없는 바다에.

그 기억은 당신이 더 일찍 내 곁을 떠나려고 했던 것인가 하는 의문이 들게 했다. 내가 살아 있는 동안에. 당신은 아직도 날 사랑하고 있나요? 어떻게 하면 내가 그걸 알 수 있을까요? 빅토리아를 처음 만났을 때 올리비아가 한 말이 떠올랐다. "당신은 당신 곁을 떠나지 않을 그런 남자를 찾고 있는 거예요."

당신도 누군가 당신 곁을 떠나게 될까봐 두려웠고 그래서 나를 선택했던 건가요?

솔직하게 말하면 우리 둘은 연인 사이라기보다 아빠와 딸 사이에 가까웠다. 당신은 내가 당신을 떠나지 않을 거란 사실을 알고 있었다. 나에게 당신이 필요했기 때문이었다. 우리는 사랑 때문에 만났던 걸까요, 아니면 서로의 안전에 대한 필요성 때문에 만난 걸까요? 당신이 다시 한 번 여기에 나타난다면 내가 그 대답을 해드릴 수 있을 텐데. 당신이 대답을 하든 말든 간에 아무런 상관없어요. 내가 당신의 생각대로 대답할 수 있는 것으로 충분해요.

마드리드 사람들의 상대성이론

"나는 시내 한복판에 살아요."

이사한 지 한 달이 지나서 이 말이 마음에 들기 시작했다. 나는 자주 이 말을 하면서 자부심을 느꼈다. 마드리드 사람들은 나름대로의 특성이 있었다. 아주 특이한 것 중 하나는 모든 것이 5분 거리에 있다는 점이었다. 비록 그 목적지까지 가기 위해 세 번씩이나 차를 갈아타야 하긴 하지만. 또 다른 특징은 모두가 하나같이 "시내 한복판"에 산다고 주장하는 것이었다. 기껏해야 M-30 구역을 말하는 것이었지만.

더욱 흥미로운 사실은 그것이 비록 물리적인 법칙을 깨부수는 일일지라도 시대, 공간과 관련된 아주 고유한 상대성이론이라는 점이었다. 이를테면 그 유명한 표현, "금방 갈게"라고 말하는 것이다. 여기에는 낙관주의가 포함되어 있고 이 말은 근본적으로 상상과 실행 가능한 것과는 아주 동떨어져 있다. 예를 들자면 한 사람이 (그 어느 날 아침의 나처럼) 팔라체 앞에 있는 택시정류장에서 만나기로 오로라와 약속을 한 뒤 샤워를 마치고 그 동네 다른 한끝에서 막 택시를 타는 경우이다. 나는 젖은 발로 방

231

바닥을 미끄러지듯 나가면서 "금방 갈게"라고 문자를 보냈다. 솔직히 말하자면 그날 아침 나는 아직 소파에서 자고 있었는데도 내 집에 무언가 변화가 일어난 사실을 깨달았다. 예를 들자면 오로라가 준 그림을 벽에 걸었고 발코니의 무쇠로 만든 난간에 화분을 올려놓았었다. 물론 제비꽃이 가득 핀 화분이었다. 나는 그 꽃들에게 그늘이 필요하다는 사실을 알고 화분 위에 중국식 우산 두 개를 펼쳐놓았다. 또한 올리비아는 접이식 의자 두 개를 빌려주었다.

올리비아는 최근에 기분이 매우 안 좋았고 정신이 산만했다. 그녀는 계속해서 나에게 그 어떤 식으로든지 배려를 해주었다. 그리고 내가 꽃집에 갈 때마다 그녀는 항상 한 뭉치의 종이를 들고 페르골라 밑에 있는 테이블에 앉아 있었다. 그날 아침 그녀는 나에게 교외에 있는 정원사한테 가서 꽃씨를 가져다달라

마드리드의 알무데나 성모 대성당

고 부탁했었다. 그곳은 M-40 지역을 벗어나 도심에서 멀리 떨어진 다른 세상과 같은 곳이었다.

나는 결국 당신의 유골을 알무데나 성모 대성당의 묘지로 가져가기로 결심했다. 엄마에 대한 마음의 짐을 덜고 기독교인으로서 양심을 구하기 위한 것이었다. 유골함은 추모명패 뒤에 곱게 모셔질 것이다. 그렇게 했다면 이 무의미하고 미친 바다 여행이 불필요했을 뿐 아니라 불가능했을 것이다.

나는 *피터 팬*을 팔아 치워버릴 것이고 그렇게 되면 이 문제도 해결될 것이다. 대리석으로 만든 유골함을 배낭에 넣었다. 당신의 어머니는 당신을 위해 가장 비싼 유골함을 골랐지만 유감스럽게도 내 등에 짊어지기엔 너무도 무거웠다.

팔라체 호텔 앞으로 갔을 때 오로라의 택시는 길게 줄지어 서있는 택시들 가운데 세 번째였다. 택시운전사 몇 명이 어슬렁거리면서 노조와 정부에 대한 불만을 늘어놓고 있는 동안 오로라는 택시 안에 앉아 몇 장의 스케치를 그렸다. 에어컨을 틀어놓았기 때문에 차창 유리가 닫혀 있었고 문은 잠겨 있었다.

나는 차창 유리를 두드렸다. 오로라가 몸을 움찔하더니 놀란 듯이 쳐다보았다. 그녀는 나를 바라보면서 한 손을 가슴에 얹고 숨을 깊이 들이마셨다. 그녀가 뭐라고 말했지만 알아들을 수가 없었다. 아마도 빨리 차에 타라는 말 같았다. 그녀가 차문을 열어주었고 나는 뒷좌석에 앉았다. 계기판 위에는 메디나첼리의 예수상이 놓여 있었다. 라벤더 향기가 풍겨났다. 뒷좌석 창유리 아래 말린 라벤더 가지가 있었다. 나는 기억을 더듬어보았다.

라벤더는 불신을 의미했고 뱀에 물렸을 때 치료효과가 있는 식물이다. 나는 이 정보가 나에게 도움이 될지 의심스러웠다.

"미안해요." 내가 말했다. "맨 앞에 있으면 먼저 타는 줄 알았어요." 오로라가 짜증 섞인 목소리로 말했다. "나는 허비할 시간이 없어요. 당신도 알다시피 택시는 자가용이 아니라고요."

"정말 미안해요."

나는 그녀에게 내가 세운 계획을 말하려고 했다. 당신의 유골을 여기 내 등 뒤에 가지고 있다고 털어놓으려고 했다. 그녀는 갑자기 출발했고 경찰에게 쫓기기라도 하듯 급히 속도를 내어 넵튠 분수를 향해 달렸다. 빨간 신호등에 걸리자 급브레이크를 밟았다.

나는 룸미러에 비친 그녀의 모습을 살펴보았다. 그녀는 짙은 다크서클을 눈화장으로 가렸고 자동차 핸들을 마치 자동소총 잡듯 쥐고 있었다. 그녀가 나를 쳐다보았다. 그녀의 눈에 눈물이 그렁그렁 매달렸다.

"그가 떠나고 말았어요."

나는 몸을 굽혀 그녀의 어깨를 다독여주었다. 항상 그랬듯이 그녀에게 무슨 말을 해야 할지 몰랐다. 아니면 무슨 말을 할지 나 자신에 대한 확신이 없었다. 오로라가 느끼는 것처럼 나도 누군가가 떠났다는 사실에 대해 절실하게 공감할 수 있었다. "당신이 무슨 생각을 하는지 나도 알고 있어요." 그녀가 말했다. "그리고 무슨 말을 할지도…… 괜찮아질 거라고 말할 거잖아요. 그가 나에게 해준 것도 없고 나만 힘들게 했다고. 내가 그에게 너무 많은 기대를 걸었다고. 그가 나를 이용해먹은 거라고. 내가 그에게 눈이 멀어 있었다고. 하지만 마리나, 나는 그와 잘되길 정말로 바랐어요. 막시도 나처럼 괴로워했거든요. 그리고 내가 그를 행복하게 만들 수 있었을 텐데, 그가 원하지 않았어요."

"그가 뭘 원하지 않은 거죠?"

그녀가 훌쩍거렸다. "행복하게 사는 거 말예요." 우리가 파세오 데 라 카스텔레나로 접어드는 사이 나는 잠시 말을 멈추고 생각해보았다. 지금이 7월이 아니고 꿈이 아니라면 매우 이상했을 것이다.

"그런데 무슨 일이 일어난 거죠?"

그녀가 한숨을 쉬더니 이내 눈물을 닦고 다시 핸들을 움켜잡았다.

"그가 공개적인 관계를 원해요."

한 주 전 일이었다. 막시가 침대 옆 탁자에 스마트폰을 올려놓았는데 마침 들어온 문자메시지를 그녀가 읽었다고 한다.

"여자란 아름다운 오후를 고맙게 생각한다. 그녀가 나의 침대에서 섹스를 나누었던 오후를."

막시가 맥주 한 캔을 들고 부엌에서 돌아왔을 때 오로라는 그에게 자기가 본 문자 내용을 곧바로 얘기했지만 막시는 전혀 놀라지 않았다. "우리 사이의 아름다움은 섹스가 중요하지 않다는 거잖아." 그는 이렇게 말하면서 맥주를 한 모금 들이켰다. "그것이 우리 사이를 순수하게 만드는 거야. 당신도 항상 그렇게 말하지 않았어?" 그녀는 그 말에 어떻게 대꾸할지 몰랐다. 그가 갑자기 그녀의 슈퍼맨 티를 입고 나타났다. "당신도 여자 옷을 한번 입어보면 좋겠어." 그는 그녀의 잠옷을 쳐다보며 말했다. "목이 드러나는 잠옷이 정말 잘 어울릴 거 같아." 그는 낡아 빠진 박스형 옷을 입은 그녀를 보며 말했다.

"야 이 자식아, 운전 좀 잘해!" 오로라는 갑자기 고개를 옆으로 돌리면서 막 그녀 앞에 끼어든 오토바이 운전자에게 소리를 질렀다.

"그게 그가 다른 여자하고 잠자리를 같이해도 좋다고 합의한 내용의 일부인가요?" 내가 물었다.

"그는 공개적인 관계를 유지하는 것에 익숙하다고 말하고 있어요. 그리고 그가 생각하고 있는 것에 대해서 우리는 동의를 했어요. 내가 그에게 무언가 다른 것을 요구한다면 그의 자유를 제약하는 거예요. 내가 가장 중요한 걸 간과하는 것이고, 그를 사랑하지 않는 것이지요. 이 문제를 이해하지 못하면 나는 정말 속 좁은 여자가 되고 말 거예요. 내가 그런 관계를 유지하고 싶지 않다고 말했을 때 그는 그냥 가버렸어요."

그녀의 손가락이 떨렸다.

나는 카산드라가 말한 고무인형이 떠올랐고 그 때문에 말할 용기가 났다.

"그 남자가 당신을 떠보고 있는 거예요."

"뭐라고요?"

"오로라, 당신을 떠보는 거라고요. 그는 당신의 한계를 알고 싶어 하고 있어요. 어디까지 참을 수 있는지를."

그녀는 나를 이해할 수 없다는 듯이 쳐다보았다.

"그는 나를 차버렸어요. 당신은 아직도 모르겠어요?" 잠시 침묵이 흐르다 그녀가 다시 말을 꺼냈다. "어쩌면 그가 옳았는지도 몰라요. 난 속물이었어요. 그가 나를 사랑한다고 말했을 때 나는 그 말을 믿었어야 해요. 그리고 그가 침대에서 다른 여자랑 자는 것 같은 하찮은 일에 별 의미를 두지 말아야 했어요. 왜냐하면 우리의 관계는 뭔가 특별했고 그리고…… 아…… 나도 잘 모르겠어요. 우리를 서로 사랑하게 만드는 게 무엇인지 더이상은 모르겠어요."

"나는 이해할 수가 없어요…… 왜 두 사람은 섹스를 하지 않는 거죠?"

"당신은 이해할 수 없을 거예요." 그녀가 입술을 꼭 깨물더니 입을 열었다. "나는 지금까지 그 누구와도 섹스를 해본 적이 없어요."

"그 누구하고도요?" 내가 놀라서 물었다.

그녀가 고개를 끄덕였다.

"섹스를 한 번도 안 했다고요?"

그녀는 자동차 핸들 쪽으로 고개를 숙였다. 그리고 백미러를 곁눈질로 바라보았다.

"이 사실을 아는 사람은 아무도 없어요, 마리나. 당신은 물론 막시조차도 몰라요. 그리고 이 일의 아이러니는 내가 그를 선택했다는 거예요. 왜냐하면……."

"그가 그토록 무심하게 보였기 때문인가요?"

그녀가 고개를 끄덕였다.

그런 그녀에게 정말 화가 났다. 오로라는 정말 아름다운 여자였다. 그녀의 짧고 짙은 검은 머리, 검은 눈동자, 그리고 이와 대조적인 하얀 피부. 그녀는 백설공주처럼 보였다. 그런데 이럴 수가 있단 말인가? 왜 그 누구도 그녀에게 음식을 맛있게 먹고 섹스를 즐기고 사랑의 기쁨을 누릴 수 있는 방법을 가르쳐주지 않았단 말인가?

슬픔에 잠긴 오로라는 조용히 앉아 있었다. 그녀의 뺨 위로 굵은 눈물방울이 흘러내렸다. 녹색 신호등이 들어올 때마다 그녀는 마치 그 무언가로부터 벗어나려는 듯 차분하게 가속페달을 밟았다.

나 자신에게, 오로라에게 그리고 지금의 우리들을 불안한 여자로 만든 모든 사람에게 화가 났다. 칼레 마리아 데 몰리나에 이르러 빨간 신호등에 걸리자 나는 잠시 차에서 내려 앞자리로 바꾸어 탔다.

"오로라," 나는 무슨 말을 어떻게 해야 할지도 모르면서 말문을 열었다. "나는 당신이 그와의 관계에 많은 열정을 쏟고 희망을 가지고 있다고 생각해요. 그런데 왜 한 번쯤은 달리 생각해볼 시도를 않는 거죠? 당신은 그에게 어떤 의미를 지니는지 항상 생각하면서도 또 그가 당신에게 어떤 존재인지 고민하고 있어요. 당신이 느끼는 게 뭐지요? 나도 그것이 어렵다는 걸 알고 있어요. 그런데 왜 당신의 요구를 분명하게 말하지 않는 거예요? 상처를 받기 전에 보호를 받고 싶어 하는 것은 당연하다고 생각해요. 두려워할 필요 없어요. 그렇기 때문에 조금도 사랑할 가치가 없는 거라고요." 나는 핸드백에서 껌을 꺼내어 반을 잘라 그녀에게 주었다. 그녀는 껌을 입에 넣고 씹었다. "당신 정말 묘한 사람이란 거 알아요? 자기 파트너가 다른 사람들과 잠자리를 같이하는 것을 원하지 않는 게 사람들의 일반적인 심리예요. 그 사실이 사람을 불쾌하게 만드니까요. 그러니까 당신에게 막시가 정말 맞는 사람인지 잘 생각해봐야 해요. 그가 당신을 정말 행복하게 해줄 수 있는지…….."

그녀는 껌을 질겅질겅 씹더니 다시 눈물을 흘리기 시작했다.

"마리나, 나는 가정을 갖기를 정말로 원했어요." 그녀가 쓸쓸하게 웃었다. "소녀 시절부터 엄마가 되기를 꿈꾸었지요. 그러나 한 번도 통장에 1,000유로 이상을 가져본 적도 없었고, 한 남자를 두 달 이상 사귀어본 적도 없었어요. 상처 받을까봐 항상 두려워했어요. 그런데 막시는 나에게 아무런 요구도 하지 않았어요. 나는 그가 동반자를 찾고 있다고 생각했어요. 나는 이제 다시 천천히 누군가를 찾아야만 해요. 그렇지 않으면 엄마가 될 수 없어요.

"난자를 냉동시켜보는 건 어때요?" 그러한 방법이 좋은지 나쁜지 나 자신도 모르면서 물었다.

"그래, 맞아요!" 그녀는 지금 당장 냉동이라도 하려는 듯 자동차의 에어컨을 더 세게 틀었다. "카산드라가 그 얘길 했었지요. 그런데 비용이 얼마나 드는지 혹시 알아요?"

"당신 엄마에게 도움을 청하지 않으려고요?"

오로라는 횡단보도 앞에서 정차를 하지 않은 채 차를 모는 바람에 길가에 서 있던 한 쌍의 남녀를 놀라게 했다. 그들이 오로라를 향해 욕을 해댔다.

"그러니까 정말로 카산드라는 석사학위를 가진 여자에게 놀랍도록 경솔한 거예요." 오로라가 말했다. "우리 엄마가 말하길,

내가 지금까지 정상적인 삶을 살거나 한 남자를 만나 아이를 낳을 능력이 없다면 아이를 키울 자격도 없다고 했어요." 그녀는 요란스럽게 기침을 하더니 다시 에어컨을 낮추었다. "더구나 우리 엄마는 아버지에게 절대로 이 괴상한 계획을 말하지 않겠다고 약속했어요."

택시들이 다니던 길이 점점 한산해졌다. 오로라는 앞을 똑바로 바라보고 있었다. 신호등에 차가 멈추자 그녀는 어느 틈에 들어온 문자메시지를 확인하기 위해 핸드폰을 들여다보았다. 그녀는 핸드폰을 나에게 건네주면서 치워버리라고 말했다.

"그가 자기 인생을 나와 함께 보내고 싶다고 말했어요. 하지만 어떻게 하겠다는 말은 하나도 없어요." 그녀는 크게 소리 내어 웃었다. "모든 것이 그렇게 간단히 해결될 수도 있겠죠…… 그는 이제 와서 자기 삶의 방식을 받아들이지 않는 것에 상처받았다고 하네요. 내가 그에 대해서 느꼈던 것처럼 자기도 나를 그렇게 느끼고 싶었다고. 그러나 이제는 시간이 좀 더 필요하다고. 이게 얼마나 나를 실망시키는지 당신은 짐작이나 하겠어요?"

나는 씩씩거리며 숨을 쉬었다. 아니, 나는 그것이 어떤 것인지 알지 못했다. 그와 정반대의 일을 경험했기 때문이었다. 나는 내 생의 절반을 한 남자와 같이 살았다. 그는 나를 위해 모든 것을 마련해주었다. 나는 그저 가끔 그 사실을 의심했을 뿐이었다. 그리고 이제 나는 그를 백팩에 담아 짊어진 채 함께 돌아다니고 있다. 우리가 서로에게 무슨 의미인지 나는 알지 못한다.

삶이란 묘한 놀이이다.

"들어봐요, 오로라." 내가 말했다. "세상에는 아주 다양한 종류의 관계들이 있다고 봐요. 그러나 사람은 필요한 만큼 사랑받는 게 중요한 거예요. 그건 말보다 더 간단해요. 막시는 당신이 무엇 때문에 괴로워하는지 알고 있어요. 그런데도 그는 그렇게 하는 거예요. 그리고 이제 그는 상처받은 사람의 역할을 하고 있어요. 당신은 처음으로 그에게 한계를 보여줬어요. 그러자 막시는 당신을 떠나겠다고 하면서 당신에게 압박을 주고 있는 거예요. 감정적인 강요에 대해서는 내가 너무도 잘 알고 있다는 사실을 믿어줘요."

"당신의 남편은 막시와는 다르잖아요."

"맞아요. 하지만 우리 엄마는 똑같아요. 엄마는 가장 불쌍한 사람이나 가장 상처받은 사람을 편애하고 양보를 해요. 그러면서 사실은 끊임없이 나눠주는 거지요. 그래요, 무엇이 당신의 파트너를 행복하게 할 수 있는지 고민하는 것은 아름답고 훌륭한 일이죠. 하지만 가끔은 당신 자신을 행복하게 만드는 것이 무엇인지 생각해봐요."

내가 이 말을 하고 났을 때 나 자신조차도 나를 행복하게 하는 것이 무엇인지 생각해본 적이 없음을 깨달았다. 그러면서 나는 당신의 유골을 묘지에 묻고 엄마의 마음을 편하게 해주겠노라고 오로라에게 말했다.

"그러면 항해는 하지 않을 거예요?" 오로라가 황당해하면서 말했다.

나는 항해에 대한 두려움이 있다고 그녀에게 고백했고, 나의 엄마가 나를 숨 막히게 한다고 말했다. 오로라는 나의 말을 주의 깊게 듣더니 껌 하나를 더 달라고 했다. 나는 그녀에게 다시 껌을 건네주었다. "솔직히 말하면 나는 오직 엄마의 만족을 위해 결혼했던 거예요." 나는 계속 말을 이어갔다. "어느 날 아버지가 식사자리에서 했던 말을 생생하게 기억하고 있어요. 아버지가 말하길 '얘야, 이제 남은 게 뭐겠니. 네가 엄마를 그렇게 소중하게 생각한다면…….'"

나는 침을 꿀꺽 삼켰다. "오스카를 묘지에 묻지 않는다는 것은 엄마로서 상상도 할 수 없는 일이었어요."

오로라는 깊은 생각에 잠긴 듯이 보였다. 그녀가 내 손을 잡았다.

"그는 당신의 남편이었어요, 마리나." 그녀가 힘을 주어 말했다. "당신이 그를 묘지에 묻으려는 것은 당신의 결정이에요. 그 누구도 거기에 왈가왈부할 수 없어요."

나는 그녀의 말이 옳다는 것을 알고 있었다. 그녀의 말은 소름끼칠 정도로 명확하고 논리적이었다. 아마도 그녀는 그 말로써 내가 얼마 후 *피터 팬*의 선상에 오르게 될 계기를 만들어주려는 듯했다. 나는 엄마가 마음 아파하게 될 거라는 사실과 기독교의 장례의식을 어긴다는 사실도 잘 알고 있었다. 엄마는 몹시 흥분할 것이고, 바다로부터 우리를 지키려 했던 아버지는 내가 바다로 나갔다는 사실을 알면 몹시 화를 낼 것이 뻔했다. 그러나 내가 나와의 약속을 지키지 않는다면 그들의 걱정은 나의 걱정에 비할 바가 아니었다. 중요한 것은 내가 당신에게 한 약속이 아니라 나 자신에게 한 약속이었다.

하얀 공동묘지 담벼락이 보이자 오로라는 차를 돌렸다.

한계는 그어졌다. 어디에서 우리의 결론을 내릴지 다른 사람들에게는 분명해졌다. 그런데 무엇 때문에 우리는 이토록 무겁게 억눌렸던가? 누가 그리고 무엇이 우리를 이렇게 만들었는가?

돌아오는 길에 오로라는 그녀의 부모님에 관한 이야기를 해주었다. 부모님의 결혼생활은 항상 완벽해 보였다고 했다. 그러나 그러한 완벽함 뒤에는 거짓이 자리하고 있었다. 그녀와 그녀의 동생은 어렸을 때 이미 그것을 예감하고 있었다. 아버지는 엄했고 가까이하기 어려운 사람이었다. 그는 특허청에서 근무를 했다. 고집스럽게 사회적인 규범에 엄격했고 종교적 계율을 지켰다. 어머니는 대학을 마치고 교사자격증을 가지고 있었으나 직장을 가져본 적이 없었다. 그녀는 매우 깔끔한 여자였고 수다를 떨거나 허튼소리를 하지 않았다. 주일이면 성당에 갔다가 곧이어 시부모님이나 친정 부모님을 찾아가 점심식사를 했다. 할아버지 할머니는 손녀가 열두 살이 되자 오로지 두 가지 질문만 하였다. 남자친구는 있는지, 왜 이렇게 몸이 말랐는지.

오로라는 소녀 시절을 이렇다 할 특별한 일 없이 보냈다. 어머니는 항상 딸들의 안전과 교육을 염려하고 자식들에게 훌륭한 아버지를 칭찬하였다. 어머니 자신도 결혼생활에 대한 의무를 다하였다. 그렇지 않았더라면 종교에 귀의하거나 죄악에 대한 불안감에 빠졌을 것이다. 아주 조그만 변화도 참지 못하는 지독히 꼼꼼한 아버지 앞에서 어머니는 항상 눈을 질끈 감았다.

오로라의 머릿속에는 그러한 기억들이 아직도 생생히 남아있다. 아버지는 욕실에 들어가면 수건이 다르게 접혀 있는 것까지 지적했다. 아버지가 복도를 걸어가면 부엌에서 저녁을 준비하고 있는 어머니는 미안하다고 말했다. 그런 일이 매일의 연속이었다. 뺨을 때리는 소리. 그러고 나서 둔탁한 소리가 났다. 그다음 날이면 어머니는 침대에 누워 두통에 시달렸다. 오로라는 버스를 타고 학교에 가게 해달라고 부탁했고 집안은 하루 종일 고요하기만 했다.

그녀는 남의 집 사정을 몰랐기 때문에 자신의 집에서 일어나는 일과 소곤소곤 말하는 것, 숨죽여 우는 것을 보통으로 여겼다. 그녀의 아버지는 딸이 자신을 경탄하도록 교육시켰다. 자기 자신이 그토록 열심히 일을 하는 데다 딸이 아버지에게 분노나 수치심을 일으키는 대신 고마워하기 때문이었다. 그리고 그것은 이제 막시와의 관계에서도 하나의 메커니즘으로 작동하는 것처럼 보였다. 그녀는 환상의 세계를 만들어냈고 그 안에서 쉽게 살아남을 수 있었다. 오로라의 어머니는 그녀에게 남자들에 대한 두려움을 심어줬다. 그 두려움은 자신의 남편과 같은 완벽한 남자로부터 생겨난 것이었다. 만일 자신의 딸이 수도원에 갈수 있었더라면 그녀는 기꺼이 그렇게 했었을 것이다. 다만 그로 인하여 그 누구도 그녀에게 해를 끼치지 않았다면. 그러나 그녀는 두 딸에게 다이어트를 시켰고 사춘기가 오자 머리를 짧게 자르고 여성으로서 딸들의 자의식을 억눌렀다. 그뿐만 아니라 가끔씩 기독교의 일곱 가지 죄악에 관한 이야기를 딸들에게 읽어주었다.

어쩌면 오로라는 무의식적으로 자신이 겪었던 유년시절을 함께할 사람을 찾았는지도 모른다. 자신에게 무관심한 그런 사람을. 조건 없는 사랑을 받을 수 없는 사람, 실의와 절망을 아무런 말없이 묵묵히 견뎌내는 사람을.

오로라의 이야기를 들었을 때, 하나의 모습이 의미심장하게 떠올랐다. 부드러운 눈길로 굿나잇 키스를 해주던 내 아버지의 모습이었다. 그리고 아버지가 있던 그곳에 당신이 아버지와 똑같은 모습으로 나타났다. 두 사람은 내 인생이라는 영화 속에 출연한 배우 같았다. 그들은 나를 더 사랑할 수 있는 덕목을 가르쳐주었다.

갑자기 구토증이 나서 차창 문을 내렸다. 아침 공기가 아직은 시원했다. 나는 어느덧 우리들 뒤에 멀리 떨어진 공동묘지를 생각했다. 그리고 무릎 사이에 유골함을 끼웠다. 대체 지금 내가 무슨 일을 하고 있는 것일까? 이런 생각을 하면서 마음이 가벼워지기도 했고 동시에 놀랍기도 했다. 도대체 내가 여기에서 무슨 짓을 하고 있단 말인가?

숨을 깊이 들이마셨다. "오로라, 우리 둘이 함께할 수 있는 일의 리스트를 만드는 것에 대해 어떻게 생각해요? 그리고 그것을 일곱 가지 삶의 기쁨이라고 제목을 붙여보는 거예요."

왜 사람들은 그 누구도 이러한 것을 따져볼 생각을 전혀 하지 않는 것일까? 왜 죽기 전에 가장 커다란 기쁨을 누릴 수 있는 계명은 없었던 것일까?

오로라는 차선에서 시선을 떼지 않았지만 놀란 눈치였다.

우리는 그 리스트를 만들기 시작했다. 그리고 연말까지 모든 희망사항을 실행하기로 서로 약속했다. 지금 당장부터 우리는 쾌락의 욕망을 채우고 폭식의 기쁨을 누리며 탐욕과 성급한 마

음을 달래며, 게으름을 피우고 질투심을 느끼며 한껏 자만심에
빠지려 했다.

그러고 있는데 올리비아로부터 문자가 왔다. 내가 어디에 있
는지 궁금했던 것이다. 오로라와 나는 한 패라도 된 듯 서로를
바라보았다. 택시를 타고 오는 동안 우리는 공감대를 형성했고
새로운 힘을 얻었다. 그리고 그것이 우리가 다음 주에 만날 약
속과 필요성을 만들어주었다.

"금방 갈게요."라고 올리비아에게 답을 했지만 우리는 바다
를 향해 휴가를 떠나거나 우리들처럼 도시로 돌아가는 사람들
사이의 고속도로를 달리고 있었다.

개구리시장

"나는 하이힐을 신을 수 있다는 것이 여자로서 항상 뿌듯해요." 갈라가 자주 하는 말이었다.

나와 올리비아는 그녀가 저 멀리에서 푸카르의 좁은 골목길을 또각거리며 걸어오는 모습을 보고 있었다. 우리는 엘 아줄 카페에 앉아서 케이크 한 조각을 막 먹고 있던 참이었다. 그 카페는 나무로 장식한 건물 전면이 다채로운 파란색으로 칠해져 있어 그런 이름이 붙었다. 올리비아에 의하면 그 집의 케이크가 마드리드에서 제일 맛있다고 했다.

새로운 일이 있었다. 오로라가 다시 막시와 합쳤고(그가 돌아온 것이다) 카산드라가 사랑하는 남자의 아내가 천사의 정원에 슬며시 나타나 카산드라에 대해서 캐물은 것이다. 그 일은 올리비아와 나를 놀라게 만들었다.

로라라는 여인이 정원의 과일나무들을 둘러보지도 않고 어떠한 관심도 보이지 않은 채 가게 안으로 직접 쳐들어왔다. 그녀는 금발의 머리를 곱게 땋아 내리고 가벼운 바지 차림에 실크 블라우스를 입고 로마스타일 샌들을 신고 있었다. 그녀는 허공

마드리드의 엘 아줄 카페

을 날듯이 경중경중 걸어서 계산대 쪽으로 와 힘없는 표정으로
나에게 카산드라라는 여자를 알고 있는지 물었다. "내가 알기론
그녀가 여기에 자주 온다고 하던데요." 그녀가 웃으면서 말했
다. 나는 그녀의 웃음이 뭘 의미하는지 전혀 알 수 없었다. 그녀
는 자기가 여기 왔다 갔다는 소식을 카산드라에게 전해달라고
부탁했다. "우리는 서로 잘 아는 사이에요…… 그리고 그녀에
게 할 말이 있었는데……."

그러는 사이 올리비아가 뒷방에서 나왔다. 그녀가 돌아가려
고 막 몸을 돌렸을 때였다. 그녀는 발레슈즈와 같은 플랫슈즈를
신고 경쾌하게 문 쪽으로 걸어갔다. 그리고 문을 나서기 전에
다시 한 번 몸을 돌려 올리비아를 쳐다보았다. "아 참, 그리고
지난번에 추천해준 담쟁이넝쿨, 다시 한 번 고마워요. 그게 우
리 정원에서 정말 환상적으로 잘 크고 있어요." 그녀는 아주 미

묘한 표정을 지으며 이렇게 말했다.

카페에 앉아 있는 지금 담쟁이가 결혼생활의 정절을 상징한다는 사실이 떠올랐다. 나는 조각 케이크에서 건포도를 하나둘씩 빼먹으며 입을 비죽거리고 있는 올리비아를 쳐다보았다. 로라는 도대체 어떠한 여자였을까. 아주 특별한 여자였을까…….

카페에는 페기 리의 「피버」가 흘러나왔다. 나는 그 노래를 그날 하루 종일 머릿속에서 지워버릴 수가 없었다. 나는 엘 아줄 카페를 좋아했다. 거기에서 한 잔의 커피를 마시고 있으면 마치 휴가를 즐기고 있는 듯한 느낌이 들었기 때문이었다. 카페 한가운데는 오래된 나무기둥이 천장까지 닿아 있었다. 흰색 회반죽이 칠해진 벽과 민트그린의 조명 불빛은 명상적인 분위기를 자아내게 했다. 그 안에 있으면 아침 바닷가에 와 있는 기분이 들었다. 그리고 책들. 어디에고 책들이 항상 많았다. 데 라스 레트라스 구역은 책을 자랑스럽게 생각했다. 판매용이 아닌 책들을 이렇게 많이 구비해놓은 가게들이 있는 지역을 나는 처음 보았다. 술집, 카페, 미용실 그리고 빵집에도 손님들이 볼 수 있는 책들이 서가에 꽂혀 있었다. 또 그 지역은 재즈 구역이라고도 불릴 만했다. 파풀아트 카페와 센트럴 카페라는 두 군데 유명한 음악의 성전 말고도 어디에서나 아침부터 저녁까지 훌륭한 재즈 음악을 들을 수 있었다.

「피버」 노래 도입부 리듬처럼 갈라가 저만치서 걸어오고 있었다. 그녀는 옷이 잔뜩 걸린 행어를 밀고 있었다. 파란 하늘색 치마를 입고 같은 색깔의 에나멜구두를 신었으며 하얀 블라우스를 단추를 잠그지 않은 채 입고 있어서 몸매의 곡선이 그대로 드러나 보였다.

그 토요일, 나는 처음으로 사람들이 말하는 개구리시장엘 갔다. 그 시장은 일회성의 이벤트이고 매월 첫 주 토요일에 열린다고 했다. 나는 한 바퀴를 빙 둘러보았다. 그 구역의 갤러리, 술집, 미용 살롱 그리고 옷가게들은 예쁘게 장식을 해놓고 있었으며 이날을 위해 가게 앞 인도 위에 진열대를 세워놓고 특이한 물건들을 팔고 있었다. 브라운 베어 빵집은 빵과 케이크 말고도 오늘은 음반을 함께 팔고 있었다.

미용 살롱은 다른 가게들의 장식을 더 멋있게 해달라고 부탁했고 블랑카 소토의 갤러리는 그림뿐 아니라 꽃도 팔았다. 온 동네 사람들이 거리로 나온 듯이 보였다. 나는 그 동네의 분위기에 감동한 나머지 한동안 얼이 빠져 있었다.

블랑카 소토의 갤러리는 카익사 포룸 뒤편에 있었다. 우리는 때마침 열리고 있는 전시 프로그램에 맞게 그곳을 꽃으로 장식하려 했다. 베를린 장벽의 화가로 잘 알려진 키디 시트니(Kiddy Citny, 1957~ . 독일의 뮤지션이자 조각가)의 전시회가 열리고 있는 중이었다.

그러나 나와 올리비아는 다른 계획이 하나 더 있었다. 블랑카에게 오로라의 그림 몇 점을 가져다주려고 한 것이다. 우리는 오로라가 혹시라도 마다할지 모르겠다는 걱정에 그녀 몰래 하기로 했다.

갈라가 우리에게 와서 인사를 하는 둥 마는 둥 하고는 스마트폰을 코밑에 바짝 들이대고 얄밉게 말했다. "이것 좀 봐요. 이게 나의 아침식사예요."

그녀의 스마트폰에서 달짝지근한 남자의 목소리가 들렸다. 그 목소리는 마치 볼레로를 위한 것 같았다. "당신 그거 알아? 당신의 살결이 얼마나 부드럽게 느껴지는지……." 전화기에서 흘러나오는 목소리는 여전히 느끼했다. "나는 영원히 당신을 어루만지고 싶어."

갈라는 천진난만하게 웃더니 자신의 금발머리를 쓸어 올렸다. 나는 넋을 잃고 스마트폰만 뚫어져라 바라보았다. 올리비아는 케이크 부스러기를 손가락으로 모아서 집어 먹는 데 여념이 없었다.

우리는 갈라를 일주일 동안 못 본 터였다. 더구나 그녀의 프랑스 남자친구가 천사의 정원에 들러 그녀에게 선물할 백합을 사면서 그녀의 안부를 물었다. 그는 얼마 전부터 그녀의 소식을

전혀 듣지 못했다고 말하면서 학교에 부모가 데리러 오지 않은 아이처럼 가게 안을 들여다보았다. 우리가 알고 있기로 갈라는 그때 머리 관리를 받기 위해 코르타 카베사스의 미용실에 드나들고 있었으며 그 미용실에 푹 빠져 있던 상태였다. 콜롬비아 출신인 그 남자 미용사는 영화 〈매트릭스〉의 주인공처럼 옷을 입고 다녔다. 그는 거울 속에 비친 그녀에게 미소를 보내면서 이렇게 말하곤 했다. "긴장을 푸세요. 내가 당신의 모든 것을 맞추어줄게요." 그의 마법사 같은 손이 갈라의 머리를 마사지하는 데는 두 시간이 걸렸다. 갈라의 굵게 땋은 머리에 오일을 바르고 뒷목의 긴장을 풀기 위해 부드럽게 마사지를 했다. 뿐만 아니라 그녀는 발마사지도 받고 장미꽃을 뿌려놓은 욕조에서 반신욕도 했으며 손톱을 섬세하게 다듬었다. 그렇게 마사지가 끝나고 나면 두 사람은 갈라가 제일 좋아하는 카페 에라제 우나 베스 위층에 있는 자신의 멋진 아파트에서 사랑을 나누었다.

"당신이 정말 얼마나 아름다운 여자인지 알고 있어요?" 그가 갈라에게 물었다. 그는 사탕껍질을 벗기듯 그녀의 옷을 벗기는 중이었다. "너무 부드럽고, 너무 매혹적이야……." 갈라는 아무 말도, 아무런 몸짓도 할 필요가 없었다. 그녀의 새로운 애인을 받아들이기 위해 어떠한 기교도 필요 없었고 굳이 촛불을 켜지 않아도 되었다. 그가 하는 대로 놔두면 그만이었다. 이 새로운 남자는 갈라가 가장 원하는 것이 무엇인지를 직감적으로 알고 있었기 때문이었다. 그녀가 여러 번 오르가슴을 느끼게 할 필요도 없었고 긴 시간 발기상태를 유지할 필요도 없었다. 그저 고양이에게 하듯 부드럽게 쓰다듬어주기만 하면 끝이었다. 그녀

는 그렇게 가만히 있었고, 그러고 싶어 했으며 또 그렇게 해주
길 원했다. 그는 그녀가 원하는 대로 해주었다. 아주 충분하게.
그는 그녀의 몸 구석구석을 어루만지면서 그녀의 아름다움에
매혹당했다.

"당신의 등은 너무 아름다워. 당신의 등이 어떤 작용을 일으
키는지 알고 있어?" 그는 이렇게 속삭이면서 그녀의 몸을 구석
구석 만졌다. "당신의 미소가 어떤 마력을 지녔는지 알아? 세상
의 모든 것을 빛나게 만들어. 내가 당신의 머리를 손질하고 있
는 동안 거울 속에 비친 당신을 보면서 그런 생각을 했어. 세상
에 이렇게 아름다운 미소가 있을까 하는. 나는 당신의 미소, 당
신의 입술과 같은 것을 지금까지 한 번도 본 적이 없어. 내가 만
일 우리 미용실에서 훨씬 이전에 당신을 유혹했더라면 과연 무
슨 일이 일어났을지 궁금해. 당신의 다리 사이에 파묻혀 당신에
게 취하기 위해……."

그리고 그는 그렇게 했다.

갈라는 만족스럽다는 듯이 스마트폰을 다시 핸드백에 넣었
다. 나는 남은 케이크 조각을 한꺼번에 입에 넣었고 올리비아는
여전히 건포도를 골라내고 있었다. 나는 갈라를 살펴보았다. 그
녀가 아랫입술을 깨물고 있는 모습, 두 손을 테이블 위에 올려
놓은 모습, 등을 구부린 채 다리는 느슨하게 하고 있는 모습, 모
두가 인상적이었다.

"남자들이 그걸 알고 있었더라면……." 올리비아가 말했다.

"그게 뭔데요?" 갈라가 물었다.

"여자들에게 가장 좋은 남자란 여자를 등 뒤에서 가볍게 쓰

다듬어주는 걸 아는 남자라는 거 말이에요."

우리는 모두 깔깔거리며 웃었다.

"그런데 그 르노 자동차회사 매니저하고는 요즘 어떻게 돼가요? 그 사람 이름이 뭐라고 했죠?" 내가 물었다.

"앙드레…… 여기서는 그를 안드레스라고 불러요."

"잘됐네요. 그가 탄로 날 위험은 없으니까."

올리비아는 좋은 일이라는 듯이 말하고 부채질을 하였다.

갈라는 즐거운 표정을 지으면서 손을 뻗어 행어에 걸려 있는 옷들을 쓸어내렸다. 그런 그녀의 모습이 나에겐 신화에 나오는 인물처럼 보였다.

"그 남자가 가면서 무슨 말을 했는지 알아요?"

올리비아가 일어나면서 동전 몇 개를 테이블에 올려놓았다. "그 말이 뭔지 아주 궁금해요."

"그가 말하길 자기는 나를 자연스럽게 만났으니 나도 자기를 자연스럽게 봐달라고 하더군요." 그녀가 안도의 한숨을 내쉬었다. "내가 생각하기에는 그게 바로 내 팔자의 남자인가 봐요."

"뭔가 빼먹은 말이 있는 것 같네요. 그 말은 사실 당신 팔자를 위한 남자라고 들리는데요." 내가 웃으면서 말했다. "그는 당신의 머리를 만져주고 또한 발관리까지 해주잖아요. 당신이 더 원하는 게 뭐예요?" 갈라도 동감할 수 있었던 그 말을 끝으로 우리는 갤러리를 향해 발걸음을 옮겼고 알마덴 거리까지 가는 동안 여러 가지 골동품과 디자인가구를 구경했다. 아스팔트 위에는 환각상태에 빠진 개구리들이 격자 받침 위에 붙어 있었고 그것이 블랑카 소토의 갤러리로 가는 길을 알려주었다. 우리가 갤러리에 들어섰을 때 블랑카는 여직원과 함께 컴퓨터 앞에 앉아 전시목록을 살펴보고 있는 중이었다.

"올리비아, 여기까지 어쩐 일이야?" 우리를 보자마자 그녀가 큰 소리로 반겼다.

두 사람은 서로 포옹을 했다.

"우리가 온다는 걸 알고 있었잖아." 올리비아가 말했다.

"그럼 이제 한번 신나는 일을 만들어보자. 아주 재미난 일을 해볼 거야."

블랑카의 미소는 그 누구보다도 아름다웠다. 그녀는 체구가 작았고, 소박하면서도 우아한 스타일의 여자였다. 그녀는 짙은 회색 실크로 만든 반코트를 입고 검은 바지에 은색 굽의 하늘색 펌프스를 신고 있었다. 그리고 유난히 눈에 띄는 목걸이를 하고 있었는데 금속 링을 꼬아서 만든 목걸이였다. "목걸이가 정말 멋져요!" 갈라가 예사로운 것이 아니라는 듯 말했다.

"내가 아는 공예가가 만든 거예요." 블랑카가 뿌듯한 듯 말했다. "멋지지 않은가요? 저 안에 들어가면 같은 종류의 시리즈가 많이 있어요. 나는 모든 것을 팔고 말 거예요. 우리 애들에게 들어갈 돈이 많이 필요하거든요."

그녀는 위트가 넘쳤고 검은 눈동자에서 신비한 에너지 같은 기운이 나왔다. 블랑카 소토는 스페인의 젊은 예술가들의 요정이라는 소문이 나 있었고 재능 있는 예술가들에게 많은 전시의 기회를 마련해주었다. 그런 이유 때문에 올리비아도 무조건 오로라의 그림을 그녀에게 보여주려 했던 것이다.

"블랑카, 이 사람은 새로운 직원 마리나야."

갤러리 주인은 나를 반갑게 맞아주었고 이미 나에 대한 이야기를 많이 들었다면서 내 옷차림이 마음에 든다고 말했다. 그날 나는 사파리 스타일의 들국화 수를 놓은 리넨 원피스를 입고 있었다. 내 기억으로 그때가 바로 초라한 여자처럼 보이는 옷차림을 영원히 벗어던진 순간이었다.

우리는 옷을 걸어놓은 행어를 입구에 세워놓고 일을 시작했다. 갤러리 내부에는 감성을 의미하는 재스민 덩굴을 걸었다. 몇 시간이 지난 뒤 갤러리는 천장에 매다는 식물들로 가득했다. 우리는 그 갤러리를 카익사 포룸 입구의 축소판으로 만들 생각이었다.

나와 올리비아는 그 앞을 지날 때마다 그 건물의 전면을 보면 최면에 걸린 기분이 들었다. 그 건물 전면은 거대한 꽃의 설치작품이었다. 그 사이에 키디 시트니의 화려한 그림들이 빛을 발하고 있었다. 거의 모든 그림이 경쾌한 붓놀림으로 그린 여성 나체의 실루엣이었고 밝은 색감으로 가벼운 몸매를 드러내고 있었다. 또 다른 그림은 왕관을 쓰고 있는 여자들의 초상화였다. 그 모습이 당당하고, 유쾌하면서도 감각적이었다.

나는 갤러리를 나와서 출입구 양쪽 벽에 우리들의 친구인 오로라의 그림을 세워놓았다. 그 그림들은 꽃들로 가득 찬 전시실 입구의 식전 프로그램 같았다. 오로라는 그곳에 오지 않았다. 막시가 다시 돌아온 지금 그녀는 그와의 관계가 좋아지는 데만 신경을 쓰고 있었다.

갤러리 주인 블랑카가 밖으로 나왔을 때, 나는 손에 오로라의 그림을 들고 마치 이젤처럼 서 있었다.

카익사 포룸 박물관 전경

"그 그림이 마음에 들어요?" 그녀가 물었다.

"네." 나는 망설임 없이 대답했다. "이 그림을 지금까지 우리 집 벽에 걸어놨을 정도로 마음에 들었어요."

그녀는 나를 유심히 바라보더니 무슨 생각이라도 하는 듯 볼펜으로 입술을 톡톡 쳤다.

"그런데 왜 우리가 이 그림을 팔기를 원하는 거죠?" 그녀가 말했다.

"이 그림이 아주 좋은 그림이라고 생각하기 때문이죠." 내가 말했다. "그리고 이 그림은 내가 가지고 있는 것보다 그림을 팔 수 있는 사람이 소장하고 있는 게 나아요."

"그래요?" 그녀가 물었다. "그런데 이 그림의 어떤 점을 좋아하는 거죠?"

우리는 길에 서서 그림을 감상했다.

"세상에 전혀 존재하지 않는 상상으로 그려낸 저 꽃이 마음에 들어요."

블랑카는 오로라의 그림 앞을 천천히 오가며 자세히 그림을 살펴보았다.

"흠, 존재하지 않는 꽃이라. 그거 정말 좋은 전시회 타이틀이될 수 있을 것 같은데……." 그녀는 혼자 중얼거리더니 여전히 내가 손에 들고 있는 그림을 다시 살펴보았다. "이렇게 하면 어떻겠어요. 그 그림을 가지고 계세요. 그리고 그 화가에게 내가그 그림을 샀다고 말해요. 당신에게 선물하겠어요. 그렇게 하면 일석이조인 셈이겠죠. 그 화가는 그림을 팔게 되었고 당신과 같이 좋은 그림을 알아볼 줄 아는 사람이 그림을 소장하게 되었으니까요."

생각지도 못한 기쁨이 온몸에 흘러넘쳤다. 그 훌륭한 갤러리의 주인 블랑카에게 달려가 안아주고 싶었으나 차마 그러진 못했다. 그녀는 나에게 눈을 찡긋했고 그림 액자 가장자리에 그림이 팔렸다는 표시인 빨간 딱지를 붙였다.

올리비아는 문가에 서서 뿌듯한 표정으로 우리를 바라보고 있었다.

"오늘은 아주 특별한 날이군요." 블랑카가 기쁘게 말했고 접이식 의자를 들고 길가로 나왔다. "갤러리가 여자들로 꽉 찼어요…… 솔직히 고백하자면 나는 남자들이 이젠 너무 피곤해요."

한 시간 정도가 지난 후 우리들의 꽃 장식 작업이 끝났을 때 키디 시트니가 나타났다. 맑은 눈매가 삶을 갈구하는 듯했고 삭발머리와 아주 잘 어울렸다. 그는 올리비아를 보자 두 손으로 그녀의 볼을 감싸고 키스를 했다. 서로 오랫동안 아는 사이처럼 보였다. 뉴욕에서 만난 이후로 올리비아를 보지 못했다고 그는 말했다. 그 말을 듣고 나는 올리비아가 뉴욕에서 무엇을 했을까 궁금했다. 올리비아가 뉴욕에서도 꽃집을 하지는 않았을 것이 분명했다. 올리비아는 키디 시트니를 나에게 소개했다. 그리고 우리는 함께 전시장을 둘러보았다. 그는 전시 그림 사이에 걸이형 식물로 장식을 한 우리의 아이디어에 감동했다. 키디 시트니는 어떠한 연유로 베를린 장벽에 그림을 그리게 됐는지 이야기해주었다. 잿빛 세상에 화려한 색을 칠하고 싶었다는 거였다. 그것은 상실감에 대한 반항이었다고 그가 설명했다. 베를린 장벽이 무너졌을 때 그의 작품은 세계 여러 나라의 박물관에 나누어 소장되었고 그는 세계적으로 유명한 화가가 되었다. 이제 그는 캔버스 위에 그림을 그리고 세계 곳곳에서 전시회를 열고 있다. 나는 그에게 궁금한 것을 참지 못하고 물어보았다. 베를린 장벽 위에 그림을 그릴 수 없게 되어 서운하지 않으냐고.

그는 멜랑콜리한 웃음으로 대답을 대신했다.

점심때가 다 되었다. 키디 시트니가 가고 난 후 우리는 올리비아가 즉석에서 만든 상그리아를 마셨다. 나중에 우리는 그 술에 몰로토브 칵테일이라는 이름을 붙이고 매혹적인 재스민 향기를 즐기며 마셨다.

우리는 시골 노인들이 그러듯 출입구 양쪽에 앉아서 지나가는 사람들을 구경했다. 갈라는 블랑카에게 자신의 새로운 남자 친구에 대한 이야기를 하였고 나는 키디 시트니에 관한 글을 읽었다. 올리비아는 부채질을 하면서 새로 산 은팔찌를 만지작거렸다. 그녀는 카탈루냐 전통수를 놓은 하얀 블라우스에 녹색 바지를 입고 흰색 꽃잎으로 장식한 모자를 쓰고 있었다. 그 모습이 커다란 들국화처럼 보였다.

잠시 후에 그녀는 빨간 립스틱을 바른 입술을 내게 가까이 대고 말했다.

"갈라가 그런 얘기에 불타고 있다고 생각하는 사람은 정말 나 혼자일까요?"

"그렇게 생각해요?" 나는 갈라를 바라보았다.

안드레스에 대해 이야기를 하는 동안 그녀는 작은 코에 주름이 생길 정도로 찡그렸다. 나는 그런 그녀의 모습을 한 번도 본 적이 없었다. 올리비아는 내가 읽고 있는 신문 가까이에 얼굴을 대고 갈라가 하루 종일 단것을 먹는다고 조용히 말했다.

가만히 생각해보니 맞는 말이었다. 그녀는 다이어트, 뱃살, 불공평한 중력의 법칙 그리고 그 비슷한 것에 대해 한참 떠들어댔었다. 그런데 그것과는 반대로 그녀는 안드레스와 그녀가 가장 좋아하는 레스토랑 오우 밥보에서 만나 트뤼플 피자를 실컷 먹고 왔다고 말하곤 했다.

우리는 갈라를 조심스럽게 살펴보았다. 그녀는 의자를 앞뒤로 흔들거리면서 계속 수다를 떨었고 스마트폰에 들어온 문자를 들여다보고 있었다. 올리비아는 신문지를 찢어서 종이공을 만들어 갈라의 술잔을 향해 던졌다. 종이공이 갈라를 비껴나가자 그제야 반응을 했다.

"나하고 마리나가 막 생각해본 건데……." 올리비아가 말을 시작했다. "이 남자가 당신에게 상당히 인상적인 것 같았어요."

블랑카는 상그리아 한 모금을 마시면서 우리와 생각이 같다는 표정을 지었다.

"패배를 모르는 갈라가 쓰러졌다는 걸 암시하는 건 아니죠?" 그녀는 사각얼음 사이에 있는 사과 조각을 꺼내어 먹으려고 했지만 잘 되지 않았다. "솔직히 말하면 나에겐 섹스가 가장 마음에 들어요. 그건 당신들도 잘 알고 있을 거예요. 나는 사랑의 드라마를 원하지도 않고 질투심도 없어요. 나를 구제해줄 어떠한 사람도 원하지 않아요. 어떠한 의무감도 없는 셈이죠. 그런데 그게 나의 모든 건 아니에요. 나는 그저 다른 사람과 편한 분위기를 원할 뿐이에요. 나와 기분 좋은 일을 같이할 수 있는 사람이랑 함께요. 나는 그런 일에 많은 것이 필요하지 않다고 생각해요."

"그런데…… 그는 무슨 일을 하는 사람이에요?" 내가 이렇게 물었고, 그것이 질문의 시작이었다.

그녀는 고개를 옆으로 갸우뚱하면서 웃었다.

"미용사예요." 그녀는 거리낌 없이 대답하고 차분하게 말을 이어갔다. "그가 말하길, 나와 함께 있으면 모든 게 다 보인대요. 수맥을 찾는 사람과도 같다나요. 그래서 그런지 그는 내 몸의 어디가 욕정의 원천인지 금방 알아내요. 그의 표현으로는 그곳이 갈증을 일으킨대요. 당신이 그를 봤으면 좋았을 텐데. 지칠 줄을 몰라요. 그러고 나서 우리는 아폴리네르의 『일만 일천 번의 채찍질』과 같은 소설을 읽어요. 그는 그 작품을 좋아해요. 내가 책을 읽고 있는 동안 그는 내 입에서, 그리고 내 사타구니에서 물을 찾는다고 말해요." 그녀는 남은 상그리아를 빨대로 소리 내며 마셨다.

올리비아가 눈썹을 치켜올려 떴다. "앞을 내다볼 수 있는 사람이라……." 그녀가 중얼거렸다.

"정말로 투시안을 가진 사람이에요." 블랑카가 확인시켜주었다. 나는 갈라와 그녀를 비추고 있는 광채에서 시선을 뗄 수 없었다. 그녀가 여전히 그 환희에 빠져 있는 모습이 아름다워 보였다.

"아폴리네르의 책 몇 권을 당신에게 빌려줘야겠어요." 내가 말했다.

지나가던 사람들이 쳐다볼 정도로 우리는 깔깔거리며 웃었다. 그러자 빅토리아가 운동화를 신고 딱 달라붙는 반바지 차림으로 오고 있는 것이 보였다. 햇볕에 그을린 건강한 다리로 발걸음을 옮길 때마다 그녀의 말총머리가 이리저리 흔들렸다. 그녀가 입은 티셔츠에는 트러블 메이커란 글씨가 프린트되어 있었다.

"의도적으로 그런 티셔츠를 입은 것 같은데요." 갈라가 말했다. 그러나 그녀가 우리에게 다가와서 설명한 내용은 아무것도 아니었다.

"여러분, 내가 스스로 복종하는 법을 발견했어요." 그녀가 흐뭇한 표정으로 말했다. 우리는 놀란 듯이 그녀를 쳐다보았다.

빅토리아는 의미심장하게 앞머리를 입으로 불어 올렸다. "그러니까 내가 침대에서 소리 내지 않는 법을 알아낸 거라고요." 그녀가 계속 말했다. "카산드라는 도대체 어디 있는 거지? 그녀에게 꼭 할 말이 있는데."

"도대체 오늘 무슨 일이 일어난 거야?" 갈라가 중얼거리며 빅토리아에게 상그리아 한 잔을 건네주었다.

"당신들은 이제 사십대 아줌마들이에요." 올리비아가 말하며 잔을 들었다. 그리고 "인생이란 순간의 기회"라고 건배사와 함께 화이트와인 상그리아 잔을 부딪쳤다. 우리는 그 기회라는 것이 빨간 상그리아보다 더 음험할 것이라는 사실을 이미 알고 있었다.

지난주에 우리는 빅토리아와 프란치스코 사이에 벌어지고 있는 로맨스를 유심히 살펴보고 있었다. 두 사람이 밀회를 즐기기 시작하자 올리비아는 일주일에 한 번 온실의 뒷방 열쇠를 그들에게 내주었다. 그곳은 일본식 다다미가 깔리고 창에 입김이 서릴 정도로 서늘한 방이었다. 두 사람에게는 그곳이 호텔보다 밀회를 즐기기에 적합한 곳이었다. 내가 두 사람의 만남을 알고 있기 때문인지 화요일 아침이면 막 피어난 꽃송이의 달콤한 향기가 나는 것만 같은 느낌이 들었다. 그것은 나에게 새로운 열정의 향기였다.

"당신 모습이 활짝 핀 꽃처럼 보여요." 올리비아가 말했다.

빅토리아는 웃으며 "이젠 더 이상 스트레스를 안 받기 때문일 거예요."라고 말했다.

"프란치스코는 좀 힘들어 보이던데⋯⋯." 갈라가 농담을 했다.

"그리고 뭔가 정신이 없는 것 같아요." 내가 한술 거들었다. 그러면서 나는 프란치스코가 금요일에 와서 꽃을 사가며 서류 파일을 놓고 간 일을 웃으며 이야기했다. 그 파일을 열어봤더니 거기에는 나무를 그린 스케치와 아주 오래된 서류의 복사본이 들어 있었다고 말했다.

갑자기 올리비아가 귀를 쫑긋했다.

"왜 그 이야기를 나한테 하지 않았어요? 그는 그걸 잃어버린 것도 아직 모를 거예요. 분명히 나를 위한 거 같은데⋯⋯." 그녀는 이렇게 말하면서 프란치스코에게 그것을 돌려주기 전에 자기한테 보여달라고 부탁했다.

나는 올리비아의 말을 이해할 수 없을 정도로 이상한 생각이 들었고 그녀가 기분이 안 좋을 때 나타나는 이마의 주름을 볼 수 있었다. 하지만 대화는 다시 프란치스코에 관한 이야기로 돌아갔다. 갈라에게는 비밀스러운 연애사건을 위한 가장 좋은 전제조건이었다.

"그 누군가랑 같이 침대에서 따뜻하게 있는 것만으로도 충분해요. 그 이상은 바라지도 않지요." 갈라가 말했다. "그래서 나는 유부남이 더 좋아요. 불쌍한 오로라처럼 낯선 여자들이 내 방에 쳐들어올 염려는 없거든요."

젊은 한 쌍의 남녀가 갤러리 안으로 들어왔다. 누가 남자고 여자인지 분명하지 않은 한 쌍이었다. 두 사람 다 짧게 자른 머리였고 미니불도그를 한 마리씩 데리고 있었다.

"그러면 앞을 내다본다는 그 남자는 유부남이 아닌가요?" 내가 물었다.

갈라는 다시 콧등에 주름살을 지었다.

"그래요. 그렇다고 해서 그 누군가 한 사람이 나에게 와야만 했다는 생각은 포기했어요."

"당신은 그 사람과 사랑에 빠진 거였어요." 올리비아가 말했다. "당신은 당신 자신만을 사랑했던 거예요."

갈라가 크게 웃는 바람에 대화가 중단되었다. 좀 전에 온 두 사람 가운데 한 사람이 머리를 문 안으로 내밀고 향기가 좋은 꽃이 무엇인지 알고 싶어 했다. 올리비아가 일어나 꽃 한 다발을 주겠다고 말했다.

스마트폰에 들어오는 문자를 끊임없이 들여다보고 있던 빅토리아는 진실한 사랑을 나누는 그 남자와 인생을 보내야 하는 사실에 집중하지 못하고 있었다. 우리는 그녀의 그런 상황에 대해 그다지 놀라지 않았다.

"진실한 사랑이란 동반자를 말해요." 그녀가 진지하게 말했다. "당신의 열정을 함께 나눌 수 있는 동반자 말이에요."

올리비아는 밖에서 꽃다발을 묶고 있으면서도 우리들이 하는 얘기를 듣고 있었다. 꽃다발 묶는 일이 뭔가 잘 안 되고 있는 것 같아 보였다. 그녀는 문 안으로 고개를 들이밀며 말했다. "당신의 생각은 아직도 너무 고루해요. 사랑한다는 것은 은밀한 것과는 전혀 관계가 없고 태도의 문제예요."

왜 우리는 감정을 분명하게 나누고 이름을 붙이려 하는지 그녀가 물었다. 사랑하는 한 남자가 은밀하게 사랑을 나누고 싶어 하면서 왜 삶의 동반자는 되려고 하지 않는가? 그녀의 뒤에서 젊은 한 쌍의 남녀가 고개를 끄덕이고 있었다.

갈라는 올리비아의 말에 기분이 좋아 보였다. "맞아요. 그건 정말 아름답고 좋은 거지요. 그런데 가장 중요한 것은 사람은 이기적이라는 거예요. 아주 간단한 논리죠. 내 생각에는 그것이 본능적인 일에 결말을 내리는 원인이라고 봐요. 욕망이 우리를 지배하고 있는 거죠. 우리는 숨을 쉬고 냄새를 잘 맡지요. 당신들도 알잖아요. 인간은 키스만으로도 그 사람의 성격을 알 수 있다는 사실 말예요."

"혈액형 분류처럼 말이죠?" 빅토리아가 물었다.

갈라는 그런 것과 비슷하다고 말했고 그녀 옆에 앉아 그녀의 발을 핥고 있는 불도그를 쓰다듬어주었다. 서로 냄새를 맡고 맛을 보고 어느 정도 견딜 수 있는지 알아보는 게 키스라는 것이라고 그녀는 말했다. 그 때문에 우리는 어떤 사람과는 서로 키스하는 것이 맞지 않고 어떤 사람과는 끊임없이 할 수 있다는 것이었다. 이러한 육체적 교감을 나눈 후에 사람들은 감정적이고 지적인 일치를 찾는다고 했다. 어떠한 동물들도 그럴 수 없고 오직 인간들만⋯⋯.

"우리 할머니 할아버지는 여든 살이 넘었는데 아직도 함께 잠을 자요." 그녀가 웃으면서 말했다. "정말 감동적인 얘기죠."

개들도 깜짝 놀랐다는 듯이 그녀를 쳐다보며 꼬리를 흔들었다.

그때 올리비아가 두 젊은 남녀와 함께 갤러리에서 나왔다. 그들은 각각 꽃다발을 들고 있었다.

"그거야말로 내가 전에 알고 지내던 정신과의사의 흥미로운 이론을 생각나게 하는군요." 그녀는 잠시 말을 멈추고서 두 젊은 남녀와 작별인사를 나누었다.

"그게 뭔데요?" 내가 물었다. 나는 곁눈질로 벽을 기어 올라가고 있는 작은 도마뱀을 보고 있던 중이었다. 사람들은 올리비아의 말이 남에게서 들은 것인지 자기의 생각인지 도무지 알 수 없었다. 하지만 그 말이 어디에서 나왔든지 간에 그녀의 말은 항상 재미가 있었다. 이제 나는 그녀의 비밀을 알고 있기 때문에 최소한 그녀의 이야기 가운데 하나는 사실인지 아닌지를 알고 싶었다.

그렇게 우리는 그날 저녁을 보냈고 그날 저녁의 바람은 다른 날보다 더 상쾌했다. 올리비아는 우리에게 사랑에 관한 이야기를 들려주었다. 그리고 날이 저물자 우리는 갤러리 안으로 자리를 옮겼다. 희미한 조명 아래 활짝 열린 문으로 저녁의 산들바람이 들어왔다.

나는 내가 행복감을 느끼고 있음을 알게 되었다. 갑자기 꽃들의 향기가 풍겨났다.

냄비와 뚜껑

며칠 뒤에 나는 심리학자 루이스 로하스 마르코스가 쓴 칼럼을 읽었다. 그는 스페인 여자가 세계에서 세 번째로 기대수명이 길다고 말했다. 그런데 너무 어이없고 충격적인 것은 그 이유가 스페인 여자들이 너무 말이 많기 때문에 그렇다는 것이었다. 그 말이 맞는다면 우리 다섯 명은 아주 오래오래 살 것이었다. 로하스 마르코스는 우리가 말을 함으로써 감정을 밖으로 표출하고 그런 외향성이 수명을 연장시켜준다고 주장했다. 말을 많이 하는 것은 하나의 치료방법이며 그것이 면역력을 증강시켜주고 삶의 역경을 잘 견디게 만든다고 했다. 나는 이 기사를 읽고 우리가 갤러리에서 만난 밤을 생각했다. 우리는 많은 시간 밤이고 낮이고 그곳에서 대화를 나누었다. 수다를 떨고 또 떨었다. 우리의 대화는 엄밀히 말하자면 예방주사와 같은 것이었다. 나는 사실 그렇게 말이 많은 사람이 아니었다. 그러나 로하스 마르코스가 말한 것처럼 말이 많다는 것은 자기의 감정을 느끼고 그 감정을 말로 표현하고 그 말을 들어주고 대꾸할 사람을 찾는 것이었다. 그것이 내 삶으로 다시 돌아오는 나만의 방법이었다.

나의 자리로 다시 돌아와 책임을 지며 살아가는 것, 나는 그렇게 해야만 했다. 갤러리에서 그날 밤 올리비아가 자기의 생각을 이야기했을 때 당신과 나는 항상 함께 있었다는 사실이 분명해졌기 때문이다. 처음부터.

"쌍둥이 영혼이라는 몇 개의 문화들이 있는데." 우리가 침침한 갤러리로 들어왔을 때 올리비아가 말했다.

"저 위대한 올리비아는 아무 뚜껑이나 맞는 적당한 냄비가 있다고 믿고 있다니까요." 빅토리아가 농담을 던졌다.

"이제 그런 건 전혀 새로운 게 아니에요." 블랑카가 끼어들었다. "동양에서는 붉은 실에 관한 이야기가 전해 내려오는데 그 실이 두 사람의 팔목을 꼭 묶어준대요. 내 말이 맞지요, 리?" 그녀는 중국에서 온 리라는 자기 직원에게 고개를 돌리며 물었다. 스마트폰 디스플레이 불빛이 리의 얼굴을 환하게 비추었다. 리는 고개를 들어 끄덕였다. "두 사람은 시작부터 서로 다른 사람을 만나기 위해 그 붉은 실을 풀려고 사는 거래요." 그녀는 앳되고 강한 발음으로 말했다. "항상 두 사람이 함께 있는 것은 아니지만 마치 자석의 양극처럼 서로를 끌어당기는 거죠." 그러면서 그녀는 집게손가락을 서로 맞대었다. "당신의 실 끄트머리를 쥐고 있는 사람은 당신을 만나려고 항상 노력하지요. 다음 생에도, 또 그다음 생에도. 그리고 두 사람이 서로를 찾게 되면 두 사람의 영혼은 완벽하게 하나가 되고 그다음 단계로 넘어가요. 연금술사의 금과 같은 거죠. 그걸 음양의 조화라고 해요."

"정말 멋지군요……." 갈라가 말했다.

"조심, 조심해야 돼요. 당신은 로맨틱한 것을 생각하고 있어요." 내가 그녀에게 조용히 말했다.

리는 웃더니 다시 스마트폰을 들여다보았다.

그러나 냄비와 뚜껑은 무조건적인 쌍둥이 영혼이 아니라고 올리비아는 설명했다. 그녀는 단지 그것의 성격상의 특성, 특히 그것의 강력함, 낙관주의, 동기부여 방식의 일치를 좋아할 뿐이라고 말했다. 그러면서 서로 간의 차이를 채워줄 수 있다는 것이었다.

갈라가 치맛자락을 가다듬으며 조심스럽게 물었다. 자기도 알지 못하는 사이에 냄비뚜껑을 만날 가능성이 있는 거냐고. 만약 그렇다면 그건 대재앙일 거라고.

그때 흰머리가 성성한 매력적인 남자가 길을 따라 걸어오고 있었다. 그는 갤러리 앞에 멈추었고 안으로 들어오려는 참이었다. 그러자 블랑카가 영업시간이 이미 끝났다고 말했다.

그가 돌아간 후, 블랑카는 우리를 향해 알 수 없는 한숨을 쉬면서 말했다.

"속상해! 지금 저 사람이 그 사람일 수도 있는 거 아냐?"

블랑카가 그를 뒤쫓아 가서 다시 데려오면 어떻겠냐고 말하자 우리는 웃고 말았다.

올리비아는 재스민 한 묶음을 꺾어 화환으로 엮고 있었다.

"가능할 수 있겠지요." 올리비아가 자기의 생각을 담담하게 말했다. "자기만의 냄비뚜껑을 만나는 일요. 그 사람이 자기의 냄비뚜껑이란 사실을 알지 못한 채 말이에요. 하지만 그런 경우에 인식의 메커니즘이 미리 작동하는 게 자연의 이치라고 생각해요. 두 사람 사이에 무언가 끼어들어 시야를 막으면 서로의 중요한 것을 못 보게 된다는 말이에요."

"예를 들면 스트레스, 또 다른 파트너, 사회생활의 중압감, 자녀, 시댁식구들 같은 것 말이죠?" 빅토리아가 자세한 내용을 알고 싶어 했다.

"그런 것들은 이미 짜증스러운 일이죠." 올리비아가 차분하게 말을 이었다. "만일 마지막에 남는 것이 자신의 행복을 가로막는 두려움밖에 없다면요."

갈라는 블라우스를 펄럭거려 몸을 시원하게 하려고 바람을 일으켰다. 그러곤 땋은 머리를 쥐어짜듯 꼬았다.

"누구나 자기 가까이에 두고 싶어 하는 사람을 사귀는 것은 당연한 일이에요. 그것에 대한 정확한 이유도 모르면서도 말이에요."

올리비아는 빅토리아에게 다가가 그녀의 머리 위에 재스민 화관을 씌워주었다. 그녀는 한숨을 내쉬며 "현실생활"로 돌아갈 시간이 얼마나 남았는지를 알아보기 위해 스마트폰을 들여다보았다. 하지만 그녀는 남자친구의 문자를 기다리고 있는 것 같아 보였다. 그녀가 갑자기 크게 소리를 질렀다.

"그렇다면 1+1=2는 틀린 거고 1x1=12가 맞는 거네요."

"이제야 당신이 정말로 나를 감동시키는군요……." 갈라가 눈을 찡긋하며 말했다.

나는 수학을 그 이상으로 더 쉽게 설명할 수 없을 거라는 생각을 했다. 두 사람이 서로 더해지는 것이 아니라 만남을 통해 그들의 잠재력을 키우고 단점을 채워주며 서로에게 도움을 준다는 것이었다. 그러면서 서로를 새롭게 발견하고 각자가 가진 능력을 배가시킨다는…… 그거야말로 정말 이상적인 것이라고 생각했다. 나는 내 잔을 씻어서 블랑카에게 건넸다. 그녀는 찬장을 정리하고 있던 중이었다.

잠시 우리는 각자 혼자만의 생각에 빠져 있었다. 남편, 옛 애인, 아는 사람, 하룻밤의 연인, 학교 친구들, 교수님들, 이웃, 동네 의사와 같이 잘 알고 지내던 사람들에 대해 자기만의 생각을 정리하고 있는 것 같았다. 어쩌면 동네 약국의 약사나, 자주 이용했던 택시의 운전사, 아니면 출퇴근길 지하철에서 자주 만났던 한 남자를 생각하고 있는지도 몰랐다. 그러면서 어쩌면 우리 모두가 각자의 이상적인 냄비뚜껑을 이미 만났다고 생각하고 있는지도 모를 일이었다.

다른 사람들이 갤러리 안에서 정산을 하고 있는 동안 나는 문밖에 아무 생각 없이 앉아 있는 빅토리아에게 갔다. 햇볕에 그을린 다리, 짧은 반바지, 도발적인 문구가 새겨진 티셔츠 때문인지 그녀는 남달라 보였고 그녀가 머리에 쓰고 있는 재스민 화관에서는 매혹적인 향기가 풍겨 나왔다. 나는 잔뜩 용기를 내어 말했다.

"애인을 사귄다는 건 어떤 거예요?" 나는 이렇게 물으면서 그녀 옆에 앉았다.

그녀는 소름이라도 끼친 듯 팔을 쓸어내렸다.

"글쎄요…… 말하자면…… 그건…… 갑자기 살갗, 키스, 손으로 된 오아시스를 발견한 것과 같다고나 할까요. 어디에서든, 무슨 말을 하든지 간에요. 오직 욕망을 주고받는 것이지요." 그녀는 꿈을 꾸듯 밤하늘을 올려다보았다. "그리고 그밖에 세상은 오직 고요할 뿐이에요. 당신의 모든 마음이 상대방에게로 가 있기 때문이지요. 그 남자의 목소리, 그 남자의 냄새, 그리고 촉감. 당신을 바라보는 그의 태도까지도요. 그것은 당신의 환상을 자극하고 갑자기 당신을 다른 사람으로 만들어요."

나는 숨을 멈추고 그녀의 이야기를 귀담아들었다. 그녀는 내 다리를 살짝 찔렀다. "그러는 당신은요? 당신은 지금까지 한 번도 남자친구를 사귀어본 적이 없나요?"

"없었어요." 내가 말했다. 더구나 나는 그 말을 자랑스럽게 했다. "옛날에 있을 뻔한 적이 있었어요." 나는 이렇게 말하고 인도에 박아놓은 포석으로 시선을 돌렸다. "그런데 나와 오스카와의 관계는 성적인 관점에서 볼 때 특별하지 않았어요. 우리는 서로 육체적인 교감을 느끼지 못했거든요." 나는 그녀에게 그것을 어떻게 설명해야 할지 몰랐다. 그런데도 그녀는 나를 이해하겠다는 표정을 지었다.

"언제부터인가 남자가 나를 관심 있게 쳐다보아도 아무런 생각이 들지 않아요." 내가 이렇게 말을 마무리했다.

빅토리아는 고개를 끄덕이며 자기는 프란치스코랑 사귀면서 완전히 다른 것을 알게 되었다고 말했다. 그녀는 지금까지 알고 있던 것 그 이상이었다고 말하면서 다시 팔을 쓸어내렸다.

"문제는 다만……" 그녀가 나에게 좀 더 가까이 다가와 말했다. "문제가 뭐냐 하면 우리가 자주 만나면 만날수록 매번 어떻게 헤어져야 할지 더 많은 고민을 한다는 거예요. 만날 때마다 우리의 오아시스를 떠나 현실세계로 돌아가는 게 어려워져요."

"그런데 프란치스코랑 있는 시간은 진실한 세상이고 그렇지 않은 시간은 잘못되었다는 것을 어떻게 알지요?" 내가 물었다.

그녀는 아무 말이 없었다. 갤러리 안에서 웃음소리가 들려왔다. 나는 그쪽으로 고개를 돌렸다. 블랑카와 올리비아는 유리컵을 하나 들고 작은 도마뱀을 잡으려는 중이었다. 그 도마뱀은 갤러리 안의 꽃 사이를 이리저리 도망치고 있었다.

"프란치스코가 당신의 붉은 실 끄트머리를 쥐고 있는 건 아닐까요?"

빅토리아가 나를 쳐다보았다. 젊은 남녀 한 쌍이 팔짱을 끼고 저쪽에서 걸어오고 있었다. 앞치마를 입은 할머니가 창가에 서서 지루한 듯 밖을 내다보았다. 할머니 뒤로 푸른 조명 아래 한 남자가 안락의자에 앉아 있는 것이 보였다.

"나도 그걸 모르겠어요. 그런데 파블로랑은 전혀 다른 것만은 분명해요."

나는 그녀의 말에 깜짝 놀랐다. 그녀가 그렇게 보여서가 아니라 그렇게 말을 할 수 있다는 데에 놀란 것이었다. 나는 그녀를 찬찬히 살펴보았다. 한편으론 행복해 보였고 또 한편으론 불안해 보였다.

"그거야말로 정말 슬픈 생각이에요." 내가 말했다. "당신들에겐 어찌 됐든 두 아이가 있잖아요……."

"그렇게 생각해요?" 문가에 기대어 서 있던 올리비아가 중간에 끼어들었다. 그녀는 도마뱀을 넣은 유리잔을 가슴에 품고 있었다. "빅토리아가 그걸 알지 못했다면 훨씬 더 슬펐을 거예요. 그녀가 마지막에 도달하게 될 관계는 그 때문에 더 이상 헤어질 필요가 없는 거예요. 아이들이 이혼의 징표인가요?"

빅토리아는 올리비아의 말에 아무런 말도 않고 나를 향해 몸을 돌렸다.

　"그러면 당신은 어떤가요? 당신과 오스카 두 사람은 똑같은 붉은 실을 손에 잡고 있었던가요?"

　나는 무슨 말을 해야 할지 몰랐다. 그런 문제를 지금까지 한 번도 깊이 생각하고 싶은 마음도 없었다.

　올리비아는 도마뱀을 놓아주었다. 나는 어둠 속을 물끄러미 바라보면서 당신을 생각했다. 그리고 우리를.

　남녀 간의 일치에 관한 그럴싸한 이론에 따르면 우리 두 사람은 30퍼센트도 충족시키지 못했을 것이다. 나는 빅토리아나 갈라가 말한 것처럼 인간 특유의 방식으로 당신이나 당신의 몸에 대해 감정을 느껴본 적이 한 번도 없었다. 그런데도 나는 우리들 사이에 말로는 설명할 수 없는 일치감을 느끼곤 했다. 당신이 내 몸을 만지고, 느끼고 하는 것 때문에 힘들어했는지 아니면 나를 만나는 것이 당신에게 포기할 수 없는 기쁨을 가져다주었는지 나는 전혀 알지 못했다. 나는 다른 사람이 말하는 순수한 욕망, 행복을 알지 못했다.

　그것은 도대체 어떠한 감정이었을까? 당신은 그것을 알고 있었을까? 내가 당신을 행복하게 해주었을까?

　마지막 질문을 나도 모르게 입 밖으로 꺼내고 말았다. 올리비아가 놀란 듯이 나를 바라보았다.

　"당신이 오스카를 행복하게 해주어야만 했다는 거예요, 아니면 그가 당신을 행복하게 해줘야만 했단 얘기예요? 나는 그걸 잘 모르겠어요…… 당신 자신 말고는 그 누구도 당신에게 행복을 가져다줄 사람은 없다고 생각해요."

"당신 말이 옳아요. 아이들은 단 한 번도 그것을 해낼 수 없지요. 아무튼 아이들은 행복하게 사는 데 있어서 훌륭한 스승인 셈이에요." 빅토리아가 말했다. "아이들에겐 모든 것이 아주 단순한 것처럼 보이거든요. '무엇이 나를 행복하게 할 것인가?' 아니면 누가 나를 행복하게 해줄 것인가? 같은 삶의 문제를 아이들은 '나는 무슨 놀이를 할 것인가?'와 그러면 '누구랑 놀지?'라는 문제로 해결하거든요."

그랬다. 어른들의 세계는 너무 복잡하기만 했다. 나는 의자를 접으면서 곰곰이 생각해보았다. 아이들은 순수한 눈빛으로 우리를 본다. 그 이유는 아주 간단하다. 아이들은 감정을 합리화시키지 않기 때문이었다. 그것은 최근에 빅토리아가 프란치스코의 감정이 무엇인지 모른다고 말했을 때 올리비아가 한 말과 같은 맥락이었다.

나는 그 생각에 사로잡혀 있었다. 만일 우리가 우리들의 유치한 본능을 더 믿었다면 많은 문제의 답을 쉽게 구하지 않았을까.

나는 누구랑 놀고 싶어 했는가? 이 문제의 답을 찾으려고 노력하는 동안 끔찍한 생각이 떠올랐다. 거기에선 아무런 답도 찾을 수가 없었다. 나와 같이 놀아줄 사람이 더 이상 없었다. 나는 노는 법을 잘못 배웠던 것이었다.

갑자기 숨이 막히고 슬픔이 밀려왔다. 갈라가 한때 바람을 피웠다는 어느 물리학자의 이상한 이론을 이야기할 때서야 제정신이 들었다.

두 사람은 갈라의 집에 같이 있었다. 때는 겨울이었고 그녀는 촛불을 켜고 난방을 껐다. 물리학자의 손은 매우 부드러웠고 매우 조심스럽게 움직였다. 침대에 누워 있는 갈라를 능수능란하게 다루었다. 그녀와의 거친 교감을 마쳤을 때 그의 몸은 땀으로 흠뻑 젖었고 머리는 엉망이었다. 그는 두 남녀 사이에 섹스를 하는 동안 필요한 에너지를 모은다면 이층짜리 집을 폭파할 수 있는 폭탄의 힘과 맞먹는다고 설명했다.

"한번 생각해봐요." 갈라가 말했다. "그리고 우리는 한 번을 더 했어요. 그날 밤 우리는 아마 그 동네의 모든 전기를 공급할 수 있었을 거예요." 그녀가 빙긋이 웃었다.

나는 그녀를 바라보았다. 그날 저녁 나에게는 염색체의 복잡성이 어느 정도 분명해졌는데, 여자들은 아주 다양한 방법으로 사랑을 한다는 것이었다. 많은 사람이 사랑이란 오로라처럼 그것 때문에 고통스러울 때 소중한 것이라고 생각하기도 하고 또 다른 사람들은 카산드라처럼 사랑 앞에서 도망친다고 했다. 또 어떤 사람들은 빅토리아처럼 열정을 찾기 위해 노력하며 갈라처럼 그것을 놓으려고 애쓴다는 것이었다. 그러니 어떠한 경우에도 올리비아가 말한 대로 사랑은 살아 있어야 가치가 있는 것이었다. 사랑을 찾은 사람은 자신이 필요한 모든 것을 갖고 있는 거라고 그녀는 말했다. '올리비아 당신이 사랑했던 것처럼 말인가요?' 나는 혼자 생각해보았다.

올리비아가 조심스럽게 오로라의 그림을 포장하는 동안 나는 그녀를 유심히 살펴보았다. 올리비아는 예순 살이었고 화려하고 어려운 시절을 겪었다. 그녀의 이비자 스타일 블라우스와 가녀린 허리, 터키블루색 눈가에 살짝 진 주름살, 40년대 영화 속에서나 볼 수 있는 오렌지색으로 염색한 머릿결, 플로리스트의 섬세한 손짓은 꽃도 사람도 부드럽게 다루는 데 익숙했다.

한때 그녀를 사랑했던 사람은 누구였을까?

내가 보기에 그녀가 사랑을 받았다는 사실은 분명했다. 살면서 사랑이라는 것은 피할 수 없는 것이며 "사람은 사랑을 잃으면 병이 들고 그 사랑이 돌아오면 병이 낫는다."라고 말한 그 누군가를 사랑한 것이 틀림없었다.

우리는 그림 포장을 다 마쳤다. 동네 개들이 합창이라도 하듯 짖어댔다. 빅토리아가 내 옆으로 와서 팔짱을 끼었다.

"좀 전에 당신과 오스카에 대해서 물어본 거 미안해요. 당신을 곤란하게 만들고 싶진 않았어요. 그리고 당신의 관계에 대해서 사실 나는 별로 관심도 없어요. 지나간 일을 캐묻는다는 것은 쓸데없는 일이에요. 이제 그는 여기에 있지 않고 당신은 많이 힘들겠지요."

그녀는 나를 빤히 쳐다보면서 윙크를 했다.

"그거 알아요?" 그녀가 말했다. "내가 얼마나 오랫동안 파블로와 관계를 유지할 수 있을지 자주 생각해봐요. 그리고 그런 생각을 할 때마다 두려워져요."

"그렇군요. 내 경우엔 그런 걱정을 할 필요가 이제 전혀 없어요."

내가 무뚝뚝하게 맞장구를 쳤다. 나를 지키기 위해서였지만 갑자기 예민해졌다. 빅토리아에게 그것은 중요한 문제였고 나는 그런 그녀를 잘 이해할 수 있었기 때문이었다. 그녀는 파블로를 그녀만의 방식으로 상상하고 있다고 고백하면서 그것에 대한 심한 두려움과 불안감을 느끼고 있었다. 파블로는 훌륭한 아빠이긴 했지만 그녀와는 많은 부분이 맞지 않았다. 그리고 그녀가 프란치스코를 사귀게 된 지금 이제까지 아주 조심스레 자신에게 숨겨왔던 것을 갑자기 인식하게 되었다.

"빅토리아," 나는 그녀의 눈을 바라보았다. "내가 얘기 좀 해도 돼요?" 그녀가 고개를 끄덕였다. "내가 당신에게 조언을 할 만한 사람이 아닐지도 몰라요. 하지만…… 당신은 이런 중요한 일에서 자신을 굳게 믿어야만 해요. 당신 자신과 당신의 감정을 믿지 못한다면 누굴 믿을 수 있겠어요?"

우리는 다른 사람들을 기다리면서 아무런 말도 하지 않았다. 나 자신이 그와 반대되는 경험을 했다는 생각이 갑자기 떠올랐다. 나는 그것이 당신이라고 생각했다. 오스카 당신은 나에게 현실 속에는 절대 존재하지 않는 자격을 부여했었다. 그리고 나는 그 위에서 나를 변화시켰고 나 스스로 결정할 필요가 없었다. 그리고 처음으로, 당신이 죽지 않았더라면 어떤 일이 생겼을까? 하는 생각을 해보았다. 우리들의 사이가 "깨지지 않고" 유지되고 있다는 사실을 증명하기 위해 같이 살고 있었을까?

블랑카가 갤러리의 철문을 닫았다. 그리고 나선 먼 대양을 떠나는 증기선과 항구에서 작별을 나누듯 슬픈 눈인사를 했다. 하이힐을 신은 그녀는 알마덴 거리를 따라 키득거리며 자신의 차가 있는 곳으로 또박또박 걸어갔다.

나머지 사람들은 반대 방향인 인적이 끊긴 언덕길로 올라가고 있었다. 발코니를 장식하고 있는 화분에 꽂혀 있는 바람개비가 움직이지 않고 있었다. 올리비아는 갈라와 함께 사랑, 습관,

욕망, 구속 그리고 광분에 대하여 서로 이야기 나눌 사람은 존재하지 않는다고 열을 올려가며 말했다. 그러면서 갈라는 자신이 독서를 통해 얻은 지식을 늘어놓았고 세계문학 속에 등장한 유명한 사랑 이야기를 예로 들었다. 클라린(스페인 작가 레오폴드 알라스[Leopold Alas, 1852~1901]의 필명)의 소설 『여선생』에 나오는 주인공 아나와 오조레스의 관계는 진정한 사랑이 아니었다고 그녀는 말했다. 그것은 그저 습관적인 만남이었고 단순한 희열이었으며 험버트가 롤리타에게 느꼈던 사랑과 같은 것이라고 했다. 그리고 마그리트 뒤라스(Marguerite Duras, 1914~1996. 프랑스의 소설가) 소설 『연인』의 두 주인공도 결코 진정한 사랑을 한 것이 아니라고 말했다.

우리가 페드로 거리를 건너고 있을 때 갈라는 이층에 있는 한 창문을 은밀하게 올려다보았다. 그 창 너머에서 그녀는 그날 낮에 가장 흥분되는 삶의 시간을 보냈었다. 하지만 그녀는 안드레스에게 전화하고 싶은 욕구를 꾹 참았다. 우리는 말없이 계속 걸었다. 가끔 귀뚜라미와 밤새 소리가 들렸다. 그러자 올리비아가 갑자기 우에르타스 거리에서 발걸음을 멈췄다. 그녀는 갈라의 옷걸이용 행어를 밀고 있었는데 갑자기 멈춰 서는 바람에 옷걸이가 서로 부딪혀 소리를 냈다. 올리비아가 우아한 몸짓으로 머리를 풀었다. 그러자 오렌지색 머리가 그녀의 어깨 위로 늘어졌다. 나는 그녀의 그런 모습을 처음 보았다. 전혀 다른 모습처럼 보였다.

"사랑을 한 번이라도 경험한 사람은," 그녀가 밝은 표정으로 말했다. "그 사랑이 끝났을 때 너무나도 가슴 아프게 그리워하죠. 그렇기 때문에 당신들에게 그런 기적이 다시 돌아오면 그 것을 마음껏 즐겨야 해요. 사람들은 그것을 느껴요…… 여기에 서." 그녀는 가슴에 손을 갖다 대었다. "그것을 느끼기엔 아주 쉬워요. 우리 심장이 박동하는 이곳에 가볍게 손을 대보면요. 그 징표는 사랑하는 사람 곁에 머물 수 없는 불가능성에 직면하 여, 아니면 사랑하는 사람을 잃을 수 있다는 가능성에 직면하여 그가 우리들 곁에 있거나 아니면 그가 우리 곁에 가까이 있다는 것을 알게 될 때 멈추지요." 올리비아는 뭔가를 그리워하는 표 정으로 옷걸이 행어를 계속 밀었다.

그때 나는 우리 모두가 똑같은 생각을 하고 있다고 믿었다. 그리고 올리비아가 그때 누구를 생각하고 있었는지 너무 궁금 했다. 그러나 나중에 안 사실이지만 그 사람에 대해서 알고 있 는 이는 단 한 사람뿐이었다. 올리비아는 그만큼 자신의 얘기를 하지 않았다.

갈라는 꿈꾸는 듯한 눈빛으로 기지개를 켰다. "우리와 같은 로맨티스트는 그걸 마음의 고통이라고 해요." 그녀가 말하면서 다시 한 번 깊은 한숨을 쉬었다. "마음의 고통……."

빅토리아는 갈라 뒤를 바짝 따라오면서 줄곧 스마트폰을 들 여다보고 있었다. "어머나, 어머나. 도대체 내가 무슨 생각을 하 고 있었던 거야?" 그녀가 중얼거렸다. "이 일을 절대로 되돌릴 수는 없는 건데……."

올리비아가 다시 멈추어 서서 그녀를 기다렸다. 그리고 서로 부딪혀 소리를 내고 있는 옷걸이 너머로 말했다. "정신 좀 차려 요. 화려한 쇼를 본 후에 다시 별 볼 일 없는 쇼를 보고 싶은 것은 아니겠죠?"

"그럼요." 갈라가 빅토리아 대신 대답했다. "그건 당신을 정말 만족스럽지 못하게 할 거예요."

"아, 나는 당신들이 싫어요!" 빅토리아가 소릴 지르면서 앞머리를 세게 입으로 불어 올렸다.

우에르타스 거리를 건너 천사의 정원까지 가는 동안 막 문을 닫으려는 마지막 술집 앞을 지나게 되었다. 나는 빅토리아의 마음속에서도 하나의 문이 닫히는 소리를 눈치챌 수 있었다. 그녀의 작은 방에는 그녀에게 구속되어 있지만 절대적 권위를 가진 독백자가 있었다.

그녀는 그 상황을 잘 참아내는 중이었다. 그녀는 가족의 행복에 대한 책임을 지고 있었다. 그러나…… 블라인더가 내려진 집으로 어떻게 들어갈 수 있단 말인가. 더구나 아무런 일도 일어나지 않은 척을 하고 말이다. 그녀는 프란치스코와 헤어져야만 할까? 그와 다시는 키스하지 않고, 그와 함께 나누었던 감정을 다시는 느끼지 말아야 하는 걸까? 다시는 그의 품에 안기지 말아야 한단 말인가…….

나는 그녀의 이야기를 들으면서 이 모든 것이 얼마나 어리석은 짓인가 생각했다. 빅토리아는 올리비아가 말했던 사랑의 기적을 이제 막 체험하고 있는 중이었기 때문이었다. 여기에서 냄비와 뚜껑, 다시 말하면 백 퍼센트 서로에게 맞는 사람을 찾았다는 것은 제법 있을 법한 일이었다. 그들은 서로에게 무엇을 줄 수 있는지 시험해보는 행운도 있었다. 더군다나 서로 합의를 했다. 그리고 그녀가 오늘 밤 남편과 함께 침대에 눕는다 해도 노트북을 무릎 위에 올려놓고 졸음이 쏟아질 때까지 일을 할 것이다. 다음 날 아침이면 그녀는, 앞치마를 두르고 마뜩잖은 표정으로 문 앞에서 기다리고 선 채 꼴이 도대체 뭐냐, 일을 해도 너무 많이 한다, 어떤 엄마도 너처럼 아이를 키우진 않을 거다, 같은 잔소리를 늘어놓는 시어머니에게 아이들을 데려다줄 것이다. 그리고 시어머니는 도대체 파블로는 언제 한번 집에 오느냐고 물어볼 것이다. 불쌍한 내 새끼, 그렇게 일만 하고…… 그러면서 말이다.

빅토리아는 입술을 꼭 깨물고 다시 차에 올라타서는 차창 문을 올린 후 음악을 최대한 크게 틀 것이다. 그녀는 큰 소리로 노래를 부르기 시작할 것이고 겨우 마음이 가라앉을 즈음 자신의 스케줄 플래너를 펼쳐보고 플래너 갈피에 꽂아둔 꽃잎이 무릎 위로 떨어지면 잠시 생각에 잠길 것이다.

우리는 천사의 정원 문 앞에서 여러 번 작별의 포옹을 나눈 뒤 각자의 길로 갔고 침대에 누워서도 서로 나누었던 의견과 대화를 생각했다. 그날 밤 우리는 자기 침실이 아니었다 할지라도 금방 잠들지 못했을 것이다.

갈라는 발코니에 앉아 밤을 보내면서 수선화 향기에 취해 있었다. 그러면서 그녀를 자랑스럽게 만들지 못하고 방해가 되었던 그녀의 애인이 갤러리를 이리저리 왔다 갔다 하던 장면이 머릿속을 떠나지 않았다. 올리비아는 몇 장의 서류를 살펴본 후 가게 뒷방의 매트리스 위에 누워 이리저리 뒹굴었다. 그날 밤 집으로 돌아간 카산드라는 수십 번도 더 보았던 영화, 자신의 운명을 스스로 결정짓기에 너무나 소심했던 불쌍한 매릴 스트립 때문에 엉엉 울었던 〈매디슨 카운티의 다리〉를 보다가 잠들었다. 빅토리아는 다음 날 아침식사를 미리 준비해놓았고, 나무 벽에 잠깐 머리를 기댄 채 쉬다가 다시 새벽녘에 일어났다. 오로라는 어떤 이유에서인지 모르지만 그날 밤 막시와 함께 침대에서 자지 않고 소파에서 뒤척였다. 나는 그날 밤을 어떻게 보냈는가? 나는 당신의 유골함 보자기를 풀고 그것을 어디에 놓을까 고민했지만 어떻게 해야 할지 몰랐다. 나는 그것을 거실 테이블 위에 올려보기도 하고 찬장에 넣어보기도 했다가 욕실 커튼 뒤에 세워보기도 했다. 그러다가 결국 침실 문 옆에 있는 조그만 테이블 위에 올려놓았다. 그렇지 않으면 그날 밤 잠을 잘 수 없을 것만 같았다. 나도 모르게 미소를 지었다. 이제 당신은 다시 당신만을 위한 방을 갖게 되었다는 생각을 하였다. 그렇지만 나는 그렇지 못했다. 당신의 유골함은 그렇게 있었다. 최소한 그 순간만이라도.

제비꽃에 물을 주고 거실 선풍기를 켰다. 소파 위에 누워서 매일 밤 그랬듯이 불편한 인도식 베개를 머리 밑에 구겨 넣었다. 오렌지빛 그믐달 빛이 창문을 통해 들어왔다. 나는 눈을 감았다.

불안감과 불확실함이 몰려왔다. 그것은 죄책감이라는 두껍고 두꺼운 벽에 대한 것이었다. 몸과 마음 그리고 삶의 태도에 대한 불일치였다. 지나간 삶, 다시 태어남, 사랑하는 사람을 항상 묶고 있는 붉은 실……

빌어먹게도 나는 이런 것들을 모두 시인하지 않을 수 없었다. 나는 한 번도 현실적으로 사랑해본 적이 없었다. 그냥 그랬다.

그냥 서로가 소통하지 못한 채. 당신과도 마찬가지였다. 당신 역시 이런 방식으로 나와 사랑에 빠지지 않았을 것이다.

내가 당신을 좋아하나요?

너무. 너무 많이. 어쩌면 그것으로 충분했을 것이다. 당신에겐 그것만으로 만족했으리라. 하지만 나에게도 만족스러웠을까?

언젠가 올리비아가 옛날 속담을 말한 적이 있었다. 느끼는 사람은 생각이 없고, 생각이 많은 사람은 느낌이 없다는. 거기에는 머리가 깨지도록 골치 아픈 이 세상에서 모든 일을 헤쳐내고 위기의 순간이 닥쳤을 때 생각으로 감정을 억눌러야만 하는 당신에게 해당하는 의미심장한 뜻이 숨어 있다고 생각했다. 더 정확히 말해 살아남는 것이 중요했었다면 마지막에는 본능과 감정도 중요시 여겼어야만 했던 것이다.

그때 나는 이것은 전혀 알지도 못한 채 ─ 왜 내가 그것을 시인하지 않았던지 ─ 당신의 마지막 소원 덕분에 *피터 팬*을 타고 항해하며 본능과 감정을 드러낼 수 있게 되었다.

너의 수평선과 나의 수직선

올리비아는 자기가 사귀었던 사람들 가운데 빅토리아가 가장 용기 있는 사람이라고 말했다. 그때 올리비아의 자부심에 가득 찬 표정을 잊을 수 없다.

빅토리아는 결국 자신의 사랑을 고백하였고 새로운 도약을 시도했다.

"안락한 자신의 테두리를 벗어나 작은 행복 대신 커다란 행복을 찾는다는 건 그렇게 쉬운 일이 아니에요." 그녀가 인정하듯이 말했다. 그리고 그 말은 옳았다. 그것은 안전망이 없는 도약이었다. 나 자신이 단 한 번도 믿지 않은 도약. 나는 내가 타고 있는 공중그네에서 떨어지지 않을까 항상 두려워했다. 내가 다른 그네로 건너뛰지 못하고 허공으로 추락한다면 무슨 일이 벌어질까? 그래서 나는 항상 차라리 도약을 포기했다.

그러나 지금 나에게 중요한 것은 용기에 관한 은유가 아니다. 오늘 나는 그냥 상투적인 말로 편하게 말하고 싶다. 바다는 푸르고 하얀 파도는 평화롭게 풀을 뜯고 있는 어린 양과 같다고. 그러나 살로브레나 뒤쪽으로는 바다가 부글부글 끓어오르는 수

프처럼 거칠었다. 소용돌이가 서로 겹치면서 가로질러 갔다. *피터 팬*은 심하게 위아래로 흔들렸다. 바람은 밤새도록 거칠게 몰아쳤다.

빅토리아가 계산한 바에 따르면 그곳이 그라나다의 해안지방이라고 했다. 살로브레나는 육지에서 바다로 튀어나온 지역이었다. 거기에서 조금만 더 가면 푼타 벨리라와 알무네카 중간에 배를 정박시킬 수 있는 좋은 곳이 있었다. 마리나 델 에스테 항구는 작은 데다 진입하기가 쉽지 않았다. 하지만 그곳에 가야만 폭풍우를 안전하게 피할 수 있었다. 그것은 하나의 선택과 같은 것이었다. 그러나 나는 항구로 들어가지 않을 생각이었다. 만일 내가 항구에 들어가게 되면 육지로 올라가 다시는 배로 돌아가지 않을 것만 같았기 때문이었다.

당신은 알고 있나요? 당신 없는 세상이 하나도 변한 게 없다는 사실에 내가 항상 놀라고 있는 것을. 집들은 여전히 하얀색이고 해변의 숲들도 변함이 없다는 것을. 하지만 여기에서 나는 자동차도, 사람도, 해수욕을 즐기는 사람도, 갈매기도 볼 수 없다.

오늘 나는 정말 항해를 잘하고 있었다. 사크라티프 곶에서부터 카스텔 데 페로와 칼라온다를 지나왔다. 그러나 여전히 긴장감이 풀리지 않았다. 모트릴 항구와 거기에 정박해 있을 거대한 화물선을 생각하니 신경이 곤두섰다.

"마리, 오늘은 포니엔테(남부 스페인과 북부 모로코에 부는 서풍)가 분대. 거의 20노트 속도라는데. 레반테(지중해 서쪽에 부는 동풍)는 해질 무렵에나 불 거야. 그러니까 서풍은 좀처럼 잠잠해지지 않는다는 걸 명심해. 오히려 더 심하게 불면 불었지…… 너는 이제부터……."

"오스카," 내가 당신의 말을 끊었다. "당신 다시 여기 온 거예요?"

당신은 당신의 존재가 당연히 거기에 있어야만 하기라도 한 듯 나를 바라보고 있었다. 당신은 항상 똑같은 옷을 입고 있었다. 내가 마음속으로 당신에게 입혀준 그 옷을. 아마도 그 옷을 입고 있는 당신을 내가 가장 매력적이라고 생각하는 것일까? 나의 상상 속에 당신의 모습을 어떻게 그리고 있는지 생각해보니 웃음이 나왔다.

"화물선은 어디에나 있어. 그러니까 주의해야 돼." 당신은 조용히 미소를 지으며 말했다.

나는 몸을 돌려 보았다. 화물선들이 보였다. 잠을 자듯 조용히 떠 있는 화물선들. 수면은 텅 빈 거대한 깡통처럼 보였다. 항구 뒤쪽의 언덕 위엔 하얀 돌기둥이 하늘을 향해 서 있는 것이 보였다. 그리고 그 뒤로 시에라 네바다가 선명하게 보였다. 제일 높은 산꼭대기에 쌓인 눈이 아직 녹지 않고 있었다. 그러나 지금 눈이 내리면 영향을 받는 곳은 산이 아니라 비닐하우스들이었다.

나는 저녁 노을빛 속에서 배의 키에 기대어 서 있는 당신의 모습을 보고 있다. 당신은 연료량을 검사하고 나침반과 풍속을 체크하고 있다. 그리고 당신은 수평선을 바라보았다. 우리가 오늘 얼마나 더 항해를 해야 할지 계산하고 있는 것이었다. 당신은 우리 둘을 위해 목표로 찾은 그 지점까지 얼마나 더 갈 수 있을까.

그것은 당신의 수평선이었다. 내 것이 아니었다.

솔직히 말하면 나는 당신을 다시 한 번 볼 수 있기를 원했다. 내가 그날 밤 갤러리에서 나의 모든 고백을 하고 사랑에 대하여 나누었던 이야기를 떠올리는 지금 말이다. 더 쉬운 말로 하자면 나는 당신을 다시 한 번 느껴보고 싶었다. 나의 감정으로 확실하게 말이다.

나는 바람을 향해 고개를 돌려 숨을 크게 들이쉬었다. 내가 다시 몸을 돌렸을 때 찻잔을 손에 들고 있는 당신을 보았다.

"차 드실래요?" 나는 이렇게 물으며 보온병을 집어 들었다.

당신은 고개를 저었다. "아니, 차는 더 이상 마시고 싶지 않아."

그리고 당신은 그것이 바람을 마시는 커다란 만족감을 가져다주는 듯 찻잔을 입술에 대었다.

당신이 나에게 어떻게 요트를 조종하는지 가르쳐준 것이 기억난다. 내가 당신의 열정을 함께한다는 것이 당신에게 얼마나 중요했는지 나는 알고 있었다. 당신은 내가 조그맣지만 민첩한 손으로 돛을 올리는 것을 기뻐했고 갑판 위를 조심스럽게 걷는 나의 모습이 당신의 마음에 들게 했다. 그리고 내가 매처럼 날카로운 눈을 가졌다고 좋아했다. 그것은 당신에게 많은 도움이 되었다. "마리, 저 앞에 있는 것이 뭐지? 배, 아니면 부표?" 나는 눈을 찡그려 뜨며 말했다. "저건 작은 배네요. 어부가 어망을 끌고 가고 있어요."

그러면 당신은 내가 마치 신기한 존재라도 되듯 놀라서 바라보았다. 그리고 장난스럽게 물었다. "그럼 어부가 피우고 있는 게 뭐야, 파이프 아니면 담배?" 나는 항상 그 장난에 빠져 대답했다. "아무것도 피우고 있지 않아요. 그는 씹는담배를 피우고 있어요. 그리고 두 눈 사이에 커다란 점이 있고요."

나는 그런 대화를 너무 좋아했다. 그때가 우리의 가장 달콤한 순간이었다. 당신은 행복해했고, 그것이 또한 나를 행복하게 했다. 나는 나의 행복을 스스로 찾는 대신 타인에게 맡겼었다.

그런데 나는 행복했다. 그것은 *피터 팬* 위에서 갑자기 당신에게 내가 필요했던 존재라는 것을 알았기 때문이었다. 그것이 비록 "육지가 보인다"라든가 참치잡이 그물이거나 빙산이 아닌데도 "장애물이 나타났어"라고 소리치는 일에 불과했지만 말이다. 그리고 어느 날 밤 우리 둘 사이에 정면충돌이 가까이 오고 있다는 것을 알았고 그것에 대해 나에게 선원의 말투로 논쟁을 벌인 것은 내가 아니라 당신이었다. "나는 죽을 때까지 당신하고 항해를 할 거야." 하고 당신은 말했다. 그때 당신은 여름방학에 나와 같이 놀던 어린 친구였었다. 당신의 확신을 나도 굳게 믿었다. 나는 보호를 받는 느낌이었다. 나는 당신이 너무 좋았다.

내가 이 모든 것을 생각하고 있을 때 당신은 그 어떤 이유에서인지 모르게 사라졌다. 당신의 마음이 나의 기억 속에 있었던 것일까? 아니면 내 생각이 당신을 방해했던 것일까?

갑자기 바람결에 재스민 향기가 실려왔다. 우리가 사이좋은 부부가 아니었는데도 그토록 오랫동안 서로를 묶어놓았던 것은 무엇이었을까 생각해보았다. 그리고 그때 내가 하고 싶었던 질문을 당신에게 하지 못한 기억이 떠올랐다.

당신은 언젠가 나를 떠날 건가요?

그렇다, 아니다, 하는 대답은 아무런 상관이 없었다. 당신은 왜 그렇게 하지 않았던가요?

나는 갑판 위에 누워 이리저리 뒤척였다. 놀랍게도 수평선이 시야에서 사라지고 그곳에 도달할 수 있을 것 같은 점만 남았다. 나는 그것을 "수직선"이라 부르고 싶었다. 갑자기 세상이 위아래가 아닌 왼쪽, 오른쪽으로 나뉜 것이다. 왼쪽에는 물로 만들어진 벽이 있고 오른쪽은 하늘이었다. 지지점도 목적지도 없는 벗어날 수 없는 무한성이었다. 그러나 그곳이 오직 유일한 출구였다. 나는 내 눈으로 두 개의 나뉨을 분명히 봐야겠다고 생각했다. 그러나 갑자기 머리가 어지럽고 시야가 흐려졌다. 나는 갑판 위에 손바닥을 위로 향하게 올려놓고 평형감각을 유지하려 애썼다. 숨이 가빠지기 시작했다.

나는 손을 다리 사이에 놓고 피부를 주물렀다. 안정을 찾으려고 애쓰면서 지난번 그랬듯이 당신을 나의 환상 속으로 불러들이고자 했다. 그러나 이번에는 성공하지 못했다. 그러자 나는 바리오 데 라스 레트라스에서 순찰을 하던 잘생긴 경찰관을 떠올렸다. 그리고 프란치스코까지도. 그러나 나의 육체가 꿈꾸는 그런 남자를 찾아낼 수 없었다. 결국 나는 브라이스를 생각해냈다. 그는 갈라가 어느 날 밤 센트럴 카페에서 나에게 소개시켜준 음악가였다. 그러자 기분이 달라졌다. 나는 마치 나의 애인이 나를 자기 몸으로 끌어당기기라도 하는 듯 무릎을 꿇고 앉았다. 나의 목을 스치고 가는 바람은 수천 개의 손처럼 느껴졌고 나의 몸은 전율했다. "이리 와, 이리 가까이 와요." 그가 나에게 말했다. 나는 갑판 위에 무릎을 꿇고 앉았다. 나는 *피터 팬*을 근육질의 건장한 브라이스의 육체로 생각했다. 그의 두꺼운 입술은 피부색과 똑같았고 눈빛은 회색이었으며 아파치족과 같은 긴 머리는 윤기가 흘렀다. 나는 배의 양쪽 난간에 걸려 있는 밧줄을 마치 고삐라도 쥐듯 꼭 잡았다. 무언가 속에서 끓어오르는 듯한 느낌이 들었고 바람에 머리가 헝클어졌다. 그러면서 나는 나만의 쾌락과 만족감을 느꼈다. 그것을 나는 오랫동안 거부하고 살았었다. 너무 오랫동안.

그 전날, 그리고 그날 이후

사람들은 "그날 이후"라는 말을 들으면 항상 '그날'보다 '이후'가 더 중요하다고 생각한다. 시험이 끝난 다음 날, 재난이 닥친 이후, 남자와 첫 경험을 한 다음. 그러나 이런 경우에는 그저 결혼한 남편과 "매혹적인 사건" 이후의 날이 중요한 것일 뿐이다. 그것이 "그날 이후"인 것이다. 카산드라의 연인관계는 변했고 그녀는 새로운 삶을 펼치고 있다. 시간이 흘러감에 따라 그녀는 병원의 응급상황에서 요청했던 피임약이 무엇보다도 뇌에 영향을 미친다는 사실을 발견했다. 갑자기 뭔가 머릿속에서 틱틱거리는 소리가 났고 전에 보이지 않던 것이 눈에 보이기 시작한 것이다. 우리는 그날 밤 갤러리에서 그녀를 보고 싶어 했지만 그녀는 우리가 보낸 문자에 아무런 대꾸가 없었다. 나와 빅토리아는 카산드라가 아직도 남자친구와 결말을 내지 못했을뿐더러 여가시간을 그 남자와 함께 그녀의 아파트에서 식물원을 내려다보며 지내고 있을 것이라고 생각했다.

그녀가 나에게 전화를 걸었을 때는 낮 12시였다. 우리는 사실 천사의 정원에서 요트항해법을 공부하기로 약속한 터였다. 그녀는 자기도 곧 올 거라고 말했다. 그녀의 목소리는 울음이라도 곧 쏟을 것처럼 들렸다. 카산드라를 알게 된 지 겨우 두 달 정도밖에 안 되었지만 나는 우리의 슈퍼우먼 카산드라가 언제 자기의 고통을 격하게 표현하는지 이미 알고 있었다.

그녀가 왔을 때 나는 가게에 혼자 있었다. 올리비아는 아직 돌아오지 않은 상태였다. 그녀는 자주 그랬듯이 생필품으로 가득 찬 바구니와 약봉지를 들고 가게 문을 나서며 밖에서 일 좀 보고 오겠다고 말했다. 나는 막 누에가 변해가는 모습을 살펴보고 있던 참이었다. 누에는 여전히 자신의 변태를 위해 선택한 장소인 난초 잎에 매달려 있었다. 누에의 색깔이 전보다 짙어졌고 피부가 말라비틀어진 것처럼 딱딱해졌다. 고치 안에서 이제 곧 벌어질 거대한 변화를 위한 징조 같아 보였다.

카산드라는 귀신처럼 몰래 들어왔다. 내가 고개를 돌렸을 때 그녀는 문가에 서 있었다. 나는 그녀의 모습에 깜짝 놀랐다. 그녀의 얼굴은 회벽처럼 창백했고 머리는 실타래가 헝클어진 것처럼 보였다. 눈 밑엔 다크서클이 짙게 끼었고 바지 정장을 입고 있었다. 옷을 입은 채 잠을 자고 나온 듯 옷이 구겨져 있었으며 한 손에는 샤넬 백을, 다른 한 손에는 스마트폰을 힘없이 쥐고 있었다.

"깜짝이야, 언제부터 거기 서 있었던 거예요?"

그녀는 지친 모습으로 나를 바라보았다. "나도 모르겠어요."

가게 안으로 들어온 우리는 그날 아침이 카산드라에게 변신이 일어나기 시작한 때라는 것을 어느 정도 확신할 수 있었다.

나는 가게 문을 잠시 닫고 커피를 마시러 가자고 말했다. 우리는 우에르타스 거리를 걸어 레온 거리로 접어들어 브라운 베어 빵집으로 들어갔다. 나는 카페 위층에 살고 있는 갈라에게 전화를 해서 오라고 하면 어떨지 그녀에게 물었다. 카산드라는 그러지 말라고 했다. 우리는 구석의 한적한 자리를 잡고 앉았다. 클래식한 가구로 꾸며진 카페 안에서는 커다란 초콜릿 빵, 마들렌 그리고 쿠키가 잔뜩 진열되어 있었다.

"자, 이제 얘기 좀 해봐요. 무슨 일 났어요?" 나는 그녀의 손을 잡으며 물었다. 날씨가 더웠는데도 불구하고 그녀의 손은 차가웠다.

"마리나, 차라리 무슨 일이 일어나지 않았느냐고 물어봐줘요. 그리고 나에겐 아무런 일이 일어나지 않을 거라고……."

전날 밤 카산드라는 그녀의 애인을 만났다. 그녀의 말에 따르면 뭔가 그의 기분이 안 좋아 보였다고 했다. 그러나 천사의 정원에서 이냐고를 그의 가족들과 함께 만났던 그날 모든 것이 달라졌다. 그때부터 그녀의 열정은 식어버렸고 쾌락을 느끼는 것도 힘들었다. 그리고 그녀는 소극적으로 변했다. 이냐고는 이러한 소극적인 섹스에도 더욱 격정적이었고 카산드라가 결국 그의 욕구를 들어준 그날 밤 너무 열심히 섹스를 하는 바람에 콘돔이 그녀의 몸속에서 벗겨져버리고 말았다. 처음에 두 사람은 그것을 재미로 받아들이려 했으나 마구잡이로 달려드는 남자에게 일어난 예상치 못한 사고가 무엇을 의미하는지 카산드라는 그가 눈치채지 못하게 하면서 흥분한 그를 진정시켰다. 그리고 응급실로 가서 그것을 꺼내겠다고 말했고 피임약 처방을 받아오겠다고 약속했다.

"여기까지 얘기는 그냥 웃기는 일에 지나지 않아요." 카산드라가 커피를 저으며 말했다. "그는 자기도 같이 가야 하느냐고 묻더군요. 그래서 병원 앞까지 함께 가주면 좋겠다고 말했어요. 경우에 따라서 누군가 우리를 볼 수도 있었으니까……."

카산드라는 물을 한 모금 마셨다. 그녀의 손이 조금 떨렸다. 그리고 머리를 귀 뒤로 쓸어 넘겼다.

"그는 괜찮으냐고 계속 물었어요. 자기의 책임감을 느끼지 않기 위해서 그 일이 벌어진 후에 피임약이 어떤 부작용을 일으키는지 알고 싶어 했어요. 그리고 내가 정말로 그 약을 먹는지 분명히 확인하고 싶어 했어요." 그녀는 잠시 말을 멈추었다. "그리고 내가 뭘 했겠어요? 당연히 그를 진정시켰지요. 나랑 같이 갈 필요가 없다고 말하면서 나는 택시를 타고 갈 것이고 이 모든 게 별일이 아니고 십대들도 섹스 후에 피임약을 먹는다고 말했어요."

그리고 실제로 그녀가 병원에 도착했을 때 그녀는 완전히 일이 잘못되어가고 있음을 느꼈다. 마흔 살이 되어서 그녀는 십대 때도 전혀 할 필요가 없었고 사실 그녀의 나이에 별문제도 아닌 일을 갑자기 하고 있는 것이었다. 원하지 않는 임신에 대한 불안감 때문에 남들 눈에 띄지 않게 응급처치를 하려 하고 누군가 나를 보지나 않을까 하는 생각에 기분도 안 좋은…….

"네, 어디가 아파서 오신 거죠?" 카산드라는 병원 접수대 직원의 목소리를 흉내 냈다. "아…… 그러니까…… 안녕하세요…… 내 몸 안에 콘돔이 들어가 있어요." 카산드라는 손으로 얼굴을 가렸다. "정말 창피한 일이었어요, 마리나. 말할 수 없이 창피한……."

진료실에는 안달루시아 사투리를 쓰며 세상에서 가장 달콤한 미소를 짓고 있는 간호사가 그녀를 기다리고 있었다. 그녀는 카산드라에게 아랫도리를 모두 벗고 산부인과 진찰 의자에 앉으라고 했다. 그러고는 핀셋 하나를 손에 들었다. 그녀가 천장에 있는 얼룩들을 세고 있는 동안 다시 누군가가 그녀의 몸 안을 이리저리 헤집고 있는 것을 느꼈다. 부어 있었던 그녀의 몸 안으로 한 달 동안 그 누구도 들어오게 하고 싶지 않았다. 그녀는 어쩌면 그 안에 생겼을지도 모를 새로운 생명을 더듬기라도 하듯 배를 만져보았다. 임신이 되었다면 무슨 일이 일어날까 하고 그녀는 생각했다.

서빙하는 사람이 우리 테이블로 와서 새로 구운 애플쿠키를 맛보지 않겠느냐고 물었다. 카산드라는 고개를 저었지만 나는 고맙다고 말하면서 두 조각을 집어 찻잔 받침접시에 놓았다. 옆 자리에서는 미국에서 온 여행객 부부가 자기들은 메이플시럽을 올린 팬케이크를 원한다고 열심히 설명하고 있었다. 카산드라는 그 부부에게 스페인에는 그런 맛대가리 없는 시럽은 아예 없다고 설명했다. 물론 맛대가리 없단 말은 아주 조용히 말했다. 우리는 커피 두 잔을 또 시켰다. 아주 진한 블랙커피를.

"당신은 아이를 가졌으면 좋겠어요?" 내가 물었다. "그 남자의 아이를요?"

"아뇨, 절대로 원하지 않아요. 나는 아이를 갖고 싶지 않았어요. 그 사람이든, 다른 사람의 아이든……." 카산드라는 흥분을 하면서 말했다. "그리고 앞으로도 아이를 원하지 않아요. 하지만 그 때문에 별로 기분이 좋지 않아요. 병원에 있을 때 내가 임신할 가능성이 아직도 많을 거라 여기고 처신한 것이 얼마나 어리석었던가 생각했어요. 어쩌면 일어날지도 모를 임신을 막기 위해 나이 사십인 내가 사후 피임약을 먹었다는 게 우스운 일이라고 생각했어요. 다른 사람들은 임신을 위해 많은 돈을 쓰기도 하는데 말이죠. 그리고 나는 모든 것을 가지고 있는 남자, 적어도 최소한 사회적인 목표에 도달한 남자와 시간을 허비했어요. 그는 직업, 가족, 가정, 아내, 거기에다 애인까지 다 갖추었죠. 나는 말하자면 어느 정도 그의 기분을 전환시켜주고 신경 쓰이게 하지 않는 생크림과 같은 존재인 거죠. 더구나 나는 그를 아주 편하게 만들어주고 양심의 가책을 느낄 필요가 없다고 확신시켜주고 있어요." 카산드라는 화가 난 듯 테이블을 두드렸고, 그 소리에 손님들이 깜짝 놀랐다. 그녀는 핸드백에서 스마트폰을 꺼낸 다음 파우치에서 귀걸이와 반지를 꺼내어 허겁지겁 끼었다.

"무슨 예술작품이라도 만들 듯 아이를 낳기 위해 모든 일을 그만둔 내 친구 클라라처럼 굴어야 할지 모르겠네요." 그녀는 쓴웃음을 지었다.

두 할머니가 모닝커피와 엔사이마다(마요르카 섬의 전통 빵)를 먹기 위해 빵집으로 들어왔다. 그중 한 사람은 셀리아 할머니였다. 나와 올리비아는 그녀가 직접 뜨개질을 해서 만든 시장바구니, 그녀의 눈화장, 그리고 실내용 슬리퍼 때문에 "시녀 할머니"

라는 별명을 붙여주었었다. 창가에 앉은 미국인 부부는 시내 관광 안내지도 위에 떨어진 크루아상 부스러기를 쓸어내고 있었다. 서빙을 하는 사람이 지도를 가리키며 세르반테스와 로페 데 베가의 하우스를 알려주고 있었다.

카산드라는 끊임없이 말을 하면서 커피를 저었다. 그녀는 자신의 얼굴색에 드러난 불편한 마음을 보여주지 않으려 나를 바라보지 않았다. 그리고 그녀가 처음 천사의 정원에 왔던 날 당황스럽게 그곳을 떠난 이유를 말해주었다. 그녀는 피임약병을 핸드백에서 꺼내며 자신이 이냐고를 매우 귀찮게 하는 것이 있다고 털어놓았다. 그는 자기 여자친구한테 아내에 관한 말을 할 때 자신을 보호하려는 못된 유부남의 습관이 있다고 했다. 아내에 대한 불평 아니면 자기 아내가 자기한테 얼마나 잘하는지 입에 침이 마르도록 칭찬한다고 했다. 요리솜씨가 얼마나 좋은지,

세르반테스의 생가

직장에서 일은 또 얼마나 잘하는지, 얼마나 훌륭한 엄마의 역할을 하는지는 말할 것도 없고 자기가 아내를 얼마나 사랑하는지 등등…… 그리고 이런 수작으로 눈에 보이진 않지만 결코 뛰어넘을 수 없는 벽을 쌓아놓는다고 했다. '나는 당신을 떠나지 않을 거야' 같은 브로드웨이의 화려한 전광판을 능가하는…… 이냐고도 자기 아내 로라가 아름답다고 자주 말했다고 했다. 그녀가 얼마나 좋은 여자인지, 얼마나 똑똑하고 뛰어난 여자인지. 그런데 그런 남자가 왜 다른 여자를 필요로 하는 건지 카산드라는 이해할 수 없었다. 그가 정말 끝내주는 여자와 함께 살면서도 말이다. 더구나 그녀로서 알 수 없는 것은 그가 자기 아내 말고 다른 여자는 별 볼 일 없는 여자로 생각한다는 것이었다.

나는 그녀의 얘기에 놀라면서 바로 그 로라가 가게에 찾아와 카산드라에 대해 묻고 갔다는 말을 언제 꺼내야 하나 고민했다. 카산드라는 로라가 얼마나 대단한 여자인지를 그동안 확인하게 되었다고 말했다.

나는 어쩔 줄 몰라 하며 카산드라를 바라보았다.

로라는 정말 끝내주는 여자라고 말하면서 카산드라의 눈동자가 갑자기 휘둥그레졌다. 자신의 딸을 천사의 정원을 뒤져가며 찾았던 그 끝내주는 여자.

"자, 그렇다고 해요." 내가 말했다. "그녀는 아주 착해 보였어요. 그런데 당신은 왜 그녀가 그렇게 대단하지를 알고 싶어 하는 거예요?"

"당신은 이해 못 해요." 카산드라가 말하며 입술 위쪽에 난 점을 만지작거렸다. "그 두 사람을 거기에서 함께 보았을 때, 나는 이냐고의 아내가 대단한 사람이란 걸 단번에 알아챘어요. 그 이유는 간단해요. 그녀와 나 사이에 사건이 하나 있었거든요."

나는 커피를 한 모금 마셨다.

"뭐라고요?" 내 목소리의 톤이 높아졌다.

"나도 알고 있어요. 그건 있을 수 없는 일이라고……."

"당신이 이냐고와 그의 아내와 함께 있었다는 거예요?"

"그래요. 그런데 동시에는 아니었고, 서로 따로따로."

"나는 그 일을 전혀 모르고 있었어요."

"나도 그때까진 그걸 몰랐어요. 그때가 처음이었어요. 로라 랑……."

카산드라는 커피 한 잔을 더 시켰고 나는 보리수 꽃잎차를 주문했다. 카산드라에게 전할 메시지를 남기고 발레리나처럼 정원을 통해 사라지던 로라의 모습이 눈앞에 어른거렸다.

카산드라는 로라를 브뤼셀로 가는 여행 도중에 알게 되었다. 그녀는 의사였고 아이들의 치료를 위해 여러 나라에 의사를 파견하는 NGO를 책임지고 있었다. 그녀는 브뤼셀에서 강연을 하기로 되어 있었다. 두 사람을 알고 있던 한 국회의원이 그들 둘을 인사시켜주었다. 그들은 적당한 술집을 찾으며 유럽의 수도 중심가를 따라 걸었다. 그러나 들어갈 만한 술집을 찾지 못했고 결국 카산드라가 묵고 있는 호텔까지 오게 되었다. 두 사람은 침대 위에 편안하게 걸터앉아 대화를 나누었다.

"마리나, 나는 그녀에게 완전히 반하고 말았어요. 그녀가 자신의 프로젝트에 대해서 정열적으로 이야기하는 모습이 말 그대로 믿을 수 없을 정도였어요. 그날 내내 그녀로부터 시선을 뗄 수가 없었어요. 그런데 그녀가 갑자기 몸을 돌리더니 목 뒤의 머릿결을 위로 올리면서 목걸이를 풀어달라고 부탁했어요." 카산드라는 얼굴이 붉어졌고 기도하듯 손을 모았다. "왜 그랬는지, 나도 모르겠어요. 하지만 나는 그녀에게 키스를 하고 말았어요. 그녀의 목에 키스를 한 거지요. 나 스스로 깜짝 놀라 뒤로 물러나 미안하다고 말하려 하자 그녀가 나를 바라보더니 두 손으로 내 얼굴을 감쌌어요. 그리고 아주 자연스럽게 입술에 키스를 해주었어요. 우리는 그렇게 키스를 하고 몸을 더듬고……."

그녀는 잠시 말을 멈추었다가 계속 이야기를 했다.

그다음 날 아침 그녀는 침대에서 깨어나 당황했다. 그리고 그날 밤 언제인지 모르게 호텔을 떠난 로라의 순수한 마음이 담긴 메모를 발견하였다. "정말 편안한 밤이었어요. 당신을 알게 된 것이 너무 기뻐요. 서로 나누었던 대화에 고맙고 모든 것이 잘 되길 빌게요." 로라는 다음 날 저녁 카산드라를 저녁식사에 초대했다.

두 사람이 만났을 때 카산드라는 로라에게 자기는 남자친구가 있다고 말했다. 로라도 남편이 있지만 더 이상 사랑하지 않으며 남편에게 다른 여자가 있을 거라 생각한다고 말했다.

"이건 정말 미친 짓이에요." 카산드라가 눈을 크게 뜨고 나를 바라보았다. "만일 우리가 몽타주 사진을 그려야만 한다면 그때 나타난 그 사람은 아닐 거라고 분명히 말할 수 있어요. 반대로 그 그림은 이냐고가 자기의 훌륭한 아내를 그린 그림이고 나는 하나하나 확인할 수 있을 거예요."

그들이 천사의 정원에서 다시 만났던 그날 그 사실은 분명해졌다. 긴 목에 자연스러운 우아함을 지닌 날씬한 그 여자. 짧은 금발머리, 빈티지 스타일의 치마를 입은 그 여자. 그녀는 가벼운 눈화장과 색깔 없는 립글로스만 바른 수수한 차림을 하고 있었다. 그럼에도 그 여자는 다른 사람에게 의미 있는 감정을 전달할 만큼 광채가 났다. 오로지 그녀의 남편만이 그 감정을 몰랐던 것이다. 그리고 그 때문에 그녀는 자신을 돌이켜보기를 그만둘 수 없었던 것인지도 모른다. 자신의 삶이 이미 충분히 복잡다단했다는 사실을 고백하기란 쉽지 않은 일이었다. 원만치 않은 부부관계, 줏대 없는 남자친구. 이제는 동성을 애인으로 사귀어야 하는 심각한 문제까지 겹치게 되었다.

그녀는 자신이 일반적으로 여자를 좋아하는지 전혀 알지 못했다. 그러나 지금 이 여자는 좋았다. 그 여자와 사랑에 빠지고 만 것이다.

그래서 그녀는 꽃집으로 되돌아왔던 것이다.

"그러면 그 후에도 당신은 그녀를 만났나요?"

"내가 그녀에게 전화를 했지만 받지를 않았어요. 그리고 나는 이냐고를 계속 만났어요." 카산드라는 팔짱을 끼면서 몸을 뒤로 젖혀 앉았다. "그게 미친 짓 아니에요? 오로지 그녀의 소식을 알고자 그녀의 남편을 만난다는 거 말예요." 그녀는 한숨을 쉬었다.

"그런데 최근 우리는 식사자리에서 다시 만났어요."

"그래서요?"

"그녀는 우리가 계속해서 만날 수 있을지 알고 싶어 했어요.

그녀도 나를 잊지 못하고 있었고요."

떨떠름한 미소가 그녀의 얼굴을 스치고 지나가면서 감정이 복잡해 보였다. 왜 우리는 이런 일을 항상 어렵게만 생각하는가? 스스로를 다른 사람으로부터 보호하기 위해 자신의 감정을 털어놓지 못하는 것인가? 그러면서 우리들 자신이 스스로를 보호하지 못하고 있는 것인가? 나는 이런 생각이 부당하게 여겨졌다. 나 자신도 카산드라가 자신의 가슴 아픈 이야기를 털어놓던 그날 아침처럼 그녀를 그렇게 아름답고 사랑스럽게 느껴본 적이 없었다.

"더 늦기 전에 로라에게 이냐고와의 문제를 얘기해보는 것은 어때요? 나는 그게 좋을 거 같은데."

그녀는 고개를 끄덕였고 눈가가 촉촉해졌다. 그 고백이 아름답고 달콤한 관계의 마지막을 의미할 수 있다는 사실을 그녀는 알고 있었다. 그 관계 때문에 그녀는 혼란스럽기도 했지만 행복하기도 했다.

나는 그녀를 위로하며 그녀의 뺨 위에 흘러내린 눈물을 닦아주었다. "잘 알겠지만 이 일 때문에 다음번 우리 모두가 만났을 때 당신이 겪은 일을 이야기하는 것을 망설이지 않았으면 좋겠어요."

그녀가 놀라서 나를 바라보았다. "내가 이 이야길 모두에게 하리란 걸 당신은 믿지 않는 건가요?"

나는 웃었다. "나는 그저 당신이 십대 소녀처럼 몸속에 있는 콘돔 때문에 응급실에 갔다는 이야기를 생각한 것뿐이에요."

카산드라는 내 얼굴을 뚫어질 듯 쳐다보았다. 그녀가 내 뺨을 때리기라도 할까봐 무서웠다. 하지만 그녀는 입가에 미소를 지었다. 그리고 그 웃음은 나뿐만 아니라 다른 테이블에 있는 사람들에게도 전염되었다.

잠시 후 우리는 카페에서 나와 거리를 걸었다. 걷는 동안 카산드라는 모성애에 관한 이야기를 했다. 여자들은 이 세상에 여전히 존재하는 사회적인 기대감에 부합하지 못하면 자신을 직업적으로 성공한 여인으로 정당화시켜야만 한다는 것이었다. 사십대의 여성에게 아이가 없다는 것은 어떻든지 간에 뭔가 결함이 있는 것으로 생각한다고 했다.

"이런 일이 지금에서야 일어났다는 게 우스워요." 그녀가 진지하게 말했다.

나는 길거리 홍보를 하는 사람들을 살짝 피해 걸었다. 한 여자는 화장품 샘플을 나눠주고 있었고 다른 한 사람은 시식용 가스파초 빵을 나눠주고 있는 중이었다. 오늘은 모든 것이 공짜처럼 보였다. 그리고 나도 공짜로 카산드라에게 조언을 해줄 수 있을 것만 같았다. 당신을 미치게 몰아가지 말라고, 이제 모든 일이 잘될 거라고. 하지만 나는 그런 상투적인 위로를 하지 않았다. 카산드라에게서 너무 심한 불안감을 느꼈기 때문이었다. 하나는 자기를 소중히 여기지 않는 남자친구에 대한 실망감으로 인한 것이었고, 또 다른 하나는 지금까지 알고 있던 사랑을 어지럽고 심란하게 만든 한 여자를 사랑한다는 두려움 때문이었다. 그러나 그 실망감을 극복할 수 있는 유일한 방법은 그녀가 자기 자신 뒤로 숨는 것이었고 그것의 불확실성을 극복하기 위해 앞만 바라봐야 했다.

그날 아침 나는 그러한 순간이 올 거라곤 전혀 예상하지 못한 채 카산드라를 통하여 많은 이야기를 듣게 되었다.

우리는 아무 말 없이 델 레온 거리를 따라 구수한 빵 냄새가 사라지고 방금 세탁한 신선한 빨래 냄새가 풍기는 빨래방 앞까지 걸었다. 대학으로 돌아가는 귀퉁이에서 나는 발걸음을 멈췄다. 그녀가 자신의 몸을 뻣뻣한 막대기처럼 맡길 것을 알면서도 나는 그녀를 끌어안아주었다. 그리고 그녀의 예쁘고 지친 얼굴을 두 손으로 감싸며 그녀의 눈을 똑바로 쳐다보았다.

"카산드라. 당신은 정말 멋진 여자예요. 당신의 힘이 어떠한 불안감도 주지 않는 그런 사람을 당신은 만났어요. 이냐고는 당신의 눈높이에 맞지 않아요. 그도 그걸 잘 알고 있고요. 하지만 로라는 당신의 파장과 같아요. 내가 당신이라면 그것을 찾아낼 기회를 잡고 말 거예요." 나는 잠시 말을 멈추었다. "사람들이 생각하고 있는 것은 다 집어치우라고 하세요!"

그녀는 천천히 고개를 끄덕이며 나의 품 안에서 벗어났다.

"어쩌면 당신 생각이 맞을지도 모르죠. 모든 것이 그저 혼돈스러울 뿐이에요."

"당신이 생각하는 것만큼 혼돈스럽지 않을 수도 있어요." 나는 이렇게 말하면서 눈을 찡긋했다. "로라가 며칠 전에 천사의 정원에 와서 당신에 대해 물어본 적이 있어요. 나는 그녀에게 무슨 말을 해야 할지 몰랐어요."

카산드라의 동공이 갑자기 어둠 속에서 무언가를 보려는 듯 커졌다.

"마리나, 그거 알고 있어요? 내가 얼마나 이상한지⋯⋯." 그녀는 나를 바라보면서 다시 중심을 잡았다. "그 여자가 마음에 들면 들수록 내가 더 여성처럼 느껴진다는 거요."

그녀는 머리를 뒤로 넘기면서 나에게 작별의 손짓을 하였다. 그리고 가벼운 발걸음으로 델 프라도 거리를 내려가 레 라스 코르테스 광장 쪽으로 갔다. 그곳의 지하주차장에 그녀의 차가 있었다.

나중에 그녀가 얘기하기를 광장에 도착한 바로 그 순간 그녀의 스마트폰이 울리기 시작했다고 했다. 그녀 뒤로는 국회의사당까지 가는 외교관이 탄 차들을 호위하는 경찰차가 사이렌을 요란하게 울리며 지나갔다. 국회의사당 앞에서 몇몇 사람이 모여 "경찰을 줄이고 문학을 장려하자!"라고 외치며 데모를 하고 있었다. 제복을 입은 경찰관들이 그 건물을 삼엄하게 감시하고 있었다. 카산드라는 주변을 멍하니 둘러보았다. 그곳은 분명히 마드리드에서 가장 아름다운 곳이었다. 국회의사당을 지키고 있는 세르반테스 동상, 넵튠 분수 그리고 그 뒤편의 산 헤로니모 엘 레알 성당.

그녀는 핸드백을 뒤져 스마트폰을 꺼냈다. 그리고 누가 전화를 걸었는지 알았을 때 웃고 말았다. 그녀는 스마트폰으로 사진을 찍어 이렇게 적어 보냈다.

"당신이 보고 싶어."

그날 아침은 작지만 위대한 폭로의 아침이 되어야 했다. 내가 우에르타스 거리를 걸어 올라가고 있을 때 올리비아가 문 앞에서 무릎을 꿇고 있는 것을 보았다. 나는 그녀에게 인사를 하려고 가까이 가고 있었는데 그녀가 하는 행동을 보고 발걸음을 멈추었다. 그녀는 장을 본 많은 생필품과 약봉지를 아무도 없는 노숙자 가족의 매트리스 위에 올려놓고 있었다. 그리고 그 물건들을 이불로 덮고 빈 바구니를 들고 천사의 정원로 향해 갔다. 분명히 우리 모두는 각자 작은 비밀이 있었고 올리비아에 관한 그 비밀을 비로소 나는 알게 되었다.

나는 그녀의 바로 뒤를 이어 가게에 도착했다. 가게 문은 열려 있었고 그녀가 뒷방에서 전화하는 소리가 들렸다. 그녀는 왕골로 짠 바구니를 항상 페르골라 밑의 의자 위에 올려놓았다. 항상 그랬듯이 나는 바구니를 들고 계산대 뒤에 놓았다. 올리비아의 말에 따르면 이 동네의 도둑들은 동네 사람들의 물건을 훔치지 않는 것이 불문율이라고 했다.

나는 그네에 앉아 그날 아침에 일어난 모든 일을 곰곰이 생각해보았다. 온 동네에 지천으로 흔한 앵무새 가운데 한 마리가 올리브나무 가지에 앉아 나를 빤히 바라보았다. 그 앵무새는 녹색이었고 매우 이국적이었으며 늙은 수다쟁이처럼 보였다.

나는 카산드라에 대해 생각해보았다. 그렇게 능력 있는 여자와 관계를 유지한다는 것은 분명히 간단한 일은 아니었다. 겉으로 보기에 그녀는 항상 완벽했고 대부분의 사람들이 어려워할 정도로 능력 있고 강했다. 사람들은 그런 여자를 감당하기 쉽지 않다고 생각했다.

그러나 그녀의 수준과 맞는 여자와의 관계는 어떠했을까? 그렇다면 모든 일이 달라졌을까?

갑자기 우리가 처음으로 천사의 정원에 모여 앉아 이야기를 하던 날 밤 갈라가 한 말이 떠올랐다. "당신이 남자가 아닌 게 정말 아쉬워요." 갈라는 농담 삼아 카산드라에게 말했다. "나를 위한 완벽한 관계처럼 들려요."

그녀도 여자로서 다른 여자와 완벽한 관계를 맺고 있었던 것이었을까?

나는 발끝으로 땅을 굴러 그네를 움직였다. 하늘은 푸르기만 했다.

어쩌면 카산드라와 로라처럼 완벽한 두 여자의 일치는 우주를 파괴시킬 수도 있을 것이다.

올리비아가 정원으로 나왔다. 그녀는 다른 한 여자와 함께였다. 그 여자는 흰색 들국화 꽃다발을 손에 들고 있었다. 활짝 핀 작고 조그만 들국화였다. 꽃의 화사함이 그 꽃을 손에 들고 있는 여자를 비추고 있었다. 아니면 그 반대였는지도 몰랐다. 그 여자의 아우라가 꽃에 드리워진 듯도 했다.

"그래요. 이미 말했던 것처럼…… 나를 믿어봐요. 당신이 어떻게 결정하든지 상관없어요." 들국화를 든 여자가 올리비아에게 말했다. "우리는 그 일이 일어나는 것을 허락하지 않을 거예요. 당신은 걱정할 필요가 없어요."

그 여자도 올리비아처럼 나이를 가늠하기가 어려웠다. 얼굴은 온화한 미소를 띠고 있었고 올리비아보다 조금 작고 더 밝아 보였다. 머리는 검은 단발이었고 빨간색 실크 블라우스를 입었으며 그 위에 작은 해골처럼 보이는 상아색 구슬로 엮은 긴 목걸이를 하고 있었다.

엠 파이스의 기자이자 소설가 로자 몬테로

올리비아가 고개를 끄덕였다. "고마워요, 로자. 당신의 도움
이 필요하면 전화할게요."

내 앞에 있던 그 여자가 누구인지 아는 데는 시간이 얼마 걸
리지 않았다. 그러나 그 여자가 이미 내가 누구라는 사실을 알
고 있다는 데에 더 놀랐다. 그녀는 마치 알지 못하고 있던 꽃을
정원에서 발견한 듯 호기심 어린 눈초리로 나에게 가까이 왔다.

"당신이 마리나인가 보군요." 그녀는 이렇게 말하면서 활짝
웃었다.

올리비아가 우리를 인사시켜주려 하자 나는 그네에서 내려왔다.

"그럼 당신이……." 나는 두근거리는 마음으로 말했다. "당신이 내가 좋아하는 그 소설가인가요? 당신 정말로 그 소설가 맞지요?"

그녀는 웃으며 고개를 끄덕였고 차분하게 나를 대해주었다. 올리비아는 우리 두 사람 뒤에서 흐뭇한 표정을 짓고 있었다.

나는 어린 시절부터 로자 몬테로(Rosa Montero, 1951~ . 엘 파이스의 기자이자 소설가)의 책을 읽었다. 솔직히 고백하면 그녀의 소설 속에서 내 인생의 중요한 순간을 발견했었다.

그녀의 소설은 나에게 일기장과 마찬가지였으며 내가 필요로 하는 것을 정확하게 알려주었다. 나는 생각할 겨를도 없이 그녀에게 달려가 그녀가 손에 들고 있는 들국화 꽃다발이 찌그러질 정도로 그녀를 껴안았다.

내가 갑자기 껴안는 바람에 놀랐으면서도 그녀는 상냥하게 말했다.

"올리비아가 당신에 대해서, 그리고 당신이 계획하고 있는 여행에 대해 얘기 많이 했어요." 그녀는 이렇게 말하곤 올리비아에게 시선을 돌렸다. 그리고 꽃다발에서 들국화 한 송이를 꺼내어 마치 요술지팡이라도 되는 듯 꽃으로 내 머리를 톡톡 쳤다. "노파심에서 하는 말인데 당신이 그 전에 몇 가지 분명히 알아둘 게 있어요." 그녀가 들국화를 나에게 건네주었다. "만일 당신이 남편의 방식대로 여행을 한다면 여행이 끝난 후에 당신은 다시 조수로 남고 말 거예요. 그러니 당신만의 여행을 하세요."

나는 복잡한 심정으로 그 꽃을 받아 들었다. 나를 이미 잘 알고 있는 듯한 어느 낯선 사람으로부터 충고를 받았다는 것에 묘한 기분이 들었다. 로자는 올리비아의 뺨에 키스를 하고 손을 꼭 쥐었다. 그러고는 장식으로 박아놓은 타일 위를 지나 길가로 나가 전보다 더 생기가 도는 델 앙헬 광장을 건너갔다.

로자가 행인들 사이로 사라지는 동안 나는 "네, 그렇게 하겠어요." 하고 마음먹었다. 나는 올리비아를 처음 만나던 날 그녀가 나에게 던졌던 물음에 대한 답을 조금씩 알아차리기 시작했다. 꽃을 사는 여자들이 어떠했는지도 짐작할 수 있었다.

올리비아는 온실로 향하는 문가에 서 있었다. 그녀가 겨드랑이 밑에 문서 뭉치를 끼고 있었음을 나는 뒤늦게야 알아차렸다. 올리비아는 그 내용에 대해 로자와 이야기를 나누었던 것일까? 어쨌든 그 서류 뭉치는 며칠 전 프란치스코가 가게에 놓고 간 것이었다. 올리비아가 그와 약속을 했던 것일까? 그녀는 산호색 립스틱을 바르고 넓은 통의 모랫빛 바지와 흰 셔츠를 입고 사파리 모자를 쓰고 있었다. 그 모습이 영화 〈모감보〉에 나오는 주인공 같아 보였다. 그리고 매우 피곤해 보였다.

나는 카산드라와 나누었던 대화를 그녀에게 숨길 수 없었다. 물론 로라에 관한 얘기는 하지 않았다. 올리비아의 판단은 단호했다. 카산드라가 그녀와 맞지 않는 남자를 사귀는 일을 당장 그만두어야 한다는 것이었다. 나는 그녀의 태도가 놀랄 정도로 냉혹하다고 생각했다. "카산드라도 자신이 뭘 어떻게 해야 하는지 이미 잘 알고 있어요."

"아, 그렇군요." 그녀는 언짢은 표정을 지었고 그것이 나를 놀라게 했다. "카산드라도 다른 모든 사람처럼 똑같이 해야 해요. 그녀도 사랑을 받아야만 한다고요."

희생자들의 통찰력

사람과 사귀다 보면 대화를 하면서 마음이 변하는 것을 알 수 있다. 그래서 사람들은 자기를 자제하거나 아예 말을 하지 않으려 한다. 그러나 제어할 수 없는 어떤 힘이 작용하여 우리는 혀를 놀려 말을 내뱉고 만다. 나는 올리비아가 카산드라의 문제에 대해서 정말로 냉정한 태도를 취한 것에 놀랐었다. 그러면서도 그러는 그녀에 감동했다. 물론 나는 올리비아보다는 카산드라에 대해서 더 많이 알고 있기도 했거니와 다른 사람의 이야기를 마치 진공청소기처럼 빨아들이고, 경우에 따라 객관성을 잃어버릴 정도로 내 이야기인 것처럼 동일시하는 경향도 있었다. 사파리 차림의 올리비아가 온실에 있는 내 뒤에 나타나 잔소리를 하고 있을 때 물통에 물이 넘치고 있었다. 한 시간 동안 가게 문을 닫아놓았기 때문이었다.

"손님이라도 왔으면 어쩔 뻔했어요?" 그녀는 나를 꾸짖으며 선풍기를 틀었다. "혹시 나에게 중요한 문서를 가져다주려고 했나요?" 그녀는 내 얼굴 앞에 문서를 흔들어 보였다. "다행히 내가 제시간에 돌아왔네요."

그때 나는 그 뒷배경에 대한 아무런 예감도 할 수 없었기 때문에 그녀가 왜 그렇게 흥분해 있는지 전혀 짐작할 수 없었다.

"카산드라 때문에 그랬어요." 내가 대답했다. "카산드라가 아주 지쳐 보이길래 그녀에게 아침식사를 대접하면 좋을 거라 생각했어요. 더구나 지금은 휴가시즌이고 오전에는 거의 손님이 오지 않아서……."

"그러니까 일이 별로 없어서 그녀와 커피라도 한잔 마시려고 했던 건가요?" 그녀가 내 말을 끊고는 그대로 벤치에 앉아 동상처럼 굳은 채 나를 바라보았다.

나는 시선을 떨구었다. 나는 갑작스러운 혼란을 극복하는 방법을 한 번도 배워본 적이 없었다. 울고 싶은 마음도 들지 않았다. 당황했을 때 나는 항상 울기부터 했는데…….

올리비아는 일어나 계산대로 갔다. 그녀는 더 이상 할 말이 없어 보였다. 그녀는 노트북을 열어 플레이리스트를 클릭했다. 재즈 음악이 선풍기 바람에 흩날리는 꽃잎처럼 가게 안으로 퍼졌다. 나는 그 자리에 선 채로 이 모든 일이 나에게는 너무 빨리 일어났고, 나는 이제 정상궤도에서 벗어났으며, 꽃집 직원으로서 무슨 일을 해야 할지 도무지 알 수 없다는 생각을 했다. 나는 지난 15년 동안 이사를 한 적도 없었다. 나에겐 왜 아이가 없을까 하는, 그리고 앞으로도 아이를 낳지 못할 거라는 생각이 스쳐 지나가면서 그간 나만의 관계에만 얽매여 있었다는 생각도 들었다. 갑자기 너무나 외로운 느낌이 든다고 말하고 싶었다. 그리고 지금, 지금은…….

지금 나는 위기를 벗어날 수 있을 만큼 모아둔 돈이 있는 것도 아니고 심각한 문제도 느끼지 못하고 있다. 그리고 그 망할 놈의 배를 항구에서 끌어낼 생각도, 힘도 없었다.

"나는 모든 삶을 잃고 말았어요. 정말 미치겠어요!"

나는 이 한마디로 꼬리에 꼬리를 물고 늘어지는 내 마음속의 두려움을 뱉어냈다. 그러고 나니 울음이 복받쳤다. "나는 이제 완전히 지쳤고 더 이상 아무런 힘도 없어요. 또 해봤자 실패하고 말 거라는 것을 알기 때문이에요."

나는 울었다. 참았던 울음이 거침없이 터지고 말았다. 나는 가게 한구석이나 누에고치가 매달려 있는 수선화 옆에만 웅크리고 앉아 있을 정도로 나만의 세계 속에 갇혀 있었다.

내가 고개를 들자 올리비아는 아무런 동요도 없이 나를 쳐다보았다. 그녀는 이마를 살짝 찡그리고 있었다. 나는 그녀가 어지럼증을 느껴서 그러는지 아니면 나에게 어떤 반응을 보여야 할지 몰라 그런 표정을 짓는 것인지 알 수 없었다. 그녀가 내게로 가까이 왔다.

"당신을 희생시키는 짓을 이제 그만둘 수 없나요?"

나는 깜짝 놀랐고 그때 그녀가 한 말을 믿을 수 없었다.

"당신만의 삶을 살아가기 위한 가능성은 모두 열려 있어요. 그런데도 당신은 당신을 위한 안락한 감옥 안에 들어가 있는 거예요. 당신 스스로를 그 안에 가둬놓은 거지요. 이제 그러한 자기연민은 그만해요. 그리고 당신의 달팽이 껍질을 벗어던져요."

그녀의 말 한마디 한마디가 내 정신을 번쩍 들게 했다. 온실의 유리창을 통해 햇빛이 환하게 비치면서 그녀의 머리 위에서 불타는 듯한 횃불로 바뀌었다.

그녀는 혀를 쯧쯧 차더니 말했다. "그래요, 마리나. 아주 훌륭한 조수처럼 당신은 나 같은 잔소리꾼을 견뎌냈어요. 나는 그에게 나의 삶을 바쳤다!" 그녀는 설교라도 하듯 두 손을 높이 들었다. "얼마나 말 같지 않은 소리예요. 부탁할게요. 어쩌면 수백 년 전이라면 당신은 견뎌낼 수 있었을지도 몰라요. 그러나 지금 그런 것을 남들은 전혀 이해하지 못해요. 그건 당신 자신에게도 책임이 있어요. 당신은 그런 위험을 알고 있었으면서도 그 안으로 들어간 거예요. 거기에 무슨 말을 해야 할까요…… 당신이 다른 선택을 할 수 있었더라면 좋았을 텐데, 마리나. 그렇지만 지나간 일은 이미 지나간 거예요. 당신은 마지막 카드에 모든 것을 걸었다 모든 것을 잃고 말았어요. 이제 한탄해봐야 아무런 소용이 없는 거죠. 이제 행동으로 보여줘야만 해요." 그녀는 내 어깨 위에 손을 얹었다. "당신이 겪은 일은 매우 슬픈 일이죠. 그러나 당신은 진실을 알아야만 해요. 당신은 완벽한 구속에 갇혀 있었던 거예요. 감정적으로, 경제적으로. 그리고 이제 당신이 꼭 매달릴 수 있는 다른 남자를 사귀기 전에 당신의 태도를 다시 한 번 생각해봐야 해요."

그녀는 수선화에 매달려 있는 누에고치를 가리켰다. "여기 자유에 관한 조그만 대가가 있어요." 그녀의 눈망울이 투명한 유리처럼 반짝였고 태도가 차분해졌다. 그녀는 내 옆에 무릎을 꿇고 앉았다.

"마리나, 부탁이 있어요. 이제 자유로워지세요. 자유는 우리가 가질 수 있는 가장 아름다운 거예요. 나비는 겨우 며칠을 날기 위해 애벌레 과정을 힘들게 견뎌내고 고치가 되는 거예요.

그런데 그게 왜인지 알아요? 그만한 가치가 있기 때문이에요. 너무나 아름다운 일이기 때문이죠." 그녀는 내 턱 밑에 손을 대었다. "자유에 대한 어떠한 두려움도 가질 필요 없어요. 날개를 활짝 펼쳐봐요, 마리나. 나는 당신이 그런 날개를 갖고 있다고 생각해요. 비록 오랫동안 접혀 있긴 했지만 우리 모두는 날개를 가지고 있어요. 다만 그것을 잊고 사는 것뿐이죠. 핑계나 대고 쓸데없이 고민하는 일은 이제 그만둬요. 자유롭게 살아요!"

나는 흘러내리는 눈물 사이로 그녀를 보았다. 콧물을 닦아내고 머리를 쓸어 올렸다. 나는 가방에서 요트항해법에 관한 책을 꺼내어 올리비아에게 건네주었다.

"올리비아, 나는 정말 못 하겠어요. 정말로. 이 여행은 처음부터 너무 무리한 계획이었어요. 그리고 카산드라가 분명히 더 이상 나를 도와주지 않을 거예요."

올리비아가 책을 받아 들고 일어나더니 바지를 톡톡 털며 길가에 서 있는 한 사람에게 고개를 끄덕였다. 나는 그 사람을 볼 수 없는 상황이었다. 그녀는 책을 계산대 위에 올려놓고 모자를 집어 들어 부채질을 했다.

"마리나, 당신이 나를 슬프게 하는군요. 그런데 그건 당신의 슬픔 때문이 아니라 바로 당신 때문이에요." 그녀는 모자를 쓰고 허리춤에 손을 올렸다. "그렇게 해서 얻는 게 뭔지 한 번이라도 생각해본 적이 있나요? 그저 동정심일 뿐이에요. 여기 있는 많은 사람이 적극적으로 당신을 도우려 해요. 당신도 사실 그렇게 하고 싶고요. 동정심을 자극해서 얻는 게 뭔가요? 그로 인해 당신이 이루려는 게 뭔가요?"

그녀는 잠시 말을 멈추었다. 그녀는 유리꽃병을 새롭게 정리하려고 꽃이 있는 쪽으로 갔다.

　"당신이 원하는 게 정확히 이것인지도 모르겠네요." 그녀는 조용하면서도 의미심장하게 말을 계속했다. "하루하루 살아남기 위해 동정심이 필요할지도 모르지요. 그러나 좀 더 앞을 내다보면 그건 별로 도움이 안 돼요. 만일 계속 그렇게 산다면 당신은 그 누구도, 또 당신조차도 자신을 동정하지 않는 비참한 사람이 되고 말 거예요."

　그녀는 장미나무의 시든 잎을 뜯어냈다. 그리고 백합꽃을 부채꼴로 펼치면서 꽃모양을 잡아주었다. 그녀는 야자수에 걸린 거미줄을 걷어냈다.

　"당신은 이제 당신이 누구인지 스스로 평가할 수 있는 기회를 가졌어요. 그 배를 항구에서 꺼내와 당신이 가고 싶은 곳으로 항해를 해보세요. 다른 사람들이 주는 동정의 힘이 아니라 당신 스스로의 힘으로요. 바다는 절대로 당신을 동정하지 않을 거예요. 진정한 도전이란 당신이 어떤 사람과 한 약속 때문이 아니라 자기 스스로의 결정으로 하는 것이라고 봐요." 그녀는 나의 미래를 읽기라도 하듯 내 손금을 들여다보았다. "이것이 얼마나 좋은 기회인지를 당신이 알았으면 좋겠어요."

　나는 울음을 그치고 몸을 제대로 추스르려 애썼다. 나는 올리비아의 질책에 신경이 날카로워져 있었고 그러한 것이 뭔가 우습게도 느껴졌다. 올리비아가 뒷방으로 들어가자 잠시 사자석상 분수에서 물이 쏟아져 나왔다. 그녀는 작업용 앞치마를 두르고 다시 나타나더니 나에게도 앞치마 하나를 건네주었다.

나는 앞치마를 받아 들어 목에 걸고 허리 뒤로 끈을 묶은 다음 고무줄로 머리를 동여매고 숨을 깊이 내쉬었다.

"올리비아, 지난 두 달 동안 나에게 해준 모든 것에 대해 감사드려요." 나는 조용히 말하면서 침을 꿀꺽 삼켰다. "하지만 당신처럼 모든 것을 할 수는 없을 거예요. 나의 모든 지혜를 모두 끌어내도 말이죠. 내 인생은 완전히 망가지고 말았어요."

"마리나," 그녀가 말하면서 앞치마 끈을 묶었다. "나도 살면서 어려움을 많이 겪었어요. 그리고 여러 가지 잘못 생각하는 바람에 그만큼의 대가를 충분히 지불했지요. 나도 당신처럼 그렇게 소심했어요. 당신처럼 내 인생의 동반자를 멀리 떠나보냈고요." 그녀는 우리와 세상을 갈라놓고 있는 유리창 너머 길가로 시선을 돌렸다. "그래도 나는 하느님을 원망하는 일은 있을 수 없다고 생각해요. 사람들은 오로지 사람만 원망할 수 있는 거죠. 당신의 남편 오스카가 완벽하지 않았어도 당신은 그가 당신보다 많이 방황하지 않았다고 생각하고, 또 그가 당신에게 준 아픔을 용서하고 그 사실을 인정하는 거나 마찬가지예요. 그렇게 되면 당신은 그를 영영 놓아줄 수 없어요. 당신 또한 영원히 자유롭지 못하게 되고요. 자신을 책망할 필요는 없어요. 다른 사람에게 속고 말았다는 사실을 받아들이는 게 훨씬 더 가슴 아픈 일일지도 몰라요."

나는 아무 말도 하지 않았고 그녀가 원망스러웠다. 적어도 그 순간만큼 나는 그녀가 정말 미웠다. 어떻게 그녀는 나에게 그런 말을 할 수 있었을까? 어떻게 그녀는 나에 대해서 그렇게 잘 알고 있을까?

"그건 내 일이에요." 나는 결국 이렇게 말하고 말았다. "당신은 그 사람을 잘 모르잖아요? 안 그런가요?"

그녀는 나에게 아무런 대꾸도 해선 안 되겠다는 듯이 입술을 깨물었다. 그녀는 빨간 물조리개를 들고서 생각에 잠긴 듯 화초에 물을 주었다. 나는 내 일을 하기 위해 밖으로 나왔다.

"좋아요. 하지만 모든 일을 변화시킬 수 있는 이 기회를 놓친다면 당신은 후회하게 될 거예요." 그녀가 말하는 소리가 들렸다.

나는 몸을 돌리고 손톱이 손바닥을 아프게 할 정도로 주먹을 꽉 쥐었다.

"그 어느 때가 되면 모든 것을 더 잘 알게 될 거라고 생각해본 적이 있나요?"

그녀는 지친 듯이 웃기만 했다. 우리 두 사람 사이에 흐르고 있던 팽팽한 긴장감이 정원으로 들어오는 한 사람의 발소리에 깨졌다. 그는 항상 페르골라 아래 앉아 있던, 수염을 길게 기른 이상한 남자였다. 올리비아는 손을 흔들며 그에게 인사를 했고 그는 웃음으로 답했다. 그는 의자에 깊숙이 기대고 앉아 책을 펼쳐 들고 자신만의 오아시스에 빠져들었다. 올리비아는 계속 그 남자를 바라보면서 약간 떨리는 목소리로 말했다.

"마리나, 당신은 너무 많은 것을 바라고 있어요. 내가 도와줄까요? 그러면 당신에게 많은 힘이 될 텐데." 그녀는 앞치마 주머니에서 작업용 장갑을 꺼냈다. "당신의 울부짖음이 끝날 때가 올 거예요. 이제 우리 함께 앞을 내다봐요." 그녀는 천천히 온실 안을 걸으며 정원을 바라보았다. 정원에는 몇 명의 손님들이 화초 사이에 서 있었다.

"나는 두 달 동안 당신의 눈물을 닦아주었어요." 그녀가 말했다. "언젠가는 나아져야만 해요." 그녀는 안경을 쓰고 부러진 협죽도 가지를 주웠다. "한 가지 사실만은 분명해요. 내가 당신을 감정적으로 강요하지 않으려 했다는 것 말예요."

"감정적인 강요라고요?" 나는 당황스럽게 물으며 그녀 앞으로 다가갔다. "나는 그런 것에 흔들리지 않아요. 감정적인 강요가 무엇인지 잘 알고 있으니까요."

그녀가 갑자기 멈추어 섰다.

"내가 말하고 싶었던 것은," 그녀는 침착하게 말하면서 빨간 물조리개를 바닥에 내려놓았다. "당신이 일을 게을리했다면 나는 당신을 해고했을 거란 사실이에요. 그리고 당신이 나의 동정심을 유발하려 했다면 나는 당신의 이야기를 들어주지 않았을 거예요. 그 이유가 뭔지 알아요? 당신에게 호의를 베풀고 싶지 않았기 때문이에요."

그녀는 계산대로 가더니 바구니에서 립스틱을 꺼내 나를 쳐다보지도 않은 채 입술에 발랐다.

"그러니까 새로운 방법을 한번 고민해봐요. 아무런 대책이 없다는 것이 오히려 더 좋을 수도 있겠죠." 그녀는 계산대에 있던 서류 뭉치를 집어 들었다. "당신이 잃은 것 말고 당신이 가지고 있는 것이 무엇인지 잘 생각해봐요. 내가 말한 '지혜로움'을 바람에 날려버리고 싶다면 그렇게 하세요. 그러나 그것은 내가 당신에게 해줄 수 있는 최고의 조언이었어요."

그녀는 웃으며 나를 향해 고개를 끄덕였다. 열쇠꾸러미를 계산대 위에 올려놓으며 오늘은 다시 돌아오지 않을 거라고 말했다. 그녀는 가게를 나서기 전에 페르골라 밑에서 책을 읽고 있던 남자와 잠시 이야기를 나누었다. 그녀의 얼굴이 환하게 빛나기 시작했다. 나는 창문을 통해 그녀를 바라보면서 슬픔이 복받치기 시작했다. 예전에 나를 맞아주었던 착한 올리비아는 어디에 있는 것일까?

올리비아가 그 남자에게 레모네이드를 직접 만들어주는 것이 보였다. 그 남자는 올리비아의 손에 키스를 하며 감사를 표시했다. 그녀는 레모네이드 주전자를 테이블 위에 올려놓고 마법에 걸린 듯한 웃음을 지으며 정원을 나갔다.

'사랑해'라고 말하는 것의 불가능

"삶이란 시시각각 변하는 그림자이며, 무대 위에 올라 연기를 하며 위대한 존재가 되었다가 다시 잊히는 가련한 배우와 같다. 그것은 아무런 의미 없는 허무함과 허풍으로 가득 찬 바보가 들려주는 동화와 같은 것이다."

호세 마르트레트(Jose Martret, 1971~ . 스페인의 배우 겸 연출가)가 '맥빅'이란 제목으로 연출한 〈맥베스〉에 나오는 대사이다. 나는 갈라와 함께 천장을 거울로 장식한 극장에 앉아 있었다. 충치치료를 한 이가 보일 정도로 가까운 배우 바로 앞 자리였다. 두근거리는 마음으로 우리는 그의 연기를 보았다.

갈라는 내가 예전에 시인들의 묘지에서 일한 것을 믿을 수 없다고 여겼고 더구나 여름 내내 연극 한 편도 보지 않은 사실에 대해 깜짝 놀랐다. 꽃집 바로 앞에 테아트로 에스파뇰 극장이 있고 그 옆에 코메디아가 있었음에도 불구하고 갈라는 작은 공연장인 라 팡지옹 데 라스 풀가로 나를 데려갔다. 그곳의 주인은 부부 가수이자 연극 공연가였던 첼리토의 집을 사들여 작은 공연장으로 바꾸었고 매 공연 스무 명의 관객만 초대되었다.

나는 그런 곳을 지금까지 본 적이 없었다. 우리는 육중한 출입구 앞에서 검표원이 계단에 나타나 표 검사를 하기만 기다렸다. 첼리토는 살아생전에 수많은 여자를 사귀었다고 갈라가 귀띔해주었다. 그래서 그 여자들과 그들의 손님만이 그 집의 정문을 사용했고 다른 사람들은 후문으로 드나들었다고 했다. 출입문에는 이사도라 던컨처럼 가슴을 드러낸 요염한 무용수의 포스터가 붙어 있었다. 우리가 다른 관객들을 따라 안으로 들어가고 있는 동안 그 포스터는 이 극장의 상징과 같은 것이라고 갈라가 설명해줬다. 곱슬머리의 한 아가씨가 좁은 복도를 따라 우리를 빈티지 스타일의 방으로 안내해주었다. 그곳에서는 이미 배우들이 60년대 미국에서 공연했던 〈맥베스〉를 준비하고 있었다.

갈라와 올리비아의 친구인 마르트레트는 분재로 무대를 꾸미려 했고 그것을 우리의 아프로디테인 올리비아에게 부탁했었다. 공연이 끝난 후 우리는 들뜬 마음으로 관객들의 반응을 기다렸다. 내 옆에서 관람을 하던 한 남자는 2막이 공연되는 중 실신하고 말았다. 우리는 감독에게 영광을 상징하는 튤립 꽃다발을 증정했다.

"갈라!" 감독이 갈라를 불렀다. "이렇게 아름다운 꽃을 주고 가면 어떻게 하자는 거죠? 마침내 우리는 정말 피처럼 보이는 피를 갖게 되었군요."

"그래요, 그 사람이 그걸 증명한 셈이죠." 갈라는 칼로 찌르는 독백 장면을 보고 놀라 쓰러진 남자를 암시하며 말했다. 마르트레트는 호탕하게 웃었다.

라 돌로레스 술집

　"올리비아에게 고맙다고 전해줘요. 올리비아는 항상 나를 위한 꽃을 생각하고 있어요."

　두 사람이 포옹을 하고 난 후, 마르트레트는 나에게 키스를 두 번 해주었다. 그리고 우리는 함께 메디나첼리 거리로 걸어갔다. 갈라와 마르트레트는 서로 농담을 주고받았다. 나는 갈라를 유심히 살펴보았다. 호세 마르트레트는 키는 작았지만 매우 매력적인 남자였다. 검은 수염에 검은 눈동자 그리고 아주 매력적인 허스키 보이스를 가진 사람이었다. 그는 가벼운 셔츠와 청바지 차림에 진한 녹색 운동화를 신고 있었다.

　호세는 우리를 라 돌로레스 술집으로 안내했다. 우리는 자동으로 리베라 델 두에로 세 잔과 타파스 몇 개를 시켰다. 그리고 매우 인상 깊게 본 연극에 대해 이야기했다.

"실신했던 그 남자 있잖아요." 나는 말을 꺼내면서 내 옆에 앉아 있던 그 남자를 생각했다. 그는 처음엔 마구 부채질을 하더니 갑자기 앞에 있는 배우의 침대 위로 쓰러지고 말았다.

호세는 술집 메뉴판을 들고 부채질을 했다. "그게 정말 문제예요. 매번 한 사람이 쓰러지는 일이 벌어지거든요. 그리고 항상 2막에서요."

"그래요?" 내가 놀라서 물었다.

"예. 이번이 열여덟 번째예요. 그리고 항상 무대 위에 있는 배우의 침대 위로 관객이 쓰러져요. 그래도 배우들은 아무 일도 없었다는 듯이 계속 연기를 해야만 해요."

우리는 웃고 말았다. 그것은 연극에 사용한 피가 실제처럼 보인다는 것을 증명했다.

"당신은 도대체 그 피를 어디서 구한 거예요?" 호세가 궁금한 듯 물었다.

"피요?" 갈라가 되물었다. "여러 가지를 실험해봤어요. 그런데 옥수수시럽과 크리스마스 적색이라는 식용색소를 혼합했더니 가장 좋더군요."

나는 배꼽이 빠지도록 웃었다.

"정말 웃을 만한 일이네요." 호세가 말했다. "이 작품에서 가장 중요한 역할을 하는 것 중 하나가 피와 분재거든요."

그 작품은 이미 300회 이상 공연되었고 비평가들의 호평이 쏟아졌었다. 그리고 순회공연을 했다. 공연이 어려운 시기를 겪은 적이 있었지만 호세는 좌절하지 않았다. 갈라는 그런 그를 열심히 칭찬해주었다. 나는 인공분재 위에 앉아 연기를 하던 레이디 맥베스를 생각해보았다.

"마리나, 연극이 마음에 들었나요?" 호세가 물었다. 그는 막 술집에 들어오는 손님들에게 손짓하며 인사를 나누고 있었다.

나는 호세의 질문을 곰곰이 생각해보았다. 그리고 이렇게 말할 용기가 났다. "과연 맥베스와 그의 부인이 정말로 백 퍼센트 서로 잘 맞는지 많이 생각해봤어요."

호세는 내 말을 이해할 수 없다는 표정으로 나를 바라보았고 갈라지는 웃음 때문에 입 안에 든 술을 뿜어내지 않으려고 억지로 참고 있는 중이었다.

나는 제대로 설명하려고 애쓰면서, 그렇게 가까운 거리에서 어떠한 제압도 당하지 않고 생생한 연기를 볼 수 있다는 사실이 놀랍다고 그에게 말했다.

"그것이 비극을 다룬 내용이 아니었다면 아마도 내가 가장 아끼는 작품이 되었을 거예요." 나는 이렇게 말했다.

"그렇군요." 그는 장난스럽게 웃었다. "그건 내가 벌써 여러 번 들었던 말이에요."

호세는 공연장을 정리하러 돌아갔고 우리 둘은 한 잔 더 마시려고 그 자리에 남았다. 라 돌로레스는 우리의 단골술집이었다. 그 술집 전면에는 정말 제대로 된 타일장식의 분위기가 났고 커다란 통나무로 된 긴 계산대 뒤에서 종업원들이 주문을 받아 큰 소리로 외치면 자기들끼리 서로 텔레파시를 주고받는 느낌이 들었다.

갈라가 새로운 얘기를 꺼냈다. "그날 이후" 벌어진 카산드라의 파국에 관한 것이었다. 그녀가 원하지 않았던 삼각관계에 대해서 자세히 알 필요도 없었다. 그리고 내가 올리비아와 다툰 것이랑 *피터 팬*을 항구에서 끄집어내는 일을 결코 할 수 없을 것이란 얘기를 했다.

"올리비아를 너무 나쁘게 생각하지 말아요." 갈라가 차분하게 말했다. "올리비아는 가끔 학교 선생님처럼 말하고 그녀에게서 풍겨 나오는 구루 같은 아우라가 사람을 피곤하게 만든다는 것을 나도 알고 있어요. 하지만 그녀가 어느 한 사람을 평가할 때 절대로 실수를 하지 않는다는 건 분명해요. 그녀는 마치 꽃을 보듯 사람 속을 읽어내요. 그리고 그녀가 이번엔 당신만의 여행을 해야 한다고 말한 건 당신이 그것에 필요한 도구를 가지고 있기 때문이에요."

"나는 그때 올리비아가 잘못 판단했다고 생각해요."

갈라는 고개를 저었다.

나는 햄을 얹은 타파스 한 조각을 집어 들고 창밖을 내다보았다. 밤기운이 선선했고 여름 소나기가 한차례 내릴 것 같았다. 그리고 실제로 그와 비슷한 것이 시작되었다.

"올리비아가 어제 나에게 이렇게 말하더군요. 자신도 살면서 여러 번 방황한 적이 있었다고요." 나는 창문 쪽으로 시선을 고정한 채 말했다. "그녀가 자기 사생활에 대해서 말한 건 그때가 처음이었어요. 그 전까지는 그저 다른 사람들에게 꽃을 파는 플로리스트로서의 역할만 중요하게 생각했지요."

"물론 올리비아는 그렇지요." 갈라는 올리비아를 옹호하듯 말했다.

나는 조심스럽게 잔 속의 와인을 흔들었다. "나는 그렇게 생각하지 않아요. 나는 그녀가 상당히 험난한 삶을 살아왔다고 봐요."

내가 올리비아를 알게 된 이후로 그녀의 가게에 정치인, 기업가, 예술가들이 자주 드나든다는 것을 깨닫게 되었다. 그녀는 로자 몬테로와 친했고 키디 시트니는 뉴욕에서부터 알고 지냈다. 갑자기 내 머릿속에 무언가가 떠올랐다.

"천사의 정원로 항상 책을 읽으러 오는 그 남자 말이에요. 그 사람은 도대체 누구죠? 당신은 올리비아를 오랫동안 알고 지냈잖아요."

"당신도 이제 그 사람이 궁금해졌군요."

"그게 아니라 오히려 올리비아에 대해서 더 많이 알고 싶은 거예요." 내가 말했다.

갈라는 놀라는 눈치였다. "당신은 이미 가장 중요한 것을 알고 있는 거예요." 그녀가 말했다. "당신은 올리비아의 슈퍼파워를 알고 있다고요."

"뭐라고요? 슈퍼파워?" 내가 물었다.

갈라는 재떨이에 있는 올리브 씨에 시선을 던졌다. 그리고 올리비아의 슈퍼파워는 다른 사람의 속을 들여다보고 그 사람을 도와주고, 변화시키는 능력이라고 말하면서 카나페를 먹었다. 밖에서 색소폰 연주 소리가 들려왔다. 「한밤중의 이방인」이라는 곡이었다. 몇 사람이 문가에 서서 담배를 피우며 크게 떠들었다.

"올리비아의 가족에 대해서 아는 것은 하나도 없나요?" 나는 다시 한 번 그녀에 대해 알고자 물었다. "아니면 그녀가 전에 뭘 했는지……."

술집 벽에 걸려 있는 거울을 자주 들여다보면서 산만한 태도를 보이던 금발의 갈라는 이 얘기를 피하고 싶은 모습이 역력했다.

"올리비아는 자신의 이야기를 절대 꺼내지 않기로 결심한 사람이에요." 그녀가 말했다. "그녀는 차라리 아무 말 없이 남들을 바라보기를 좋아해요. 꽃을 바라보듯이 말이에요. 그리고 그 꽃처럼 사람들이 무언가를 느끼게 만들고 그 감정을 더 좋은 쪽으로 승화시키죠. 어쨌거나 그녀는 나에게 많은 도움을 주었어요." 갈라가 긴 설명을 늘어놓았다. "그녀를 알고 난 후로 나는 내가 더 좋은 사람이 됐다고 느껴요."

나는 그녀를 조용히 바라보았다. 올리비아의 삶 속에 어떤 비밀이 숨어 있을까 하는 생각을 하지 않았음에도 불구하고 갈라가 올리비아에 관한 얘기를 꺼려한다는 것을 느꼈다. 그리고 천사의 정원에는……

"정말 예사롭지 않은 사람이에요." 내가 말했다. "물론 나는 그녀에 대해 아는 게 별로 없어요. 그런데도 그녀를 실망시킬까 봐 정말 걱정이에요."

갈라가 내 팔을 잡았다. "그런 걱정은 할 필요가 없어요. 내가 알기로 올리비아는 이미 오래전에 다른 사람에게 무엇을 기대한다는 것을 포기했어요."

그녀는 손거울을 보며 입술에 립스틱을 발랐다. 그리고 냅킨

한 장을 꺼내어 입술을 톡톡 닦아냈다. 나는 냅킨에 찍힌 그녀의 붉은 입술자국을 쳐다봤다. 갈라가 나를 조심스럽게 보았다.

"올리비아는 자신의 빚을 갚는다고 생각하고 그렇게 하고 있어요. 다른 사람들을 도와가면서요." 그녀가 웃었다. "그래서 그녀는 이 정의의 공격이란……."

"영사관 자동차를 긁어놓은 것 같은 일 말이죠?" 내가 얼굴을 찡그리며 물었다.

"말하자면 그런 거예요. 그녀는 어떠한 불의도 용납하지 못해요. 그 희생자가 남자든 여자든, 아이든 강아지든, 또 꽃이라도 상관없어요." 그녀는 계산대에 몸을 지지하고 허리를 뒤로 젖혔다. "그녀 가까이 있게 된 당신은 운이 좋은 거예요. 그녀가 그런 적이 한 번도 없었거든요."

나는 깜짝 놀랐다. "뭐라고요? 직원채용을 말하는 건가요?"

"그럼요. 천사의 정원은 한 번도 남의 손에 맡긴 적이 없어요."

갑자기 무시를 당한 느낌이 들었다. 그녀가 나를 선택했던 것이란 말인가?

갈라는 무언가를 기억해내려는 듯이 보였다. 그녀는 커다란 핸드백을 열고 종이로 포장한 꾸러미를 끌렀다. "선물이에요." 그녀가 말했다. 그 안에는 흰색의 캡틴모자, 터키블루색 윈드재킷, 제비꽃이 그려진 셔츠 한 벌이 있었다.

"당신의 여행을 위한 거예요. 옷 위에 꽃은 오로라가 직접 그렸어요. 그녀도 당신을 위해 뭔가 깜짝 놀랄 만한 일을 하고 싶어 했어요. 내가 아무런 말도 하지 않았는데도……." 그녀가 나를 향해 눈을 끔뻑거렸다.

그때 그녀는 자리에 앉으면서 의자에 물을 쏟았다. 종업원이 침착하게 괜찮다고 말했다. 갈라는 민소매에 등이 훤히 드러난 짧은 옷을 입고 있었다. 나는 왜 그녀의 파트너들이 그녀한테 죽고 못 사는지 알 것만 같았다.

그녀는 나에게 술 한 잔을 더 따라주었고 나는 그녀를 껴안았다.

그날 밤 나는 갈라의 다른 모습을 알게 되었다. 자기 옷가게 탈의실 뒤에 자기만의 비밀의 방을 갖고 있는 여자. 그녀는 자신의 피부에 생긴 세 개의 검버섯 때문에 투덜거렸다. 이마에 난 검버섯을 보여주었지만 내게는 잘 보이지 않았다. 그리고 치모도 희게 변한다고 짜증을 냈다. 그거야말로 별로 좋지 않는 변화였다. 내가 그녀의 콜롬비아 출신 미용사 남자친구에 대해 물어보자 모든 게 잘되고 있다고 말했다. 남자가 오럴섹스만 잘 해준다면 뭐든지 상관없다고 했다. 그리고 안드레스를 탓할 수 없다고 했다. 안드레스는 정말 멋있는 남자이긴 했지만 갈라가 느끼기엔 침대 위에서 목석이나 마찬가지였던 것이다.

"더 이상은 안 된다는 것을 어떻게 알았어요?" 내가 물었다. 그녀는 와인을 세 잔째 마시고 있는 중이었다. 그녀는 흘러내린 금발머리 사이로 순진무구한 얼굴을 하고 나를 바라보았다.

"더 이상이란 게 뭘 말하는 거죠? 더 이상은 존재하지 않아요."

나는 믿을 수 없다는 듯 그녀를 보았다. "그럼 왜 당신은 그렇게 그것에 대해 저항을 하고 있는 거죠?"

"그게 맞기 때문이에요, 마리나. 우리는 사랑을 그저 만들어냈을 뿐이에요. 더 쉽게 말하면 트루바두르(11~14세기에 활동한 프랑스의 음유시인들)의 사랑을 만들어낸 거죠. 그리고 그들은 갑자기 특정한 하나와 모든 것에 대한 시를 재인용하기 시작했어요. 그것은 육체와 감정의 완벽한 일치였어요. 그리고 그 시가 너무 좋아서 사람들은 그 시를 달달 외운 거예요." 그녀는 잠시 말을 멈추고 손가락으로 머리를 쓸어내렸다. "그러나 그 시는 만들어진 것뿐이에요. 백 퍼센트의 합일이라는 이론이 당신에게 인상적이었을 거라고 생각해요……."

그녀의 웃음소리가 술집 가득 울려 퍼졌다. 그녀는 오이피클을 하나를 집어서 야하게 베어 먹었다. 그 모습이 내가 보기에도 섹시했다.

"그런데 그 이론이 맞고 당신의 미용사 남자친구가 붉은 실의 다른 끄트머리를 잡고 있는 사람이라면요?"

그녀는 우리 앞에 걸린 거울 속에 비친 자신의 커다란 눈을 똑바로 바라보았다.

"그렇다면 좋은 일이겠지요." 그녀는 거울을 보며 말했다. "하지만 나는 그런 일은 있을 수 없다고 생각해요."

이것이 그날 밤 난데없이 갈라가 나에게 해준 이야기였다. 올리비아는 갈라의 갈라테아 신드롬이 바로 그런 이유 때문이라고 주저 없이 말했을 것이다.

5년 전에 갈라는 유명한 소설가와 연애를 한 적이 있었다. 그 남자는 갈라보다 스무 살이나 많았고 그녀는 사무엘 베케트의 작품 속 주인공 이름을 따 그 남자를 "이름 없는 남자"라고 불렀다. 그녀는 온갖 멋진 말로 그녀를 대하는 그 남자에게 폭 빠지고 말았다.

"그거 생각나요? 우리가 오로라의 갤러리에 있던 날 당신이 무슨 말을 했는지. 올리비아가 재주가 뛰어난 사람은 살림을 할 수 없다고 말하자 당신은 그건 너무나 힘든 일일 거라고 말한 거 말예요." 내가 고개를 끄덕였다. "그런데 그보다 더 최악의 것이 있어요. 온 마음을 다 바쳐 사랑할 수 있는 능력이 있는데도 그렇게 할 수 없을 경우가 바로 그렇죠."

그리고 그녀는 자만심과 불신에 사로잡힌 그 남자에 관한 이야기를 했다. 그러한 자만심과 불신은 그에게 외로움을 안겨주었다. 모든 것을 이룬 그 남자는 우리의 감정적인 균형을 위해 긴박하게 필요한 모든 것을 다 시도해보았다. 그러나 그는 자기를 사랑했던 사람들에게 마음을 열 수 없었다.

그녀는 그 남자의 세계가 얼마나 매력적이었는지 아직도 부정할 수 없었다. 문학 살롱, 마드리드에서 제일 좋은 레스토랑에서의 식사, 그가 하는 강연을 따라갔던 파리로의 주말여행, 얼마 후면 세상에 출간될 그의 작품 초고를 함께 읽던 일. 누가 이런 일에 반하지 않을 수 있겠는가? 하지만 그녀는 그 사랑을 포기해야만 한다는 것을 절감했다. 그 사랑은 마치 그녀가 부모에게서 느꼈던 사랑과 같은 것이었기 때문이었다. 그녀가 그에게 반한 것은 그의 명성 때문이 아니었으며, 그녀에게 그는 한겨울 날 오후 따뜻한 벽난로 옆에 서 있는 존재와 같았기 때문이었다.

"누구와도 그 무언가를 함께 해본 적이 없어." 그가 힘없는 목소리로 말했다. "하지만 갈라, 아무런 사심 없이 나에게 가까이 온 사람이 몇 있었지." 그는 소파에 앉아 있는 갈라를 일으켜 세워 키스를 해주었다. 그 키스는 갈라에게 아무런 느낌도 주지 못했지만 그에겐 도움을 요청하는 신호였고 서로 마음이 일치한다는 뜻이었다. 갈라는 그날의 키스가 특별히 격정적이었다고 생각하지는 않았다. 그는 마치 영화 속에 나오는 장면처럼 틀에 박힌 키스를 했다. 미리 자주 연습을 하고 연기를 하는 장면처럼. 그의 키스는 그녀를 흥분시키지 못했다.

"그러나 그때 나는 아주 중요한 '슈퍼파워'를 가지고 있었어요." 그녀는 이렇게 말하면서 이번에는 아까 마시던 와인을 병째로 시켰다. "나는 그 힘을 아무도 모르게 가지고 있었어요. 자세히 말하면 나는 진실하게 사랑하는 능력을 가지고 있었던 거예요. 그저 무한정, 아무런 조건도 없이요. 두려움도 없이 그저 내 마음이 원하는 대로 따르는 그런 사랑. 엄마는 항상 나에게 이렇게 말했어요. 그렇게 사랑할 수 있는 나의 능력이 나와 내가 사랑하는 사람을 아주 행복하게 해줄 거라고."

나는 그녀가 하는 이야기를 주의 깊게 들었다. 사랑을 너무 거창하게 생각하고, 사랑에 울고불고 하는 사람들을 이해할 수 없다고 말하던 그녀가 사랑에 대해서 이야기를 한다는 것이 놀라운 일이었다.

"그런데…… 어쩌다가 그 사랑이 깨지고 말았어요?"

갈라는 한숨을 깊이 쉬고 계산대에 몸을 기댔다. "마리나, 당신이 혼자 남은 심정을 이해해요. 하지만 그것을 누려보세요. 그리고 자기 자신을 사랑하지 않는 사람을 조심해요. 자신을 사

랑하지 않는 사람은 그 누구도 사랑할 수 없어요. 그리고 사랑
이란 감정을 두려워하기 때문에 마음을 열지 않아요." 그녀의
목소리가 카랑카랑했다. "이 세상에는 아주 많은 감정의 장애인
이 있어요. 그리고 그들은 자기 것을 주지 않고 다른 사람과 가
까워지기 위해 특별한 사랑을 할 수 있는 능력이 있는 사람을
찾지요."

나는 이해할 수 없다는 듯 고개를 저었다. "그런데…… 어떻
게 그렇게?"

"두려워하기 때문이에요." 그녀는 이렇게 말하며 이맛살을
찌푸렸다. "그들은 이런 방식으로 자신을 지킬 수 있다고 믿고
있어요." 이런 남자들은 자만심과 허영심으로 자신들의 불안감
을 감춘다고 갈라는 말했다. 그리고 그들은 갈라가 사귀었던 그
이름 없는 남자가 그랬던 것처럼 "아마도"라는 말을 들으면 자
신이 아무렇지도 않은 것을 보여주기 위해 남에게 상처를 줄 정
도로 불안감이 커진다고 했다.

"상처받지 않을 사람은 아무도 없어요." 갈라는 숨을 돌리고
블라우스의 소매에 삐져나온 실 가닥을 입으로 물어뜯었다. "불
안감." 그녀는 말을 계속 이었다. "커다란 불안감 앞에서 그들은
자신들의 무장을 해제하지 않고, 너는 많은 사람 가운데 오직
한 사람이라는 느낌을 상대방에게 전해주기 위하여 자신의 감
정을 잘 드러내지 않아요."

그녀는 와인을 벌컥 들이켰다. 나는 그녀를 바라보면서 그녀
가 한 말을 믿을 수 없었다. 어떻게 한 남자가 이토록 따뜻한 마
음을 가진 아름다운 여자를 그렇게 대할 수 있었을까?

"그래서 당신은 그 사람 때문에 상처를 받은 거군요……." 내가 조심스럽게 말했다.

"그 이상이었어요. 그는 내게서 아주 중요한 것을 빼앗아갔어요." 갈라는 잠시 말을 멈추고 고개를 끄덕였다. "그래요," 그녀가 다시 말했다. "그는 내게서 아주 소중한 것을 가져갔어요. 그런데 그게 갑자기 생긴 일은 아니었어요. 내가 알지 못할 정도로 아주 천천히 일어났어요."

"그럼 두 사람이 한집에서 살았던 건가요. 당신들은 한……."

"부부처럼요?" 그녀가 씁쓸한 표정을 지었다. "우리가 사실 어떠한 관계였는지 나도 잘 모르겠어요. 어쨌거나 그는 한 번도 나를 여자친구라고 소개한 적이 없었거든요."

"왜 그랬던 거죠?"

그녀가 고개를 저었다. "나도 잘 모르겠어요, 마리나. 자만심 때문에, 아니면 내가 그 사람 곁에 계속 있을 거라고 확신을 했기 때문인지도 모르죠. 그리고 그는 우리의 관계가 공개되는 것을 원하지 않았지만 그것을 결코 확신하지 못했거든요." 그녀는 쭈뼛 어깨를 들어올렸다. "그는 그저 모든 걸 쉽게 가지려 한 것 같아요. 나를 자기 옆에 두고 있으면서도 다른 여자들에게 매력 있는 싱글로 보이고 싶었던 거겠죠…… 사실 나는 그의 모든 역할을 다 한 것 같아요. 애인, 비서 그리고 특권을 부여받은 좋은 여자친구. 그의 친구들이 나를 알고 있었고 많은 사람이 우리가 함께 살고 있다고 생각했어요. 하지만 그는 공개적인 자리에서 누구도 나를 자기 생활에 중요한 사람이라고 여기는 것을 싫어했어요."

"나는 이해가 잘 안 돼요." 내가 황당한 표정으로 말했다.

"그렇겠죠, 마리나. 그러나 그건 나에게 아무래도 상관이 없었어요. 나는 너무나 많은 고통을 받고 있었거든요. 그리고 다시는 이런 일을 겪지 않으리라 결심했어요." 그녀의 시선이 나와 마주쳤다. "그런 일이 얼마나 절망적인지 상상할 수 있겠어요? 나 자신이 아무것도 아닌 존재로 취급당하는 감정을 한번 생각해보세요. 나는 그 남자의 개인적인 도피처였어요. 그런 그의 태도가 불안감 때문에서인지 아니면 단순한 이기주의인지 정말 알고 싶었어요. 그가 많은 사람 앞에서 나를 무시할 때마다 내가 어떤 심정이었겠어요."

"그가 그럴 때마다 자기 자신도 부정한 것이겠죠." 내가 대답했다.

그러나 갈라는 내 말을 못 들은 것처럼 계속 말을 이었다. "그의 자부심이 더 중요했던 거죠. 그가 나를 잃게 될 거라는 불안감도 컸고요."

그녀는 나를 향해 앉으며 슬픈 눈으로 나를 보았다.

"어떤 이유인지 모르지만 그가 나와의 관계를 불편하게 여긴다는 생각이 들기 시작했어요. 그건 정말 가슴 아픈 일이었어요. 나중에 안 사실이지만 그것보다도 더 복잡한 문제가 있었어요. 그 사람은 자기에게 정말로 의미가 있고, 그가 누구인지가 아니라 어떤 사람인지를 알고 자기를 사랑하는 여자를 받아들이는 데 두려움을 갖고 있었어요. 그의 명성을 좋아하는 여자가 아니라 그 자신을 사랑하는 여자 말이에요. 그는 처음으로 그 누군가를 자기 옆에 두고 또 그 사람을 잃을 것에 대해 거의 공황상태에 빠졌어요. 그리고 그런 여자를 절대 소유할 수 없음을 알고 조금 나아 보였어요." 갈라는 잠시 말을 멈추었다. "그는 그 일이 잘못될 수 있다고 불안해했어요. 그리고 일은 결국 그렇게 되고 말았지요. 무언가를 표현하지 않으면 그것은 존재하지 않는 법이에요." 그녀는 피곤한 듯 눈을 비볐다. "우리 둘 관계를 아무도 모르는 한, 그 관계는 계속 유지될 테지만 그것이 끝장날 수 있다는 부담감, 두려움을 그는 느끼지 못했어요. 하지만 그가 나를 어떻게 생각하는지 나는 알 수 있었어요. 아무런 두려움 없이. 나는 그가 자기의 감정을 겉으로 드러내야 한다고 생각했어요. 하지만 그는 그러질 못했어요."

그녀의 시선이 술집 천장에 매달려 있는 풍선처럼 갈피를 잡지 못하고 있었다.

하룻밤 동안 그녀는 행복했었다. 그가 경계심을 늦추었던 그날 하룻밤 동안. 갈라는 그때의 모습이 눈앞에 아른거릴 때까지 기억을 더듬어보았다. 널찍한 광장 한구석에 있는 레스토랑이었다. 예전처럼 꺼릴 것이 하나도 없었다. 두 사람은 마주 보고 앉아 있었다. 그는 보통 때와는 달리 캐주얼한 옷을 입어서 그런지 훨씬 편안하고 밝아 보였다. 그날따라 그는 갈라를 전에 없이 뚫어져라 바라보면서 말했다. "솔직히 나 자신도 인정하기 아주 어려웠는데 나, 당신을 사랑하고 있어." 그의 입에서 이런 말이 나왔을 때 갈라는 놀라지 않을 수 없었다. 그는 자기를 어떻게 생각하느냐고 갈라에게 물었다.

그날 갈라는 몸에 착 달라붙는 원피스를 입고 있었다. 그녀는 예상치 못한 그의 말을 듣고 와인잔만 바라보았다. 그녀는 너무 행복했다. 그녀는 그를 믿었고 그를 위해 모든 것을 주고 싶었다. 그녀의 모든 사랑을. 그러나 그것이 결정적인 실수였다. 갈라는 그가 잘 다룰 줄 모르는 선물을 한 것이었기 때문이다. 그녀는 자신의 슈퍼파워를 마음껏 발산했다. 그날 밤 그녀는 그 도시를 훤하게 밝힐 수 있을 것만 같았다. 그리고 그는 사랑을 진정으로 이해하고 있는 사람으로부터 사랑받는다는 것이 무엇인지 알게 되었다.

갈라는 팔짱을 끼면서 그다음 날 아침을 떠올려보았다. 그녀가 그의 침대에서 편하게 자고 일어났을 때 그가 언짢은 표정으로 방 안을 이리저리 오가는 것을 보았다. 그때 그녀는 뭔가 불안한 낌새를 느낄 수 있었다. 그 불안감이 그의 마음을 뒤로 돌려놓은 것이 분명했다. 그는 갈라와 함께 아침식사를 한 적이 없었다. 아침을 먹지 않고 혼자서 글을 썼다. 갈라는 옷을 갈아입으면서 아침에 그가 신성한 종교의식처럼 하는 일을 살펴보았다. 필기도구를 나란히 책상 위에 정리해놓고 지루한 그레고리안 성가를 들었다. 그 음악은 그를 최면의 상태에 빠지게 했다. 갈라가 전날 밤 그와 나누었던 대화를 꺼내자 그는 아무것도 기억나지 않는다고 말했다. 혹시 술을 너무 많이 마셨던 것일까?

그 순간 갈라테아는 정신이 번쩍 들었다. 갑자기 당황스러웠고 속은 기분이 들었으며 마음이 아파왔다. 거기에 그녀의 피그말리온이 서 있었고 그는 갈라테아에게 막 생명을 불어넣어주려고 했다. 그녀는 옷을 갈아입고 더 이상 말도 않고 나가버렸다. "지금 이 순간 내 인생에서 가장 중요한 결정을 내렸어요."

갈라는 두 팔로 가로막는 그 남자에게 말했다. "당신과 헤어지겠어요."

"그렇게 갑자기?" 내가 놀라서 물었다.

그녀는 고개를 끄덕였다. "그가 내 마음에 더 많은 상처를 주기 전에 나는 떠났어요. 그는 내가 그렇게 할 수 있었을 거라고 생각하지는 않았던 것 같아요. 그도 너무 당황하더군요. 나는 유리천장에 부딪혔다는 느낌을 받았어요. 그리고 더 이상 아무것도 알고 싶지 않았어요. 그는 나에게 매우 실망했지요. 아주 많이."

"그래서 그가 뭐라고 하던가요?"

갈라는 지친 듯 웃었다. "아무 말도……."

거의 아무 말도 하지 않았을 것이다. 처음에 그는 아무 일도 일어나지 않았고 항상 그랬듯이 "우연한" 만남이라고 정리해버렸다. 어쩌면 그는 갈라를 처음에 유혹했던 똑같은 수법으로 그녀를 다시 차지할 수 있을 거라고 생각했을지도 모른다. 그러나 이제 새로운 변수가 더해졌을 뿐이었다. 환멸. 이제 더 많은 수고와 무엇보다도 더 많은 시간이 요구되는 재정복이 필요할 뿐이었다. 갈라가 심란한 마음으로 헤매고 있을 때 그가 어느 날밤 갑자기 그녀가 보고 싶어 잠을 잘 수 없다는 문자를 보냈다고 한다. 그녀는 원피스에 삐져나온 실오라기를 다시 뜯어냈다. 그녀는 그 남자와 더 이상 같이 살고 싶진 않았지만 그래도 그소식이 반가웠다. 그가 결국 그녀에게 자기의 감정을 표현했기 때문이었다. 하지만 공교롭게도 스마트폰의 배터리가 방전되어 갈라가 그에게 답글을 보내려면 몇 시간이 필요했다.

"내가 집에 와서 스마트폰을 충전시키자 그에게서 또 다른 문자가 와 있었어요. '당신을 보고 싶은 이유는 오로지 섹스 때문이야'라고." 갈라의 얼굴은 허탈한 표정이었다.

"정말 말도 안 되는 얘기군요." 내가 말했다.

그녀는 어깨를 쭈뼛하며 들썩였다. "나는 오히려 동정심이 들었어요. 나를 화나게 한 것은 오히려 내가 그에게 매달려 있었고 그 불행한 만남의 순간부터 감정적인 느낌이 하나도 안 드는 것이었어요. 나는 정말 이제 아무것도 느낄 수 없을 것 같아요."

그녀가 서글픈 눈빛으로 나를 보았다.

"처음에 나는 그걸 전혀 눈치채지 못했어요. 그런데 우리가 함께 지내는 동안 그의 차갑고 조심스러운 태도가 점점 내 마음 속의 모든 감정을 죽이고 있었어요. 그는 마치 하나둘씩 신체의 장기를 이식시키는 끔찍한 수술을 하고 있는 사람 같았어요."

나는 침을 삼켰다. 그녀의 이야기가 나의 마음을 아프게 했다. 갈라가 지갑을 꺼내 술값을 내려 했지만 나는 "내가 계산할게요." 하고 말하며 그녀의 손을 막았다. "너무 슬퍼하지 말아요, 갈라. 정말 안 좋은 일을 겪은 것은 맞지만 과거가 모든 것을 결정하는 건 아니잖아요. 진정한 사랑이 다시 찾아올 거예요. 아마 당신은 못 느끼겠지만 안드레스를 사귄 후부터 당신의 웃음이 훨씬 달라졌어요. 뭔가 그렇게 멋진 일을 거부하지 말아요. 그저……."

"내가 다시는 진정한 사랑을 믿지 않게 될 거라고 생각지는 않아요." 그녀가 내 말을 끊었다. "내가 사랑에 빠지고 말고가 중요한 게 아니에요. 문제는 실연을 감당할 수 있는 능력이 있느냐 없느냐인 거죠." 그녀는 허공을 바라보았다. "물론 나는 그 이후에도 다른 사람들을 사귀었어요. 아주 멋진 남자들을. 그러나 나의 슈퍼파워는 다 사라지고 말았어요. 오래전부터 그 힘이 없다는 것을 느끼고 있어요."

나는 그녀가 한 말에 대해 생각해보았다. 사람이란 감정이 풍부한 낭만주의자에 의해 영혼이 돌 속에 갇혀버리고 마는 영원히 아름다운 갈라테아가 된 것일까?

"그러면 당신은 그 소설가를 다시 만난 적은 있어요?"

"그 이름 없는 남자 말인가요?" 나의 질문에 그녀가 고개를 끄덕였다. "네. 그가 지난 주 전화를 했더군요. 그리고 어제 만났어요."

"뭐라고요?!" 나는 깜짝 놀랐다. "여러 해를 보내고 하필이면 어제 그를 만났다고요? 그러고서 지금까지 그 얘길 했던 거예요?"

"그래요." 그녀는 아무렇지도 않은 듯 대답했다.

"그래서…… 그를 만났더니 어땠어요?"

"아주 좋았어요." 그녀는 반쯤 남은 와인잔을 들고 한 모금 마셨다. "그의 집에서 만났어요. 그의 서재에서. 거기서 우리는 많은 시간을 함께 보냈지요."

"그러고 나서요?"

"우리는 한 시간 정도 쓸데없는 잡담을 나누었고 내가 위스키를 좋아하지 않는 걸 잘 알면서도 그는 위스키를 마셨어요. 그러곤 6년 전 우리들의 이야기가 시작되었고 그의 비밀을 벗겨보려 했던 석류처럼 빨간 소파에 내가 편안하게 앉았어요."

갈라는 심란한 듯 올리브 한 알을 후벼 팠다. 그리고 계속 말을 이었다.

"갑자기 그가 일어나더니 나에게 줄 게 있다고 말했어요. 나는 책상 위에 놓인 조그만 장식용 상자를 보면서 이렇게 말했어요. 당신에게 아무런 선물도 받고 싶지 않다고. 나는 더 이상 그와 함께 있으면서 보고 싶지 않은 꼴을 피하고 싶었어요."

술집 직원은 이미 의자를 몇 겹씩 쌓아 올리고 진열장에 있는 타파스를 치우기 시작했다. 직원 한 사람이 우리에게 와인을 편하게 계속 마시라는 듯 눈을 찡긋했다. 갈라는 그에게 고맙다며 웃었다. 그러더니 갑자기 크게 웃기 시작했다. 하지만 그 웃음소리가 슬프게만 느껴졌다.

"아…… 산다는 건 때로 참 신기해요, 마리나. 원했던 일이 때를 잘못 만나면 생각한 것보다 얼마나 엉뚱한 결과를 빚어내던지…… 내가 어제 무슨 얘기를 들었는지 알면 아마 깜짝 놀랄 거예요." 그녀는 어찌할 바를 모르겠다는 듯 고개를 흔들었다. "그가 나에 대한 감정 표현을 억누르고 있었다는 사실을 알게 되었어요. 그러나 내가 그에게 사랑하는 법을 가르쳐주기엔 이미 때가 늦었어요." 그녀는 이젠 그만 말해야겠다는 듯 손으로 입을 막았다. "그런데 말이죠, 가장 미친 짓이 뭔지 알아요? 나는 그때 그런 말을 너무 원했다는 거예요. 그리고 지금은 그 말이 나에게 돌덩이처럼 무겁게 떨어지고 있어요. 죽은 사람이 살아 돌아온 것만 같은 기분이 들었어요. 나는 그가 그런 내 마음을 그때야 깨달았다는 걸 알았어요. 그가 울기 시작하더군요."

나는 그 장면을 머릿속에 그려보았다. 그리고 피그말리온 신화를 거꾸로 생각해보았다. 피그말리온이 무릎을 꿇고 앉아 울면서 애원을 하던 아무런 감정 없던 조각상은 처음에는 멜랑콜리하게, 그러고는 절망 속에 빠졌다. 그리고 이제는 자신의 실수로 벌어진 일을 처절하게 후회하고 있는 것이다.

"나는 내 마음속에서 진실을 찾아보려 했지만 아무것도 찾지 못했어요." 갈라는 이 말로 결론을 맺었다. "시곗바늘처럼 마음을 되돌릴 수는 없어요. 그의 처절한 울음은 우리가 이미 잃어버린 것을 이제 다시 찾을 수 없다는 것에 대한 후회였어요. 나는 그때 우리가 큰 행복을 가질 수도 있었다는 걸 그가 알게 되었다고 생각했어요. 나뿐만 아니라 자기 자신에 대한 행복을 거부하고 있었다는 것도. 그것은 너무나도 깊은 자학과 두려움 때문이었던 거죠."

나는 마음속으로 그가 맞는다고 생각하면서 고개를 끄덕였다. 사람들이 매일 마법 같은 순간을 체험하는 것은 아니다. 자기의 본심을 보여주었을 때 그는 왜 이것을 알지 못했을까? 안타깝게도 그 잘난 자부심과 두려움 때문이라고 나는 생각했다. '불안감 때문에 너를 마비시키지 마라'라고 했던 올리비아의 말이 생각났다. 고장 난 가전 기구를 고치지도 않고 이삿짐을 풀지도 않고 그대로 둔 채 보내고 있을 때였다. 그 불안감은 삶의 가장 중요한 기회와 가장 아름다운 순간을 헛되이 지나치게 만든다.

그날 밤 나는 앞으로 어떻게 할지 너무 많이 생각하지 않아도 내 인생을 살아갈 능력이 있다는 것을 알게 되었다. 우리는 라돌로레스 술집에서 나와 센트럴 카페에서 2차를 하자고 했다.

센트럴 카페에 들어서니 막 쿨 스트리트 밴드가 공연을 끝낸 뒤 밴드 멤버들이 악기를 옆으로 치워놓고 한잔하고 있었다. 우리는 바에 앉아 진토닉 두 잔을 시켰다.

"무엇 때문에 그는 그런 불안감을 갖게 되었을까요?" 갈라가 다시 자기 이야기를 꺼냈다. "내가 자기한테 진실하게 대하지 않을 수 있다고 생각했기 때문에? 아니면 자기를 버릴 수 있다고 생각해서?" 그녀는 메뉴판으로 부채질을 했다. "그가 내게 그토록 상처준 이상한 행동을 보이지만 않았어도 그 사람과 함께 지내는 것이 그렇게 힘들진 않았을 거예요."

색소폰 연주자가 그윽한 곡을 연주했고 갈라는 그에게서 눈을 떼지 않았다.

"모든 재료를 갖고 있는 두 사람이 만난다면 삶이란 사실 아주 쉬운 거예요."

나는 갈라의 눈이 반짝 빛나는 것을 보았다.

"아, 마리나…… 남자들이 자신들의 남성성을 전혀 잃지 않은 채 사랑을 받아들일 때 그렇지요…… 하지만 그 정반대일 때는……." 그녀는 십대처럼 보이는 한 무리의 남자들을 재밌다는 표정으로 보고 있었다. "그렇게 해야 남자들이 더 멋지고 쪼잔하지 않게 되고 더 건장하면서도 남에게 상처를 주지 않게 돼요. 그런 사랑을 하는 남자는 상대방을 더 행복하게 만들어줄 수 있어요…… 진실로 사랑하는 사람만이 사랑은 상대방을 구속하는 것이 아니라 자유롭게 만든다는 것을 알아요. 그런 남자는 상대방으로부터 어떠한 것도 빼앗아가지 않고 오히려 모든 것을 주지요. 그렇게 사랑하지 않는 사람의 사랑은 그 감정을 사랑이 아니라 다른 말로 표현해야만 해요."

나는 내 술잔에 있는 얼음을 휘저었다. 색소폰 연주자가 샤워라도 하듯 조명 불빛에 비친 긴 머리를 쓸어 올렸다. 그리고 그의 시선이 나와 마주쳤다. 내가 다시 갈라를 쳐다보자 그녀는 나를 묘한 표정으로 바라보았다. 그녀는 젊은 남자들이 보내는 유혹의 눈빛을 거부하며 말했다. "이봐요. 아줌마들의 나이는 생각해줘야 하지 않아요?" 그 말에 술집 직원마저 웃고 말았다.

나도 같이 웃으면서 자기의 감정을 표현하는 것이 얼마나 어려운가를 다시 한 번 생각해보았다. 오로라도 노트북을 가지고 일하면서 그녀의 소파에 누워 자고 있는 막시를 보며 왜 그녀의 아버지는 자기에게 사랑한다는 말을 한 번도 한 적이 없었을까 생각해보았다. 카산드라도 정원을 바라보며 40년 만에 처음으로 사랑한다는 말에 대해 아무런 두려움 없이 생각해보았다. 빅토리아는 그 순간 답글이 오든 말든 그녀의 애인이 도망을 치든 말든 따지지 않고 자기의 감정을 SMS에 담아 보냈다. 그녀는 자고 있는 아이들을 보면서 문자를 보냈음에도 불구하고 죄책감을 전혀 느끼지 못했다.

갑자기 내 눈에 눈물이 가득 고였다. 다른 때 같았으면 나를 진심으로 사랑한 사람은 절대 없었다는 생각이 들어서였을 것이다. 당신조차도. 그러나 그 순간 나는 새로운 충동을 느꼈다. 나를 위한 진실한 사랑은 아직도 존재한다는 믿음이 생겼다. 그리고 그것만으로 눈물을 흘리기에 충분했다.

안개에 휩싸이다

오늘 밤 세상은 스스로를 지워내고 말았다. 나는 바람도 돛도 없이 2노트의 속도로 짙은 안개가 낀 바다 위로 흘러갔다. 안개는 *피터 팬* 선체를 집어삼킨 것도 모자라 선실 안까지 스멀스멀 기어들어왔다. 이제는 팔을 뻗으면 허공에 떠 있는 듯한 내 손만 보일 정도이다.

"잘못하면 죽을 수도 있겠다."

나는 혼자서 조용히 중얼거렸다. 안개는 솜사탕으로 만들어놓은 것 같았다. 원래대로였다면 나는 지금 말라가 만에 있어야 했다. 나는 그저 당신이 가르쳐준 것과 빅토리아의 계산을 따라했을 뿐이다. 지금은 두 사람에게 실수가 없기만을 바랄 뿐이다. "라 에라두라 해안에 이를 때까지 계속 북동쪽으로……." 이 말에 대해선 어느 정도 알고 있었다. 하지만 그것 말고는 아는 것이 아무것도 없었다. 나는 벌써 네르하와 푼타 데 토록소를 지났어야 했다. 그러나 그것은 오직 나의 소망 사항이란 것임을 알고 있었다.

이제 내 눈앞에는 아무것도 보이지 않았다. 지금 왜 갈라가 했던 말이 떠오르는지 나도 그 이유를 몰랐다. 그리고 그날 밤 색소폰 연주자 브라이스와 나누었던 끈적한 대화가 생각났다. 갈라는 남자라면 적어도 그렇게 말할 줄 알아야 한다고 한술 더 떴다. 그 남자가 우리를 향해 눈짓을 하기 전에 나는 혼자 내 다리의 제모를 확실히 했는지 생각했고 이 남자는 적어도 천사의 혀를 가진 남자일 거라고 생각했다. 그 순간 그가 우리에게 장난스럽게 윙크를 했다.

나는 갑자기 크게 웃고 말았다. 갈라는…… 그러나 당신이 아닌 그 남자와 함께 보낸 그날 밤의 기억이 지금 다시 되살아난다. 그것은 믿을 수 없을 만큼 신선한 충격이었다. 새삼스럽게도 그날 밤은 내가 소파가 아닌 새로 산 침대에서 처음 잔 날이었다. 나는 브라이스와 함께 침실로 가기 전에 유골함을 천으로 덮어서 눈에 잘 띄지 않게 발코니로 옮겨놓았다. 그리고 지금 우리 두 사람은 아마 영원히 바다에서 사라질지도 모른다.

안개 속에서.

갈라와 대화를 나눈 이후 당신에 대한 나의 감정이 무엇이었는지 불분명해졌다. 나도 사랑할 수 있음을 알고 있고 나를 포기할 수도 있다. 그러나 갈라가 말한 강인한 능력, 말하자면 당신에 대한 불안감을 몰아내고 당신을 전보다 더 생생하게 느끼고 행복과 기쁨에서 터져 나오는 폭발력을 느끼며, 당신을 제트비행기로 변신시키고 당신의 몸이 찬란하게 빛나 온 도시를 비추고 사랑하는 사람 가까이에서 모든 것을 가능하게 하는 연쇄적인 반응, 올리비아는 이것을 남녀 간의 완벽한 일치라고 말했지만, 나는 그것을 한 번도 체험해보지 못했다.

그러나 그것은 존재했다.

그것이 내 몸 안에서 세차게 요동치며 놀라운 인식을 가져다 주었다.

다섯 시간 뒤에 나는 갈라가 선물로 준 터키블루색 윈드재킷을 입고 항해를 시작했다. 재킷 속에 두 벌의 스웨터를 껴입었다. 하나는 내 것이었고 다른 하나는 당신이 입던 것이었다. 당신이 쓰던 낡은 털모자를 선실에서 찾아냈다. 그 모자에는 아직도 당신의 냄새가 배어 있었다.

베날마데네와 후엔지롤라 해안으로 가까이 가려면 방향을 틀어야만 했다. 눈앞에 무언가라도 보였다면 나는 카포피노의 작은 항구에 닻을 내릴 수 있었을 텐데. 하지만 당신은 항상 이렇게 말했다. 그곳으로 항해해서 들어가기엔 수심이 충분히 깊지 않다고.

배가 바다 바닥에 닿는 것은 가장 끔찍한 일이다. 그런 일은 내가 배를 탈 때마다 갖는 대재앙과 같은 두려움이다. 당신이 항해를 할 때 당신도 그 일을 가장 조심했었다.

당신이 없는 여기에서 나 혼자 배를 타고 나 혼자 키를 잡은 것이 이번이 처음이다. 지금까지 나는 어떠한 장치도 만져본 적이 없었다. 당신의 자리를 대신 차지하고 있는 내가 무서웠다. 내 손에 쥔 키는 계속 항해코스를 변경하고 있었다. 당신은 자동항법장치를 귀신선장이라고 불렀었다. 당신은 기계장치가 당신을 대신해서 노를 젓는다는 것을 믿지 않았었다. 그리고 당신이 죽는다는 사실을 알았고 죽기 얼마 전 당신은 나에게 당신의 유골을 탕헤르로 가져가달라고 부탁했었다. 그것은 내가 할 수 있는 일이 아니라고 애원했는데도. 그때 당신은 고통스러운 표정을 지으며 이렇게 말했다. "*피터 팬*을 타고 가. *피터 팬*은 어느 선장보다도 안전하게 당신을 데려다줄 거야. 나보다도 더 안전하게."

그러면서 당신은 힘겨운 목소리로 덧붙여 말했다. "마리나, 진정한 뱃사람에게 자동항법장치란 몇 가지 전제조건이 있다는 사실을 반드시 알아야만 해. 자동항법장치는 절대로 동요하지 않고, 밥도 먹지 않으며 트림도 않고 선장의 부인에게 자상한 눈길도 보내지 않아." 그리고 당신은 갑자기 배를 움켜쥐고 위액을 토해냈다. 당신은 힘겹게 입을 헹궈내고 이렇게 말했다. 그 말이 아직도 내 기억에 생생하다. "이 고통 때문에 세상이 얼마나 아름다운지 알지 못하게 될 거야, 마리. 그래도 당신에겐 그것을 볼 수 있기 위해 최소한 일주일은 남아 있어. 내가 당신을 안내할게. 당신에게 그것만큼은 약속해. 제발 내 유골을 탕헤르에 뿌려줘. 그러고 나면 당신도 자유로워질 거야."

자유…… 분명히 그랬다! 지금 당신이 있는 곳에, 그리고 내가 두려움을 느끼고 있는 이곳에? 나는 너무 지쳐 있었다. 몇 시간만이라도 토막잠을 자지 않으면 더 이상 버틸 수 없었다. 오스카, 내가 누구였는지 그리고 누구인지 모를 만큼 나는 지칠 대로 지쳐 있어요. 나는 즉시 보트의 엔진을 켜고 저주받은 바이킹의 장례의식을 치러야만 한다. 당신의 유골함과 함께 바닷속으로 가라앉는 것. 착한 조수로 있다가 선장의 곁에서 처절한 최후를 맞이하는 것.

철저하게 조종이 가능한 영혼이여!

"당신은 알고 있나요?" 나는 안개 속을 향해 소리 질렀다. "나는 당신을 미워해요. 내 말을 듣고 있나요? 당신을 미워한다고요!"

나는 선실로 들어갔다. 안개가 선실까지 가득 차 있어서 주방 수납서랍이 잘 보이지 않았다. 다행히 성냥 한 갑을 찾아냈다. 성냥을 켜보려고 여러 차례 시도했지만 성냥골이 눅눅하게 젖어 있어 성냥이 부러지기만 할 뿐 잘 켜지지 않았다. 모든 것이 축축했고 적막함 속으로 녹아들어갔다.

내가 왜 당신이 자던 선실로 들어갔는지 나도 알 수 없었다. 그곳에서 내가 찾아내려고 한 것이 무엇인지도 몰랐다. 당신이 그 답을 알 수 있을까. 더 이상 나타날 수 없기에 당신이 나에게 할 수 없었던 그 대답. 나는 당신의 책을 둘러보았고 서랍을 열고 매트리스를 들어올려 그 밑에 있던 상자를 뒤져보았다. 낡은 신발, 수건, 그리고 신발상자에 책 한 권이 들어 있었다. 내가 절대로 읽지 않았던 그 책. 가브리엘 가르시아 마르케스의 『어느 난파선원의 이야기』 고급 하드커버 양장본이었다. 당신이 예전에 보트에 가지고 왔던 그 책이 아니었다.

책장을 펼치자 아름답고, 확신에 차 있으며 유려한 필체로 쓴 헌사가 눈에 들어왔다. 당신이 좋아했으리라고는 전혀 생각하지 못했던, 해변에서 조용히 명상에 빠졌던 그날 밤을 떠올리게 하는 인마 세라노(스페인의 가수)의 가사가 적혀 있었다. 우리 둘이 함께해보지 못했던 해변의 그 밤.

> 당신의 사랑으로 눈을 떴을 때 들리는
> 영면을 위한 사이렌의 노래
> 당신의 포근함으로 깨어났을 때 들리는
> 영면을 위한 사이렌의 노래
> 나는 매순간 행복하고 그 순간을 놓지 않겠어
> 당신은 내 마음의 기쁨이니까
> 거리에 그림자가 사라지면
> 나의 미소가 당신의 얼굴을 비추면
> 당신이 언젠가 떠날지라도 내가 그랬듯
> 당신도 나를 사랑했음을 행복하게 기억할 거야

그 헌사는 5년 전 말라가에서 쓴 것이었다. 당신은 마지막 5년 동안 일 때문에 일주일에 이틀을 말라가에서 보냈다. 당신이 월요일에 그곳에서 할 일이 있으면 주말에 벌써 배를 타고 그곳으로 갔다.

나는 책장을 덮고 내일 아침 동이 틀 때까지 그 일에 대해서 생각하지 않기로 결정했다.

나는 다시 갑판 위로 올라가 안개 속에 앉았다.

지금 내가 여기 있다.

윈드재킷에 달린 모자를 쓰고 고치 속의 누에처럼 담요를 둘둘 감고 눈물 콧물을 흘리며 울부짖었다.

이제 다시 무슨 일이 벌어질 것인가. 이 껍데기 안에서 무엇이 나올 수 있단 말인가. 당신의 물건에서 나는 냄새를 절대로 맡지 말았어야만 했다. 나쁜 생각만 들고 멍청한 질문만 하기 때문이다. 그리고 그 질문에 대답할 당신은 지금 여기에 없다.

스마트폰이 제대로 작동했더라면 지금 내 사진을 한 장 찍어 올리비아에게 보냈을 것이다. 물론 그녀는 아직 스마트폰을 가지고 있지 않지만. 그리고 그녀에게 이렇게 문자를 보냈을 것이다. *그때 당신은 고치에서 벗어났지요. 당신은 늙은 마녀였어요. 저세상에서 내가 당신을 찾아가겠어요. 마리나가……*

이 여행을 부추기던 그녀의 말이 지금도 생생하다. "용기를 가져요, 마리나." "자신을 불쌍하게 생각하지 말아요, 마리나." "당신이 희생자라고 생각하면 안 돼요, 마리나." "자유를 느껴 보세요, 나래를 활짝 펴고……" 지금까지 내가 먹은 것이라곤 참치와 정어리 통조림뿐이었다. 그리고 머릿속에 떠나지 않는 헌사가 적혀 있는 그 빌어먹을 책 한 권.

안개는 왜 이런 생각들을 사라지지 못하게 하는 걸까? 차라리 읽지 말았어야 할 그 헌사를 왜 감추지 못하는 것일까? 그러나 나는 지금 그런 사소한 일에 매달릴 수 없었다. 지금 여기에서 중요한 것은 살아남는 일이었다. 마리나, 항로에 집중해. 목적지를 잃지 말라고.

나는 왜 그 책을 펼쳐보았을까? 하필이면 지금, 여행의 끝을 생각하지도 않으면서.

지금 나는 온 힘을 다 쏟아야만 한다. 더구나 당신이 내 곁에 있다는 사실은 아무런 의미도 없는 것이다.

왜 당신은 내 곁에 머물러 있는 것인가?

왜 당신은 그 책을 잘 안 보이는 곳에 숨겨놓지 않았던가? 왜 당신은 그 책을 버리지 않았던가? 당신이 죽은 후에 내가 그 책을 찾아내길 원했던 것인가? 당신은 그렇게 뻔뻔한 사람이었던가?

GPS가 제대로 작동을 하지 않는 지금 나는 언제고 바위에 좌초될 수 있다는 것이 분명해졌다.

좋다. 앞으로 사흘. 사흘 뒤면 나도 편안한 휴식을 취할 수 있게 된다. 나는 차분해야만 한다. 그렇게 해야 지금 살아남을 수 있다. 나는 키를 꽉 잡았다. 그런데도 키는 저절로 움직였다. 수심측정기를 점검해보았다. 수심측정기의 수치를 보고 믿을 수가 없었다. 수심측정기는 조금 전까지만 해도 40미터를 가리키고 있었다. 그런데 지금은 겨우 3미터였다. 어떻게 이런 일이 벌어진 거지? 나는 리셋 버튼을 눌렀다. 그러나 수심측정기의 숫자는 5, 4, 3미터로 줄어들었다.

모든 게 운명에 달려 있다. 암초에 부딪힐지도. 아니면 나는 해안에 가까이 있는지도 모른다. 그리고 지금 어쩌면 모래바닥에 걸려 있을지도…….

빌어먹을. 나의 배는 해저에 닿을 것만 같다.

이제 어쩐단 말인가? 그때 만 앞에 이르러 갑자기 뭔가 생각이 떠올랐다. 그것은 내 눈앞에 어둡고 커다랗게 나타난 그림자였다.

그리고 그 그림자는 안개 속으로 사라져버렸다.

나는 암초와 부딪히지 않기 위해 신속하게 키를 움직여야만 했다.

내가 꿈을 꾸는 것은 아닐까?

아니다, 그것은 꿈이 아니었다.

꿈을 포기하지 마라. 천사의 정원 입구에 세워진 팻말의 글귀이다. 꿈을 포기하지 마, 마리나. 꿈을 포기하지 마……

그림 앞의 고양이

슬프게 지냈던 지난 시절을 돌이켜보면 우리가 슬픔을 얼마나 잘 표현하지 못하고 살았나 하는 생각이 든다. 우리는 슬픔을 미화시키려 애썼다. 그 슬픔이 허용될 수 있는 최선의 순간만을 허용했고 영원히 숨겨버리려고 했다. 우리는 강한 체했으며 서로에게 의지하지 않았다.

슬픔으로부터 벗어나는 유일한 방법은 그 슬픔과 맞서 싸워야 한다는 사실을 우리는 몰랐다. 그것은 하나의 기만과 같은 것이었다. 우리는 슬픔을 몰아내려고만 했고, 참아냈고, 강인한 모습을 보여줘야만 했다…… 너무나 고통스러웠기에.

그 어느 날 올리비아가 나에게 자신을 희생자로 만들지 말고 행동으로 무엇인가를 보여주라고 일깨우면서 조언을 해주기 전까지 나는 슬픔을 정면으로 돌파하지 않았었다. 그것이 내게 일어난 가장 큰 변화였다.

나는 그 첫 번째 행동으로 우리가 살던 집을 세를 주었다. 젊은 부부가 세 들어왔는데 그들도 막 마드리드로 이사 온 사람이었다. 작은 식구가 살기엔 딱 좋은 집이라고 그 부인이 말했다. 그녀는 금발머리에 예쁘장하였고 옷차림도 깔끔했다. 카산드라 의 표현을 빌리면 "아주 다루기 편한 사람"이었다.

나는 그녀가 플랫슈즈를 신고 집안 구경을 하는 모습을 살펴 보았다. 그녀는 다림질까지 한 청바지를 입고 소박한 진주 귀걸 이를 하고 있었다. 그녀의 남편은 그녀 뒤를 바짝 뒤따르며 가 구배치를 어떻게 하면 좋겠다는 그녀의 말에 귀를 기울였다. 그 리고 시도 때도 없이 그녀의 뺨에 키스를 했다.

그녀는 집안을 돌아보면서 남편의 일자리 때문에 마드리드로 이사 오게 되었다고 말했다. 그리고 자신도 아이를 갖기 전까진 일을 할 테지만 아이를 낳으면 당연히 그만둘 거라고 했다. 나 는 그녀가 아이들 같은 몸짓으로 남편의 손을 잡는 모습을 보았 다. 어떤 똑똑한 남자가 매력적인 여자를 집에만 두고 싶어 하 겠는가? 나는 결혼식 때 입었던 50년대 카나리아색 치마의 먼 지를 털면서 생각했다. 이 예쁘장한 여자는 분명히 두어 명의 아이를 낳고 안락한 생활을 하며 해변의 별장을 갖기를 조급한 마음으로 기다릴 것이다. 그녀는 안정된 삶을 꾸려나갈 것이고 비교적 행복하고 만족스럽게 살 것이다. 그리고 그녀에게 무언 가가 잘 맞지 않으면 남편의 가방을 싸서 문 앞에 놓고 이혼을 통보할 만한 능력이 있는 여자일지도 모른다.

나는 깊은 생각에 잠겨 그 여자가 나중에 어떤 방을 아이들 방으로 할까 하고 남편에게 물었을 때 순순히 아내의 말을 따르 는 그 남자를 유심히 바라보았다. 그런데 두 사람은 내가 감당 하기 어려운 매우 복잡 미묘한 시선을 서로 주고받았다. 그리고 그 남자가 처량하게 보였다. "애교 있는 아내"란 점에서 보면 나는 온갖 단점만 지닌 여자였었다. 나는 아이도 없었고 직장생활도 하지 않았다. 그리고 지금 당신 없이 홀로 서 있다. 나만의 삶도 잃은 채.

올리비아의 조언을 떠올리고 있을 때 나는 다시 희생자의 역할로 떨어지기 직전이었다. 나는 심호흡을 한번 한 뒤 젊은 부부하게 집을 세놓겠다고 말하고 예쁘장한 부인의 신혼반지를 낀 손에 열쇠를 건네주었다. 그리고 출입문을 향해 씩씩하게 걸어갔다. 지금까지 시어머니가 돌봐주시던 고양이 캡틴을 고양이 바구니에 담아 다신 이 문을 열지 않기를 바라며 문을 닫고 나왔다.

그 일은 이미 과거가 되어버렸다. 사람은 과거에 묻혀 살 수 없는 법이다. 더군다나 인간은 우리들 양육의 결과보다, 아니면 부부관계, 또는 우리의 상실의 결과물보다 더 많은 것으로 존재해야만 했다. 내 안의 무언가가 나 스스로 형성해놓은 마리나라는 인간으로 살도록 부추겼다. 그리고 그 마리나에 대한 책임은 나 혼자 져야 했다. 나는 그러한 마리나를 위한 공간을 마련하고자 했다.

그것은 몹시 절박했다.

그날 아침 나는 7킬로그램이나 나가는 캡틴을 들고 거리로 나섰다. 캡틴은 고양이 바구니 안에서 슬프게 야옹거렸다. 내가 살고 있는 작은 집의 세 번째 월세를 내기 위해 은행에 가고 있는데도 캡틴은 내가 자기를 안락사라도 시킬지 모른다는 두려움을 가지고 있는 듯했다. 벌써 8월이 되었지만 나에겐 아무런 의미가 없었다. 하지만 그것은 내가 여행을 떠나기까지 한 달이 채 안 남았음을 뜻했다. 여행준비는 구체적으로 진행되고 있었다. 카산드라는 퇴근 후 매일 두 시간씩 나와 함께 요트항해법에 관한 책을 꼼꼼히 읽었고, 빅토리아는 나를 탕헤르로 데려다줄 프로그램을 작업했다.

집으로 가려고 그 유명한 세르반테스 동상 앞을 지나고 있을 때 갑자기 프란치스코가 생각났고 그가 세르반테스의 유골을 찾아냈는지, 그리고 그와 빅토리아 사이는 어떻게 됐는지 궁금했다. 두 사람을 본 지 일주일이 넘었다. 지난번 그들을 보았을 때 솔직히 말하면 그들에 대해 너무 많은 것을 알게 되었다.

그들이 그렇게 금방 올 줄은 나는 전혀 예상하지 못했다. 나는 혼자서 온실 안에 있었다. 거리에 인적도 끊어진 시간이라 나는 문을 닫고 불빛을 낮추었다. 나는 무화과나무 사이에 앉아 작은 누에고치를 살펴보면서 고치가 앞으로 어떻게 변할까 상상해보았다. 올리비아는 누에고치에서 나비가 되기까지는 약 3주 걸린다고 알려주었다. 뭔가 나와 비슷했다.

가게 문을 열쇠로 따는 소리와 웃음소리가 들렸다. 가게 문이 열렸다. 가게로 들어온 사람들은 불을 켜지 않았다. 나는 그들을 놀라게 하지 않기 위해 조용히 있었다. 나는 그들이 뒷방으로 들어가면 살금살금 기어나갈 생각이었다. 그러나 그들은 금방 그곳으로 가지 않았다. 그들은 안으로 들어서자마자 프란치스코가 빅토리아를 깃털처럼 가뿐하게 들어올려 자기의 무릎에 앉혔다. 빅토리아는 원피스를 입고 있었는데 그 옷은 내가 처음 갈라의 가게에서 입어본 것과 거의 똑같은 것이었다. 녹색에 허리 부분을 날씬하게 하고 아래가 종 모양처럼 생긴 치마였다. 프란치스코는 빅토리아를 계산대 위에 올려놓고 치마를 들어올렸다.

그녀는 서둘러 프란치스코의 셔츠 단추를 풀었다. 사람들이 섹스를 할 때 변하는 모습은 정말 놀랄 만했다. 내가 보기에 매력적인 면모라고는 전혀 없는 빅토리아가 이제는 마치 여신과 같아 보였다. 그녀는 옆에 있던 꽃병에서 꽃대가 긴 들국화 한 송이를 뽑아 자신의 허벅지를 쓰다듬고 있었다. 꽃잎은 그녀의 살갗을 애인의 손가락처럼 만져주었다. 어딘지 모르게 뻣뻣하게만 보이던 고고학자 프란치스코가 어스름한 불빛 속에서 에로틱한 소설의 주인공처럼 보였다. 그는 빅토리아의 슬립을 거의 벗기고 있었다. 슬립은 위로 떨어졌다.

적당한 조명, 전문배우의 능란한 몸짓, 적당한 사진도 없는 실제의 섹스 장면을 아무런 불편함 없이 가까이서 본다는 것은 사실 쉽지 않은 일이었다. 내가 이 러브스토리에 부여하는 의미, 창문을 통해 정말 로맨틱한 분위기 속에서 모든 것을 비추고 있는 달빛의 감정적 의미 이상의 것이었다.

성욕의 만족을 갈망하던 프란치스코는 빅토리아를 다시 들어올려 유리로 된 벽에 세워놓았다. 유리면 위에 그녀의 육체가 그대로 드러났다. 그들은 두 시간 동안 잠시도 그칠 줄 모르고 격정적으로 보냈다. 마침내 빅토리아가 지쳐버리고 들국화가 뿌려진 침대 위에 행복하게 누웠다. 그때서야 나는 그곳을 몰래 살금살금 기어 순진무구의 꽃 위에서 잠든 두 사람으로부터 빠져나왔다.

솔직히 고백하건대 관음증적인 그 경험에 대한 기억이 나를 집어삼켜버리고 말았다. 그것은 물론 더위 때문은 아니었다. 그날이 그해 여름 처음으로 흐렸던 날이었기 때문이었다.

나는 고양이 바구니를 잠시 길 위에 내려놓고 플라스틱 창살 너머로 보이는 검고 흰 캡틴을 살펴보았다. 캡틴은 고개를 구석에 처박고 있었다. 나는 캡틴의 등을 가볍게 쓰다듬어주었다. 어떻게 하면 집주인에게 들키지 않고 고양일 키울 수 있을지 전혀 방법이 떠오르지 않았다. 집주인은 어떠한 동물도 집안에서 키우면 안 된다고 분명히 말했었다. 캡틴은 나에게 인형과 같은 존재라고 그에게 어떻게 설명할 수 있단 말인가. 캡틴은 아주 깨끗하고 조용하며 오물을 치울 휴지도 거의 사용하지 않는다고 말하면 이해해줄까. 캡틴도 텔레파시가 통하는 듯 내 심정을 알고 있는 듯했다. 캡틴은 눈을 크게 뜨면서 천진난만한 표정을 짓고 있었다.

출근을 해야 하는 나는 캡틴을 데리고 가기로 마음먹었다. 그리고 금요일까지 꽃집의 뒷방에 놓기로 했다. 고양이 화장실은 약간의 화분 흙을 가져다놓으면 되고 날이 어두워지면 집으로 데려올 작정이었다.

내가 도착했을 때 올리비아는 마치 영화 〈ET〉의 죽음의 장면에 출연하기라도 하듯 흰색 오버롤을 입고 있었다. 오로라도 이미 와서 벽에 자기의 그림을 걸고 있었다.

"별일 없었죠?" 내가 물었다.

올리비아는 한숨을 쉬면서 부채를 펼쳤다. "차라리 무슨 일 있었느냐고 묻는 게 낫겠어요."

"해충 때문에 난리예요." 오로라가 옆으로 지나가며 말했다.

정원에서는 여러 사람이 똑같은 복장을 하고 화초의 잎사귀를 일일이 살피는 작업을 하고 있었다. 그리고 그들은 모든 화분의 흙을 뒤집어 파보았다.

"잎마름병이 닥쳤어요." 올리비아가 말했다.

"그래요? 아주 안 좋은 상태인가요?" 나는 깜짝 놀라면서 캡틴의 바구니를 내려놓았다.

"빨리 방충을 하면 괜찮을 거예요. 오로라는 무당벌레를 풀어놓는 것이 친환경적이라고 하지만 나는 연기를 피워 확실하게 제거하고 싶어요."

"무당벌레를 풀어놓는다고요?" 내가 신기한 듯 물었다.

"그래요. 무당벌레가 진딧물을 잡아먹거든요." 오로라가 대답하면서 그림 몇 장을 자기의 발 앞에 세워놓았다. 그녀는 오늘 다른 때처럼 그렇게 측은해 보이지 않았고 오히려 행복하고 활기차 보였다. "하지만 그다음엔 온통 무당벌레 천지일 거예요. 이 그림들을 뒷방에 가져다놓을게요. 그러면 되겠죠, 올리비아?" 그러곤 그녀는 그제야 고양이 바구니를 보게 되었다. "이건 뭐죠?"

나는 고양이집을 계산대 위에 올려놓고 문을 열어주었다. 캡틴은 코를 내밀면서 킁킁 냄새를 맡았다.

"얘 이름은 캡틴이에요. 이 고양이는…… 그러니까…… 내가 기르는 고양이예요. 저녁때 다시 우리 집으로 데려가려고 했던 건데. 사실은 집에서 고양이를 기르면 안 되거든요. 그런데 여기서 소변을 못 가리면 여기에 있을 수도 없지요."

올리비아는 캡틴에게 다가가 캡틴의 얼굴에 코를 댔다. 그녀와 캡틴은 서로 잠시 냄새를 맡았고 올리비아가 캡틴을 바구니에서 꺼내어 팔에 안았다.

"자 우리 예쁜이, 어디 좀 보자." 올리비아가 캡틴을 쓰다듬으며 말했다. 캡틴은 좋은 듯이 낑낑거렸다.

올리비아는 캡틴을 안고 오로라의 그림 앞으로 가서 캡틴에게 그림을 보여주었다. 캡틴은 집에서 TV를 볼 때와 똑같이 그림을 빤히 바라보았다. 올리비아는 캡틴을 자세히 살펴보고 있었다. 캡틴의 눈동자에 꽃 그림이 반사되었다.

올리비아는 고양이를 다시 바닥에 내려놓았다. 고양이는 화초 사이를 왔다 갔다 하면서 주변을 살펴보았다. 그러더니 한 그림 앞에 앉아 최면에 걸린 듯 그림을 뚫어지게 바라보았다. 그러다 갑자기 일어나 그림을 향해 달려갔다. 올리비아는 웃으면서 앞치마를 벗어 벤치 위에 올려놓았다. 그녀는 꼭 끼이는 청바지에 빨간 셔츠를 입고 있었다.

"좋은 생각이 났어요." 그녀가 환하게 웃으며 말했다. "오늘은 더 이상 일할 수도 없고 고양이가 여기 있으면 방충제 때문에 안 좋을 수 있으니까 프라도로 소풍이나 가요."

"캡틴이랑 같이요?" 내가 물었다.

"물론이죠. 캡틴도 같이 데리고 가요." 그녀가 말했다. "캡틴에게 정말 흥미로운 일이 될 거예요."

나는 눈썹을 찡그리며 뭔가 할 말이 많은 표정으로 오로라를 쳐다보았다. "우리 고양이가 분무기 방충제를 들이마시지 않은 게 확실한 거죠?"

오로라는 웃었지만 그 모습이 매우 어색해 보였다. 올리비아는 캡틴을 안고 뽀뽀를 한 뒤 고양이 바구니에 넣었다. 그녀는 에코백을 들고 나는 배낭을 멨다. 그리고 우리는 박물관을 향해 길을 나섰다. 캡틴은 고양이 바구니의 창살 사이로 처음 보는 것들을 신기하게 바라보았다.

박물관에 도착하자 올리비아는 머플러를 풀어 고양이 바구니를 덮은 다음 한 여자 안내원을 불러달라고 부탁했다. 그러고는 그 안내원이 자기의 친구라며 "가엾은 고양이가 보안검사 때문에 뢴트겐을 쬐게 할 수는 없지."라고 말했다.

박물관 안내원은 예쁘장한 여자였으며 크림색 옷차림을 하고 우리를 향해 걸어왔다. 짧게 자른 검은 머리의 그녀에게 올리비아는 우리가 캡틴과 함께 하나의 실험을 해보려고 한다고 설명했다. 우리는 캡틴을 데리고 그림을 보여주면서 캡틴이 어떤 반응을 보이는지 알아보려고 한다고 했다. 고양이가 가진 많은 능력 가운데 뛰어난 후각도 있을 뿐 아니라 자외선을 인식할 수 있는 능력도 있다고 말했다.

"고양이는 정말 뛰어난 동물이에요." 올리비아는 감탄한 듯 말했고 캡틴은 올리비아의 말을 알아듣고 있는 듯 당당하게 눈썹을 움직였다. "고양이는 식물 가운데 우리 눈에 안 띄는 진귀한 종도 찾아내고 우리 몸에 흐르고 있는 에너지라든가 유명한 화가가 그린 그림 속 눈에 보이지 않는 붓의 터치도 볼 수 있어요."

오로라와 나는 신기하다는 듯이 그녀의 말을 듣고 있었다. 올리비아의 설명에 따르면, 나중에 여러 번 손질이 된 「궁정의 시녀들」이란 그림을 벨라스케스가 원래 어떻게 그렸는지 캡틴은 알 수 있을 거라고 했다.

우리는 벨라스케스의 「실 잣는 여인들」 그림 앞에 앉았다. 바구니에 담긴 고양이와 함께 박물관 벤치에 앉아 있는 우리는 그림 속의 실 잣는 사람들의 움직임에 사로잡힌 듯이 보였다. 나는 고양이를 자랑스럽고 경탄스럽게 바라보고 있었다.

우리가 박물관을 둘러보고 있는 동안 올리비아는 캡틴이 벨라스케스 그림의 비밀을 풀어주기를 애타게 기다리고 있었다. 그리고 오로라는 내가 전혀 알지 못했던 사실 몇 가지를 말해주었다. 벨라스케스가 인물들 사이의 공간을 어떻게 그리기 시작했고, 정신병에 걸린 고야는 어떻게 인상주의의 선구자가 될 수 있었던가를 알려주었다. 블랑카 소토가 자신의 그림 여섯 점을 팔고 그녀도 믿을 수 없을 만큼 놀랐다고 말해주었다. 그러면서 블랑카와 그녀가 다른 스페인 화가들과 함께 프랑크푸르트 예술박람회에 초대될 뻔했다고 했다.

나는 그렇게 환한 표정의 그녀의 얼굴을 처음 보았다. 그녀의 머리는 전보다 조금 더 자라 묶을 수 있는 정도가 되었다. 벼룩시장에서 산 청바지와 물방울무늬 블라우스를 입고 있어서 그런지 그녀는 전보다 훨씬 더 젊고 활기차게 보였다. 화장기 없는 얼굴엔 웃을 때마다 잔주름이 잡혔지만 그것이 나에겐 매력적으로 보였다.

"올리비아가 이번 일은 당신의 아이디어였다고 말해줬어요."

그녀는 이렇게 말하면서 나를 따뜻하게 안아주었다.

"뭐라고요? 아니에요……." 나는 급히 대답했다.

"마리나, 정말이에요? 나한테 물어보지도 않고 내 그림을 그녀에게 보여줘서 정말 고마워요." 그녀가 내 말을 가로막으며 말했다. "나는 그것을 절대로 믿지 않았을 텐데. 그리고 나에게 물어봤더라면 동의하지도 않았을 거예요."

그녀는 핸드백에서 포트폴리오 한 뭉치를 꺼냈다. 거기엔 몇 장의 스케치가 들어 있었다. 그 가운데 한 장은 *피터 팬*처럼 쌍 돛대 요트를 그린 것이었다. 큰 돛대 가운데 제비꽃이 그려진 깃발이 나부끼고 있었다. 그녀는 또 가방에서 뭔가를 꺼내어 나에게 주었다. 곱게 접은 흰 천이었다.

"자, 이거 받아요." 그녀가 환한 표정으로 말했다. "멀리서도 사람들이 이걸 보면 다 알아보고 항로를 비켜줄 거예요."

나는 깃발을 받아 들고 너무나도 고마운 마음에 오로라를 껴안았다. 그리고 우리는 손을 잡고 올리비아 뒤를 따랐다. 그녀는 이미 전시실의 끝까지 가서 주변 사람들이 그녀를 이상하게 쳐다보는 것도 아랑곳하지 않은 채 넋이 빠진 듯 캡틴의 시선만 바라보고 있었다.

쾌적하고 시원한 박물관에서 밖으로 나오자 뜨거운 열기로 가득했다. 우리는 아이스크림을 사서 식물원 입구에 있는 분수대에 앉았다.

"언제 프랑크푸르트로 가요?" 내가 오로라에게 물었다.

오로라가 캡틴에게 자기가 먹던 아이스크림 한 숟가락을 떠서 주자 캡틴이 쩝쩝거리며 핥아먹었다. 그녀는 그런 캡틴에게 시선을 떼지 않고 대답했다.

"프랑크푸르트에 안 갈지도 몰라요."

나와 올리비아가 아이스크림을 먹다 말고 물었다.

"왜요?"

오로라는 캡틴을 쓰다듬으며 말했다. "지금 사귀고 있는 남자친구한테만 집중해야 할 거 같아서요. 막시가 다시 돌아온 후로 모든 일이 매우 복잡하게 꼬이고 있어요." 그녀는 한숨을 쉬었다. "내가 선택받고 인정받은 것만으로도 충분하지요. 그런데 또 다른 기회가 생길지도 모르는 일이죠."

갑자기 올리비아가 일어났다. "마리나," 그녀가 나를 불렀다. "당신은 오늘 여기서 아주 중요한 걸 배우고 있는 거예요. 그 누구도 도움을 청하지 않는 사람을 도와주지 않아요."

그녀는 아이스크림을 먹다 말고 쓰레기통에 버렸다.

"이제는 섣불리 판단하지 말아야겠어요." 오로라가 말했다. "당신은 남편과 아이들에게 충복이 되지 않겠다고 결심했겠지요. 그러나 나는 혼자 살지 않을 거예요! 올리비아, 나는 당신처럼 그렇게 강하지 못해요."

올리비아는 뺨이라도 맞은 듯 주춤하며 뒤로 물러섰다. 나와 오로라는 그 순간 그 말이 그녀에게 얼마만큼 충격적이었는지 상상할 수 없었다. 그녀는 아무 말도 않은 채 뒤돌아 바리오 데 라스 레트라스 쪽으로 가버렸다.

오로라는 그녀를 멍하니 바라보고만 있었다.

"올리비아가 왜 저러는 거죠?" 그녀가 물었다. "나는 이 일을 알고 있었어요. 하지만 올리비아는 이해하지 못해요. 그녀는 한 번도 나랑 충분히 얘길 나누지 않았고, 나는 모든 것을 막시에 게 말해버렸어요."

"올리비아는 지금 다른 일로 예민한 것 같아요." 나는 올리비 아를 두둔했다. "며칠 전 천사의 정원에 낯선 사람이 찾아왔었 는데 이번 여름이 지나면 올리비아의 가게를 닫아야 한다고 말한 것 같았어요."

오로라가 입을 찡그렸다.

"그런데 그 얘기 좀 더 해봐요." 나는 화제를 바꾸었다. "프랑 크푸르트 박람회에 무슨 문제가 생긴 거예요?"

오로라는 말로 설명하기에 사정이 아주 복잡한 듯 한숨부터 쉬었다.

"막시가 다시 돌아왔을 때 나는 더 이상 그를 간섭하지 않기 로 결심했었어요. 그리고 그에게도 말했죠. 당신도 조금은 노력 을 해야 한다고요." 그녀는 일어나 주먹을 쥐었다. "나랑 같이 살려면 그도 월세를 부담해야 한다는 사실을 스스로도 인정했 어요. 하지만 그는 정말 돈이 한 푼도 없는 사람이었어요. 내가 어떻게 해야만 할까요? 그를 쫓아내야 마땅한가요? 우리는 내 가 택시운전을 해서 버는 돈으로 겨우 살고 있어요. 프랑크푸르 트로 가기 위해 여러 날을 쉴 수가 없는 상황이에요."

"그건 그저 핑계에 불과한 것 아닐까요?" 내가 물었다.

"아녜요. 그는 가진 돈이 하나도 없어요."

"내 말은 당신이 프랑크푸르트에 못 가게 하려고 그런 구실 을 붙이는 게 아닌가 하는 거예요. 막시가 앞으로 잘 하리라 믿어요."

"내가 전시회에 참가하는 데 두려움이 있다고 생각한다면 그건 오산이에요."

그녀는 다시 벤치에 앉아 떨리는 손으로 캡틴을 쓰다듬었다.

"막시는 여러 번 집을 나갔었어요. 그리고 다시 돌아오면 술에 취해서 담배만 피우고…… 지금은 전과 상황이 약간 다를 뿐이지 그가 일자리 때문에 많은 스트레스를 받고 있다는 걸 알아요. 그리고 그가 다시 일자리를 잡아야 우리 사이도 좋아진다는 것을 잘 알고 있어요. 하지만 지금 나는 그가 다시 집을 나갈까봐 두려워요. 그런데 내가 프랑크푸르트를 가게 되면……."

"그가 당신을 떠난다고요?" 나는 그럴 리는 없을 거라고 말했다. "막시는 다시 돌아왔잖아요! 오로라, 왜 막시가 당신을 떠나겠어요. 당신 같은 착한 여자를 놔두고……."

나는 이 말을 하자마자 잘못 말했다는 생각이 들었다.

오로라는 당혹스럽게 나를 쳐다보았다.

"마리나, 당신이 무슨 얘길 하려는지 잘 모르겠어요. 막시는 나를 사랑한다고 말했어요. 하지만 자기 방식대로일 뿐이에요."

"그렇다면 막시는 당신을 방해하지 말고 다른 면모를 보여줘야 하겠지요."

"지금 그는 나를 도와줄 수 있는 형편이 아니에요."

나는 고개를 들어 허공을 보았다. 파세오 델 프라도 광장의 나뭇가지 사이로 저녁 어스름이 내리고 있었다.

"막시는 지금 잘 지내고 있지 않아요." 오로라의 목소리가 들렸다. "내가 프랑크푸르트 박람회의 제안을 받아들인다는 것이 그에게는 힘든 일이라고 봐요. 반면에 그는······."

"그게 당신 생각인가요 아니면 그가 그렇게 말했나요?"

"그러니까····· 그가 그런 낌새를 내비치고 있단 말이죠."

나는 옷깃을 여미었다. 내가 말한 모든 얘기가 내 친구인 오로라의 안색을 점점 더 어둡게 만들었다. 절망감이 검은 베일처럼 그녀의 얼굴을 덮고 있는 듯이 보였다. 그러나 그녀가 눈을 뜨게 만들어야 한다고 누군가 말하는 것 같았다. 그녀의 얼굴에 드리운 어두운 베일을 다시 걷어주어야만 할 것 같은 마음이 들었다. 먹구름은 걷히게 될 거라는······.

내가 오로라를 설득하기 위해 무슨 말을 했는지는 정확히 기억나지 않는다. 그러나 나는 오로라가 말했던 막시에 관한 나의 생각을 그녀에게 전달했었다. 그녀가 막시의 다른 모습을 볼 수 있기를 바라는 마음에서였다. 자기의 휴대폰 요금도 낼 수 없는 형편이며 같이 잠자리도 하지 않는, 이제 막 나이 사십이 되는 한 남자. 오로라에게 자기가 다른 여자 만나는 것을 인정해주길 바라고 술 마시고 담배나 피우면서 자기 인생이 엉망인 채로 오로라에게 주어진 좋은 기회마저 빼앗아버리는 남자. 오로라가 그와의 관계를 끝내버릴 듯하면 그제야 그녀에게 사정을 하고 매달리는 남자.

"막시는 기생충이나 마찬가지예요. 오로라, 당신은 그를 내쫓아야만 해요." 나는 이렇게 말을 끝맺었다.

그때 말한 모든 것에 대하여 지금까지도 나는 확신이 서질 않는다. 그녀는 내 말을 귀담아들었고 내 말에 반박하지 않았다. 그리고 이렇게만 말했다.

"나는 그렇게 할 수 없어요……."

나는 그녀의 손을 잡으며, 당신의 최근 그림들은 너무도 훌륭하고 그림들에 대해서 막시가 뭐라고 말하든 신경 쓰지 말라고 말했다. 당신은 이번 기회를 놓치면 안 된다고. 그녀는 몸을 몹시 떨고 있었고 아직은 새로운 도약을 위한 준비가 안 되어 있는 듯이 보였다. 자기는 그렇게 할 수 없다고 말했다. 하지만 그녀는 전처럼 울지는 않았다. 캡틴은 바구니 안에서 코를 골며 잠들었고 그 모습이 마치 사람들에게 닥친 최악의 순간을 진정시키려는 모습 같았다.

파세오 델 프라도 광장을 지나 버스킹을 하는 음악가, 화가와 공예작가들 사이를 빠져나오는 동안 오로라는 자기의 속내를 털어놓았다.

자기는 우리 모두가 생각했듯이 그동안 눈에 콩깍지가 씌었었다고 말했다. 막시가 그녀를 이용해먹고 있다는 사실을 자기도 알고 있었지만 그가 이미 그녀의 삶에 너무 많은 부분을 차지하고 있어서 그를 쫓아낸다는 것을 상상하기 어려울 정도라고 했다.

"막시는 내가 너무 까다로운 여자라고 항상 말했어요. 그리고 자기처럼 날 사랑하는 사람을 찾기가 어려울 거라고."

그는 오로라가 자기를 믿고 있다고 확신하고 있었다. 하지만 오로라에게도 최근 새로운 남자를 사귈 기회가 있었다. 얼마 전 카산드라가 오로라에게 한 외교공무원을 소개시켜준 적이 있었다. 그 남자는 오로라의 그림을 보고 그녀에게 관심을 갖게 되었다고 했다. 매력적이고 감각적이며 매우 예의바른 남자였다. 그도 미술을 좋아했으며 오로라에게 새로운 세상을 열어주고 그녀의 예술을 위해 경제적인 도움을 줄 수 있을 것 같았다. 하지만 오로라는 그에게 자기가 남자친구와 동거를 하고 있단 말을 하고 말았다. 그 말을 듣자마자 그 남자는 오로라로부터 물러섰다.

나는 한숨을 쉬었다. "당신은 까다로운 여자가 아니에요, 오로라. 당신을 무시하는 막시가 아주 나쁜 에고이스트인 거죠. 당신이 얼마나 좋은 여자인지 아는 남자와 같이 살아야 해요."

마지못해 그녀가 고개를 끄덕였다.

"우리가 말한 삶의 일곱 가지 기쁨이 뭐였나요? 욕망, 명예, 자부심 아니었던가요?" 나는 그녀에게 눈을 찡긋했다.

"욕망에 대해서 나는 부담감을 덜어낼 수가 없어요." 그녀가 얼굴을 찌푸리며 말했다. 그런데 그제야 그녀의 마음이 좀 가벼워진 것처럼 보였다. 나와 오로라는 넵튠 분수대 옆에서 캡틴을 증인 삼아 말했다.

"오로라, 당신이 프랑크푸르트에 가지 않으면 나도 배를 타지 않을 거예요. 그리고 막시에게 말해요. 당신이 돌아오기 전에 집에서 나가달라고."

나는 이 말에 대한 약속의 뜻으로 그녀에게 손을 내밀었다. 그녀가 나에게 가까이 다가왔다. "나는 그렇게 할 수 없어요, 마리나."

"아니에요. 당신은 충분히 할 수 있어요." 나는 나 자신에게도 확신과 용기를 주려는 마음으로 말했다. "그리고 당신은 이제 혼자가 아니에요."

온도계가 33도를 가리키고 있는데도 몸에 소름이 끼쳤다. 그
녀는 나를 믿었고 나도 그녀를 확신했다. 그렇게 우리는 서로에
대한 능력을 믿을 수 있었다. 올리비아가 말한 것처럼 우리 여
자들이란 쉽게 남의 영향을 받는다. 우리는 다른 사람들의 강인
함 속에서 우리들의 억척스러움을 발견했다.

우리가 꽃집에 도착했을 때 올리비아는 문가에 서서 머리를
삐딱하게 기울이고 건너편 건물을 바라보고 있었다. 그 집의 담
벼락은 파란색으로 거칠게 칠해져 있었다. 벽 한가운데 손을 높
이 올린 한 여자가 있었고 그 모습이 바람이나 파도를 막고 있
는 듯해 보였다.

가게 안에는 키디 시트니가 손이며 옷이 물감으로 범벅된 채
무릎을 꿇고 앉아 있었다. 그가 나를 보자 웃으며 말했다. "이게
바다 위를 항해하고 있는 당신이에요, 마리나."

기생충 이론

오로라가 프랑크푸르트로 가기 전에 우리는 각자의 계획을 실천에 옮기기로 했다. 오로라와 키디에게 우선 카페에 가서 우리를 기다리라고 부탁했다. 그러면 키디 시트니는 오로라에게 프랑크푸르트 박람회에 관한 정보를 알려줄 수 있을 것이고, 그사이 올리비아와 나는 죽은 해충을 치우기로 했다.

올리비아 주변에서 얼마나 많은 믿을 수 없는 일들이 일어나고 있는지…… 또 이것이 항상 좋은 결과를 맺는 원인을 도무지 찾아낼 수 없었다. 혹시 그 일들이 그녀와 잘 맞기에 그저 우연히 일어나는 것일까?

아무튼 그 일들은 일어났다.

우리가 온실로 들어섰을 때 그것에 대하여 곰곰이 생각해보았다. 주변을 둘러보니 속이 메스꺼웠다. 바닥에 깔린 카펫 위에는 온통 죽은 진드기투성이였다. 우리는 실내화를 신고 캡틴을 바구니에 담아 정원에 내다놓은 뒤 진드기를 쓸어내기 시작했다.

올리비아의 얼굴에서 근심과 걱정을 읽어내기란 어렵지 않은 일이었다. 그녀는 오로라에게서 시선을 돌리지도 않은 채 "좀 이따 봐요."라고 짧게 말했다. 바로 그때 나는 프란치스코가 가게의 뒷문으로 나가는 것을 보았다. 그는 상당히 많은 짐을 들고 있었다. 올리비아가 지금 무슨 일을 꾸미고 있는 것일까? 오로라와 그녀의 기생충 같은 친구 막시 때문일까? 아니면 꽃집 부지가 팔리는 일 때문일까? 두 사람은 무슨 일을 저렇게 서둘러 하고 있는 것인가?

가게 안을 빗자루로 쓸고 있는데 계산대 위에 놓인 열쇠꾸러미가 눈에 들어왔다. 들국화 꽃이 그려진 열쇠고리에 달린 것이었다. 그 열쇠고리는 우리가 프란치스코와 빅토리아에게 그들의 밀회를 위해서 준 것이었다.

올리비아는 이게 무슨 뜻인지 알겠느냐는 표정으로 열쇠고리를 내밀었다.

"무슨 일이 일어났는지 알겠어요?"

나는 천천히 고개를 저었다.

그녀는 혀를 찼다. "왜 남자들은 '두려움'을 '책임'이라고 둘러대는지 모르겠어요."

나는 빅토리아가 걱정되었다. 그녀가 내일 밤 여기를 찾아오면 애인 대신 이별을 상징하는 소박한 빨간 패랭이꽃이 그녀를 기다리고 있을 거란 사실을 알고 있을까.

"프란치스코가 아직 빅토리아를 떠나지 않았어요?"

나는 올리비아를 뒤따라 정원을 걸어가며 믿기 어렵다는 듯이 물었다.

그녀는 교회로 향하는 벽을 따라 심어놓은 재스민 꽃이 있는 곳으로 갔다. 그리고 재스민 잎에 붙어 죽어 있는 해충들을 살펴보았다. 그녀는 잎을 하나 따서 나에게 보여주며 말했다.

"그거 알아요? 벌레들이 잎에 붙어 있으면 저절로 죽는 거 말예요. 잎에서 나오는 진액이 벌레를 죽이는 거죠. 프란치스코와 그 아내의 관계가 그거랑 똑같아요."

올리비아의 비유적 표현에 익숙한 나였지만 그 말은 아주 섬뜩하게 들렸다.

"그럼 이제 일이 어떻게 되는 거지요?" 내가 물었다.

"자, 그는 빅토리아와 사랑에 빠졌어요." 빗자루를 손에 쥔 올리비아가 말했다.

"그래서 그녀를 떠나는 건가요?" 나는 무슨 말인지 도무지 이해할 수 없었다. 분명한 것은 프란치스코가 이틀 전 이웃 여자로부터 그의 아내가 일종의 발작을 일으켜 응급실로 갔다는 전화를 받은 것이다. 병원에 도착한 그는 링거를 꽂고 누워 있는 아이다를 보았다. 아이다는 그를 보자마자 울음을 터뜨렸다. 여러 가지 검사 끝에 의사는 프란치스코를 책망하듯 그의 아내는 우울증에 빠져 있다고 했다. 그래서 지금 당장 그녀에게 필요한 것은 심리적인 안정과 약복용, 치료, 그리고 가능하면 자극하지 않는 것이라 했다. 그리고 아주 심한 상황에서는 그녀가 전혀 예기치 못한 행동을 한다는 사실을 강조했다. 프란치스코는 아이다를 부축하여 집으로 데려왔다. 얼굴이 핼쑥한 그녀는 걱정하게 해서 미안하다고 프란치스코에게 힘겨운 목소리로 말했다. 그날 밤 그녀는 자는 동안에도 프란치스코의 손을 잡고 있었다. 그다음 날 그녀는 치료사를 방문했다. 그녀가 결혼한 이

후 우울증 때문에 정기적으로 찾아가던 치료사였다.

"그런데 이상하게도 아이다의 우울증 치료기간이 프란치스코가 그녀 곁에 없을 때와 일치한다는 거예요." 올리비아가 말했다. "그리고 그녀가 프란치스코에게 이렇게 말했대요. 치료사가 이르길, 치료를 받는 동안 자기는 아주 많은 주의가 필요할 뿐 아니라 옆에서 약을 챙겨주는 사람이 있어야 된다고." 올리비아는 손수건으로 머리를 묶으며 말했다. "걸레 좀 하나 더 줘요."

내가 걸레를 던져주자 그녀가 받았다. 나는 페르골라 아래 놓인 탁자 위의 벌레를 쓸어냈다.

"그렇게 한다고 두 사람 사이가 나아지진 않을 거예요." 내가 말했다.

"물론 나아질 수 없겠죠." 올리비아가 대답했다. "두 사람은 지금 좀비와 같은 관계를 유지하고 있어요."

"당신도 그렇게 생각하는군요. 그러면 프란치스코는 어떻게 되는 거죠? 그도 이제 결혼생활은 끝났다고 알고 있잖아요. 그런데 왜 빅토리아를 포기하려는 거죠?"

올리비아는 걸레를 털면서 말했다. "많은 사람이 그래요. 그들은 아주 많은 두려움을 가지고 있어요. 변화에 대한 두려움. 현실직시에 대한 두려움. 때로는 행복에 대한 두려움. 그들은 피할 수 없는 것을 항상 뒤로 미뤄놓기 때문에 고통에 빠지는 거예요. 자신은 물론 주변 사람들까지 고통스럽게 하는 거죠."

그녀는 정원의 타일을 열심히 닦는 동안 정말 화가 났다고 말했다. 화가 난 정도가 아니라 분노했다고 했다. 오로라는 그 남자와 어떻게 됐을까? 막시와 같은 사람들은 아이다와 똑같은 수법을 쓰기 마련이다. 상대방의 결정을 전혀 받아들이지 않고 애들처럼 행동하는 어른들.

"그건 정말 교회에서 말하는 아멘처럼 확실한 거예요." 그녀는 이렇게 말하며 페르골라의 차양을 닦기 위해 의자 위로 올라갔다. "일주일 전에 프란치스코가 자기 아내에게 서로 생각해볼 시간이 필요하다고 말했대요. 자, 잘 봐요. 내가 얼마나 두려워하고 있는지를. 오늘 그녀가 치료사의 진단서를 가지고 왔어요. 그 진단서는 공식적으로 유효한 거예요. 남편의 도움 없이는 우울증을 극복하지 못한다는 내용이더군요. 이게 무슨 뜻인지 당신도 알겠지요."

의자가 흔들렸다. 나는 의자를 꽉 잡아주기 위해 재빨리 그녀에게로 갔다.

"내가 이것을 해야만 하는 건가요?" 내가 물었다. 그러나 그녀는 내 말을 들은 것 같지 않았다. "프란치스코에게 그 말을 한 사람이 진짜 치료사가 아닌 것 같아요. 그런 의심이 안 드나요?" 내가 크게 말했다.

"물론이죠." 그녀는 코를 풀면서 내 말을 인정했다. "그 말은 당신이 나를 떠나면 내가 어떻게 될지 모른다, 내 목숨은 당신한테 달려 있다, 하는 말과 같은 거예요. 그리고 그녀가 하고 싶은 또 다른 말은 자기는 꿈을 꿨던 것이고 프란치스코 역시 다른 꿈을 꿨다는 거예요."

"그러면 프란치스코가 그것을 거절했나요?"

"당연하죠! 손 좀 잡아줘요, 마리나." 나는 올리비아가 의자에서 내려오는 것을 도와주었고 그녀는 살짝 웃으며 고마움을 표시했다. "그런데 그게 그 일과는 전혀 상관이 없다는 게 문제예요. 한 여자가 남편에게 다른 여자가 생겼냐고 물어보면 그 여자는 그렇다는 것을 알게 되죠. 그러고 나선 남편을 내쫓거나 아니면 남편에게 매달려요. 어리석게도 자신에게 찾아오는 행복을 막고 오직 남편이 죄책감을 느낄 때까지 온갖 수단을 다동원해요. 남편이 집을 나가지 않으면 아내도 결코 자유롭지 못한 법이에요. 그런 식으로 상황은 악화되고…….."

내가 왜 갑자기 우리의 문제를 생각했는지는 알 수 없는 일이었다. 내가 그런 일을 겪으면 어떻게 했을까? 오스카, 당신에게 나 말고 다른 여자가 있다는 것을 알게 되면 나는 당신과 같이 살 수 없었을 거예요. 당신에게 화를 내고 짜증을 부려서 당신이 주눅 든 모습은 상상할 수조차 없어요. 아니면 그 반대였을까요? 내가 그렇게 당신에게 얽매여 있었던가요?

우리는 막시와 아이다 같은 사람들의 행태를 '기생충 신드롬'이라고 부르기로 했다. 기생충 신드롬에 걸린 사람은 다른 사람에게 달라붙어 살면서 자신의 약점을 상대방과 자신을 묶어놓는 힘으로 위장한다. 가끔은 막시처럼 상대방의 돈과 재능을 이용해 먹고살기도 하지만 아이다 같은 여자는 상대방과 같이 다녔던 여행이나 문화생활에 매달려 산다. 프란치스코는 아이다의 먹거리인 셈이었다. 그리고 그녀는 그것을 포기하겠다는 생각을 전혀 해본 적이 없다. 프란치스코는 안전한 은행이었고 그것을 포기한다는 생각을 꿈에서조차 하지 않았다.

"프란치스코는 아이다가 지금까지 저지른 일을 나에게 모두 말하더군요. 임신을 했다고 거짓말하고 있지도 않은 병에 걸렸다고도 하고 자살까지 시도했다고." 올리비아는 빨간 물조리개에 정원의 물호스를 이용해 물을 가득 채웠다. "프란치스코가 죄책감을 느끼고 자기를 떠나지 못하게 모든 수단을 다 썼던 거예요."

"말하자면 프란치스코는 그녀에게 희생당한 셈이네요. 그런데 그녀는 프란치스코를 자기의 사형집행관이라고 말하고 있잖아요."

나는 정원 의자의 먼지를 털어내면서 오로라에게 막시를 그녀의 집에서 나가라고 말한 것을 떠올려보았다. 오로라는 막시가 어쩔 수 없는 상황이었다고 하는 한편 그는 오로라를 이용해 먹고 있었다.

나는 무거운 화분을 옮기는 올리비아를 거들었다.

"프란치스코에게 말했어요. 이제는 행동으로 보여줄 때라고. 그렇지 않으면 평생 묶여 살 수밖에 없다고." 올리비아가 신음 소리를 내며 일어났다.

"이 화분은 여기 그늘 밑에 놓은 게 더 좋겠어요."

"그래요? 하지만 그가 그렇게 할까요?"

"프란치스코가 말이지요? 나도 그가 아무런 조치를 취하지 않을까봐 걱정이에요. 오히려 연민의 정을 더 갖게 될지도 모르죠."

나는 흔들의자를 걸레로 닦은 후 그 위에 앉았다. 나는 프란치스코의 아내를 한 번도 본 적이 없었다. 그러나 그녀는 프란치스코가 빅토리아와 밀회를 즐기고 집으로 돌아올 때마다 일부러 처량한 모습으로 가장하는 아주 교활한 여자일 거라는 생각이 들었다. 프란치스코는 스스로가 갇혀 사는 사람이라고 느낄 것이다. 그는 거실에서 밤늦게까지 책을 읽다가 마침내 아내가 잠들면 침대의 가장자리에 조심스럽게 누울 것이다. 그리고 그런 일이 당신에게도 똑같았단 생각이 들었다. 어쩌면 나는 당신의 감옥이었을지도 몰랐다. 우리 두 사람이 진실을 가지고 서로 따지는 대신 '올바른 것'을 하기 위해 항상 당신이 나를 먼저 이해해준 것인지도 모른다. 당신은 내가 당신에게 너무 많이 매달리고 그것이 나와 당신을 잇는 연결고리라고 생각했을지도 모른다.

"기생충은 자신의 약점을 숨기기 위해 항상 보호를 요청해요. 그것이 기생충의 특징이에요." 올리비아는 이렇게 대화의 결말을 맺었다.

갑자기 눈물이 흘러나왔다. 그러나 나를 힘겹게 하는 것이 무엇인지 말할 용기가 나지 않았다. 올리비아가 당황하며 나를 보았다. 그녀는 나의 절망감을 알기라도 하는 듯 나에게 다가와 내 등을 팔로 감쌌다. 나는 가련한 눈빛으로 그녀를 쳐다보았다. 오렌지색 줄무늬의 머릿수건을 쓰고 있는 그녀가 착한 마녀처럼 보였다. 갑자기 그녀가 크게 웃었다.

"이봐요, 마리나." 그녀는 마녀처럼 빗자루를 집고 서서 말했다. "당신이 무슨 생각을 하고 있는지 나는 잘 알아요. 그러나 두려워하지 말아요. 당신은 전혀 그렇지 않아요. 당신은 아주 뛰어난 사람이에요…… 가끔씩 자만심에 찬 모습이 신경에 거슬리긴 했지만……."

그녀는 빈정대듯 웃었다. "내가 부부로서 당신과 오스카를 알게 된 것은 아니지만 마리나 당신이 이기적인 사람이 아니란 걸알아요. 여기 있는 모든 사람을 대하는 것을 보고 알게 되었어요." 그녀는 바닥에 떨어진 벌레들을 자세히 들여다보았다. "막시와 아이다는 당신과는 완전히 다른 사람들이에요. 그들은 자신만을 사랑하는 사람들이죠."

"하지만 막시는 오로라가 불행하다는 사실을 알아야만 해요."

"마리나," 오로라는 머릿수건을 뒤로 올리며 말했다. "여기이 진드기도 자기가 식물이 잘 자라는 데 일조를 하고 있다고생각하고 있다는 거 알아요?"

"그래도…… 도대체 그가 원하는 게 뭐죠?"

"오로라가 자기 곁에 있는 것. 그가 원하는 것은 그게 전부예요." 그녀는 성큼성큼 걸어서 온실로 사라졌다. 나는 흔들의자에 좀 더 앉아 있었다. 썩은 올리브나무 가지가 부러져 떨어졌다. 그러자 올리비아가 나를 부르는 소리가 들렸다. 나는 자리에서 일어났다.

청소를 다 마치자 날이 벌써 어두워졌다. 우리는 정원에 물을주고 죽은 벌레들을 뒤쪽으로 흐르는 시냇물로 씻겨 내려보냈다. 나에겐 청소 자체가 하나의 정화처럼 보였다. 우리는 카페에 가지 않기로 했다. 오로라와 그 화가 단둘이 있게 하고 싶은생각에서였다. 그러면서 그 유명한 화가가 막시로부터 오로라를 구출하여 프랑크푸르트로 가게 해줄 수 있기를 바랐다.

우리는 화이트와인 한 잔씩을 들고 페르골라 밑에 있는 의자에 앉았다. 그때 누군가 걸어오는 소리가 들렸다. 올리비아는 가만히 귀를 기울이면서 나를 보았다.

키가 크고 머리 색깔이 붉은 내 나이 또래 여자였고 검은 민소매 점프수트를 입고 있었다. 올리비아는 조용히 앉아서 조심스럽게 그녀를 보고 있었다. 그녀 뒤로 금발의 젊은 남자가 웃으면서 들어왔다.

"저 여자 아는 사람이에요?" 내가 올리비아에게 물었다.

올리비아는 천천히 와인잔을 입으로 가져갔다. "글쎄요." 그녀는 뭔가 사연이 있는 듯 말했다. "저 사람이 누군지는 알고 있어요. 그런데 아직 개인적으로 친한 사이는 아니에요."

그녀는 온실을 이리저리 둘러보았지만 마땅한 꽃을 찾지 못한 것 같았고, 스마트폰으로 사진만 몇 장 찍었다. 남자는 그녀의 뒤를 따라가며 그녀에게 무슨 말인가를 하고 있었다.

그래요, 저 여자가 바로 그 소설가예요, 올리비아가 나에게 조용히 말했다.

올리비아는 그녀의 이름이 바네사 몽포르라고 알려주면서 몇 달 전에 이 동네로 이사를 왔다고 했다. 그리고 그녀가 이 동네 이야기를 소설로 쓰고 있다고도 말했다. 올리비아는 왜 자기가 그녀에게 가지 않고 가만히 앉아 있는지 설명했다.

"그녀가 어떤 꽃을 고르는지 기다리고 있는 거예요." 올리비아는 이렇게 말하면서 의자에 편안히 등을 기댔다. "저 두 사람의 옷차림으로 보니 연극을 보러 가는 것 같네요. 그 연극의 배우를 위해 꽃을 고르는가 봐요. 저 여자는 이곳에 여러 번 왔어

바네사 몽포르

요. 대부분 토요일 오전에 와서 집에 장식할 꽃을 샀어요. 금발
의 남자는 그녀의 편집장인 알베르토 마르코스예요. 저 사람들
이 방금 찍은 사진을 보며 얘기하는 거 보이죠? 오늘은 어쩌면
꽃구경만 하러 온 것인지도 모르겠네요."

나는 넋이 빠진 듯 올리비아의 이야기를 들었다. 혹시 천사의
정원이 그녀가 쓰는 소설의 무대가 되는 것은 아닐까?

스마트폰 벨소리가 울렸고 그녀가 전화를 받는 모습이 보였
다. 그녀는 뭐라고 말하면서 밝게 웃었다. 우리를 발견한 그녀
가 우리 쪽으로 씩씩하게 걸어오며 밝고 상냥하게 웃었다. 그녀
의 하얀 피부가 검은색 옷과 대비를 이루고 있었다. 올리비아가
일어나 그녀를 맞이했다.

"안녕하세요, 뭘 도와드릴까요?" 올리비아는 평소보다 더 점 잖게 인사를 했다. 그 여자는 올리비아를 찬찬히 살피더니 "혹 시 당신이 올리비아인가요?" 하고 물었다.

올리비아가 고개를 끄덕였다.

"그렇다면 당신은 이미 날 도와주었어요."

올리비아가 당황한 기색으로 우리를 보았다. 나도 그녀의 말 을 이해하지 못했다. 그러자 편집장이 그녀에게 다가와 공연장 으로 갈 시간이 되었다고 말했다. 그 편집장은 우리를 보자 깜 짝 놀라면서 반가워했다.

"알베르토, 이분들이 올리비아와 마리나예요." 그 소설가는 우리를 아주 오래전부터 알고 있었고 알베르토에게 우리를 소 개하는 일이 아주 중요한 일인 것처럼 말했다.

"그래요?" 그는 반가운 표정으로 웃었다. "이거 정말 뜻밖이 군요…… 두 분을 만나서 무척 반가워요."

소설가는 정원을 한 바퀴 돌면서 알베르토를 안내했다. 그녀 는 올리브나무 주위를 빙 돌기도 하고 분수대의 쏟아지는 물살 에 손을 대보기도 했다. 그리고 화초들을 바라보았다. 올리비아 는 알베르토가 길 건너에서 오는 누군가를 보고 "저기 오는 사 람이 누군지 좀 봐요."라고 말할 때까지 소설가를 바라보고 있 었다. 소설가가 시선을 돌렸고 나도 그 사람이 오는 쪽을 바라 보았다. 청바지에 흰 셔츠를 입은 남자가 당당한 걸음으로 광장 을 걸어오고 있었다. 그는 정원 입구에 와서 갑자기 걸음을 멈 추었다. 소설가와 편집장이 그를 재밌다는 듯 쳐다보며 웃고 있 는데도 그는 아랑곳하지 않았다. 그의 파란 눈동자가 카메라 렌

즈처럼 안경 뒤에서 천천히 움직였다.

"이곳이 당신의 마음에 들었으면 좋겠어요." 그 남자가 들어 오자 그녀는 반가워하면서 키스를 했다. "여기서 당장 촬영을 할 수 있겠지요?"

"그럼요. 염려 마세요." 그는 조심스럽게 대답하면서 편집장 과 악수를 나누고 나와 올리비아를 묘한 눈빛으로 쳐다보았다. "여기에는 벌써 이 동네에 사는 사람들이 다 있잖아요. 소설가, 출판인, 영화제작자 그리고 이상한 사람들……."

나와 올리비아는 영문도 모른 채 당황했고 다른 사람들은 웃고 있었다. 소설가와 편집장은 벌써 공연장을 향해 갔어야 함에도 불구하고 지금 막 온 그 남자 때문에 여전히 가게를 떠나지 못하고 있었다. 그는 이름이 미구엘 앙헬 라마타이고 영화감독이라고 자신을 소개했다. 그리고 소설가와 편집장이 했던 것처럼 정원을 한 바퀴 둘러보았다. 그러고는 다시 거리로 나가 밖에서 정원을 살펴보고 가게 안으로 들어왔다.

올리비아 역시 궁금하던 참이라며, 어떤 꽃을 골랐느냐고 소설가에게 물었다. "솔직히 말하면 무슨 꽃을 선택해야 할지 아직도 모르겠어요."라는 답이 돌아왔다.

소설가는 머리를 귀 뒤로 쓸어 넘기며 물었다.

"혹시 파란 장미는 없나요?"

올리비아가 무슨 말인지 알겠다는 듯 웃었고 알베르토는 시시한 것은 도무지 상대를 하지 않으려 한다고 소설가에게 말했다.

"지금은 없는데 주문하면 돼요." 올리비아가 말했다.

"파란 장미가 정말 있다는 건가요?" 소설가가 물었다.

"없다면 만들면 되겠지요." 영화감독이 눈을 찡긋하며 말했다.

지금까지 나는 한 번도 파란 장미를 본 적이 없었지만 그 꽃이 존재할 거라고 믿었다. 나는 그 꽃의 꽃말을 문 옆에 걸어놓은 팻말에서 본 적이 있었다. 그 꽃의 꽃말은 '영원함'이었고 다양한 종류의 장미를 교접하여 만든 꽃이었다. 파란 장미는 아름다움을 찾아나서는 여정을 상징하기도 했다.

"그 꽃은 자연산이 아니에요." 내가 말했다. "사람들이 종자를 개발한 거죠."

소설가가 눈을 크게 뜨고 나를 보았다. "그렇다면 바로 그 꽃이 내가 찾던 거예요." 그녀가 감격한 듯 말했다. "발명의 꽃! 가상의 장미!"

그녀는 올리비아에게 명함을 주면서 고맙다고 말하고 언제 그 꽃을 받을 수 있는지 물었다. 그녀는 자기가 쓰고 있는 소설의 한 장면에 그 꽃이 필요하다고 했다.

두 남자는 정중하게 고개를 숙이고 손에 가벼운 키스를 하면서 작별인사를 한 후 에스파뇰 극장을 향해 갔다. 소설가는 여전히 정원 출입구에 서서 축축한 땅 냄새를 맡았다.

"마리나, 올리비아……." 그녀는 우리에게 세례를 주듯이 말했다. "두 사람을 알게 되어 정말 기뻐요."

그리고 그녀는 천사의 정원을 떠났다. 지금까지도 알 수 없는 그 어떤 이유 때문에 나는 내가 도달할 수 없는 저편의 세계에 있다는 생각이 들었다.

나는 올리비아와 와인잔을 채워 그 야릇한 만남을 위해 건배했다. 그렇게 그날 밤이 저물어갔다. 우리는 그날 일어난 일을 두 번 다시 이야기하지 않았지만 두 사람 모두 같은 느낌을 가졌으리라 생각했다. 그것은 그 누구와도 과거와 미래를, 그리고 결정적인 순간에는 현재마저도 함께할 수 없다는 이상야릇한 느낌이었다.

나는 올리비아와 작별인사를 나눈 뒤 바구니에서 곯아떨어진 캡틴을 데리고 길을 따라 내려갔다. 길의 막바지에 이르렀을 때 열쇠를 놓고 온 것을 알고 다시 정원으로 발길을 돌렸다. 불은 모두 꺼졌지만 정원문은 아직 열려 있었다. 올리브나무 옆에 서 있는 올리비아가 보였다. 그녀는 와인잔을 들고 있었다. 그녀의 모습은 올리브나무와 대화를 나누는 것 같았다. 그녀는 검고 네모난 것을 나무에 있는 구멍에 넣었다. 그 구멍은 사실 새들의 부화를 막기 위한 그물 설치용이었다. 나는 계산대 위에 있는 열쇠를 조용히 집어 들고 올리비아가 눈치채지 않게 조용히 나왔다.

메디나첼리 거리를 가로질러 걸어가고 있을 때 교회 앞에서 기적을 기다리고 있는 신자들의 긴 행렬을 보고 깜짝 놀랐다. 정기적으로 전국 순례자들이 회개하고 구원을 기도하기 위하여 메디나첼리의 예수에게로 왔다. 무엇이 나를 교회로 이끌었는지 모르겠지만 나는 교회 안으로 들어가 앉았다. 아담한 예수상이 전면에서 사람들을 맞아주었다. 서늘한 기운 때문에 실내가 쾌적했고 유향 냄새가 경건하게 느껴졌다. 고요한 정적 속에서 내 발소리와 캡틴의 코고는 소리만이 들릴 뿐이었다. 그때 갑자기 스마트폰이 진동했다. 스마트폰 화면에 '엄마'라는 글자가 떴다. 내가 갑자기 애원의 희생자로 느껴졌고 스마트폰을 꺼버렸다. 엄마는 항상 자기에게 부족한 것을 나와 아버지를 통해 채우려 했다. 모성애란 항상 무조건적이며 희생적이란 말은 맞지 않았다.

엄마가 사랑하는 방식은 억압적이었다. 그런 엄마를 사랑하기 위해 나는 그녀의 모든 것을 받아들여야만 했다. 엄마를 이해하려 노력했다. 무엇보다도 엄마가 나를 독차지하려는 것을 견뎌내기 힘들었다. 에리히 프롬은 그 누구도 우리에게 사랑하는 법을 가르쳐주지 않는다고 말했다. 그리고 사랑하는 법을 배우기 위해서는 많은 노력이 필요하다고. 그것은 네가 너를 사랑하지 않는 한 해결되지 않는 문제라고.

나는 십자가에 못 박힌 예수상을 바라보았다. 예수는 아무런 조건 없이 사람들을 사랑했다.

나의 엄마와는 너무도 다르게.

엄마는 끊임없이 무언가를 요구했다.

내가 아주 어렸을 때부터 엄마는 자신의 불안감을 항상 나에게 전가시켰다. 먹는 걸 조심해라, 남들에게 이용당하지 마라, 나쁜 사람들과 어울리지 마라, 도덕심을 잃지 마라. 그 모든 것이 자기 자신을 확인하기 위한 것이었고, 나를 간섭하고 아버지를 구속하기 위한 것이었다.

올리비아가 말했듯이 사랑하는 법을 배우는 것이 중요했다. 세상에는 좋은 사랑과 나쁜 사랑이 있다. 좋은 사랑은 사람을 성장시키지만 나쁜 사랑은 사람을 파괴시킨다. 그리고 사랑은 장애물이 아니라 후원자가 된다. 좋은 사랑을 하는 사람은 그 누구에게도 책임감을 지우지 않는다. 그것은 어쩌면 불공평할 수도 있을 것이다.

나는 나의 새로운 친구들에 대해 생각해보았다.

그날 밤 오로라는 소파에 앉아서 자기의 그림들을 뚫어지게 보고 있었다. 막시가 그녀의 그림에 대해 도에 지나치는 혹평을 했기 때문이었다. 가죽샌들을 신고 아랍 스타일의 천을 두른 채 거실을 통해 방으로 가는 오로라를 물끄러미 보며 막시가 말했다. "좀 여성스럽게 옷을 입을 수 없어? 당신 친구 갈라처럼 말이야." 오로라는 금방이라도 눈물이 터질 것만 같았다. 그러나 그녀는 울지 않고 고개를 돌려 어이없다는 표정으로 막시의 꼬질꼬질한 팬티를 보면서 말했다. "당신의 위생 상태나 조금이라도 신경을 써주면 더 바랄 게 없겠네요." 그러자 막시는 어리둥절해하며 TV 앞에 앉았다.

카산드라는 비서에게 몸이 좀 안 좋다고 말하면서 근무를 시작한 이래 처음으로 정확히 7시에 칼퇴근을 했다. 그녀는 비서에게 한 뭉치의 서류를 건네주었고, 서류를 받는 비서 역시 카산드라가 내일도 출근하지 않을 것임을 예감하고 있었다. 그녀는 엘리베이터를 타고 거울에 비친 환히 웃는 자신의 얼굴을 보았다. 그리고 스마트폰에 들어온 매우 분명한 제안을 읽었다.

나는 그날 밤 자신의 아파트 거실 바닥 한가운데 옷더미를 쌓아놓고 그 위에 앉아 있을 갈라를 생각했다. 아직 가을이 오진 않았지만 그녀는 가을을 위해 옷장을 정리하는 기분을 느끼고 있을 것이다. 그녀는 자기도 모르는 사이 삶의 새로운 출발점에서 있는 것이었다. "이름 없는 사람"과 함께 있었을 때 입었던 옷을 모두 정리해야겠다는 생각이 갑자기 들었다. 그녀는 머리를 귀 뒤로 가지런하게 넘기고 무릎으로 기어가 크게 한숨을 한 번 쉬고는 옷가지, 브래지어, 샌들, 그 남자와 만났던 추억이 묻은 목걸이를 큰 쓰레기봉투에 모두 구겨 담아 내일 아침 헌옷수거함으로 가져가려고 문 옆에 놓았다.

그날 밤 내가 마지막으로 생각한 것은 빅토리아와, 꽃집에서 그녀를 기다리고 있는 서글픈 패랭이꽃이었다. 그녀는 그 꽃에 대해 아무것도 몰랐고 이제 막 새로운 깨달음을 얻게 된 것이다. 그녀는 자신의 연립주택 주방식탁에서 토마토소스 스파게티를 먹고 있는 남편을 마주 보고 앉아 있었다. 그리고 그때 그들의 부부관계는 자신이 남편에게 맞추어줄 때만 가능하다는 사실을 깨달았다. 그녀는 무심결에 이렇게 말했다.

"파블로, 나는 행복하지 않아요."

그는 빅토리아의 말이 외국어라도 되는 듯이 고개를 들었다. 그는 여전히 행복하다고 생각하고 있었다. 아내가 있고, TV를 보고 있는 아이들이 있으며 자기는 스파게티를 먹고 있는 것이 그의 행복이었다.

나는 자비로운 예수상을 보면서 기독교의 근본사상을 생각했다. 그리고 프란치스코와 빅토리아를 떠올렸다. 두 사람이 다른 사람들처럼 서로 사랑할 수 없다는 것이 얼마나 안타까운 일인가. 그 순간 무언가 아니면 누군가가 내 곁을 바람처럼 스치듯 지나갔다. 등이 굽은 노인이었는데 교회의 중앙통로를 따라 꿩

장히 빠른 걸음으로 가고 있었다. 그 노인은 예수상 앞의 계단에 이르러 동상 위로 기어오르려 했다. 그러자 한 신부님이 달려와 그 사이를 가로막았다. 신부는 예수상을 보호해야겠다는 생각에 노인과 부딪히고 말았다. 노인은 급히 그곳에서 도망갔다. 기적을 행하는 예수는 그에게 별 도움이 못 되었다.

"제 탓이오, 제 탓이오, 제 큰 탓입니다." 나는 이렇게 중얼거리면서 주먹으로 가슴의 심장 부분을 두드렸다. 어른들은 이 말도 안 되는 행동을 우리가 글을 깨치기도 전에 가르쳐주었다. 우리에게 그 행동이 내면화된 것은 어찌 보면 당연한 일이었다.

우리는 태어날 때부터 감당할 수 없을 만큼 큰 죄, 수천 년이 된 너무나 큰 죄를 가녀린 어깨 위에 짊어졌다. 그것은 무언가 잘못을 저지르고 죄짓는 것에 대한 두려움이었다. 두려움, 항상 그 두려움뿐이었다.

나는 바구니에서 곤히 잠든 캡틴을 들고 일어났다. 그리고 결연한 마음으로 교회 정면의 입구로 걸어갔다. 문가에서 장바구니를 내려놓고 성수를 찍어 성호를 긋는 한 여인을 지나쳤다.

왜 사람들은 자신에 대해서 부당하게 행동하는 것이 죄라는 사실을 가르쳐주지 않은 것일까?

힘없는 사람들의 독재

그날 밤 내가 콘벤토 데 라스 트리니타리아스로 간 이유는 뚜렷하지 않다. 아마도 메디나첼리 성당에 오래 앉아 있는 동안 생긴 영감인지도 모른다. 여느 때처럼 나는 고양이가 든 바구니를 들고 우에르타스 거리를 따라 걷고 있었다. 나는 발굴작업 때문에 통행을 막기 위해 쳐놓은 테이프도 무시한 채 관리인에게 이바네즈 교수가 어디에 있는지 물었다. 프란치스코가 집에 늦게 들어가려고 가능하면 오래 일을 할 것이란 생각이 들었다.

"당신 거기서 뭐 하는 거죠?" 프란치스코는 이렇게 말하면서도 갑자기 나타난 나에 대해 별로 놀라지 않는 기색이었다. "마리나, 이제 우리는 모든 것을 받아들여야 해요. 이 모든 것은 진화의 문제에요."

나는 무슨 말인지 모르겠다는 표정으로 그를 보았다. 그는 방진마스크를 벗으며 나에게 안으로 들어오라고 말했다. 머리에는 외과의사가 쓰는 모자를 쓰고 옷 위에 일회용 작업복을 입고 있었다.

"진화의 문제라고요? 당신들이 발견한 것이 뭐죠?" 나는 이렇게 물으면서 그가 나에게 준 방문객 명찰을 달았다.

"그게 아니라 나는 여자들을 말한 거예요." 그는 수도원으로 들어가는 육중한 나무문을 열었다. "이게 이번 달 발견한 것 가운데 가장 큰 소득이에요. 우리가 티라노사우루스와 마주치는 일처럼 드문 일이에요. 우리는 완전히 다른 시대에 살고 있고, 빌어먹게도 우리 남자들은 진화에 있어서 여자보다 한 걸음 늦은 시대에 살고 있어요."

그의 말이 매우 흥미로웠다. 자신을 희생시키는 것이 얼마 전까지만 해도 시대의 흐름이었다.

"프란치스코, 그런데 잘 봐요. 당신 말이 맞지 않는다는 걸 본인도 잘 알고 있잖아요."

"그래요, 맞지 않는 말이죠." 그가 맞장구를 쳤다. "내가 대학에서 강의를 하잖아요. 여러분들은 훨씬 영악하고 삶도 훨씬 좋아졌고, 감성적으로도 성숙하고…… 생존능력도 뛰어나고."

나는 손전등을 들고 그의 뒤를 따라 교회 안으로 들어갔다. 그가 나에게 보여줄 것이 뭔가 깜짝 놀랄 만한 것이라는 기대감이 들었다. 프란치스코는 뒤늦게야 내가 고양이 바구니를 들고 있는 것을 알았다. 먼지가 많으니까 캡틴을 차라리 그의 사무실에 놓고 가는 게 어떻겠냐는 그의 말을 따랐다. 고양이는 아무렇지도 않게 16세기에 만든 지도 위에 앉았다.

"이곳을 한 바퀴 돌며 설명해줘도 괜찮겠지요?"

그는 눈을 찡긋하며 손전등 불빛 속에서 나를 바라보았다. "내가 지금 심각한 곤경에 빠졌다는 것은 당신도 알잖아요."

"당신은 내가 왜 여기에 있는지 알아요?"

"내가 듣기로 한번 고고학자이면 영원한 고고학자라던데. 비록 그 직함을 자랑스럽게 생각하지는 않지만요. 그리고 당신은 이 무덤을 알리기 위해 열정을 다 바치고 있잖아요." 그는 계단을 가리키며 쓸쓸하게 웃었다. "그렇지 않아요, 진심으로. 물론 무엇이 당신을 이곳까지 오게 했는지는 알겠어요. 그런데 그것들은 있는 것, 그 자체일 뿐이에요. 중요한 것은 진화의 문제라고 내가 벌써 말했지요. 이 시대를 살고 있는 우리 남자들은 더이상 진화하지 않아요."

석회와 돌 냄새가 났다. 그리고 파헤친 흙과 낡은 수도관 냄새도 났다. 나는 프란치스코가 지하납골당으로 가는 계단을 내려가기 전에 그의 앞에 섰다.

"당신은 나를 깜짝 놀라게 했어요." 내가 말했다. "당신의 이야기는 당신과 같은 훌륭한 분에게 너무 소박하게만 보여요."

어둠 속에서 그의 심호흡 소리가 들렸다. 그는 아무 말도 하지 않았다. 그는 내 앞을 비껴 앞으로 가 계단을 내려갔다. 지하납골당에 도착하자 파헤쳐진 무덤이 여러 개 보였다.

무덤 하나는 작은 표지가 붙어 있었다. 그 옆에는 유골이 수레 위에 쌓여 있었고 해골만 따로 분류해놓았다. 그리고 여러 가지 공구와 나무토막들이 바닥에 있었다. 프란치스코는 손전등으로 나무토막 가운데 하나를 비췄다. 그러자 내 가슴이 쿵쾅거리기 시작했다. 나뭇조각에는 못이 하나 박혀 있었는데 못대가리에 M. C.라는 이니셜이 새겨져 있었다. 미구엘 세르반테스…….

나는 프란치스코를 향하여 몸을 돌렸다.

"이럴 수가……." 내가 말했다. "이게 진짜인가요?"

그의 눈이 열정적으로 빛났다. "그래요. 세르반테스가 맞아요. 그리고 우리는 여기서 그의 아내를 포함하여 열네 명의 유해를 발굴했어요." 그는 손전등으로 무덤을 한번 쭉 비추다 다시 그 유명한 작가의 유해를 비췄다. "언론은 아직 모르고 있어요. 우리는 사실을 분명하게 밝히기 위해 아직도 몇 가지 최종적인 발굴을 해야 해요." 우리는 수레 양쪽에 서서 대문호의 유해를 존경스럽게 바라보았다.

"1616년 4월 23일 사망한 세르반테스가 이제 4백 년이 지나서 우리 앞에 있네요." 나는 감격스럽게 말했다.

프란치스코는 면장갑을 끼고 그 유골에서 무엇을 알아낼 수 있는지 설명했다. "여기 왼손의 가운데 부분이 없어졌어요." 내가 생각하기엔 그가 이 손을 혹사시켰던 것 같았고 그의 머리는 빰 위로 내려올 정도로 보통사람들보다 길어 보였다. "우리는 금속조각도 여러 개 발견했어요." 그는 이렇게 말하면서 잔기침을 했다. "아마도 레판토 전투에서 쓰던 화승총알 같아요. 치아는 여섯 개만 남았고 척추는 관절통 때문에 다 없어졌어요. 그런데 우리는 프란치스코 수도회에서 쓰던 수의를 발견했어요. 세르반테스는 그 수의를 입고 묻힌 거지요. 그는 예순아홉의 나이로 사망했어요."

나는 그의 이야기를 듣고 매우 감동했다. "그런데 세르반테스 심장이 하나도 남지 않은 것이 아쉽네요." 내가 말했다.

"심장은 어떠한 흔적도 없이 사라지지요." 그가 말했다. "유감스럽게도 심장은 사라지고 말아요."

그는 손전등을 들고 위를 올려다보았다. 나는 그의 덥수룩한 수염을 보았다. 그는 경련을 참아내려는 듯 간간이 입술을 깨물었다. 그리고 숨을 깊이 내쉬었다.

"나는 빅토리아에게 아무것도 해주지 못했어요. 당신도 알고 있죠? 그녀는 아주 강한 여자예요. 나보다도 훨씬 강한…… 그런 모든 것이 말로 표현할 수 없는 원인이 되고 말았지요." 그는 괴로운 표정으로 나를 보았다. "나는 지금 정말 마음이 아파요." 나는 그의 말에 시큰둥하게 대답했다. "당신은 지금 빅토리아보다 당신이 더 괴롭다고 말하고 싶은 거죠?"

그는 천장만 바라보고 있었다.

"아니에요. 나도 그걸 잘 모르겠어요. 다만 빅토리아가 이제 모든 걸 극복했다는 것만 알고 있어요." 그 말을 듣자 나는 화가 났다. "그래서 당신은 그녀를 두고 떠나는가요? 빅토리아가 이제 모든 것을 극복했다고 생각하기 때문에요?"

나는 잠시 어이가 없었다. 빅토리아는 이제 프란치스코로부터 그녀의 옴니포텐스 신드롬에 대한 확인서를 받은 셈이었다. 단지 그녀가 모든 것을 해낼 수 있다고 보기 때문에 사람들은 그녀에 대한 모든 것을 믿었다. 그러면서 사람들은 비로드 장갑을 끼고 소위 약점을 건드린다. 어쩌면 프란치스코도 자기가 이혼을 하게 되면 빅토리아 역시 만족스럽지 못한 결혼생활을 더 이상 유지할 수 없고 결국 자신은 혼자 남게 된다는 생각에 대한 두려움을 가지고 있을지도 몰랐다. 그리고 빅토리아도 불륜의 긴장감이 사라지면 프란치스코가 그녀를 지루하게 생각할 거라는 걱정을 하고 있을지도 몰랐다.

나는 여러 가지 생각을 하면서 세르반테스의 유해를 보았다. 그렇다면 이제…… 적어도 두 사람은 아직도 살아 있다.

"아, 그건 정말 슬픈 일이군요." 내가 큰 목소리로 말했다.

"그래요. 아주 슬픈 일이지요. 그리고 나는 바다으로 떨어지고 말았어요. 하지만 내가 달리 어쩔 수 없다는 것이 현실이에요."

"내 말은 지금 여기 있는 이것들 말이에요." 나는 이렇게 말하면서 유해를 가리켰다. "역사상 위대한 대문호 가운데 한 사람의 유해가 내 눈앞에 있지만 그의 열정, 비밀, 그의 두려움과 판타지는 더 이상 아무것도 남아 있지 않다는 게 너무 슬프지 않아요?"

프란치스코는 뜻밖이라는 듯 고개를 저었다. "그렇게 생각해요? 그러면 그가 남긴 책들은 무엇인가요? 그 안에 그의 모든 것이 담겨 있어요."

그의 말이 어느 정도 위로가 된 것이 사실이었다. 물론 맞는 말이다. 우리는 자신의 생각을 종이 위에 남겨놓을 수 있는 가능성을 찾아야만 한다. 어쩌면 이 모든 감상적인 기억이 수백 년 동안 똑같은 돌부리에 걸려 쓰러지지 않도록 도와줄지도 모른다. 그리고 우리가 가고 있는 길에 박혀 있는 그 돌부리는 이제 더 이상 아무런 의미도 없다는 판단을 할 수 있게 도와줄지도 모른다. 올리비아가 나에게 항해일지를 선물했을 때 내가 얼마나 기뻐했는지 아직도 잊지 않고 있다. 어쩌면 그 항해일지는 아무도 읽지 않을지도 모르고 바닷속으로 가라앉을 수도 있다. 그러나 누군가가 그것을 발견하여 나의 두려움과 내가 했던 모험, 나의 성공으로부터 무언가를 배울지도 모른다.

지하납골당에 있는 이 겁 많은 고고학자는 내가 이런 생각을 하고 있을 때 기꺼이 도망치려 하고 있다.

　"프란치스코!" 내가 말했다. "그 일이 나와는 상관없지만 사람이 살아 있는 한 마음속에 품은 일을 제대로 이해하는 것이 올바르단 사실을 당신도 알고 있다고 믿어요." 나는 침을 꿀꺽 삼켰다. "죽은 사람에게 이별을 고하는 것이 결코 쉬운 일이 아니란 걸 알고 있어요. 지금 나의 관계에 대해 알고 있는 이 모든 것을 그때 알았더라면 얼마나 좋았을까 하는 생각을 해요. 오스카가 살아 있을 때 말이에요. 그랬더라면 우리는 서로를 새롭게 알게 되는 기회를 가졌을 거예요. 어쩌면 친구가 되는…… 그리고 내가 완전히 좌절했었다는 그런 끔찍한 감정을 느끼지 않았을 거예요."

　나는 시선을 돌렸다. 뺨에 눈물이 흘러내렸다. 내가 어둠 속에 있다는 게 그나마 다행이었다.

　"내가 빅토리아와 겪은 일은 이번 한 번뿐이에요, 마리나."

　그의 목소리가 들렸다. "내가 그런 감정을 갖게 될 거라고 한 번도 생각해본 적이 없어요. 그 누구와도. 그래서 나는 세상에서 가장 행복한 사람이면서 또 가장 불행한 사람이에요. 나는 빅토리아를 내 입장에서만 생각했기 때문이에요. 그녀가 없었던 내 인생은 죽은 거나 마찬가지였어요."

　"프란치스코, 죽음은 항상 아름답지 못해요. 그리고 죽음이란 언제나 단절을 의미하죠. 우리가 그 어느 누구와 단절되면 그것 역시 작은 죽음이에요. 당신은 사랑을 죽였어요. 그게 아니라면 그 사랑이 자연스럽게 죽은 거겠죠."

그는 아무런 대꾸도 않고 무덤 사이를 걸어갔다. 나는 손전등을 들고 그의 뒤를 따랐다. 많은 무덤이 발굴되어 있었다. 프란치스코는 내가 무덤 속으로 떨어지지 않게 자기 뒤를 바짝 따라오라고 말했다.

"이별 뒤엔 많은 고통이 뒤따르겠죠……." 그가 말했다.

"물론이죠." 내가 대답했다. "그런데 당신은 벌써 지금부터 많이 괴로워하고 있지 않은가요? 사람들은 단지 버림을 받는 것이 얼마나 괴로운 일인지 말하죠."

"당신 말이 맞아요." 그가 진지하게 대답했다. "아무도 그 누군가를 떠난다는 게 얼마나 어려운 일인지는 말하지 않죠."

그가 나를 허망한 눈빛으로 보았다.

"그 이별을 위해 어느 날, 어느 시간을 정한다는 것이 얼마나 어려운지 상상해볼 수 있겠어요?"

나는 고개를 저었다. 나는 그런 상황을 지금까지 한 번도 겪어본 적이 없었다.

"이별을 전혀 생각해보지 않은 사람에게 '이제 모든 것은 끝났어'라고 말할 때 어떤 심정인지 알겠어요? 지금까지 믿었던 모든 것이 산산이 부서지는 것을 볼 때 말이에요."

그는 머리를 흔들면서 고개를 떨구었다. "그것은 당신을 다른 사람으로 만들 거예요, 마리나."

"어쩌면 더 나은 사람으로 변할지도 모르죠, 프란치스코."

"어쨌든 내가 이 문제를 심각하게 고민한 이유가 바로 그것 때문이에요. 그리고 그것은 아주 천천히 해결했어요."

"아주 천천히라고요? 그게 무슨 뜻이죠?"

그는 잠시 말이 없었다. 그러곤 한숨을 쉬면서 머리를 저었다.

"그게 뭔지 알아요, 마리나? 나는 최근에 순수함을 잃었다는 느낌이 들었어요. 내 나이에 걸맞은 순수함을." 그는 억지로 웃었다.

"아, 프란치스코, 무슨 말을 하는 거예요? 나는 상처받은 사람을 항상 좋아해요." 내가 말했다.

그랬다. 나는 최근에 아주 많은 것을 배우게 되었다. 그리고 많은 해결 방법의 가치를 시험해보았다. 프란치스코의 얼굴이 내 앞의 원뿔모양 손전등 불빛 속에 나타났다. 결국 올리비아가 한 말이 옳았음을 알게 되었다. 삶이란 흔적을 남길 뿐, 어떠한 손해를 끼치지 않는다는.

내가 이 모든 것에 대해 프란치스코와 대화를 나눈 것이 나 자신도 놀라웠다. 그것은 프란치스코가 겪고 있는 상황에 대해서 나도 무언가를 공감하고 있었기 때문이었다. 그리고 그의 이야기를 듣고 나서 그 말이 나에게 얼마나 도움이 되었는지 알게 되었다. 지하납골당에 있었던 그때 나와 프란치스코는 슬픔이라는 것을 함께하고 있었던 것이다. 그리고 우리 두 사람은 그것이 죽음 때문이든 이별을 통해서이든 그 누구도 가르쳐주지 않은 절절한 슬픔을 겪고 있다는 사실을 느끼고 알게 되었다. 나는 이제 어떠한 도움 없이 세상을 헤치고 나가야 함을 알았다. 거기에 필요한 것은 오직 사랑뿐이었다.

"이 세상은 엉뚱한 행동을 하는 돈키호테가 더 많이 필요하다고 생각해요. 그리고 둘시네아(돈키호테가 마음속에 두었던 여인)도요." 내가 말했다.

내 말을 듣고 프란치스코는 웃었다. 그리고 우리는 돈키호테의 유해 앞에서 잠시 묵념으로 그를 추도했다.

"당신이 잃은 것이 아니라 가지고 있는 것을 소중히 생각해요." 이것이 내가 프란치스코에게 전해줄 수 있는 가장 중요한 말이었다. 스마트폰이 진동하자 그는 당황했다. 그의 아내가 문자를 보낸 것일까? 만일 그가 빅토리아와 함께 있을 때 그의 아내가 전화를 한다면 그는 어떻게 할까? 간단한 문자가 요구할 수 있는 감정과 이성의 간극.

프란치스코는 불안한 표정으로 스마트폰만 보고 있었다.

"아이다가 나의 첫사랑이었던 거 알아요?" 그가 조용히 말했다.

"그렇다면 놀라운 일이군요." 내가 말했다. "그러나 첫사랑이 전부가 아니잖아요. 첫사랑 뒤에 더 큰 사랑이 오기도 하고요. 그리고 그 뒤에 마지막 사랑도……."

프란치스코는 지하납골당 한가운데 소금기둥처럼 서 있었다.

나는 그것을 알았다. 나 자신도 극복하지 못했던 것. 바로 자기기만이라는 것이었다. 프란치스코는 자신의 결혼생활은 그저 위기를 헤치고 나왔을 뿐이라고 말하고 싶어 할지도 모른다. 그러나 우리 두 사람은 이미 알고 있었다. 상대방을 만지고 키스하고픈 욕구가 사라졌다면, 집에 돌아왔을 때 우울한 감정만 든다면, 그것은 그저 나쁜 징조가 아니라 이미 모든 것이 끝나고 말았음을 의미한다. 프란치스코는 자신의 부부관계를 유지하기 위해 얼마나 많은 노력을 했던가. 그녀는 천천히 죽어가고 있고, 분명히 여기 우리 앞에 놓인 유해처럼 부서지고 있다.

그리고 이 모든 것에도 불구하고 프란치스코는 스스로 결정을 내렸다. 그의 카드가 담긴 슬프고 빨간 패랭이꽃은 내 친구 빅토리아의 심장을 후벼 팔 것이고 프란치스코의 심장은 허공에서 산산이 조각날 것이다. 나는 프란치스코에게 빅토리아를 같이 만나자고 말하고 싶었다. 당신들의 사랑 이야기는 영원히 끝나지 않을 거예요…… 어쩌면 나는 이렇게 말했을지도 모른다. 바보 같은 사람들! 감사할 줄 모르는 사람들! 행복하게 살기 위한 기회를 그저 바라보고만 있었던 사람들!

"나는 올바르게 행동해야만 해요."

"당신은 비겁해요." 나는 이렇게 말하면서 나 자신도 놀랐다.

우리는 며칠 후면 세상을 떠들썩하게 할지도 모를 유해를 뒤로하고 나왔다. 나는 프란치스코의 뒤를 따라 계단을 올랐다.

우리는 다시 거리로 나섰다. 밤공기는 시원했고 야행성 새들이 무리를 지어 레티로 공원으로 날아가고 있었다. 나는 수도원 정문에 걸려 있는 돌십자가를 바라보았다. 고요함을 지키고 서 있는 거대한 돌덩어리. 얼마 안 있으면 이곳은 세계 각지에서 온 여행객들로 북적거릴 것이다.

프란치스코는 내 뺨에 키스를 하고 헤어졌다. 그러나 나는 다시 한 번 그에게 다짐을 받지 않고는 그를 놓아주고 싶지 않았다. 결국 나는 비장의 무기를 꺼내들었다.

"그거 알아요?" 나는 이렇게 말하면서 그에게 출입증을 돌려주었다. "지금까지 살면서 나는 행복하게 사는 것에 대한 두려움이 있었어요. 그래서 나는 종을 한 번도 크게 울리게 하지 않았어요. 좋은 성적을 받았을 때나 놀랄 만한 사실을 발견했을 때, 혹은 생일날조차도 말이에요. 나는 행복 앞에서 기뻐 미치도록 날뛰어본 적이 한 번도 없어요." 나는 심호흡을 했다. "그런데 이제 알겠어요. 운명은 어떠한 방식으로든 온다는 것을. 나는 가정에 근심 걱정거리를 만들지 않고 남편이 원하는 모든 일을 잘해내는 좋은 아내가 되고 싶었고 그렇게 하면 운명의 장난이 나를 피해갈 거라고 생각했어요. 그것은 당신이 '올바른 일'이라고 말한 것과 똑같은 것이었어요. 나 또한 항상 '올바른 일'만 하려고 노력했지요. 그러나 프란치스코, 그런 일이 세상을 살아가는 데 별 도움이 되지 않아요. 그리고 지금은 이런 생각을 하고 있어요. 행복하게 살 수 있는 기회가 주어졌는데도 왜 나는 그것을 즉각적이고 단순하게 받아들이지 못하는지 말이에요. 내가 당신이라면 사랑을 찾을 수 있는 기쁨을 만끽하겠어요."

프란치스코는 조용히 내 말을 들었다. 그의 마음속에 동요가 이는 것이 느껴졌다. 그는 아무 말도 없이 고양이가 든 바구니를 나에게 건네주었다. 시청이 며칠 후 위대한 발굴을 기념하기 위해 기념비를 설치할 그의 집 앞에서 나는 점잖은 교수 프란치스코 이바네즈와 헤어졌다. 그 고고학자가 자신의 마음속에서 발굴해낸 것도 커다란 의미가 되리라 생각했다.

그렇다. 나는 삶이란 절박한 기회라고 생각한다. 그리고 우리를 행복하게 해주는 일과 사람을 포기하지 않는 것이다. 그것이 나의 삶의 목표가 되어야 한다. 지나간 일을 슬퍼하지 말고 지금 나에게 주어진 행복을 잡는 것, 그것이 목표인 것이다.

이런저런 생각을 하면서 텅 빈 거리를 걸었다. 잠이 깬 캡틴은 달을 보며 야옹거렸다. 그러고 보니 내가 이런 불가능해 보이는 여행을 감행할 수 있다는 생각을 가져본 것이 처음이었다. 나는 이제 두려움을 무시하기 시작했다. 두려움과 두려움의 결과를 생각하지 않기로 했다. 비록 그것이 불가능하게 보일지라도, 가까이 갈 수 없는 여인을 사랑하면서 풍차를 향해 돌진했던 용기 있는 돈키호테를 떠올렸다. 내가 살고 있는 집의 계단을 오르고 있을 때 나는 소리 내어 웃으면서 이상주의는 전염된다는 사실을 확인했다. 비록 그 이상주의가 수백 년이나 묵었고 지하납골당에 묻혀 있었을지라도 말이다.

불가능의 힘

"행복을 붙잡아!" 나는 혼자서 이렇게 크게 말했다. 행복을
붙잡는 것…… 그리고 눈을 크게 떴다.

나는 새로운 능력을 발휘했다. 갑판 위에서 한 손으로 난간을
잡고 잠들었다. 자는 동안 높은 파도에 온몸이 온통 젖는 꿈을
꿨다. 나는 지금 그것이 꿈이 아니라고 생각한다. 눈을 뜨고 고
개를 들어보니 내가 갑판 위에 비스듬하게 누워 있었다. 그리고
몸과 옷이 흠뻑 젖어 있었다. 살갗에 소금기가 느껴졌다. 메두사
가 몰래 왔다 가기라도 한 듯 배의 표면도 소금기가 가득했다.

메두사. 뱃머리 너머를 바라보니 메두사는 나를 데려가기 위
해서가 아니라 나에게 그의 군사를 보내주기 위해 온 것임을 알
았다. 터키블루색 바다에 수백 개의 작고 매끄러운 생명체가 바
다라는 커다란 난자 속에 있는 정자처럼 떠다니면서 그들의 선
물과 함께 잉태되고 있었다. 지난 몇 주 동안 날씨가 너무 더웠었
다. 바다의 수온이 올라가면 물결이 거세지고 폭풍이 몰아친다.

폭풍…….

아니다. 나는 이제 그런 것을 생각하지 않을 것이다. 나는 고

개를 들어 하늘을 보았다. 하늘은 맑기만 했다.

얼마나 아름다운 밤인가…….

두려워하고 있던, 배가 해저면에 닿는 일은 일어나지 않았다. 정신을 차렸을 때 예전에 이와 비슷한 일을 겪었던 것이 생각났다. 그때 당신은 이렇게 말했었다. "수심측정기가 1미터를 나타냈다가 갑자기 30미터로 바뀌면 그것은 무언가 그 주변에 커다란 물체가 있다는 것을 말해. 예를 들면 참치나 황돔 같은 거 말이야." 이러한 생각이 안개 낀 밤에 나를 기쁘게 했을 리는 없다. 고래나 상어가 바로 내 발밑에 있을지도 모른다고 생각하니 머리가 주뼛했다. 그러나 모래톱에 걸리거나 바위에 부딪힌 것보다는 훨씬 나았다.

이제 남은 것은 상상뿐이었음을 나는 고백하지 않을 수 없었다.

갑자기 그림자가 *피터 팬* 앞에 나타났다. *피터 팬* 전조등의 불빛이 안개 속에서 어떤 형체를 비추고 있었다.

나는 커다란 해변용 타월로 다리를 지지한 채 갑판 위에 서 있었다. 내가 입은 하얀 셔츠가 또 다른 돛처럼 나부꼈다.

그날 밤 나는 아침햇살이 비칠 때까지 긴장감을 놓지 않았다. 배 안에서 우연히 발견한 그 책은 염두에 두지 않고 오직 지하 납골당에서 프란치스코와 나누었던 대화만을 떠올렸다. 그것은 나에게 금지된 일은 아니었다. 소금기는 많은 기억을 부식시킬 수 있다.

사람들은 그것과 똑같이 불가능의 힘에서 나오는 그 무언가를 향해 갈 수 있다. 두 사람을 서로 끌어당기는 사랑은 그렇게 생겨난다. 그것은 이 배를 앞으로 항해시키고 나를 삶에 매달리게 하는 것과 똑같은 힘일까?

나는 아침도 거른 채 용기를 내어 당신이 쓰던 선실로 다시 들어갔다. 모든 물건이 안개에 젖어 축축했다. 나는 미끄러져 머리를 부딪칠 뻔했다. 아말리아의 헌사가 적힌 그 책이 바닥에 놓여 있었다. 말라가에서 온 아말리아.

그리고 거기에는 편지도 한 통 있었다. 당신이 쓴 편지이지만 부치지 않은 편지. 믿을지 모르겠으나 그 편지의 내용은 결코 내 마음을 아프게 하지 않았다. 당신이 그녀를 "나의 가장 사랑하는 여인"이라고 쓴 것도 나를 쓰러뜨리지 못했다. 그리고 그 쓰라린 이별도.

오스카, 나는 당신을 용서하는 것이 어려웠다. 당신과 내가 사랑한 것은 진실이었다. 당신이 나를 구실로 삼은 것도. 당신이 이 뻔뻔한 "올바른 일을 하는 것" 뒤에 숨어 있었던 것도. 당신이 결단력 없는 무능력함을 숨기기 위해, "나의 마음을 아프게 하지 않기 위해" 도망치겠다는 생각을 한 것도. 무엇보다도 당신의 불행에 대한 탓을 나에게 돌렸다는 것이 불쾌했다.

나와 함께 뜨뜻미지근한 관계 속에서 살아온 당신을 용서하는 일은 더 어려워질 것이다. 당신이 나를 버리고 떠나지 않은 것은 오히려 내 시간을 강탈한 것이다. 나의 많은 시간과 당신이 이 편지에 썼던 것처럼 스스로 무언가를 할 수 있는 가능성을.

예전에 나는 이런 것을 전혀 걱정하지 않았다. 시간은 무한정 있다고 생각했기 때문이었다. 그러나 이제 시간은 막바지에 이르렀다. 당신이 그랬듯이.

한 손엔 그 책을 들고 다른 손엔 항해지도를 들고 나는 다시 갑판 위로 올라왔다. 특정한 지점을 지나면 더 이상 당신이 다니던 항로를 따라가선 안 된다는 사실을 나는 알고 있었다. 조금 전에 연료를 체크했는데 거의 바닥이 드러난 상태였다. 당신 잘못이 아니라 내 잘못이다. 당신은 신경 쓸 필요가 없다. 당신이 한 계산은 요트항해를 하면서 엔진을 신경 쓰지 않은 선장에게 꼭 맞는 것이었다. 그러니까 당신은 걱정하지 않아도 된다.

이제 나는 이 해협을 어떻게 빠져나가야 할지 그것만을 고심한다. 휘발유가 떨어지면 엔진은 정지하고 말 것이다. 나는 얼마나 더 항해를 해야 하는지 확인했다. 내가 지금까지 이만큼 왔다는 것도 믿기지 않는다. 목적지에 도착하려면 하루 정도의 구간만 남았다. 그러나 내가 알고 있는 모든 항해기술을 동원하고 바람이 도와주지 않으면 성공할 수 없다. 나는 지도 위의 항로를 손가락으로 짚어가며 따라가보았다. 작고 못생긴 나의 손. 내 손은 한 번도 고왔던 적이 없었다. 따뜻한 바람이 내 얼굴을 스치고 지나갔다.

이른 아침에 나는 해안을 따라 남쪽으로 항해했다. 소토그란데(안달루시아 지방에 있는 고급 휴양지)를 지나면 곧 지브롤터의 바위 협곡이 나타날 것이다.

운명의 장난. 갑판에서 잠든 사이 나는 말라가를 지나쳤다. 당신이 뜨거운 사랑을 나누었을 그 도시를.

오스카, 왜 당신은 나에게 그 이야기를 하지 않은 건가요?

왜 당신은 나를 떠나지 못하게 한 건가요?

그러면 지금 그녀가 당신의 미망인이 되어 어리석기만 한 당신의 마지막 뜻을 따르고 있을 텐데요. 지금 내가 여기에서 바람을 안고 항해하고 있는 것을 당신은 더 이상 믿지 않을지 모르겠지만 하고 싶은 말이 있어요. 사랑에 빠진 사람은 잔인하지 않아요. 그리고 당신에게 털어놓을 비밀이 있어요. 그해 여름에 여러 가지 일을 겪은 후 우리 여자들은 당신과 같은 남자들이 생각하는 것보다 진리를 지키기 위한 무장을 잘 하고 있어요. 성실과 용기가 다른 많은 것보다 더 중요하죠. 그런 것을 잘 생각해봐요.

나는 수평선을 바라보았다. 물결은 잔잔해졌고 배의 부드러운 흔들림이 나를 노곤하게 만들었다. 그러나 갈 수 있는 한 앞으로 계속 가야만 할 때였다. 나는 다시 당신이 싫어하면서도 완전한 일상으로 돌아가던 업무여행을 생각하지 않을 수 없었다. 깔끔하게 면도를 하고 향수를 뿌리던 당신…… 그리고 컴퓨터 앞에 앉아 이메일 답장을 쓰던 당신. 자주 스마트폰을 들여다보면서 밤늦게까지 일을 하던 당신. 당신의 육체는 침대에서 멀리 떨어져 있었다. 저 멀리.

올리비아가 한 말이 옳았다. 아내는 남편이 딴짓을 하면 항상 낌새를 차린다는. 그리고 다른 여자가 생겼을 때도 마찬가지라는. 아내가 무슨 일이 있냐고 남편에게 묻는 것은 그 여자와 헤어지라는 기회를 주는 것이라고. 프란치스코의 아내처럼 그러한 일이 명백해졌는데도 그 사실을 모른 체하는 것은 자신이 버림받을까 두렵거나 크리스마스 선물을 받기 위해 거짓말을 하는 것이 자신에게 불편하기 때문이다. 마치 우리가 산타클로스

할아버지가 누구인지 알고 싶지 않은 것처럼.

당신의 태도는 당신이 나를 얼마나 하찮게 여겼으며, 당신 자신을 얼마나 더 중요하게 생각하고 있었는지 보여주었다. 당신은 기본적으로 내가 당신이 없으면 아무것도 못 한다고 생각했다. 그리고 당신보다 더 나를 사랑할 사람은 없을 거라고 생각했다.

하지만 오스카, 그게 얼마나 참담한 것이었는지 알고 있어요?

지난 3개월 동안, 그리고 당신의 배를 타고 있었던 지난 며칠 동안 내가 알게 된 것은 우리는 이미 오래전부터 부부가 아니었다는 거예요. 나는 당신을 좋아했지만 사랑했던 것은 아니에요.

이런 고백은 이제 아무런 소용도 없어요.

사랑을 그만둔다고 해서 잔인해지지는 않기 때문이지요. 당신은 내가 원하는 사람과는 전혀 다른 방식으로 나를 사랑했어요. 그게 전부였어요. 나 스스로는 그런 채로 행복해 보였다고 믿고 있어요. 아마 내 삶을 위한 새로운 선장을 찾지 않기 위해, 아니면 내가 직접 키를 잡지 않기 위해 그렇게 했겠지요. 나도 잘 모르겠어요, 오스카. 우리가 그때 행복했는지…… 하지만 우리는 서로에게 충만한 사이가 아니었다는 것을 이제 알게 되었어요.

내가 이제 당신으로부터 벗어날 수 있음을 알게 된 것이 너무 마음 아파요. 신을 잃는다는 것은 극복할 수 없는 일인가 봐요. 당신도 다른 사람과 마찬가지로 약점이 많은 한 인간일 뿐이었어요. 그 사실을 나는 이제야 알게 되었고요.

하지만 나는 당신 없이도 살고 있어요.

당신 없이도 살아남았단 말이에요. 놀랍지 않은가요? 그 누가 그럴 거라고 생각할 수 있었겠어요. 당신도 분명히 그랬을 거예요.

내가 고심해서 결정한 것을 당신에게 말할게요. 내일 나는 당신의 유골을 탕헤르 해안에 뿌릴 거예요. 그리고 당신이 죽었다고 해서 우리의 사랑도 죽은 게 아니라고 말할 거예요. 우리의 사랑은 사라진 지 이미 오래전이니까요.

그 첫 번째를 위해 나는 바람에 이 편지를 날려버리겠어요. 뱃머리에서 그 편지를 던져버리겠어요. 그 편지가 어떻게 날아가는지 봐요. 편지는 우표처럼 수면 위로 떨어지겠지요. 내가 그 편지로부터 멀리 벗어나거나 아니면 그 편지가 나로부터 멀어지겠지요. 그렇게 당신도 갑자기 나로부터 멀어지겠지요. 적어도 아말리아와 같이 지냈던 당신이란 사람은요.

나는 배의 난간을 발로 걷어찼다. 바닷물은 투명했고 메두사의 병정들도 사라졌다. 그러자 갑자기 심장이 뛰기 시작했다. 나는 엔진을 끄고 구명튜브를 뱃머리 너머로 던졌다. 그리고 애인이 나를 기다리고 있기라도 한 듯 신속하게 움직였다. 나는 사다리를 타고 아래로 내려갔다. 지중해의 따뜻한 숨결이 내 살결을 부드럽게 만져주었다. 나는 머리를 풀어 어깨 위로 길게 늘어뜨렸다.

그리고 바닷속으로 뛰어들었다.

바다는 나를 새로운 탄생처럼 맞아주었다. 나는 벌거벗은 비너스처럼 편안하고 고요한 세계 속으로 가라앉았다. 나는 넵튠이 나를 다시 수면 위로 밀어 올릴 때까지 숨을 멈추었다. 그리고 다시 온 힘을 다해 물속으로 들어갔다. 깨끗이 정화된 쾌감이 들었다. 나는 물속에서 어린아이처럼 첨벙거렸다. 기분이 너무 좋아 소리를 질렀다. *피터 팬*이 내 쪽을 향해 둥실거렸다. 나는 구명튜브를 붙잡고 바닷속을 들여다보았다. 저 앞쪽으로 황금빛 바다가 넘실거리고 있었다.

저기, 저길 좀 봐!

바다에서 뛰어오른 물고기의 등이 반짝였다. 그리고 내 배를 향하여 다가왔다. 마침내 그들이 나타났다. 돌고래들이!

돌고래들은 오랫동안 *피터 팬* 곁을 떠나지 않고 빙빙 돌았다. 나는 다시 뱃머리 쪽으로 가서 돌고래들을 보며 아침을 먹었다. 돌고래의 점프 실력은 정말 놀라웠다. 바닷물이 너무 맑아 돌고래들이 물속에서 장난스럽게 노는 모습이 보였다. 돌고래들은 웃는 표정으로 나를 올려다보았다. 그리고 짝을 지어 어려운 안무를 연출하듯 헤엄을 쳤다.

나는 마침내 지브롤터 해협으로 진입했다. 이제 서풍이 불어오기 때문에 가장 큰 돛을 올려도 될 것 같았다. 내 배 뒤로 여섯 척의 화물선이 보였다. 그 배들은 해안 가까이에 닻을 내리고 있었다. 그 선단 가운데 한 척인 *라헬*은 출항한 것 같았다. *피터 팬*은 이제 지브롤터 해협의 절벽을 향해 항해하고 있었다. 절벽에 가까워질수록 속도가 더욱 빨라졌다. 8, 9, 10노트……나는 속도를 줄이기 위해 돛을 느슨하게 풀었다.

그때 *라헬*이 갑자기 바로 근처에 나타났다. 그렇게 큰 화물선을 가까이서 보는 것이 처음이라 깜짝 놀랐다. 배는 닻을 내렸다. 빨간색으로 칠한 배의 흘수선 아래가 보였다. 배 전체를 한 꺼번에 다 볼 수 있었기 때문에 배가 실제보다 더 커 보였다. 그 것은 배의 화물을 다 내리고 오늘은 출항하지 않는다는 것을 의미했다. 나는 그 배가 바람을 막아주는 곳에 정박했다. 바람은 20노트의 속도로 뱃머리를 향해 불고 있었다. *피터 팬*은 거센 바람에 맞서 버티고 있었다. 나는 창문을 꼭 닫기 위해 선실로 내려갔다. 그리고 천천히 키 앞으로 갔다. 여러 개의 부표가 절벽 앞에 있는 크레인을 보호하고 있었다.

아직까지는 어둡지 않았다.

*피터 팬*은 물속의 말처럼 바둥거렸다. 조타실 앞으로 커다란 파도가 들이쳐 뺨을 치듯 내 얼굴을 때렸다. 바다여, 너는 내가 아직도 정신을 제대로 못 차리고 있다고 생각하는가? 세상에 이럴 수가 있단 말인가! 돛이 앞뒤로 흔들렸다. 나는 가장 큰 돛을 팽팽하게 당겼다.

피터 팬, 내가 이렇게 하는 것이 너는 마음에 들지 않겠지. 나도 결코 마음에 들지 않아. 타리파까지는 아직도 몇 시간을 더 가야만 했다. 나는 뱃사람들이 서투른 영어로 말하는 것을 들었다.

계속 가요!

바람이 휘몰아치기 시작했다. 파도가 갑판 위로 올라왔다. 가장 큰 돛이 앞뒤로 심하게 펄럭거렸다.

오 하느님, 저는 이 배를 잘 다룰 줄 모릅니다. 제발 도와주소서.

다시 정신을 차리고 보니 나는 갑판 위에 누워 있었다. 잠시 동안 의식을 잃었던 것이다. 큰 돛의 아딧줄(바람의 방향을 맞추기 위해 돛에 매어 쓰는 줄)이 저절로 풀어지면서 나는 긱바움(삼각돛의 아랫부분을 당기는 활대)과 부딪혔다. 머리가 터질 것만 같았다. 나는 곧바로 주방에 있는 서랍을 뒤졌다. 이부프로펜(두통약의 일종)을 어디에 두었는지 도무지 생각이 나질 않았다. 그거라면 머리가 좀 나을 텐데. 뇌진탕이라도 걸렸다면 어떡하지? 아니면 혈전이라도 생겼다면? 며칠 동안 아무것도 먹지 못한다면? 그러나 나는 무조건 육지를 향해 가야만 했다.

저편 해안을 향하여.

아프리카로.

나는 영국인들이 말한 대륙의 가장 남쪽인 유럽의 꼭짓점을 통과했다. 나는 당신의 목소리를 듣는다. "영국 사람들은 항상 상대방의 의견을 묻지도 않고 자기들 마음대로 해. 유럽의 가장 남쪽은 타리파에 있어. 그리고 거기가 끝이야. 그들은 해도를 잘못 보았던 거야."

때로 당신은 재치가 있었다.

갑자기 내가 당신 때문에 즐거웠던 일이 생각났다. 당신이 남들에게 즐거운 감정을 들게 한다는 것은 좋은 일이었다. 당신이 죽기 전에 그것을 경험했다는 것도. 어쨌거나 그것은 나에게 희망을 주었다. 어쩌면 나도 나만의 아말리아를 찾을 수 있을지 모를 일이었다.

폭풍을 헤쳐나가기까지 오랜 시간이 걸렸다. 그 시간 동안 나는 당신이 와서 도와주기를, 나에게 지시를 하고 최소한 조언이라도 해주길 바랐다. 그러나 당신은 끝내 나타나지 않았다. 그리고 도움이 필요한 지금 당신은 아무 말도 없다. 훌륭하군요, 오스카. 아주 잘났어요. 돛이 펄럭였고 파도는 바람이 부는 반대방향으로 몰아쳤다. 속도계는 *피터 팬*의 항해속도가 점점 빨라지는 것을 가리키고 있었다. 연료가 거의 남아 있지 않았지만 나는 엔진을 끄지 않았다. 나는 스페인 연안보다 아프리카 쪽에 가까이 있었고 무전기에서는 이미 모로코 해안경비대가 영어로 말하는 소리가 들렸기 때문이었다. 그들은 모로코 해역으로 들어온 모든 배를 향해 즉시 방향을 바꾸어 돌아가라고 말했다.

벌써 나를 레이더로 포착한 것일까?

그들은 어떤 행동을 취할까? 나는 비자가 없었다. 입국허가조차도.

나는 그저 포기 상태에 빠진 채 항로를 유지시키면서 계속 앞으로 갈 수밖에 없었다. 나는 유럽의 남단에서 방향을 남서쪽으로 바꾸었다. 그리고 조심스럽게 알게치라스 만을 빠져나왔다. 그곳은 배들이 많이 다니는 복잡한 곳이었다. 나는 지중해와 대서양이 맞닿는 푼타 카르네로에 당도했다. 그곳의 바람은 타리파까지 10마일의 속도로 항해할 수 있게 해주었다.

타리파는 많은 추억이 깃든 곳이다. 그리고 그 추억들은 모두 당신과 함께한 것임을 고백하지 않을 수 없다. 조타실에서 나는 손가락 모양의 절벽을 보았다. 가장 긴 손가락 모양의 절벽이 눈에 띄었는데 밤이면 그 꼭대기에 등대 불빛이 마치 결혼반지처럼 반짝거렸다. 그 반대편이 아프리카이다. 늙고 벌거벗은 여인과 같은 장밋빛의 펑퍼짐한 아프리카.

여기와 같은 하늘빛을 가진 곳은 또 없을 것이다. 바람이 잔잔해졌다. 그러나 물이 끓는 듯 이곳에서 지중해와 대서양의 해류가 만나기 때문에 선체 밑의 바다는 요동을 치고 있었다. 나는 발밑에서 해류의 움직임을 느낄 수 있었다.

물결의 힘이란 엄청난 것이다. 타리파 항구에서 30분마다 거대한 여객선이 출항하는 것이 보였다. 그 배들은 항구를 빠져나오자 상당히 빠른 속도로 항해했다. 여객선이 우리에게 가까이 올 때마다 나는 당신의 얼굴을 살펴보곤 했다. 당신은 이를 악물거나 편안한 모습이었다. 내가 걱정하는 모습을 보고 당신은 항상 이렇게 말하곤 했다. "마리, 걱정하지 마. 우리가 계속 이 상태를 유지하고 있으면 저 배들이 돌아서 갈 거야." 그리고 장난스럽게 웃었다. 그의 말을 들으면 나는 마음이 놓였다.

오늘의 항해는 이상하게도 아무런 걱정이 되지 않았다. 나는 처음으로 앞에 펼쳐진 풍경을 감상했다. 해변의 풍차에 경탄했고 그 앞에 정말 많은 연이 날고 있었다. 그것은 마치 선사시대의 나비들이 허공에서 춤추는 모습처럼 보였다. 그리고 하얀 등대는 우리의 *피터 팬*을 빤히 바라보고 있는 듯했다.

오래된 성은 모래로 지어져 풍경 속에 들어가 있는 것 같았다. 성은 아무것도 방어하지 못하고 그 안에 사는 사람도 아무도 없었다. 이제는 더 이상 방어할 대상도 없었다. 얼마나 좋은 일인가……

*피터 팬*은 이제 바람을 잘 타고 있었고 대서양은 긴 하품을 하면서 여유롭게 나를 맞아주었다.

"마리, 이제 큰 돛을 다시 올려야 해." 나는 혼자 이렇게 말했다. "큰 돛을 올려!" 내 귀에 당신의 목소리가 들렸다. "남풍을 이용해서 속도를 올려." 나는 눈을 감고 당신의 목소리를 다시 한 번 들었다. 그러자 그 소리가 아주 또렷이 들려왔다.

"마리, 해가 지기 전에 타리파에 도착해야 해. 이곳의 해류는 아주 변덕스럽고, 해협을 통과하는 동안 아무런 항구도 없어. 유럽 남단의 반대쪽 해안 가까운 곳에 정박을 하고 잠깐이라도 잠을 자야 한다고. 그리고 식사를 좀 한 후 날이 밝으면 아프리카를 향해 출발해. 당신은 잘할 수 있어. 나는 당신이 해낼 거라고 믿어."

그러자 갑자기 당신이 옳다는 느낌이 들었다. 그리고 또 다른 생각도 들었다. 우리는 서로 너무 좋아하고 있고, 아주 부드러운 느낌이 우리를 결합하고 있다는. 우리가 얼마나 오랫동안 함께 살아왔는지 가끔 말하던 것 기억하지요?

그것은 우리의 명함이었고, 우리의 훌륭한 성과였으며, 그리고 영원히 변하지 않는 우리의 흔적이었다.

우리는 서로를 잘 이해했다. 우리는 좋은 동반자였고 마음도 잘 맞았다. 그리고 우리는 항상 같이 있었다. 나는 우리 사이가 실패했다고 말하고 싶지 않다. 솔직히 말해서 우리의 사랑이 끝났을 때 관계를 좋게 매듭짓지 못해서가 아니다. 우리는 서로를 자유롭게 놓아준 것뿐이다. 이제는 두 사람이 서로 좋은 친구 사이이기를 바란다. 그리고 서로 다른 곳에서 다른 사랑을 찾기를…… 당신 곁에는 아말리아가 있었다. 그리고 나는…… 나도 내 사랑을 찾을 것이다.

타리파. 그래…… 얼마나 아름다운 추억이었던가.

무중력의 상태. 갑자기 미칠 것 같다는 생각이 들었다. 나는 배의 밑바닥과 바다의 마찰을 느끼지도 못 한 채 당신의 배 안에서 축 늘어져 누워 있다. *피터 팬*은 물결에 따라 자기 방식대로 마치 체펠린(독일의 유명한 비행선. 그중 하나인 힌덴부르크 폭발 사고로 인해 비행선이 사라졌다)처럼 공중에 떠서 가는 기분이 들었다. 그리고 그것은 내가 항해 첫날 보았던 갈매기와도 같았다. 힘찬 날갯짓, 거친 호흡 그리고 하얀 몸통은 자신을 부양시켜 물 위를 날아갔다. *피터 팬*은 돛을 팽팽하게 펼치고 허공으로 올라간 듯했다.

나는 갑판 위로 올라갔다. *피터 팬*은 꿋꿋하게 물살을 가르며 앞으로 전진하고 있었다. 날은 어두워졌고 거친 파도는 점점 뒤로 물러났다. 나는 그것이 무중력상태였는지 확실히 알 수 없었다. 마지막 남은 연료마저 다 떨어진 것을 알았을 때 나는 단단한 각오로 키를 잡았다. 그리고 수평선 위의 한 곳을 목적지로 삼았다. 그곳이 나를 남쪽으로 이끌어줄 것이다. 그리고 처음으로 자동항법장치를 껐다.

이제 나는 여기에 서서 내가 이 여행을 시작할 때부터 확신하지 않았던 일을 하고 있다. 지금까지 살아오면서 절대로 확신하지 않았던 것을. 나는 은색의 속도 조절 레버를 잡고 엔진 소리가 들리지 않을 때까지 속도를 낮추었다. 몇 초의 순간이 나에겐 영겁의 시간처럼 느껴졌다. 그리고 그 순간 *피터 팬*은 팽팽하게 펴진 돛으로 자신을 곧추세웠다. 그러나 갑자기 돌풍이 몰아쳤고 큰 돛의 한가운데 있는 제비꽃이 확연하게 보일 정도로 돛이 퍼졌다.

나는 가장 중요한 키를 잡고 있었다. 배는 처음에는 부자연스럽게 움직이다가 점점 빨라지기 시작했다. 3, 4, 6노트의 속도로 올라갔고 나는 처음으로 *피터 팬*이 자신의 선장이 이끄는 대로 움직이는 것을 느꼈다.

"이 기분을 어떻게 말로 다 표현할 수 있을까?"

당신이 다시 온 것일까.

나는 처음으로 내가 키와 멀찍이 떨어져 있지 않고 바로 그 앞에 서 있음을 알았다. 사람들은 아름다운 석양을 보고 얼마나 감탄하고 그것은 또 얼마나 아름다운가. 당신은 지금 나를 보고 있나요? 하지만 당신의 얼굴 표정이 바뀌었다. 훨씬 인간적인 모습이었다. 그러자 나는 당신이 정말로 보고 싶어졌다. 내 눈은 촉촉해지고 바람은 배의 방향을 조금 바꿔놓았다. 나는 배의 방향이 틀어지지 않게 키를 꽉 잡았다. 더 이상 항로를 벗어나면 안 되었다.

"남쪽으로, 계속해서 남쪽으로!" 나는 나침반을 바라보면서 처음 해보는 항해의 기쁨에 들떠 큰 소리로 외쳤다. 뱃머리가 균형을 이루었고 바람은 순풍이었다. 그러자 머릿속에 그 말이 떠올랐다. "날아요, 마리나. 당신은 자유 앞에서 어떠한 두려움도 가질 필요가 없어요. 날개를 활짝 펴요, 마리나. 당신에게 그런 날개가 있음을 나는 알고 있어요. 이제 그만 이런저런 핑계를 대지 말아요. 자유로워지세요."

나는 머리를 뒤로 젖히고 행복하게 웃었다. 나의 목소리는 바람과 물결 속으로 사라졌다. 정말로 나는 날고 있었다. 나는 경주마를 타고 파란 풀밭 위를 달리고 있었다.

"고마워요." 나는 호흡을 가다듬으며 말했다. "고마워요." 올리비아가 이런 나를 보면 기뻐할 것이라고 생각했다.

"하지만⋯⋯ 나는 이제 어떻게 해야 한단 말인가⋯⋯." 나는 당신을 바라보았다. 당신은 선미로 가서 수평선을 바라보고 있었다. 아니면 다른 것을 보고 있는지도 몰랐다. 8월의 크고 붉은 달이 타리파의 하얀 그림자가 드리운 하늘에 떠 있었다. 해가 수평선 아래로 서서히 가라앉으며 바다를 붉게 물들였다.

예측할 수 없는 폭우

여행을 떠나기 전에 지냈던 날들을 돌이켜보니 나는 오랫동안 소위 말하는 자발적이며 즉흥적인 삶을 완전히 잊고 있었음을 알게 되었다. 그러면서 특정한 방향을 제외시키는 것이 아니라 올바른 순간을 기다는 것을 중요하게 생각했다. 정해진 루트를 따라가지 않고 오히려 아름다운 오솔길로 접어들어 그 길 끝에 무엇이 있는지 살펴보고자 했다.

정해진 계획은 예견할 수 없는 일들을 허용하지 않으며 두려움을 가중시킨다. 8월 중순의 어느 날 뜨거웠던 오후에 나는 즉흥적으로 나의 첫 시도를 감행했다. 나는 아무 생각 없이 걷다가 레티로 공원까지 가서 호숫가에 있는 주랑柱廊에 선 채 오리들에게 먹이를 주고 있었다.

나는 공원의 분위기에 휩싸여 올리비아가 말했던 것을 곰곰이 생각해보았다. 그녀를 알게 된 이후 나는 그녀의 모습에서 항상 메리 포핀스(영국 파멜라 린든 트래버스의 연작동화. 줄리 앤드류스가 주연한 영화로도 유명하다)를 보았다. 인간의 삶을 행복하게 만들기 위해 세상에 나타난 비현실적이며 이상하면서 엉뚱한 인물. 그것은 분명히 그녀 존재의 미션이었다. 우리의 만남이 비록 순간에 지나지 않았지만 그녀는 자신의 임무를 수행하고 커다란 들국화를 우산처럼 펼치고 날아갔을 것이다. 그리고 나처럼 어디로 가야 할 바를 모르고 헤매는 불쌍한 사람에게 갔을 것이다.

"내가 한 말은 그렇게 중요하지 않아요." 그녀는 항상 이렇게 말했다. 이야깃거리가 없어서 그렇게 말했던 것일까? 그녀에겐 과거도, 가족도 없었을까? 혹시 그녀는 갈라가 말한 것처럼 현재 안에서만 살고 있는지도 몰랐다. 그녀 자신이 그렇듯이 그 현재 안에서는 다른 사람들이 이상하게 보였을 것이다. 기뻐하고, 정확한 약속을 정하지 않고 만나고, 오로지 환상 속에서만 존재하는 현재.

마드리드의
레티로 공원

나는 한 화가를 바라보면서 이런 생각을 하고 있었다. 그 화가는 분필로 파세오 데 카루아헤스 아스팔트 위에 딕 반 다이크의 「아들을 감싼 새턴」이란 그림을 그리고 있었다. 그는 요가수행자처럼 단단한 체구였으며 무릎보호대를 차고 있었다. 아빠주위를 빙빙 돌며 시끄럽게 떠드는 아이들이 지나갔다.

날씨는 습기가 많은 찜통더위였다. 그런데 놀랍게도 공원의 잔디는 완전히 마르지 않은 상태였다. 그날은 내가 여행을 떠나기 전 마지막 주였다. 여행을 해본 지가 이미 오래전이었다. 그날이 나에겐 새로운 인생을 열어주는 계기가 될 것 같았다. 구름 한 점 없는 하늘과 끈적거리는 더위는 유일한 물 공급원인, 19세기에 만든 공원의 호수가 있는 도심과는 맞지 않았다. 연인들은 호수 위에서 노를 젓고 있었고 한 젊은 여자는 맨발로 잔디밭에 앉아 책을 읽었다. 자전거를 탄 사람들과 여행객, 그리고 마치 영화 〈제5원소〉에서 뛰쳐나온 것처럼 스케이트보드를 타고 다니는 사람들이 나를 비껴갔다. 파에소 델 카루아헤스 아스팔트를 지나 조그만 연못으로 갔다. 거기에서는 거위가 떼를 지어 놀고 있었다. 그 연못은 거대한 온실로 사용하는 유리궁전옆에 있었다. 유리궁전의 전면은 동화 속의 한 장면 같았다. 그곳에서는 늘 초현대미술전이 열렸다. 그날은 인형과 인형의 부속품을 천장에 매달아 전시하였다. 그 모습이 폭격으로 부서진 장난감 가게 같아 보였다.

그날은 일요일이었다. 올리비아와 그녀의 잃어버린 이야기에 관한 생각들이 허공으로 날아가, 궂은 날씨를 예고하는 듯 한여름의 소나기에 젖었다. 그 비는 예전의 그녀와 몇 사람만 알고 있는, 내가 생각하는 그녀를 제대로 보게 하기 위하여 그녀가 감추고 있는 모든 것을 씻겨 내려주는 듯했다.

나는 백조가 노니는 호수를 뒤로하고 천사의 분수대를 지나 공원을 빠져나왔다. 그리고 파세오 델 프라도를 가로질러 항상 그랬듯이 우에르타스 거리로 올라갔다. 그곳은 그 전날 밤 사람들이 마셨던 술 냄새가 진동을 했다. 나는 갑자기 이 동네의 일요일을 그리워하게 될 거라는 생각이 들었다. 슬리퍼를 신고 산책을 하던 노인들, 로페 데 베가가 쓴 희극 『과수원지기의 개』라는 책의 독백 부분을 가이드로부터 들으며 그의 집을 보고 감동하던 여행자들을 그리워할 것이다. 찌르레기의 울음소리, 열린 창문 너머로 들리는 피아노 소리…… 그런 향수가 나를 덮쳤다. 이번 여행에서 돌아오지 못할 수도 있다는 두려움 때문이었다. 넵튠이 카드놀이를 위해 바다 밑에서 요동을 치기 때문에 어쩌면 나는 돌아오지 못할지도 모른다. 그리고 이번엔 처음으로 내가 살던 옛집에 대한 그리움도 사라졌다는 사실 또한 알게 되었다.

나는 그 거리를 걸으며 다른 어딘가도 다양한 가게와 술집이 몰려 있는 곳이 있을까 생각해보았다. 우에르타스 거리를 떠나보지 않으면 충만한 삶을 누리지 못했을 것이다.

나는 플라자 델 앙헬까지 걸어가며 60개의 가게를 세어보았다. 세 개의 광장, 술집 다섯 개, 여덟 개의 바, 칵테일 바 세 개, 가라오케 하나, 레스토랑 스무 개, 라이브공연을 하는 술집 세 개, 두 개의 찻집, 빵집 네 개, 카페 세 개, 파출소, 공원, 수도원, 천재 시인의 무덤, 세 개의 옷가게, 슈퍼마켓 두 개, 호텔 세 개,

우에르타스 거리의 모습

서점 두 개, 고서점 세 개, 극장, 이제는 꽃집으로 변한 교회의
무덤.

그곳에 다다랐을 때 어젯밤 보았던 올리비아의 모습이 떠올
랐다. 어두운 정원에서 와인잔을 들고 올리브나무와 대화를 하
고 있는 것 같았던.

그 모습이 내게는 인상적이었다.

나는 그녀가 숨겼던 그 무엇을 본 것 같은 생각이 들었다.

그녀의 고독.

나약한 인간의 흔적. 그것은 거침없고 완벽한 메리 포핀스와
는 완전히 다른 모습이었다. 나는 그녀의 과거에 대해서 알아보
려고 여러 번 시도했었다. 올리비아가 아이를 가지려고 했는지,

또 아이를 낳았는지…… 그녀는 그런 것에 대해 절대로 말하지 않았다. 그러나 모성애에 대해서 얘기할 때면 마치 그녀가 아이를 키워본 사람처럼 말했다. 그리고 사랑에 대한 경험이 있는 사람처럼 보였다. 자유분방한 삶에 대해서도 마찬가지였다. 그녀는 마음껏 먹고 섹스하고 웃고 떠들고, 그리고 많은 동성친구를 사귀듯 이성친구를 사귀는 것이 행복한 여자라고 했다. 내가 생각하기에 그녀는 비록 베네수엘라 커피를 팔고 인도양의 고래를 구하기 위한 NGO 활동을 하지 않는 꽃집 주인일 뿐이지만 삶을 달관하고 초연한 사람이다. 그녀는 우리 모두가 동경하는 생각이 탁 트인 여자다.

그러나 내가 지금까지 알 수 없는 것은 그녀가 항상 그렇지는 않았을 거라는 사실이다. 그녀는 지금까지 자기가 겪은 일들을 하나둘씩 극복하기 위하여 많은 노력을 했을 것이다. 그리고 그것을 위해 그녀가 치러야만 했던 대가를 나는 이제야 알게 된 것이다.

그녀는 외로웠을까? 아니다. 발굴작업을 위해 쳐놓았던 천막이 쓰러져 있는 수도원을 지나며 나는, 올리비아와 같은 여자는 절대로 외롭지 않았을 거라고 생각했다. 비록 눈빛이 어딘가 모르게 우수에 젖어 있긴 하지만 나는 한 번도 그녀가, 예순 살의 올리비아가 — 나이를 가늠하기 어려웠지만 그녀는 예순 살이었다 — 편하게 살아오진 않았어도 말 못 할 사연이 있어 그 꽃집을 하고 있다는 생각을 해본 적이 없었다.

갑자기 머리 위로 굵은 빗방울이 떨어졌다. 그리고 소나기가 거세게 내리기 시작했다. 만화영화에서처럼 나를 쫓아오는 것처럼 보이는 저 먹구름은 어디에서 왔을까. 나는 샌들이 벗겨질 정도로 뛰었고 천사의 정원에 도착했을 땐 양동이의 물을 뒤집 어쓴 것처럼 옷이 축축하게 젖어 있었다.

가게 문은 닫혀 있었다. 나는 세찬 소나기를 맞으면서 주머니에 있던 열쇠를 꺼내 정원 사이로 뛰어갔다. 페르골라 아래 탁자 위에 있던 와인잔이 빗물로 가득 찼다. 온실 문은 열려 있었다. 안에서 조용한 재즈 음악이 흘러나왔지만 유리천장 위로 떨어지는 빗방울 소리에 묻혀 음악 소리가 잘 들리지 않았다. 축축한 열대우림의 젖은 나무 냄새가 났다.

나는 에코백을 계산대 위에 놓고 머리의 물기를 털었다. 뒷방에서 수건을 가지고 왔을 때 올리비아를 보았다. 그녀도 나처럼 비에 젖은 채 분수대 옆 정원 의자에 앉아 있었다. 그녀는 강연회 때 입었던 옷을 입고서 붉은 머리를 어깨 위까지 내려뜨린 채 멍하니 어딘가를 보고 있었다. 나는 그녀에게 다가갔다.

"올리비아?" 내가 말했다. "괜찮아요?"

그녀는 내 쪽으로 고개도 돌리지 않고 무표정하게 고개만 끄덕였다. 그제야 나는 그녀가 무엇을 보고 있는지 알았다. 누에고치였다.

누에고치가 사라진 것이었다. 아니, 누에의 껍데기만 콩껍질처럼 나뭇잎에 대롱대롱 매달려 있었다.

올리비아가 나에게 손을 내밀었고 나는 그녀의 손을 잡으며 그녀 옆에 앉았다.

"마리나, 이제 떠날 때가 왔어요." 그녀가 조용히 말했다. "행복과 고통, 그 모든 것은 속절없이 지나간다는 것, 알고 있죠?"

그녀의 눈에 눈물이 가득 고였다. 그러나 나는 웃고 말았다.

나는 그녀를 다정하게 바라보며 말했다. "나는 일주일 이상 떠나 있지 않을 거예요. 제발 그렇게 슬퍼하지 말아요. 그렇지 않으면 당신은 내가 영원히 돌아오지 않을 거라 생각한다고 믿을 거예요."

그러나 그녀의 마음은 내 일과는 아무런 상관이 없음을 알게 되었다. 그녀는 영원히 떠난 한 남자를 생각하고 있었던 것이다. 나는 그녀의 표정을 살피며 그녀의 사연이 무엇인지 궁금했다. 탁자 위 와인잔 옆에 놓인 책이 비에 젖고 있었다.

"그가 떠났나요?" 내가 물었다.

"그래요, 어제 그가 떠나갔어요. 마이애미로 갔지요. 그러나 나는 그가 떠난다는 사실을 이미 알고 있었어요. 그가 TV에 나왔을 때……." 그녀가 말했다. "그는 2년 동안 어려운 시절을 보냈어요. 이곳에서 일자리를 구하기 얼마나 어려운지 당신도 잘 알잖아요. 몇 주 전에 카산드라의 한 친구가 그에게 좋은 일자리를 마련해주었어요." 그녀는 쓴웃음을 지었다. "내가 그 일자리를 소개했다는 사실을 그에게 말하지 말라고 부탁했지요."

그녀의 얼굴에 행복과 고통, 두 감정이 모두 보였다. 그녀의 말을 듣고 기억을 더듬어보니 그는 예전에 정원에서 책을 읽던 금발의 남자라는 기억이 떠올랐다. 올리비아는 목요일마다 자신이 아주 신중하게 고른 책이 아닌 척하면서 그에게 책을 가져다주었다. 그리고 그는 거의 매일 정원에서 여러 시간 동안 책을 읽었다. 올리비아는 그러한 그를 흐뭇하게 바라보았고 어떤 이유에서인지는 모르겠지만 그는 거리에서 올리비아와 마주치면 황급히 사라지곤 했다. 그가 책을 읽고 있을 때면 올리비아는 페르골라 밑에 있는 화초를 돌보면서 그가 읽고 있는 책에 관한 대화만 나눌 뿐이었다. 그리고 올리비아는 그에게 아이스티에 페퍼민트 잎을 정성스럽게 띄워 가져다주었다.

"그 사람은 도대체 어떤 사람이었죠?" 내가 물었다.

그녀가 나를 쳐다보았다. 그녀는 젖은 머리를 쓸어 올렸다.

"나의 할머니가 항상 하신 말씀이 있어요. 하느님은 우리가 극복할 수 있을 만큼의 십자가를 지게 하신다고." 올리비아가 머리를 저었다. "마리나, 나는 차라리 그 누구도 우리가 감당할 수 있는 십자가조차도 안 지었으면 좋겠어요."

수많은 세월을 살고 여러 나라에서 다양한 사람들을 만나면서 올리비아는 우리는 강하다 — 그녀는 '나'가 아니라 '우리'라고 말했다 — 라고 하는 깨달음을 얻었다. 우리는 어떠한 고난과 불행도 극복할 수 있기 때문이라고 했다. 고통에 대한 우리의 관용은 다른 사람들보다 높았다.

"그러나 우리가 감당하고 극복해야 할 일들이 다른 사람들보다 쉽다는 뜻은 아니에요." 올리비아는 이렇게 말을 맺었다.

나는 고개를 끄덕이며 프란치스코의 아내를 생각했다. 모든 사람을 구속하려는 그녀는 강한 사람에 속하지 않았다. 그녀는 자신의 나약함을 무기 삼아 화려한 파티를 즐길 뿐이었다. 나약한 사람들은 조금만 엄살을 피워도 동정과 도움을 받고 강인한 사람들은 마취도 없는 수술을 이를 악물고 참고 견디면서도 그들을 위로한다. 강한 사람들은 견딜 수 없을 만큼의 고통을 겪게 되면 다른 사람들에게 피해와 걱정을 끼치지 않기 위해 달팽이처럼 혼자만의 공간에 들어가 웅크린다.

비가 문까지 들이쳤다. 참새 한 마리가 안으로 들어와 깃털의 물기를 털어냈다. 그리고 온실 안을 가로질러 날아가 분수대 위에 앉았다. 올리비아는 참새를 바라보다 맥없이 웃었다.

"마리나, 우리들 본래의 드라마가 뭔지 알아요? 그것은 사람들이 우리의 고통을 눈치채지 않게 하는 거예요. 최소한 다른 사람들이 하는 것보다는 적게요." 그녀는 몸을 일으켜달라고 나에게 손을 내밀었다. 그녀는 완전히 지쳐 보였다.

올리비아는 목덜미를 주무르면서 밖을 내다보았다. 거리에 우산을 든 사람들이 버섯 모양처럼 보였다. 길모퉁이에서 젊은 중국 사람이 우산을 팔고 있었다.

"우리가 모두 여기 정원에 앉아서 처음에 어떻게 만났던가 알고 싶어 했던 그날 밤을 잊지 말아요." 나는 고개를 끄덕였다. "그날 밤을 잊지 않을 거예요." 나는 이렇게 말하며 그날 밤을 떠올렸다. 실컷 술을 마시며 많은 이야기를 나누고, 그리고 그 사람들에 대해서 많은 것을 알게 되었던 그날 밤을.

"나는 그날 밤 그 얘기를 하고 싶지 않았어요." 올리비아는 고개를 흔들며 몸에 달라붙은 젖은 옷을 집어 당겼다. "그 이야기가 당신들의 분위기를 깼을지도 모르죠. 나의 첫사랑은 어땠는지 알고 싶지 않은가요?"

그녀는 들국화 몇 송이를 화병에 꽂으며 자신이 열다섯 살 때라며 이야기를 시작했다. 프랑코 총통이 독재를 하던 시절 그녀는 열다섯 살의 수도원학교 학생이었다. 그녀가 모퉁이 상점에서 장을 보고 골목길을 접어드는 순간 한 남자가 거기에 서 있었다.

올리비아는 잠시 말을 멈추었다. 들국화 한 송이를 집어 들고 향기를 맡았다. 그녀는 그 모든 기억을 희미하게 떠올렸다. 그녀가 또렷이 기억하는 것은 그의 체격이었다. 그는 키가 크고 건장했으며 아니스 향이 났다.

"나는 그 향기를 두 번 다시는 견뎌낼 수 없었어요." 그녀가 말했다. 그리고 계산대에 기대어 말을 이어갔다. 그 남자는 자기가 하고 싶은 일을 다 한 후에야 올리비아를 놓아주었다. 올리비아는 아랫도리의 고통을 잊을 만큼 빨리 계단을 기어올라 장바구니를 들고 부엌으로 들어갔다. 그녀의 어머니는 그녀를 쳐다보지도 않으며 왜 이렇게 음식이 식을 때가 되도록 늦게 왔느냐고 꾸지람을 했다.

"그런 나는 어떻게 했겠어요?" 그녀의 파란 눈동자가 이글거리듯 빛났다. "아무 말도 하지 않았어요. 아버지와 세 여동생, 그리고 누들수프를 떠주고 있던 어머니가 식탁에 앉아 있는 것을 보았을 때 나는 그 평화로운 순간을 깨고 싶지 않았어요. 우리 집의 안정과 화목함을…… 내가 겪은 고통을 그들에게 주고 싶지 않았던 거죠. 그리고 그때부터 모든 일이 시작되었어요."

그녀는 나에게 간청하듯 말했다.

"마리나, 내 얘길 잘 들어요. 남자가 당신에게 고통을 줄 때, 크게 소리치는 것을 배워요. 그렇지 않으면 그 남자는 당신을 항상 고통스럽게 할 거예요. 항상 똑같이…… 당신은 자신을 지켜야만 해요."

나는 놀란 듯이 그녀를 바라보았고, 그녀의 말을 이해하지 못했다. "하지만 올리비아, 나는 그렇게 강한 여자가 아니에요……."

올리비아는 미소를 지으며 일어났다. "당신이 생각하는 것보다 당신은 훨씬 강한 여자예요."

그날 오후 소낙비가 거칠게 퍼붓는 가운데 올리비아가 온실에서 나에게 해준 이야기는 한 여자로서의 나를 깨닫게 해주었다. 이제는 더 이상 꽃을 파는 여자도 우유부단한 여자도 아니었다.

"그 후 3년이 지나서 사랑을 하게 되었어요. 나는 아주 어렸고 그 남자는……." 그녀는 화분의 꽃을 다듬으며 말했다. "그 남자는 나의 선생님이었어요."

그녀는 졸업반 학생이었고 의대에 진학해서 의사가 되고자 했다. 올리비아와 사랑에 빠진 선생님은 올리비아가 너무 어렸기 때문에 죄책감을 느끼고 있었다. 더구나 그는 유부남이었다. 그러나 그의 아내는 아이를 낳지 못했다.

"그의 아내는 아이를 낳지 못했지요……." 올리비아가 말했다. "그런데 나는 이미……." 그녀는 손으로 배를 쓸더니 계산대 뒤에서 우비 하나를 꺼내어 몸에 둘렀다.

"아무도 나를 강요하지 않았지만 나는 그와 함께 자고 싶었어요. 남들은 아마도 그가 나에게 강요했다고 생각했겠지만. 그러나 사실은 그렇지 않았어요." 그녀가 웃었다.

"내가 사랑하고 나를 사랑하는 사람에게 모든 것을 주었을 때 그 느낌이 어떤지 알고 싶었어요. 이해할 수 있겠지요?" 올리비아는 이렇게 말하며 분수대에 앉았다. "그 소망을 채우고 싶은 것을 이해하지 못하나요?"

그러고 나서 그녀의 열정은 그 순간 자신의 몸 안에서 무언가 자라고 있다고 느낄 만큼 뜨거워졌다. 그것은 대지의 생명을 깨우는 비와 같았다.

"내가 아이를 갖게 될 거라곤 꿈에도 생각지 못했어요." 그녀가 털어놓았다. "임신한 사실을 알고 충격을 받았지요. 우리 가족은 완전히 제정신이 아니었어요. 가족들은 내가 미성년자였기 때문에 그 남자가 나를 꾀어냈다고 고소하려고 했어요. 일은 그렇게 되었던 거죠……."

그녀는 손을 물에 담갔다. 기억을 떠올리는 그녀의 얼굴은 젊어 보였고, 피부도 팽팽했으며 머릿결도 윤이 났다. 나는 현재의 그녀에 대해 묻고 싶었다. 그 남자와 아이가 어떻게 되었는지 궁금했다.

그녀는 웃었다. "그는 나에게 미쳐 있었지요. 우리 가족은 남들이 임신 사실을 알기 전에 나를 데리고 이사를 했고 아이를 입양시키려 한다는 사실을 알게 된 그는 함께 도망을 가자고 말했어요. 아무도 우리를 찾을 수 없는 라틴 아메리카로."

"그런데 왜 그렇게 하지 않은 거죠?"

"나는 두려웠어요, 마리나. 그를 보호하고 싶었고 나의 가족에게 해를 끼치고 싶지 않았어요."

그녀는 더 많은 기억을 떠올리기라도 하듯 두 손으로 이마를 쓰다듬었다. 나는 그녀 옆에 앉아 수반에 담겨 있는 연꽃을 바라보았다. 올리비아는 그를 비난하고 자신을 정당화하기 위해 목소리에 힘을 주어 말했다. 그는 미성년자 약취 유인죄로 감옥에 가게 되었고 교직에서 쫓겨났다. 그녀는 더 이상 가족들에게 고통을 안겨주고 싶지 않았다. 그녀의 아버지는 공무원이었고 그 사건이 아버지의 출세에 걸림돌이 되었기 때문이었다. 그리고 그녀에게도 마찬가지였다. 그녀는 여행하고 공부하길 원했다. 그러나 그녀는 아직 아이에 불과했다. 그 당시에 한 여자로서 스스로의 삶을 결정할 수도 없었고, 만약 그랬다 하더라도 한부모 가정을 꾸리거나 평범한 삶을 살지 못했을 것이다.

"아뇨, 나는 아이를 키우고 싶지 않았어요. 그러나 아이는 태어나고 말았어요⋯⋯." 그녀는 바지 주머니에서 파란색 실크 손수건을 꺼내어 이마와 목의 땀을 닦았다. "나는 그에게 일주일만 나와 함께 지내달라고 부탁했어요. 내가 부탁한 것은 그게 전부였지요." 그녀가 나를 보며 웃었다. "그 일주일 동안 나는 내가 이 세상에서 제일 좋아하는 것들로 그를 둘러쌌어요. 책과 꽃⋯⋯."

그녀는 손에 든 손수건을 물끄러미 쳐다보았다.

"당신은 진실을 말하는 것에 대해 한 번도 진지하게 생각해 본 적이 없나요?" 내가 조심스럽게 물었다.

"왜 항상 진실을 말해야 하는 거죠?" 그녀가 갑자기 흥분했고 나는 그 질문을 한 것을 후회했다. "왜 내가 삭막하고 거칠게 제한만 하는 세상 앞에서 그런 멍청한 짓을 해야 하는 거죠? 마리나, 잘 보세요. 나는 지금까지 오로지 평범한 삶을 살아가기 위해 많은 거짓말을 했고 진실을 숨겼어요. 그 덕분에 여기까지 온 거예요." 그녀가 내 눈을 똑바로 보았다. "그리고 마리나, 경우에 따라서는 진실이 가져다주는 것은 아무것도 없어요. 사람들은 진실을 이용해서 당신을 판단하거든요."

유리창에 흘러내리는 빗물 너머로 창밖 풍경이 점점 흐릿하게 보였다. 정원 탁자 위에서 젖어가는 책이 자꾸만 생각났다.

"다행스럽게도 세상은 이제 많이 변했어요." 올리비아가 말을 이었다. "그래서 당신은 이런 세상을 누리는 것이 중요해요. 그 세상 안으로 다시 들어가는 거지요." 그녀가 내 손을 잡았다. "그리고 중요한 것은, 아주 중요한 것은……." 그녀가 절박하게 말했다. "당신이 아이를 낳거나, 또 그 아이가 누구의 아이든지 간에 다른 사람이 당신에게 참견하는 것을 절대로 따르지 말아요. 그저 당신이 생각하는 대로만 하세요." 나는 그녀의 말을 들었다. 그녀는 우리가 일출을 보았던 광장 쪽으로 시선을 돌렸다. "당신이 이제 그것을 손에 쥐게 된 것은 정말 소중한 거예요. 절대로 다른 사람들 때문에 두려워하지 말고 당신 자신을 위해서 결정을 내리세요. 이제 당신은 그렇게 할 수 있어요." 그녀의 얼굴이 환해졌다. "당신은 이제 막 현실에서의 혁명을 시작하는 거예요. 그리고 당신은 지금까지 그 사실을 깨닫지 못했던 거고요. 하지만 모든 것을 열 수 있는 열쇠는 당신의 손안에 있어요. 당신은 그 무엇도 그 누구에게도 빚을 지지 않고 있어요. 어쩌면 그 길이 쉽진 않을지 몰라도 당신은 그 길을 가야만 해요."

그녀는 밖을 내다보면서 빗방울이 들이치는 유리창에 손을 대었다. 그리고 머리를 맑게 하려는 듯 유리창에 이마를 기대었다. 빗속에서 더욱 싱싱하게 보이는 온갖 화초들이 그녀를 바라보고 있는 것 같았다.

"그래서 어떻게 되었나요?"

"이제," 그녀가 호흡을 가다듬었다. "여러 해가 지나갔어요. 인생도 마찬가지로. 나는 자상한 한 남자와 결혼을 했고 얼마 지나지 않아 이혼했지요. 그리고 또다시 평범한 남자와 재혼을 했어요. 그런데 그 남자는 일찍 죽고 말았어요. 그 후 나는 두 가지 결심을 했어요. 내 몸이나 내 마음이 한 일에 대해 그 누구도 간섭하지 못한다. 그것을 위해 많은 대가를 치렀어요."

그녀의 이야기 마지막 부분에 예상치 못할 일이 기다리고 있다는 것을 전혀 알지 못한 채 나는 귀 기울여 그녀의 말을 들었다. 그녀는 자신의 아들 마르코를 키울 수 없었기 때문에 더 이상 아이를 낳고 싶지 않았고 아무도 모르게 피임약을 먹었다. 그녀의 남편도 더 이상 아이를 갖지 못할 거라고 말했다. 그녀는 여러 나라를 떠돌며 다양한 직업을 가져보았다.

"그런데 마리나, 무엇보다도……." 그녀가 상기된 목소리로 말했다. "내가 항상 끊임없이 행복하게 일을 했다는 거예요. 나는 이 세상에서 내 자리를 찾기 위해 많은 애를 썼어요."

소나기가 점점 잦아들었다. 햇빛이 희미하나마 조금씩 비치기 시작했다.

"그 자리를 찾았나요?" 내가 물었다. 나는 마음속으로 그녀가 "예"라고 말하길 바랐다. 이 모든 것이 의미를 지니고 있고, 그녀가 나에게 현대판 맥베스의 독백을 읊지 않기를 바랐다.

그녀는 비장하게 나를 보며 고개를 끄덕였다.

"내가 살면서 하고 싶었던 일은 나처럼 상처받은 사람들을 위로해주는 것이었어요." 그녀는 유리창에 손가락으로 낙서를 했다. "하지만 분명한 한 가지 사실이 있었어요. 나의 붉은 실마디 다른 한쪽을 내가 예전에 만났던 그 남자가 쥐고 있었다는 거지요. 우리의 사랑이 불가능한 그 어느 세상에서."

그녀는 힘없이 웃더니 잠시 아무 말도 하지 않았다. 그녀는 유리창에 손가락으로 했던 낙서를 지웠다. 햇살 아래 놓여 있는 와인잔과 책이 보였다.

"그 사람을 찾아보기는 했나요?" 나는 그 남자에 대해 알고 싶었다.

"아뇨. 그를 찾는다는 것은 아무런 의미가 없었을 거예요. 그러나 마르코는 찾아보았지요. 여러 해 동안…… 마르코는 건강하게 태어났고 나는 마르코를 찾을 수 있을 거라고 생각했어요. 어쩌면 마르코가 나를 필요로 할지도 몰랐고요."

그녀는 3년 동안 마르코를 찾았고 마침내 그를 만났다. 마르코는 리디아란 여자와 결혼을 한 상태였고 리디아는 임신 중이었다. 그들은 바리오 데 라스 레트라스에 살고 있었다. 두 사람이 힘겹게 살고 있음을 올리비아는 알게 되었다. 그녀가 두 사람을 위해 무언가를 해주지 않으면 안 되었다.

"그래서 나는 적금을 깼고 마르코가 사는 곳 근처에 집을 마련해서 그를 이사시켜주었어요." 그녀의 얼굴이 환해졌다. "그에게 오아시스 같은 걸 마련해주고 싶었던 거죠. 집안을 아름답게 꾸미고 제대로 살 수 있는……." 그녀는 침을 삼켰다. "아, 그러나 그것은 나의 동정일 뿐이었어요. 두 사람은 하나도 변하지 않더군요. 내가 그들을 바꿔놓을 수는 없었어요. 나는 그저 내 인생을 희생시킨 것뿐이었어요. 그런데도 그를 도울 수 있다는 것과 그에게 책과 꽃을 선물하던 한 여자로서 그의 기억 속에 남기를 바랐어요."

그녀가 나비처럼 가벼운 손을 내 어깨 위에 부드럽게 올렸다. 나는 약간 놀랐다. 올리비아는 내 등 뒤에서 몸을 떨며 서 있었다. 다시 소나기가 쏟아졌고 탁자 위의 술잔이 빗물로 가득 찼다. 아무것도 모른 채 그 금발의 책 읽는 남자가 자기의 엄마와 같이 앉았던…….

나는 그 순간 화가 치밀었다. 삶이란 것이 여자들에게 얼마나 불공평한 것인가. 세상에 대항하여 싸운다는 것이 얼마나 많은 고통을 안겨주는 것인가. 예전에는 지금보다 훨씬 더 심했다.

"맞아요." 나는 이렇게 말하며 그녀를 바라보았다. "아이를 낳았다는 이유 때문에 한 여자에게 낙인을 찍는 일은 잔혹하고 병든 사회의 특징이지요."

나는 그녀를 향해 몸을 돌려 그녀의 뺨을 어루만졌다. 그녀는 뒷방으로 갔다. 나는 그 자리에 남아 이런저런 생각을 했다. 얼마나 무시무시한 일인가. 그러나 그 현실이 틀리지 않았다. 사랑을 하다가 아이를 낳은 일은 그 당시 대재앙 이상의 것이었다. 올리비아는 도망을 치거나 아이를 포기할 수밖에 없었다.

이제 여자들은 아이를 낳을지 말지, 낳는다면 언제 누구의 아이를 낳을지를 스스로 결정할 수 있다. 더군다나 남자와 자지 않아도 의학적으로 임신이 가능하다. 그것이 올리비아가 말한 혁명적이란 것일까? 그것이 자유를 향한 길인가?

한 남자와 사랑에 빠지면서도 자기 자신만을 생각하고 그 남자가 자기가 낳은 아기의 아빠가 되지 않아도 된다는 생각. 두 사람이 만나서 서로가 잘 맞으면 정말 행복한 일인 것이다. 그러나 그런 일은 드물다. 우리 자신 말고 그 누구도 우리가 어떻게, 누구와 살지를 결정할 권리는 없다. 그리고 우리가 아이를 낳을지 말지도…….

올리비아가 뒷방에서 왔다 갔다 하는 소리가 들렸다. 서랍을 열어 뒤지고 무언가를 떨어뜨렸다. 그녀는 조용히 흐느껴 울었다. 나는 은은한 불빛 속에서 생각에 잠겼다. 올리비아가 나에게 열어준 새로운 시야 때문에 기분이 좋아졌다. 사회라는 것이 우리를 돕지 못하고 가정과 직장을 분리시킨다면 우리는 스스로 헤쳐나가야만 한다. 그러나 그렇게 하면 어떤 일이 벌어질까? 그러한 변화의 결과는 과연 무엇일까?

올리비아가 방에서 나왔다. 그녀는 내가 전에 보았던 두꺼운 서류철을 겨드랑이 밑에 끼고 있었다. 그 종이는 프란치스코가 항상 들고 왔다 갔다 하던 것이었다. 검은 표지에 붉은 스티커가 붙어 있었다.

"이게 뭔지 알지요?"

나는 고개를 저었다. 나는 그녀가 나에게 보여주려고 하는 계획을 이미 알고 있다고 말하고 싶지 않았다.

"이건 서류 모음인데 당신이 보관해주면 좋겠어요." 그녀가 말했다. "아주 중요한 문서들이에요. 이 문서가 세상에 알려지면 여기에 즉시 한 무리의 고고학자가 밀려들고 문화보호관청은 이곳의 토지 매매나 임대를 금지시킬 거예요. 나는 복사본을 땅주인에게 보냈어요. 그는 내가 이것을 세상에 공개할 거라고 믿지 않을 거예요. 그러나 나는 그동안 내가 이 사실을 진지하게 생각하고 있다는 것을 두려워하게 되었어요."

올리비아는 한 손에 바구니와 열쇠를, 다른 한 손엔 우산을 들고 출입문으로 갔다. "천사의 정원이 폐쇄되어도 이곳에 호텔이 들어서진 못할 거예요. 내가 보장할게요. 이 가게가 남든지 아니면 구덩이가 여러 곳 파인 발굴지가 되겠지요. 그리고 순례지로 남겠지요. 수도원 사람들은 세르반테스의 유골을 찾기 위해 3년 동안 땅을 파고 있어요."

그녀는 힘차게 문을 열고 나갔다. 열린 문을 통해 라벤더 향과 흙냄새가 흘러들어왔다. 비가 그쳤다. 올리비아는 우산을 문 옆에 세워두고 장화를 벗었다. 그녀는 비가 와서 생긴 물웅덩이를 피하지 않고 걸어갔다.

나는 서류 뭉치를 망망대해에서 표류 중에 발견한 나뭇조각이라도 되는 듯 소중히 들고 있었다. 내가 이 모든 것을 제대로 이해하고 있는지, 내 손에 천사의 정원의 보험증서와 같은 것을 들고 있는 것인지, 올리비아가 나를 믿고 있는지, 나는 그때까지 잘 모르고 있었다. 그녀가 어떤 사람이고 어떻게 살아왔는지도……

여덟째 날

폭풍우를 헤치고

꿈을 포기하지 마라. 천사의 정원의 정문 위에 걸려 있는 문구이다. 하나의 모토이자, 소망 그리고 당부인 이 말은 나에게 오아시스가 된 천사의 정원의 환영 문구이다.

이제 나는 더 이상 꿈만 꾸지 않는다. 해협이 바로 내 앞에 있다. 내 여행의 목적지를 가르는 위험한 해류가 저 앞에 있는 것이다. 그곳은 또한 두 대륙을 가르는 경계이기도 하다. 그곳에서 매년 차갑고 무자비한 파도를 건너다 수백 명의 이주민들이 죽었다. 그러나 지금은 커다란 화물선들이 오가고 있다.

타리파에서부터 나는 좁은 해협을 따라 많은 배를 피해 푼타 델 크사르까지 왔다. 그곳은 배가 정박할 수 있는 작은 항구가 있었다. 아주 안전한 곳은 아니었지만 나는 그곳에서 바람이 심하게 불던 날 안전하게 밤을 지낼 수 있었다. 나는 알라신과 예수에게 험난한 여로에서 안전하게 지켜달라고 기도했다. 푼타 델 크사르로부터 조금 더 가면 푼타 페르디구아였고 거기서 계속 서쪽으로 항해했다. 그리고 얼마 안 가서 푼타 말라바타에 당도했고 그곳에서 탕헤르 쪽으로 항로를 바꾸었다.

눈물이 한없이 흘러내렸다. 나는 이제 목적지에 아주 가까이 온 것이다.

내 꿈을 이루었어, 하고 소리치고 싶었다. 지난밤, 소나기가 내리던 그날 밤 올리비아와 함께했던 시간, 그녀의 커다란 눈망울을 떠올리면서. 빈 와인잔을 채우던 빗물은 다시는 마르코를 위해 채워지지 않을 거란 생각을 하면서. 그녀의 고통, 그녀가 이루어 놓은 일, 그녀의 통찰력, 그리고 고단한 투쟁, 그녀의 현실감각과 그녀의 동경……

충전기가 고장 나는 바람에 나는 올리비아와 통화를 할 수 없었다. 전화기에서 들려오는 그녀의 목소리를 들을 수만 있다면 얼마나 좋을까. 그녀에게 당신이 지난 3개월 동안 얼마나 많이 나를 도와줬는지 말하고 싶었고 내가 마침내 해협을 빠져나와 여기까지 왔다고 전하고 싶었다. 나는 오스카를 용서했고 그의 유해를 바다에 뿌릴 마음의 준비도 되어 있다고.

일기예보를 미리 들을 수 없는 게 큰 문제였다. 그리고 오늘은 소나기가 내리던 그날처럼 매우 후텁지근했다. 아무래도 비가 올 조짐이 커 보였다. 그러나 나는 일기예보를 전혀 접할 수 없었다. 이 상황에서 폭풍우가 몰아친다면 어쩔 것인가? 배가 갑자기 심하게 흔들릴 것이다. 바람은 거세지고 파도가 갑판 위까지 덮칠 것이다.

"마리, 제일 큰 돛을 접어야 해!" 당신의 목소리가 들렸다. 그러나 당신은 보이지 않았다. 당신 말이 옳다. 당신 말이 옳은 게 분명하다. 나는 과감한 행동을 준비하였다. 나는 바람을 향해 맞서 소금기로 끈적거리는 눈을 똑바로 뜨고 갑판 위로 급히 올라갔다. 큰 돛을 느슨하게 풀고 레버를 윈치에 끼웠다. 그리고 레버를 돌려 확실하게 고정시켰다. 그런데도 돛은 반쯤만 내려왔다. 더 이상 돛을 내릴 힘이 없었다.

"계속해, 마리!" 당신이 소리쳤다.

"더는 못 하겠어요." 내가 힘겹게 말했다. "내가 여기 있는 거 안 보여?"

당신은 갑판 위를 걸어 나에게 와서 손으로 난간을 잡았다.

"언제부터 그렇게 약했던 거야……." 당신이 단호하게 말했다. 거센 바람에 뒤로 주춤하면서 당신은 거의 선미 밖으로 밀려 날 뻔했다. "지금은 이런 거 저런 거 따질 때가 아니야. 힘을 내!"

나는 성난 듯 키를 향해 갔다. 뱃머리를 돌려, 바람이 내 얼굴의 정면으로 불어올 때까지. 그리고 다시 레버를 두 손으로 꽉 잡았다. 이제는 커다란 저항력 없이 돛이 완전히 접힐 때까지 레버를 돌릴 수 있었다.

거의 한 시간이 흘렀다. 그 한 시간 동안 나는 바람의 방향을 잘 잡기 위해 무진 애를 썼다. 나를 향해 돌진하는 바다와 싸운 것이다. 그러나 당신에 대한 기억들이 내 편이 되어주었다.

갑자기 해류의 방향도 나를 도와주었다. 아프리카의 해안이 내 등 뒤에 있는 스페인 해안보다 가까워 보였다.

"마리, 당신은 이제 해협을 빠져나온 거야. 더 이상 당신의 머리칼이 엉망이 될 일은 없어."

나는 그것을 확인하고도 아무런 동요가 되지 않았다. 나는 선실로 내려가 지도를 확인했다. 당신은 네이비블루 선원바지를 입고 선실까지 나를 따라왔다.

"타리파를 지났어, 마리. 여보, 아주 잘 했어."

그리고 당신은 다시 갑판 위로 올라갔다. 내가 갑판 위에 올라갔을 때 당신은 사라지고 없었다.

나는 선실 지붕 위에 돛대를 잡고 누워 기쁨에 찬 비명을 크게 질렀다.

"아~~~"

태양이 선미 쪽으로 기울고 있었다.

"아~~ 만세~~~"

나는 이렇게 소릴 지르며 아래로 내려가 키를 잡고 탕헤르로 향했다.

"만세! 만세! 만세!"

지중해가 얼마나 변덕스러운지 사람들은 잘 모른다. 지중해는 시간마다 표정이 다르다고 당신은 나에게 말하곤 했다. 지중해는 모든 바다 가운데 가장 음험한 바다이다. 내가 해협을 빠져나왔다고 생각한 지 두 시간이 흘렀을 때 연료가 한 방울도 남아 있지 않았다. 쓰러지기 일보직전이었지만 목적지가 코앞에 있었다. 뭐라고 기도했는지 전혀 기억이 나지 않지만 내가 할 수 있는 것은 그것뿐이었다. 비바람이 귀신들의 울부짖음처럼 몰아쳤고 번개는 레이저 불빛처럼 바다로 쏟아졌다. 당신이 전력을 다해 마지막 항해 구간을 돌파하기 위해서는 큰 돛을 접으라고 말한 지 두 시간이 지났다. "이제 순풍이 불기 시작했어." 당신이 말했다. "해안에 빨리 도착하려면 이 바람을 이용해야 해." 나는 당신에게 말했다. "바람이 제멋대로 불고 있어요. 돛을 올리면 돛이 바람에 견디지 못할 거 같아요. 이젠 더 이상 돛을 펼치고 접을 힘도 없어요."

그러자 당신은 팔짱을 낀 채 화난 표정으로 나를 보았다. "알 겠습니다, 선장님!" 당신은 반은 못마땅하다는 듯하면서도 또 반은 자부심에 차서 말했다. 그리고 당신의 모습은 저무는 석양 빛에 사라졌다.

그 후로 당신은 다시 나타나지 않았다. 그러나 나는 지금 당 신이 정말 필요했다. 배가 침몰할 것 같았다. 해안경비대가 나 를 발견할 수 있을까? 그들이 나를 체포해도 상관없다. 무전기 는 더 이상 작동하지 않았다. 나는 어떠한 구조요청도 할 수 없 었다. 날이 어두워지자 항구의 불빛이 보였다.

왜?

왜 하필이면 지금?

바람은 더욱 거세게 몰아쳤다.

나는 요트항해 안내서의 바람에 관한 부분을 머릿속에 그려 보았다. 풍속이 22노트이면 강풍이고 34노트는 폭풍이며 그보 다 더 강하면 태풍이라고 했다. 41노트, 48노트, 56…… 그러나 최악의 사태는 일어나지 않았다. 태풍은 일어나지 않았고 나는 아무 때고 뱃전을 거쳐 해안으로 갈 수 있었다.

8월 말이었다. 그리고 정말 더웠던 여름이었다. 그것이 바로 고타 프리야(스페인 지중해 연안의 기후 현상으로 짧은 시간 동안 많은 비가 내리는 것을 말함)였을까? 이제 패닉은 지나갔다. 더 이상 패닉은 없었다. 나는 친구들이 생각났다. 나로부터 아무런 소식을 듣지 못한 그들은 걱정하고 있을 것이다. 올리비아는 왜 최근 우리들의 모임에 오지 않았을까 하는 생각이 머리를 스치고 지나갔다. 그때 뚝 하며 무언가 끊어지는 소리가 났다. 나는 급히 갑판 위로 올라갔다. 뱃머리에 있는 돛대 줄 하나가 풀려서 철사로 만든 채찍처럼 *피터 팬*을 세게 때리고 있었다. 나는 그 줄을 피해야만 했다. 돛대가 쓰러질 것 같았다. 내가 힘이 있었다면 바람이 배를 두 동강 내기 전에 돛대를 눕힐 수 있었을 것이다.

나는 물로 얼굴을 닦았다. 그리고 처음으로 아딧줄을 풀었다. 그러나 나는 바람에 못 이겨 갑판 위로 굴러떨어지고 말았다. 나는 다시 그쪽으로 기어가 밧줄과 고무호스 그리고 잡동사니 사이에서 함석절단기를 찾아냈다. 나는 온 힘을 다해 몸의 균형을 유지하면서 밧줄로 돛대를 감았고 돛대를 향해 기어서 갑판 위로 올라갔다. 갑판 위에 도착하자 나는 우현의 돛대 줄을 단번에 잘랐다.

배 한쪽의 돛대 줄을 자르면 배는 당연히 다른 쪽으로 기울게 된다는 사실이 머릿속에 떠올랐다. 그리고 그 생각을 미처 하기도 전에 돛대는 고목나무처럼 힘없이 좌현 쪽으로 기울고 있었다. 나는 돛대에 걸려 있는 나머지 두 개의 줄을 잘랐다. 그러자 돛대가 철썩하며 바닷속으로 넘어졌다. 돛대는 다시 한 번 곧추서더니 바닷속으로 완전히 가라앉았다. 나는 기어서 선실로 돌아왔다. 책, 방석, 신발, 냄비가 여기저기 떨어져 있었다.

구명조끼는 어디에 있지?

나는 구명조끼를 찾아야만 했다. 그래, 장의자 밑에 두었었지. 나는 구명조끼를 입고 다시 갑판으로 갔다. 빗방울이 얼굴을 아프게 때릴 만큼 세찬 비가 내렸다. 나는 탁자를 꼭 잡았다. 무릎에서 피가 났다. 파도가 갑판 위로 넘쳐 들어왔다. 산채만 한 물이 창문을 통해 선실로 들이닥쳐 바닥이 흥건했다. 선실의 창문을 닫기 위해 밑으로 내려가려고 했지만 미끄러져 넘어졌고 계단 위를 굴러 선실 바닥에 떨어졌다. 정신을 차리고 겨우 일어나 창문을 닫았다.

"당신 어디 있어요?" 내가 소리쳤다. "당신은 도대체 어디 있는 거예요?"

나는 계속 소리를 지르며 폭풍우를 견뎌내기 위해 테이블을 꼭 잡았다. 바다가 광분을 하면 자기 몸을 방어하지 말라는 게 뱃사람들의 조언이었다. 사람이 움직이면 움직일수록 바다는 더 거칠어지기 때문이라고 했다. 나는 두려움과 추위에 떨며 바닥에 앉아 테이블 옆에서 그것을 꼭 잡았다. 돛대가 부러진 이 배 안에서, 그리고 어두운 바다 한가운데서.

묘지의 춤

어떻게 우리가 그것을 기억하고 있는지 참으로 묘한 일이었다. 때로는 경험의 한계에서 기억들은 계속 싸워 살아남기 위해 우리가 자신들에게 보낸 희미한 엽서처럼 대중성을 띠게 된다. 그리고 나의 마음은 천사의 정원의 그 마지막 밤에 정화되었다.

나는 한 손엔 당신의 유골함과 다른 한 손엔 캡틴의 고양이 바구니를 들고 꽃집으로 갔었다. 꽃집엔 니나 사이먼의 「필링 굿」이란 노래가 흐르고 있었다. 올리비아는 정원에 있는 바텐더 용 의자에 앉아 초롱에 불을 붙이고 있었다. 나는 그녀에게 인사를 하면서 불빛에 비친 올리브나무를 보고 놀랐다. 나무의 몸통에 묶어놓은 줄과 매듭이 빛과 그림자를 휘감아놓은 것처럼 보였다. 우리는 서로를 결연한 눈빛으로 바라보았다. 나는 유골함과 가방을 내려놓고 흔들의자 위에 앉았다. 어제 올리비아가 간 후에 내가 서류 뭉치를 열어봤을 때의 일들이 떠올랐다. 서류의 첫 장은 천사의 정원의 위치를 그려놓은 도면이었다. 정원 안 올리브나무가 있는 곳에 일련의 숫자들이 표시되어 있었다. 정확히 말하면 올리브나무가 있는 땅속이었다. 나는 정원으로 들어가 문을 닫고 나무 앞에 앉았다.

비가 온 뒤라 모든 냄새가 상큼했다. 말 그대로 자연의 냄새였다. 그 거리는 다시 사람들로 붐볐다. 노란빛이 나뭇잎을 비추었다. 올리브나무 몸통에 있는 구멍에 무언가를 집어넣던 올리비아가 생각났다. 나는 의자를 밟고 올라가 구멍 앞에 있는 창살을 걷어내고 그 안으로 손을 집어넣었다. 비닐에 싸인 딱딱한 무언가가 손에 잡혔다. 나는 그것을 꺼냈다. 보통 책만 한 나무상자였다. 금속장식이 된 상자에는 곰팡이가 피어 있었다. 나는 그 상자를 조심스럽게 열었다. 그 안에는 나뭇조각, 뼈 그리고 말테자 십자가가 새겨진 녹슨 메달이 들어 있었다. 나는 떨리는 손으로 서류 뭉치를 풀었다. 그리고 다음과 같은 글이 쓰인 감정서를 보았다.

나는 시인 로페 데 베가의 유골이 델 앙헬 광장에 있는 산세바스티안 교회의 옛 무덤 자리와 우에르타스 거리 모퉁이에 묻혀 있다는 충분한 근거가 있음을 확신합니다. 그러므로 그 자리에 발굴작업이 이루질 수 있기를 간곡히 요청합니다.

CSIC(스페인 학술연구원) 연구책임자 프란치스코 이바네즈

칼새가 지저귀면서 지붕 위를 맴돌았다. 마지막 빗방울이 나뭇잎에서 진주처럼 떨어졌다. 그것은 내가 지금까지 가져보지 못했던 보석처럼 보였다. 나는 아주 조심스럽게 상자를 닫았고 다시 비닐에 싸서 나무 몸통의 구멍에 넣었다. 그리고 서류 뭉치를 다시 묶어서 가슴에 안았다. 거기에 써놓은 프란치스코의

글이 사실인지 아닌지, 올리비아의 작은 오아시스를 부동산 투기업자에게 넘겨주지 않기 위해서는 올리비아에게도 중요한 사실인지 아닌지는 중요하지 않았다. 그리고 그것에 대해서는 지금까지도 모르고 있다.

나는 올리비아와 함께했던 순간의 기억 속에서 빠져나왔다. 정원은 어느덧 화려하게 빛나고 있었다. 내가 흔들의자에 앉아 몸을 흔들고 있는 동안 그들 모두가 뒤늦게 나타났다.

꽃을 사는 여자들이.

한 사람씩 뒤를 이어 예전에 묘지였던 이곳으로 들어왔다. 내가 이곳에 처음 이사 왔을 때 마법처럼 나를 이끌었던 *꿈을 포기하지 마라*라는 말이 그들을 반겨주었다.

맨 처음 나타난 사람은 갈라였다. 그녀는 어깨를 시원하게 드러낸 장밋빛 원피스를 입고 있었다. 어느 정도 머리를 자른 모습이 클림트의 그림 속 여인 같았다. 그리고 카산드라가 왔다. 청바지와 운동화 차림에 마실 것을 잔뜩 든 그녀는 젊은 아가씨처럼 보였다. 그다음은 기막히게 아름다운 빨간색의 기모노를 입은 오로라였다. 그녀는 포장지로 감싼 커다란 캔버스를 가지고 왔다. 마지막으로 나타난 사람은 빅토리아였다. 그녀는 번쩍거리는 청바지에 하이힐을 신고 있었고, 빨간 립스틱을 바르고 있었다. 그녀가 입은 셔츠에는 "그래, 내 나이 마흔이야. 어쩔 건데?"라는 글귀가 인쇄되어 있었다.

겉으로 보기에 우리는 각자가 맡은 숙제를 다 한 셈이었다. 우리 모두는 그날 밤이 단지 이별을 위한 것일 뿐 아니라 우리 모두가 참여했던 배움의 과정의 마지막임을 알고 있었다.

갈라는 처음으로 아무런 연락도 없이, 그리고 화장도 하지 않은 채 남자친구의 집을 찾아갔다. 그녀의 남자친구인 미용사가 문을 열어주자 그녀는 그의 눈을 똑바로 쳐다보며 예전에 올리브나무를 껴안듯 그 남자를 꼭 껴안았다. 그녀의 아버지가 예전에 말했던, 흘러넘치는 에너지에 그녀 자신도 깜짝 놀랐다. 그리고 그녀는 길게 땋은 머리를 들어올리며 말했다. "이 머리를 싹둑 잘라주세요."

그 행동은 그녀에게 말할 수 없는 자유를 느끼게 했다. 높은 성탑에 갇힌 자신을 구해주기 위하여 어느 날 갑자기 왕자가 그녀의 땋은 머리를 잡고 올라오기라도 할 것처럼 여러 해 동안 머리를 애지중지하며 간수했다는 사실을 깨달은 것이 너무도 기뻤다. 그녀는 남자친구와 한참 동안 서로를 만지고 애무했다. 그리고 이제 그녀의 왕자가 나타났고 다른 사람이 더 이상 성벽을 기어오르지 못하게 사다리를 걷어차야겠다고 생각했다.

우리의 슈퍼우먼 카산드라도 그날은 매우 흥분한 모습이었다. 그녀는 청바지와 운동화 차림으로 청사에 출근했다. 손에는 마음속의 사랑을 상징하는 풍성한 보라색 장미꽃다발을 들고 있었다. 그녀가 사무실에 들어서자 그녀의 비서가 깜짝 놀라 자리에서 일어났다. 카산드라의 너무나 다른 옷차림과 자신감 넘치는 표정을 본 그녀는 카산드라가 처음으로 직접 들고 온 장미를 보며 말했다.

"꽃이 정말 너무 예뻐요. 그리고 이젠 빨간색이 아니네요. 혹시 새로운 남자친구라도……?"

카산드라는 장미꽃을 파울라의 책상 위에 놓았다.

"새로운 여자친구예요." 그녀는 환한 얼굴로 말했다. "나중에 필요하니까 이 꽃을 꽃병에 좀 꽂아줄래요?"

그 꽃에 관한 이야기는 삽시간에 청사 안에 퍼졌고 카산드라와 로라는 특별한 인사를 위해 그 꽃을 이용했다. 그날 오후 두 사람은 그 꽃을 그들의 마음을 아프게 한 한 남자에게 보냈다.

사랑하는 이냐고,
당신의 까다로운 여성 취향에 고마웠어요.
잘 지내길 바라며

로라와 카산드라가 보냄

그리고 카산드라는 퇴근 전에 한 가지 더 중요한 일을 했다. 외국으로 파견근무를 신청한 것이다. 더군다나 후진국이 가장 좋겠다고 말했다. 가족들과 함께 갈 생각이냐는 물음에 그녀는 그렇다고 대답했다. 나의 동거녀와 함께. 그 동거녀는 의사이며 그곳에서 좋은 일을 할 수 있을 거라고 덧붙였다.

그 무렵 오로라는 활짝 웃으며 부모님 댁을 방문했다. 어머니가 막 손질을 하고 있던 오징어 냄새가 물씬 풍겼다. 어머니는 딸을 반갑게 맞아주었다. 거실로 들어서자 아버지는 항상 그랬듯이 푹신한 일인용 소파에 앉아 머리를 흔들면서 뉴스를 보고 있었다.

"아버지 잘 계셨어요?" 오로라는 이렇게 말하며 아버지에게 다가가 뺨에 키스를 했다.

"네 엄마한테 말 좀 해줘라. 이제는 음식을 좀 다른 사람에게 맡겨달라고." 아버지는 인사 대신 엄마의 느린 행동에 대해 투덜거렸다. "내가 내일 아침식사 때까지 기다려야만 하겠냐?"

오로라는 주방으로 갔다. 그곳에서 어머니가 힘든 모습으로 딸을 맞아주었다. 그러면서 오로라가 살을 더 빼면 어느 남자도 오지 않을 거라며 핀잔을 주었다. 오로라는 잔소리에 아랑곳하지 않고 어머니를 거실로 모시고 갔다. 어머니와 아버지에게 무언가 중요한 이야기를 하고 싶어서였다.

어머니는 소파의 팔걸이에 걸터앉았고 아버지는 TV에서 시선을 떼지 않았다. 오로라는 잠수라도 하듯 숨을 깊이 들이마셨다.

"두 분께 드릴 말씀이 있어요. 그런데 제 얘길 듣고 아무런 질문도 하지 않았으면 좋겠어요. 그동안 내가 서른다섯이 되도록 아직도 처녀라는 것에 대해 부모님께 감사드려요. 아니, 저에게 지금까지 남자친구가 없었다는 데 대해……" 긴 속눈썹이 달린 그녀의 눈동자가 깜박거렸다. "그런데 좋은 소식이 있어요. 내가 의학의 발전 때문에 남자 없이도 엄마가 될 수 있다는…… 친한 레즈비언 부부가 나의 치료를 위해 금전적인 도움을 주겠대요. 그러니까 두 분도 기뻐하세요. 나는 현대판 동정녀 마리아가 되는 거예요. 엄마, 아버지도 기뻐하실 거라 믿어요."

아버지는 그제야 TV에서 눈을 돌렸다. 오로라는 몸을 돌려 한꺼번에 계단 세 개를 성큼 올라갔다. 그녀는 느긋한 마음으로 막시의 물건을 치우는 바람에 충분한 공간이 남은 집으로 갔다.

욕실과 특히 그녀의 침대가 넉넉해졌다. 그녀는 침대 위에 사지를 쭉 펴고 누웠다. 침대 바로 위의 천장에는 어젯밤부터 켜놓은 선풍기가 돌고 있었다.

평소에 비해 정확한 시간, 빅토리아는 양쪽에 하나씩 아이들 손을 잡고 어머니 집에 나타났다. 벨을 누르기 전에 그녀는 새빨간 샤넬 립스틱을 다시 바르고 앞머리를 흩트렸다. 시어머니가 문을 열자 그녀는 해바라기 꽃다발을 내밀었다.

"어머니께 드리려고 사온 거예요." 그녀가 말했다. "파블로는 오늘 못 온대요. 파블로…… 그러니까 저도 잘은 모르겠어요. 아마 엄청 바쁜가 봐요."

시어머니는 무슨 영문인지 모르겠다는 표정으로 빅토리아를 아래위로 훑어보았다.

"그 옷차림으로 애들을 데리고 왔냐? 그 나이에 우습다고 생각하지 않냐?"

빅토리아는 웃으면서 아이들을 정원으로 내보냈다.

"뭐가 문제인지 아세요, 어머니?"

시어머니는 뭐가 문제냐는 듯 고개를 쳐들었다.

"어머니 마음에 들기 위해 내가 좋아하는 것을 포기한 게 문제였어요. 하지만 걱정하실 필요 없어요. 이제부터는 파블로가 어머니에게 아이들을 맡길 거예요. 그러면 파블로를 더 많이 보시게 되겠지요. 그리고 저는…… 덜 볼 거고요. 사실은 우리 이혼했어요."

그랬다. 그날 밤 우리가 얼마나 웃었는지 기억난다. 지금도 그 여자들의 웃음소리가 들린다. 그녀들의 웃음소리는 폭풍의 울부짖음보다 더 컸다.

오로라 때문에 기분이 좋아진 나는 그날 밤 캡틴을 고양이집에서 풀어주었다. 캡틴은 문이 열리자 정확하게 시간을 맞추어 찌르륵거리는 귀뚜라미를 찾기 시작했다. 올리비아가 몰로토브 칵테일을 내왔고 우리는 지난 며칠간의 이야기를 나누며 술을 마시고 또 마셨다.

"내가 우리 장관님한테 여자친구랑 같이 이사를 간다고 말했을 때 그의 얼굴을 당신들이 봤어야 했는데……." 카산드라가 코를 찡그렸다. "어이가 없어 뒤로 자빠졌겠지요."

우리는 깔깔거리며 웃었다.

"그는 음반 위에 바늘이 튀는 것처럼 말했어요. '남자친구를 말하는 거겠죠'라고 하더군요. 그래서 나는 '아뇨, 제 여자친구요'라고 다시 말했어요. 그러자 그의 얼굴이 더 일그러졌어요. 그리고 내가 그에게 물었지요. '이그냐시오, 신경증 환자와 정신분열증 환자의 차이를 아시나요?'라고. 결국 여러 해 동안 나를 치료하기 위해 쓴 돈이 값어치가 있었던 거예요. 그가 눈을 커다랗게 뜨고 나를 보았어요. 그래서 내가 말했어요. 정신분열증 환자는 2x2는 25라고 생각하고 그것에 길들여지지만 신경증 환자는 2x2가 4라고 분명히 알고 있어요. 그러나 그것 때문에 심한 스트레스를 받지요. 그러니까 이그냐시오, 내가 당신에게 말한 것을 받아들여주세요. 나는 자리를 옮길 거예요. 나는 나의 배우자와 함께 살고 싶어요. 유리창을 향해 날아드는 파리 같은 짓은 그만하세요. 나는 이제 확실한 연인을 찾을 거예요.

그리고 지금 한 사람을 찾았고요."

우리는 카산드라가 말한 장면을 상상하면서 배꼽을 잡고 웃었다.

올리비아는 흔들의자에 앉아 웃으면서 장인이 자신의 마음에 드는 작품을 바라보듯 우리를 보았다. 그녀는 내가 첫 출근을 하던 날 보았던 하얀 리넨 원피스를 입고 있었다. 그녀가 정원에 밝혀놓은 횃불이 환상적인 분위기를 자아내고 있었다.

우리는 술잔을 들어 빅토리아의 과감한 결정을 위해 건배했다. 그리고 모든 신문의 지면을 채운 프란치스코와 발굴작업을 위해 건배했다. 그러나 나는 그 순간에도 왠지 모르게 소심하기만 했다. 슬픈 붉은색 패랭이꽃이 아직도 가게의 뒷방에서 빅토리아를 기다리고 있다는 생각이 들었기 때문이었다. 그때 올리비아가 잠깐 조용히 하라고 부탁했다. 그녀는 빅토리아의 손을 잡고 온실로 갔다. 그리고 빅토리아에게 눈을 감으라고 말했다. 우리도 조용히 두 사람을 뒤따랐다. 온실에 들어서자 올리비아가 말했다.

"여기 있는 것들은 오늘 당신을 위해 마련한 거예요."

유리문 뒤 분수대가 있는 곳에 온통 파란 장미가 놓여 있어서 땅바닥이 보이지 않았다. 꽃병에도, 분수대 안에도 그리고 물을 내뿜는 사자석상의 입에도 온통 파란 장미였다. 나는 처음으로 파란 장미를 보았다. 하지만 파란 장미의 꽃말은 이미 알고 있었다. 영원함, 영원한 사랑, 불가능한 사랑에 대한 영원한 기다림이었다. 빅토리아는 천천히 분수대로 걸어갔다. 그리고 빨개진 얼굴로 거기에 놓인 애인의 편지를 읽었다.

"그럼 이번에는," 갈라가 이렇게 말하면서 술잔을 높이 들었다. "빅토리아와 프란치스코를 위하여!"

우리는 다시 건배를 하였고 귀뚜라미의 울음소리는 재즈 음악의 즉흥연주처럼 들렸다. 의자 위에 올라가 앉은 캡틴은 귀를 쫑긋했다.

이제 오로라의 순서가 돌아왔다. 그녀가 프랑크푸르트 미술박람회에 가는 것을 위해 건배를 하려는 순간 그녀가 말했다.

"여러분, 잠깐만요. 내가 프랑크푸르트로 가져갈 연작 가운데 하나를 여러분에게 처음으로 보여줄게요. 그리고 이 그림을 내가 여러분 모두를 알게 된 이곳 천사의 정원에 남겨두고 싶어요. 당신들이 없었다면 이 그림을 완성하지 못했을 테니까요."

그녀는 그림을 세워놓은 올리브나무로 갔고 올리비아에게 포장 푸는 일을 도와달라고 부탁했다.

그 그림을 보자 우리는 깜짝 놀라 눈이 휘둥그레졌다. 그것은 우리들의 초상이었다. 우리가 서로를 알게 된 정원 테이블, 그리고 지금도 여전히 그 페르골라 밑 테이블을 둘러싸고 앉아 있는 우리들. 거울 속에 비친 우리들의 모습을 들여다보는 느낌이었다. 테이블 위의 와인잔, 머리 위에 매달려 있는 초롱. 거기에 카산드라가 그녀 앞 테이블 위에 놓인 푸른 난초처럼 꼿꼿이 앉아 있었다. 그 옆에는 빅토리아가 모과 꽃다발을 손에 들고 있었고 나는 발밑에 제비꽃 바구니를 놓고 있었다. 의자에 깊숙이 기대고 앉은 갈라는 머리에 백합꽃을 꽂고 있었으며 그 옆에는 오로라가 오렌지색 금잔화를 가슴에 안고 있었다. 그리고 올리비아가 와인잔을 손에 든 채 그녀를 처음 본 그날과, 또 오늘과

460

똑같은 하얀 리넨 원피스 차림으로 우리 뒤의 커다란 올리브나무 밑 흔들의자에 앉아 있었다.

"이 그림의 제목은「꽃을 사는 여자들」이에요." 오로라가 떨리는 목소리로 말했다. "그리고 내가 그들 중 한 사람이란 것이 너무 자랑스러워요."

올리비아는 그림을 세워놓고 오로라를 꼭 껴안았다. 갈라가 그녀를 안아주기 위해 일어났다. 우리는 하나둘씩 일어나 오로라를 에워쌌다. 오로라가 너무 기뻐서 울고 있는 모습을 보았다. 우리는 머리를 맞대고 손을 맞잡았고, 카산드라가 크게 외쳤다.

"자 이제, 인생의 절박한 기회를 맞은 마리나와 마리나의 여행을 위해!"

우리 모두가 카산드라를 따라 소리 질렀다. 신나게 건배를 하고 오로라가 음악을 틀자 우리는 춤을 추기 시작했다. 나는 신나고 행복하게 춤을 추었다. 시간이 어떻게 가는지도 몰랐다. 노래를 계속 들으며 끊임없이 술을 마셨다.

누군가가 우리 세대의 명곡인「잇츠 마이 라이프」를 틀었다. 우리는 모두 그 노래를 함께 불렀다.

"여러분!" 갈라가 웃으면서 크게 말했다. "이로써 우리는 우리의 나이를 마침내 끝내버렸어요."

그 후에 나는 당신의 유골함이 있는 올리브나무 밑으로 갔다. 올리브나무는 그날 밤 크리스마스트리처럼 보였다. 나는 당신과도 건배를 하고 싶었다. "나 떠나요." 내가 말했다. "오스카,

461

당신의 조수였던 내가 혼자서 먼 길을 떠나요. 내가 한 약속을 지킬게요."

나는 춤을 추고 있는 친구들을 바라보았다.

오로라와 올리비아는 맨발이었다. 빅토리아는 의자 위에 올라가 춤을 추었고 갈라는 촛불로 담뱃불을 붙였다.

그러자 나는 더 이상 어떠한 두려움도 느끼지 않게 되었다.

옛날의 공동묘지였던 이곳에서 보낸 여름과 춤이 나의 전부였다.

우리는 처음으로 항상 진지하게 살 필요가 없는 권리를 요구했다. 하루하루 우리는 언제 어디서 기다리고 있을지 모르는 죽음 앞으로 다가가고 있었다. 그날이 어쩌면 내일이 될지도, 어쩌면 10년 뒤가 될지도 모를 일이었다.

아니면 지금 이 바다 한가운데 돛대도 없이 떠 있는 침몰 직전의 배 위에서, 도대체 어쩌란 말인가! 지금은 나도 그것을 알고 있다. 묘지 위에서 춤추는 것을 배워야 한다는 것을. 죽은 자들 위에 꽃씨를 뿌리고 좌절을 받아들여야 한다. 세상에 좌절이란 없는 법이다. 모든 것은 끝이 있기 마련이다. 그것이 중요하든 그렇지 않든 간에. 그리고 그 끝은 우리가 준비하는 것과 아무런 상관이 없다. 누군가 우리에게 말했듯이 일의 마침을 주저하는 것, 그것이 좌절이다.

그렇다. 올리비아가 전에 항상 말했듯이 좋은 일이든 나쁜 일이든 모든 것에는 끝이 있다. 나는 당신의 유골함을 두 손에 들고 생각해본다. 한 인생이 끝난 것이지, 좌절한 것은 아니라고. 모든 것은 어떻게 살았느냐에 달려 있다. 그리고 한 인생이 오늘 밤에 끝날지라도, 이 여행 뒤에 끝날지라도 그것은 승리가 될 것이다. 끝나버린 사람들과의 관계도 좌절이 아니다. 그것은 그 관계를 통해 무엇을 얻었는지, 그리고 그것이 우리를 얼마나 성장시켰는지, 관계가 끝난 후 어떠한 흔적을 남겼는지가 중요한 것이다.

어떤 관계를 통하여 무언가 얻은 것이 있다면 그것은 성공한 셈이다. 살지 않고 오직 살아 있다는 것만 생각하는 것은 결코 성공한 것이 아니다.

우리는 사랑해야 한다. 그것도 좋은 사랑을 해야 한다. 그 사랑이 언제 끝날지 몰라도 강렬한 사랑을 해야 한다.

나는 눈을 감았다. 태풍이 목구멍을 열어 한 번에 *피터 팬*을 집어삼키는 것을 느꼈다. 마음속에 이별의 포옹이 보였다. 바리오 데 라스 레트라스를 지나 각자의 길을 떠난 내 친구들의 발길, 흔들의자 위에서 평화롭게 자고 있는 캡틴…… 그리고 와인잔을 내려놓고 나를 꼭 껴안아주던 올리비아.

"곧 다시 돌아올게요." 나는 눈물을 흘리며 말했다. "그리고 천사의 정원의 문이 닫히는 것을 막겠어요."

그녀는 나를 영원히 떠나보내는 사람처럼 바라보며 말했다.

"마리나, 이걸 항상 기억해요. 모든 꽃은 꺾을 수는 있어도, 오는 봄을 막을 수는 없다는 걸."

파블로 네루다가 쓴 유명한 시구를 말한 뒤 대화를 마치려면 항상 그랬듯이 올리비아는 몸을 돌렸다. 그리고 정원의 어둠 속으로 사라졌다.

나는 눈을 떴다.

물에 젖은 방석, 깡통, 냄비, 책들이 산처럼 내 주변을 둘러싸고 있었다. 그리고 나는 여전히 당신의 유골함을 끌어안고 있었다. 모든 것이 조용히 좌우로 흔들거리고 있었다. 나는 미끄러지지 않기 위해 맨발로 갑판 위로 올라갔다. 갑판 위에 올라서자 아침햇살에 눈이 부셨다. 밖의 풍경은 마치 한 장의 사진처럼 보였다. 나는 유골함을 조심스럽게 갑판 위에 내려놓았다. 바다는 맑고 투명한 파란색이었고 폭풍우에 떠밀려온 해초가 수면에 둥둥 떠 있었다. 나는 돛대가 서 있던 자리로 갔다. 그곳에는 돛대의 밑동과 찢어진 돛만 남아 있었다. 찢어진 돛에는 여전히 제비꽃이 보였다. 배의 우현에서 나는 해안을 바라보았다. 하얀 집들이 옹기종기 모여 있는 항구가 있었다.

탕헤르.

내가 탕헤르에 온 것이다.

그때 갑자기 스마트폰이 울리는 소리가 들렸다. 한 번, 두 번, 세 번…… 스마트폰의 울림이 그칠 줄 몰랐다.

나는 황급히 선실로 내려가 스마트폰을 들여다보았다. 셀 수 없을 정도로 많은 문자메시지가 들어와 있었다. 내가 마드리드에 있을 거라고 생각하고 있는 아버지의 소식도 있었다. 그러나 거의 대부분은 내 친구들이 보낸 것이었다. 그들은 나의 안부를 물으며 소식을 전해주길 부탁했다. 다들 많이 걱정하고 있었던 것 같았다. 내가 혼자 있고 싶어 한다는 것을 그들도 이해할 것이다. 그러나 그들에게 짧게나마 내가 살아 있음을 알려줘야 했다.

나는 스마트폰을 들고 다시 갑판으로 나가 해안을 배경으로 사진 한 장을 찍었다.

"나는 해냈어요!"라고 문자를 찍어 보냈다.

즉각 카산드라가 응답을 했고 오로라는 독일에서 찍은 사진을 보냈다. 갈라는 여러 개의 하트 마크를 보냈고 빅토리아는 축하의 메시지를 보냈다. 그러나 올리비아는 아무런 대꾸도 하지 않았다. 나는 갈라에게 그녀의 소식을 물었다. 그녀는 이렇게 대답했다. "올리비아는 떠났어요. 그런데 떠나면서 아주 아름다운 것을 남겨놓았더군요."

나는 앉았다. 사실 앉은 것이 아니라 털썩 주저앉고 말았다. 바다의 끊임없는 움직임을 물끄러미 바라보았다.

무언가 가슴을 찌르는 듯한 느낌이 들었다. 우리 어른들이 벗어날 수 없는 그 고통, 우리는 그것을 노스텔지어라 불렀다. 그러나 그 노스텔지어는 나에게 허용된 또 하나의 기쁨을 동반했다. 마지막 힘을 다해서 당신의 유골함을 들고 배의 난간 쪽, 바람이 내 얼굴을 향해 불지 않는 곳을 찾았다. 파손되었지만 아직도 떠 있는 *피터 팬*의 뱃머리에서 나는 처음으로 당신과 멀리 떨어진 나의 모습을 보았다. 어쩔 수 없이 혼자서 역경을 헤치고 나가야만 했던 이 배의 선장으로서 나를. 나는 당신과 함께했던 시간들이 행복했다는 생각이 들었다. 나는 우리 두 사람을 용서했다. 우리가 서로 좋아했기 때문이었다. 너무도 많이. 이제 우리는 서로 각자의 길을 갈 준비가 되었다.

"당신에게 약속했었지요. 그리고 나는 해냈어요." 나는 당신에게 이렇게 말했다. "잘 가요, 오스카!"

나는 금속으로 만든 유골함을 열었다. 팔을 뻗어 유골을 뿌렸다. 유골이 바람에 흩날려 바다 위로 떨어졌다. 그러나 내 눈앞에서 신기한 일이 벌어졌다. 잠깐 동안 말테자의 십자가 모양이 보였고 그것은 그 주인이었던 유명한 유해와 함께 바닷속으로 가라앉았다.

나는 정신이 몽롱한 채 *피터 팬*의 뱃머리에 무릎을 꿇고 앉았다. 그리고 갑자기 크게 웃었다. 천사의 정원에서 마지막 밤을 보내던 날 유골함이 올리브나무 밑에 있는 것을 보았었다. 그때 올리비아가 유골함을 열어 무언가 넣는 것을 보면서 왜 그랬는지 궁금했다. 그리고 내가 여행에서 돌아오면 올리비아를 다시 볼 수 있을까 생각했다.

나는 다리가 파도에 젖도록 뱃머리의 난간 위에 올려놓고 내다리가 멀쩡한지 확인하기 위해 만져보았다. 그리고 여러 날 동안 바다 위에서 새까맣게 탄 팔을 쓰다듬었지만 내 팔 같지가 않았다. 나의 육체는 그동안 물기와 소금기로 뒤범벅이 되었음을 알았다.

수면 위에 무언가 떠 있는 것이 보였다. 파란 무언가가 갑자기 날아오르려는 듯한 모습이었다. 그것은 나를 향해 날아왔다. 나비 한 마리가 배 위로 날아온 것이다. 나비는 내 머리 위에서 하늘거리며 날다가 *피터 팬*이 파도에 이리저리 흔들리자 우리를 따라왔다. 그리고 폭풍우에도 찢어지지 않고 남은 작은 돛에 앉았다.

나는 멍하니 나비를 바라보았다. 갑자기 올리비아의 목소리가 들려왔다. "날아요, 마리나, 날아가요⋯⋯." 어쩐지 *피터 팬*

을 육지까지 데려갈 수 없다는 생각이 들었다. *피터 팬*을 난파시킬 수도 없었다. 문득 머릿속이 번쩍하면서 아직도 돛 하나가 남아 있다는 생각이 스쳐갔다. 점점 가까워지는 해안가에는 몇 척의 고깃배가 갈매기 무리 속에 떠 있었다.

"네가 잃은 것이 아니라 네가 지금 가지고 있는 것이 무엇인지 정신을 집중해!" 나는 혼자서 이렇게 중얼거렸다.

나는 앞 돛을 올리고 계속 항해를 했다. 바람의 방향에 따라 항로가 바뀌었다. 그래도 계속 앞으로 전진했다.

나는 내가 마치 나침반인 것처럼 얼굴을 향해 불어오는 바람 쪽으로 몸을 돌렸다.

나는 돛을 풀고 발을 굳게 디디고서 온 힘을 다해 돛이 활짝 펴져 바람을 맞을 때까지 밧줄을 당겼다.

그러고 나서 키 앞으로 가서 해가 떠오른 지점을 찾았다.

저기가 나의 경계선이다.

나는 그곳을 볼 수 있다.

태양은 나에게 이런 그림을 선물했다.

심장이 쿵쾅거리기 시작했다. 나에겐 어색하긴 했지만 강한 욕망의 감정을 느낄 수 있었다. *피터 팬*이 항해를 하기 시작했다. 하늘과 바다 위에 황금빛 불빛이 쏟아지는 곳을 향하여 세차게 전진했다.

꽃을 사는 여자들

  배우와 보헤미안이 모여 살고, 자녀 없는 부부, 회의 중간 베어무트를 홀짝거리길 좋아하는 한심한 국회의원들이 사는 마드리드의 심장부에 작은 동네가 있다. 박물관과 극장, 갤러리가 있는 소우주 같은 이 동네에서는 날마다 시위가 벌어지고, 실내화를 신은 채 길거리로 나온 노인들은 남들이 듣거나 말거나 유명한 작가들의 시 한 구절을 읊어댄다. 이곳에는 오래전부터 살아온 토박이들이 있으며 신나게 자전거를 타고 가는 사람, 재즈 뮤지션, 그리고 세르반테스의 덧없는 유적을 성실하게 찾아 헤매는 고고학자들도 있다. 또한 이 동네에는 꽃을 사는 다섯 명의 여자들이 살고 있다.

  그들은 자기 자신을 위해 꽃을 샀다.

  그리고 목요일 밤마다 '천사의 정원'이란 특별한 꽃집에 모여 와인을 마셨다.

  어느 날 저녁 그 동네로 새로 이사 온 한 젊은 여자가 온실로 들어왔다. 그녀는 온실의 한가운데 있는 작은 테이블로 다가왔다. 그 위에는 다이어리북이 놓여 있었다. 그녀는 몰래 다이어리북을 열어 그 안에 써 있는 작은 글자를 읽었다. 상처.

그때 등 뒤에서 한 사람의 목소리가 들려왔다. "나는 상처 입은 사람을 항상 좋아했어요." 목소리는 또렷했고 확신에 차 있었다. "좀 자세히 말하면 나는 마흔 살이 넘도록 상처받지 않은 사람을 믿지 않아요."

뒷방으로 통하는 문가에서 한 여자가 태연하게 웃고 있었다. 그녀는 50년대 유행했던 샛노랑색 실크원피스를 입고 밤바다처럼 까만 머리에 옷과 어울리는 모자를 쓰고 있었다. 검고 하얀 줄무늬 고양이를 팔에 안고 호기심 어린 눈으로 이쪽을 보았다.

"저는 마리나라고 해요." 꽃집 주인은 이렇게 말하면서 젊은 여자를 꼼꼼히 살펴보았다. "자, 그럼 이 많은 꽃 가운데 어느 꽃이 마음이 드시나요?"

오로라의
「꽃을 사는 여자들」

나에게 요트항해법을 가르쳐준 디에고 몰리네도와 프라이드 호號

단 한 번도 냉정함을 잃지 않은 호르헤 에두아르도 베나비데스

내가 바다를 횡단할 때 육지에서 나를 기다리고 있었던 친구들

우리가 누구이며 어떤 존재가 되고 싶은지 알기 위해 배 위에 모여

뜻을 같이하고 용기를 북돋아주었던 여자들

일곱 명의 뮤즈 가운데 일곱 번째였던 아만치오에게

고독 속에서 삶을 환히 밝혔던 사람들에게

가슴속에 또 다른 한 사람을 품고 살 거라고 믿지 않았던 사람들에게

나에게 해적의 해변을 보여준 사람들에게

해가 뜨기 전 항상 사라졌던 사람들에게

세상을 잘 이해하도록 도와준 사람들에게

아스팔트 위에 그림을 그린 화가들에게

절대 권력을 지닌 코카콜라 신봉자들에게

자신을 고립시키지 않았던 이주민들에게

뱃사람을 구한 사이렌에게

……

나의 어머니에게, 그리고 한밤중에 나의 배를 항해시켜준 세찬 바람에게

거센 폭풍우가 몰아칠 때 글과 그림으로 정확한 항해코스를 알려준 미구엘 앙헬 라마타에게

나에게 자극과 힘, 그리고 시간을 주어 모든 돛을 높이 올려 이 배를 안전하게 항구까지 오게 한 나의 스승 알베르토 마르코스에게 고마움을 전한다.

꽃을 사는 여자들

『꽃을 사는 여자들』은 다분히 평범한 여자들의 이야기이다. 그러나 그들은 꽃을 '파는' 게 아니라 '사는' 여자들이란 점이 중요하다. 동서양을 막론하고 전통적으로 여자들은 꽃에 비유되어 소유의 대상이었고 그러한 생각은 아직도 남성 중심 가부장적 세계의 무의식 속에서 완전히 사라지지 않았지만 그들은 이제 주체적 인간으로서 꽃이 되고자 한다.

남편을 잃은 상실감에 빠진 마리나, 무슨 일이든 거리낌 없이 적극적으로 헤쳐나가지만 일에 치여 개인적인 삶을 잃은 카산드라, 남녀관계에서 지나칠 정도로 자유분방하지만 진실한 사랑을 갈구하는 갈라, 희생의 아름다움이란 미명하에 고통받는 삶을 사는 오로라, "전지전능 신드롬"으로 괴로워하면서 자기만의 해방을 꿈꾸는 빅토리아. 이들은 각자 남모르게 사랑하는 사람을 위해, 자기 사무실을 장식하기 위해, 꽃을 소재로 한 그림을 그리기 위해, 자신의 가게를 찾아오는 손님을 위해, 그리고 죽은 남편을 위해 꽃을 사러 꽃집을 드나들며 서로를 알게 된다. 그 꽃집이 바로 올리비아가 운영하는 '천사의 정원'이다.

올리비아와 또 그녀의 꽃집을 중심으로 만남을 이어가는 사이 다섯 명의 여자들은 자신들을 위해 꽃을 사본 적이 한 번도 없다는 사실을 깨닫는다. 그리고 마침내 사회적인 편견과 관습으로부터 벗어나 자신만의 삶을 위한 길을 걷게 된다.

저자 바네사 몽포르는 "글쓰기는 자기성찰이지만 작가는 자기 내면을 깊숙이 들여다보는 것보다 주변의 사소한 것에 더 무게를 두며 그 사소한 것들의 합의가 현실에서 중요한 것이 된다."고 말한다. 그녀의 말대로 이 소설은 얼핏 삶에 불만족스러운 여자들의 수다로 보일 수 있을지도 모른다. 그러나 여기서는 굳이 페미니즘이란 말을 꺼내지 않아도, 또 그러한 이념과 운동의 우산 밑으로 들어가지 않아도 사소한 일상의 문제를 극복하는 것이 자신에게 진정한 삶의 가치를 가져다주고 행복과 불행을 가르고 있음을 보여준다. 소설의 주인공들은 꽃을 사는 여자들이지만, 자신을 위해 꽃을 사본 적이 없다는 문제를 의식하고 이제는 자신들을 위해 꽃을 살 뿐만 아니라 자신에게 맞는 꽃을 향해 삶의 길을 선택한다.

또한 이 소설은 바네사가 말했듯 독자를 마드리드의 한복판으로 이끄는 여행안내서 역할을 하기도 한다. 유럽여행이 이제는 하나의 일상으로 자리 잡았지만 우리가 스페인에 대해 알고 있는 것은 하몽이나 빠에야 같은 먹거리와 피카소의 그림, 가우디의 건축물 정도이다. 바네사는 『꽃을 사는 여자들』속에서 독자들을 바리오 데 라스 레트라스, 우에르타스, 로페 데 베가 거리로 데리고 다니며 세르반테스는 물론, 퀘베도, 칼데론, 페레즈

갈도스, 호세 카달소와 같은 스페인 문학의 거장에 대한 관심을 불러일으키고 모뉴멘탈 극장, 에스파뇰 극장, 프라도 박물관, 카익사 포룸 박물관, 알무데나 성모 대성당을 소개할 뿐 아니라, 마드리드 토박이만 알 수 있는 엘 아줄 카페, 브라운 베어 빵집, 라 돌로레스 술집과 같은 마드리드의 명소로 안내한다.

이 책에 나오는 소설가, 화가, 가수, 영화배우들만 보더라도 바네사 몽포르의 문학과 예술, 음악에 대한 식견의 스펙트럼이 얼마만큼 다양한지 알 수 있다. 더구나 연극연출과 영화제작을 한 사람답게 그녀 자신도 영화의 카메오처럼 소설에 실명으로 잠깐 등장한다. 로자 몬테로, 키디 시트니 같은, 현재 활동 중인 소설가와 예술가도 거침없이 등장시킴으로써 픽션과 논픽션의 경계를 허무는 메타픽션의 새로운 가능성을 보여주고 있다.

이 소설의 번역을 막 시작한 작년 이맘때 한국은 미투 운동 내지는 사건으로 시끄러웠고 남자로서 여자들의 이야기를 담은 이 소설의 번역이 자못 부담스러웠다. 번역작업에 들어가면서 그해 초여름 출판이 목표였는데 어쩌다 보니 한 해를 넘기고 새봄이 되어 다시 꽃이 피기 시작할 때에서야 책이 세상에 나오게 되었다. 다시 한 번 문학작품 번역의 어려움을 절실하게 깨달았고, 이 일을 앞으로도 계속 감당할 만한 자격이나 능력이 되는지에 대한 회의가 들기도 했다.

그러나 번역을 하는 동안 나 역시 바네사 몽포르 소설의 여주인공들과 함께 마드리드를 열심히 다녔으며 모르는 것이 있으면 그들에게 물어보기도 하고 혼자 공부하기도 하면서 많은 것을 배웠다. 그러한 점에서 번역은 끊임없는 공부라는 것을 새삼 되새기게도 되었다. 공부를 그만두지 않는 한 번역작업은 계속 되리라 생각하며 스스로 이 책의 부족한 번역에 대해 위안 삼고 자 한다.

끝으로 이 책이 나오기까지 많은 수고를 아끼지 않은 북레시피에 감사드리며 이 소설의 번역본은 *Frauen, die Blumen kaufen* (Thiele Verlag 2018)을 사용하였음을 밝힌다.

서경홍

옮긴이 서경홍 충남대학교 독문과를 졸업하고 독일 지겐대학에서 박사학위를 마쳤다. 『마음의 여행자』, 『좌파들의 반항』, 『고장난 자본주의』 등 여러 권의 책을 번역하였다.

꽃을 사는 여자들

초판 1쇄 발행 · 2019년 4월 1일
초판 2쇄 발행 · 2019년 5월 18일

지은이 · 바네사 몽포르
옮긴이 · 서경홍
펴낸이 · 김요안
편집 · 강희진
디자인 · 주수현

펴낸곳 · 북레시피
주소 · 서울시 마포구 신수로 59-1, 2층
전화 · 02-716-1228
팩스 · 02-6442-9684
이메일 · bookrecipe2015@naver.com | esop98@hanmail.net
홈페이지 · www.bookrecipe.co.kr | https://bookrecipe.modoo.at/
등록 · 2015년 4월 24일(제2015-000141호)
창립 · 2015년 9월 9일

ISBN 979-11-88140-69-5 03870

종이 · 화인페이퍼 | 인쇄 · 삼신문화사 | 후가공 · 금성LSM | 제본 · 대흥제책

이 도서의 국립중앙도서관 출판예정도서목록(CIP)은 서지정보유통지원시스템 홈페이지(http://seoji.nl.go.kr)와 국가자료공동목록시스템(http://www.nl.go.kr/kolisnet)에서 이용하실 수 있습니다. (CIP제어번호: CIP2019009388)